TA YONGYUAN NIANQING PIAOLIANG

她永远年轻漂亮

李世斌\著
LISHIBIN ZHU

中国文联出版社

图书在版编目（CIP）数据

她永远年轻漂亮 / 李世斌著. -- 北京 : 中国文联出版社, 2023.9

ISBN 978-7-5190-5300-0

Ⅰ. ①她… Ⅱ. ①李… Ⅲ. ①短篇小说－小说集－中国－当代 Ⅳ. ①I247.7

中国国家版本馆 CIP 数据核字(2023)第 167131 号

作　　者　李世斌
责任编辑　陈若伟
责任校对　秀点校对
装帧设计　朱丙章

出版发行　中国文联出版社有限公司
社　　址　北京市朝阳区农展馆南里 10 号　　　邮编　100125
电　　话　010-85923025（发行部）　010-85923091（总编室）
经　　销　全国新华书店等
印　　刷　温州市北大方印务有限公司

开　　本　787 毫米 x1092 毫米　　1/16
印　　张　25.75
字　　数　215 千字
版　　次　2023 年 9 月第 1 版第 1 次印刷
定　　价　78.00 元

目录

父亲赠我一支笔

我要去当兵了。在中学当体育老师的父亲从上衣兜里拔出他那支用了不知多少年的“英雄”牌钢笔递到我手上，深情地叮嘱我：“波儿，咱家就这个条件，爸身无长物，就这支笔赠给你吧。记着，到部队里好好干，多学习，常来信。”

我同一拨新兵到达昆仑山麓的第二天，便遵照父亲的嘱咐提笔给父母写信报平安。我在信中简要地写了坐了几天几夜的闷罐火车，到了西宁后我和许多新兵嘴唇干裂甚至淌鼻血，因为缺氧老喘粗气……

父亲很快就给我回了信，那时的“很快”是二十来天吧，我展开父亲用圆珠笔写的一页多纸的信。父亲的字正规但也不失豪放，记得父亲在信中说：“高原空气稀薄，产生身体上的不良反应是正常的，相信你会克服困难很快适应过来的。但一定要注意保护好自己，不要做剧烈运动……家里一切都好，你妈的病也好些了，你弟弟妹妹们的寒假马上就要结束了……”

我读着父亲的来信，双眼潮湿了。我知道我父亲很不容易，我母亲患有严重的风湿性关节炎，严重时甚至不能正常行走，我下面有两个弟弟加一个妹妹，全靠父亲那六十来块的工资养活。父亲其实是个数学老师，可能是因为他篮球打得好吧（父亲是县篮球队的中锋），一年前学校体育老师突发意外，学校就叫父亲代一个学期。父亲这一代就放不下了，父亲主动给校长打了报告要求正式转岗教体育，也许是因为教体育会多一些空余时间照顾我母亲吧。

新兵们在昆仑山麓集训了一个多月，便被分配到连队。我被分配到施工连队，施工连担负着修建格尔木至西藏的公路的任务，其苦可想而知。我提笔给父亲回信，在信中叙述了茫茫昆仑的寒冷和风沙，还写了生活上的种种艰苦，比如吃不惯羊肉，一闻到刺鼻的羊膻味就想吐；连长、指导员和全连大部分官兵都来自云贵川，菜烧得特辣，常常辣得我眼泪都淌出来了，而且吃的菜不是土豆就是压缩菜……我写到动情处，竟然有两粒泪珠滴落到信纸上。

父亲又很快给我来信了。细心的父亲在信中问我：“波儿，信纸上润湿的痕迹是你的眼泪吗？爸爸赠你这支笔可不是让你单写脆弱的。记住，对青年人而言，艰难困苦常常是人生的一笔财富。爸爸相信你会用这支笔更多地写出坚强意志……”

父亲的来信让我沉思了许久，我下意识地拿起这支“英雄”牌钢笔放在眼前久久地端详着。

大概就是从这一刻起，我调整了心态，积极地投入修建青藏公路的热潮中。到了深秋，施工部队整体下山休整。年底全连总结评比时，我被报请了个人三等功。主要事迹是因为一个战友在施工现场因缺氧而晕厥，我及时为这位战友做了人工呼吸等一系列急救措施（这一手还是我父亲教我的，他在体育场上就急救过晕厥的学生）。待战友舒缓过来时，我背着他小跑到卫生队。当我把战友背到卫生队时，我却眼前一黑，晕倒了。待我苏醒过来后，不肯休息片刻，又投入施工队伍中……当然，连里为我请功还有我其他一些事迹，比如我写的一篇新闻报道在《基建工程兵报》上刊登。我把这一喜讯在信中向父亲报告。父亲的回信中，写了不少鼓励我的话，但父亲还在信中说："波儿，做一两件好事并不难，难的是面对荣誉要学会谦让，这是人生的一种修炼……"

父亲信中的文字让我心头一颤。是啊，连里评功的时候另一个战友的推荐票与我相等，但这位战友却推荐了我，从而使我多了一票，而我却推荐了另一位得票较低的战友。我的脸颊红了起来，心想父亲是火眼金睛啊，难道您已察觉我的小聪明甚至是自私的心理？

当满了三年兵，一般就面临退伍或者提干。我生长在江南水乡，又是居民户口，在如此艰苦的环境里留队提干对我来说是毫无吸引力的，内心急盼"南燕飞"。为此，我跟连长提出了退伍的要求。连长摸了一把络腮胡子说："小张啊，当完三年兵想退伍很正常，你是副班长，你可知道你们班的那个上海兵也跟我提出退伍的请求，因为他的母亲得了癌症，正急着回家呢，但你们班今年只能退一个……"

我"哦"了一声，心想我母亲都坐轮椅了，我也该早点退伍呢……我虽然心里这么想着，但我说出来的话却是："连长，那就让我再当一年兵吧，我不争。"

那位"上海兵"如愿退伍回家了。夜晚，我在灯下提笔给父亲写信，说明了今年不能退伍的原因。

父亲回信说："波儿，爸妈理解你，你就在昆仑山上再辛苦一年吧，家里你不用挂念。爸觉得你这三年兵没白当，懂得谦让，说明你成熟了……"

看到父亲的来信，跟第一次收到父亲的来信一样，双眼潮湿了。这么多年来，全家的重担全压在父亲的肩上，父亲从未因此而心烦气躁，他看似非常平凡，平时言语也不多，但对子女的教育却有着他独特的见解。比如我们兄妹几个放学回家他很少过问我们的学习情况，他的观念是不能给自家孩子开小灶，那样反而会害了我们，让我们养成依赖心理。记得一次我妹妹为一道数学题怎么做问我父亲，正在灶台前做饭的父亲没好气地说："问我干啥？你自己不是有老师吗！"为这事，我妹妹嫁人以后还当作笑话讲。退了休的父亲却笑而不语。

当完四年兵，我退伍了。父亲在我归来的当天忙活了大半天，整了一桌菜。不善饮酒的父亲那晚竟然喝下二两白酒。全家吃完饭，父亲就急着推轮椅带我母亲去电影院看电影。父亲说："波儿，电影票是昨天买的，今天是最后一场，你妈一直巴望着看曹禺的这部《雷雨》。"

我站起身说："爸，既然是最后一场就不能耽误了，我来推轮椅。"

我家离电影院只有 300 多米的距离。电影院门前有十几级台阶，轮椅没法再推了，我弯腰要背母亲，却被父亲挡住了。他叫我先把轮椅推回家，电影散场后再过来接。父亲熟练地一弯腰，让我母亲顺势趴到了他的脊背上。母亲回过头朝我说："波儿，外面风大，快回吧。"

我凝望着母亲的背影，不由得双眼潮湿了。回到家里，我用"英雄"牌钢笔勾勒出一张素描——父亲背着母亲朝电影院的入口处走去。

2020 年 11 月 26 日

老樟树

小虎要上小学了，这天奶奶跟小虎说：“跟奶奶上一趟松山吧。”

小虎乐不可支，跳着脚问奶奶：“奶奶，山上有松鼠吗？有蛐蛐儿吗？”

“是去山顶上的莲花寺朝拜一棵老樟树。”奶奶说。

“奶奶，那棵树是菩萨吗？”小虎用稚气的口吻问奶奶。

阳光漏进翠绿的林间，斑驳熠熠。小虎在山路上不安分地一会儿跑到奶奶前头，一会儿又钻进深草或岩背。奶奶间或提醒一下小虎小心别摔着。松山不算高，坐落在山顶的莲花寺距离地平线300多米。奶奶和小虎从山脚登到莲花寺，不过个把小时。跨进莲花寺高高的门槛，佛堂内香火缭绕，一座高大的巨型佛像立在头顶。一位少妇双手合十，撅着肥臀，虔诚地跪拜。抬头之间，套在无名指上的翡翠戒指闪烁幽光。奶奶在佛像前没有片刻驻足，径直朝佛像右侧的通道走去，通道尽头是一扇木门，木门外便可见寺院围墙跟前赫然耸立一棵荫蔽云天的老樟树。奶奶仰望老樟树，目光深沉。许久，奶奶扯一下小虎的衣袖说：“小虎，奶奶今天带你来就是为了眼前这棵树。”

“奶奶，你常来看这棵树吗？”小虎忽闪着双眼问。

“是的，奶奶每年都会来，直到以后走不动为止。”奶奶撇一下嘴说。

“那它是你种的吗？”虎子又瞪大眼睛问奶奶。

奶奶“扑哧”一声笑了，说：“这棵树可比奶奶老多了，快200岁了。”奶奶说着拽了一下虎子的胳膊说：“虎子，跪下。”奶奶说着自己先跪下了。小虎一脸迷惑地顺势在奶奶身旁跪了下来。奶奶双手合十，微闭双眼，神情肃穆，继而头点地磕了三下，虎子也照样跟着做了。

奶奶起身，虎子也站直了身。

虎子终是不解，心想奶奶为何要跪拜一棵老樟树呢？便问道：“奶奶，这棵树会保佑我们吗？会保佑我读书，还有以后考大学吗？”

奶奶微笑了一下说：“你不是听过奶奶跟你讲的从前打仗的故事吗？”

“哦……我知道了，奶奶讲我太爷爷躲在一棵大树的身后用两支手枪打冲向山头的日本鬼子，最后牺牲在大树下……就是这棵大树吗？”虎子问。

“是呀，当时为了抵抗日本鬼子，你太爷爷率领游击队在山上顽强抵抗，日本鬼子在山脚下的河对岸用密集的炮弹轰隆轰隆地炸到战壕里，鬼子军官挥舞军刀狂叫着‘杀鸡给给’，鬼子兵如蝗虫般向山上涌动。你太爷爷和游击队员一直坚持到弹尽粮绝，最后只剩下你太爷爷了。他退到山顶上这棵老樟树身后，用双枪点射日本鬼子。气急败坏的日本鬼子朝你太爷爷疯狂扫射，无数发子弹头钻进了树干里，你太爷爷把手枪里的最后一颗子弹射进了自己的太阳穴。”奶奶说得仿佛身临其境。

“我太爷爷是个大英雄，太勇敢了。”虎子说着还竖起了大拇指。

“所有的游击队员都很勇敢，都是抗日英雄。”奶奶凝望着老樟树接着说，“你太爷爷倒下后，一个日本鬼子还想朝你太爷爷身上射击，被鬼子军官喝止了。这个鬼子军官在你太爷爷跟前敬畏地沉默了好长时间，这些情节被那个日本军官战后写进了他的忏悔录里，等你识字多了以后，再看看这本书就都知道了。”

“哦……”虎子像个大人似的长长地“哦”了一声。

“来，跟奶奶合抱一下老樟树吧。”奶奶说着展开双臂，将身子贴到老樟树的树干上。虎子在奶奶对面叫道：“奶奶，树太粗了，我的手够不到你。”

“傻孩子，你胳膊还太短，等你长大了再来跟奶奶合抱，就够着奶奶的手了。”奶奶笑着说。

虎子松开双手，忽然在鳞甲般的树干上寻找着什么。

“虎子，你找啥呢？”奶奶问虎子。

虎子说：“奶奶，那么多子弹都打到树身上，我找子弹洞。”

奶奶说：“那叫子弹孔，都过去好几十年了，树长得更粗大了，哪还能找到子弹孔呢。”

“哦，是树身上长好了吗？”虎子还不会用“伤口”更不会用“愈合”这类词。如果用大人的话完整地说就是：老樟树身上的伤口愈合了吗？

奶奶听得懂虎子的话意，沉吟道：“那些子弹头都深深地嵌在树干里，跟老樟树永远在一起了。”

2021 年 6 月 7 日

“我听我爸的”

我 18 岁应征入伍，从省城去了一座偏远的小岛，小岛上有一个团的驻军。我被分配到团部警卫班，主要任务是在团部大门口持枪站岗。

一天中午轮到我站岗，团长午饭后溜达经过大门口时，我“啪”的一个立正朝团长敬礼，背着手的团长还了礼看我，可他看了我一眼又接着看了我第二眼，第三眼，并且走到我跟前又端详我半晌。问了一句：“你姓陈是吧？”

我响亮地回答道：“是，我叫陈立。”

团长点点头，若有所思地背着双手离开了。

两天后，我出了事，擦枪时走了火，子弹沿着我的耳旁擦着太阳穴呼啸而过，带走了太阳穴上的一缕头发。擦枪走火在部队可不是小事，团部极为重视，我为此还挨了处分，并且把我调离了警卫班，去了一座孤岛上执勤。岛上驻扎着一个排，第二年我当上了一班副班长，不久又升任了班长。比我早一年入伍的二班班长王军来自农村，为人正直，责任心强，各项军事技能过硬。在那单调荒凉的孤岛上，我俩成了无话不说的战友。当他问我父母在省城是干什么的时候，我告诉他父亲是一名老工人，母亲是家庭妇女，当然，全家衣食是无忧的。二班班长羡慕地望着我说：“陈立啊，你们城里人至少还有粮票，有工资，我们农村人苦啊，我家兄弟姐妹一窝子，老母亲抓把中药都掏不出钱哩。”

一天，团长来岛上检查工作。全排战士排成队站在操场上等候团长检阅。团长站在队伍前放开嗓门道：“同志们坚守海岛，辛苦啦！”

大家齐声回答道：“坚守海岛，保卫祖国！”

团长走到我们跟前，依次跟大家握手，间或抻一抻战士的衣襟，问一问哪里人，当兵几年啦之类的话。当团长走到我跟前时，握着我刚敬过礼的右手，一个劲儿盯着我看，然后微微点了下头才继续他的下一个握手和问候。

转眼到了年底，守岛战士轮流到本岛团部卫生队体检。我体检完了突然接到团部警卫班长的通知，要我晚上去团长家一趟，并且明确告知在团长家里吃饭。我心里好生纳闷，全团 1000 多号兵，团长为何单单请我去他家里吃饭呢？难道他知道了我的情况？无论如何，团长有请，总得去的。

团长见我到来，开心地哈哈笑了几声，亲手给我泡了杯绿茶，又掏出一支烟递给我。我摆摆手说不会，团长“哦”了一声，把烟塞进了自己嘴里点着，继而吐出一口浓烟。

团长夫人也对我格外热情，说年轻人不抽烟好，茶几上有瓜子，先嗑着，饭菜一会儿就好。

吃饭间，团长说：“小陈啊，两年多兵当下来了，有什么想法？”

我放下饭碗回答说：“团长，我没什么想法……”

“哦，”团长盯了我一眼说：“大家反映你在岛上表现不错，我看你还是安心在部队干吧，我跟政委商量过了，等过了年就提干。”

我赶紧摆摆手说：“团长，千万别提拔我，我没这个想法……”

“提干也是为了在部队多干些事，多为守卫海岛做奉献嘛！”团长说道。

我说：“守岛战士比我优秀的有好几个，比如那位叫王军的二班班长，各方面表现都比我突出，这个提干指标应该给他更合适。”

“你这小子，还挺会为别人考虑的，我当年想转业是你爸不同意。现在轮到你了，陈勇司令员的儿子，在我手下别想轻易复员。”

我惊讶地瞪大了双眼说道：“团长，你怎么知道我是谁的儿子……”

“我早就知道啦，”团长扒拉完碗里的饭粒，给自己点了根烟道：“看你这张脸，这双眼睛和宽大的鼻子，跟你父亲简直一个模子刻出来的。我看了你的档案了，一定是你爸叫你别告诉我的，是吧？”

我支吾道：“是的。还叫我服完兵役就退伍，在部队提干难免沾他的光。”

团长翘了一下嘴角说：“你爸那脾性我最了解啦。当年战火纷飞时他当营长，我是他的通信员，解放战争一路南下，他在省城当师长，我继续南下。第一次评衔时他已是副军级，照说可以评上少将了，但他坚决让了，最终评了个大校。我问他为什么要这么做，他说：‘想想那么多牺牲的战友，我们活下来的人还需要再争什么呢。’但凡遇到级别荣誉他就谦让，遇到硬仗他就争着上。全国解放后你父亲还打过报告，请求回老家当农民。这一切，小陈啊，你都知道吗？”

“好多我还是第一次听说。”我回答道。

团长起身把茶杯递到我手里，说：“小陈，我再问你一次，真的不想提干？”

“真的，”我以立正的姿势答道，“我听我爸的。”

“也好，”团长沉吟片刻说：“我懂你爸。”

守岛三年，我脱下了军装。离岛之前，团长和夫人在家里备宴送我，那晚，我喝了不少酒。

2021 年 11 月 7 日

父亲的日记

父亲他老人家91岁高龄无疾而终。我默默地整理父亲的遗物，其中有父亲留下的二十本日记。父亲少时在家读过几年私塾，大半生保持着写日记的习惯，蝇头小楷也写得漂亮。父亲的日记并非天天记，而是他认为有意义的感悟和事物才动笔记录下来，他坚持写到了70来岁才因老眼昏花而封笔。

我以前曾经劝过父亲选几篇日记拿到报刊上公开发表，但父亲不同意，说："自己写的日记干吗要拿出去示众？等死了以后再任由你们处置吧。"

父亲去世后，我的一个在报社当副刊编辑的大学同学动员我选几篇父亲的日记给他。我犹豫再三，选择了父亲早期的几篇发给了老同学。日记公开发表后迅即在读者中引起了反响。以下就是公开发表的几篇日记内容——

——山头实在守不住了。解放军的冲锋号"嘀嘀嗒，嘀嘀嗒……"在山腰上刺耳地回荡，只转眼工夫，就听到解放军官兵齐声高喊："放下武器，解放军优待俘虏……"就在几分钟前还声嘶力竭地吼叫抵抗到底的连长，此刻第一个扔下手中的枪，乖乖地举起了双手。

连长都带头投降了，我一个班长还能不投降？我原本对打内战就没兴趣，甚至还有过当逃兵的念头。我两年前当兵是为了打日本鬼子，不是来打内战的，现在放下武器我还真是巴不得呢。

活着的官兵纷纷放下武器后，共军的一个长官操着一口的山东土话跟我们这些俘虏兵说：“放下了武器你们就安全了，俺们解放军说话算数，绝对优待你们，等一会儿山下就有大馒头挑上来了，先由着你们吃饱，等吃饱了，你们愿意回老家的俺们给路费，如果愿意留下来参加革命队伍的呢，俺们热烈欢迎。”

败兵队伍里鸦雀无声。倒是我壮着胆第一个出列问道：“请问长官，你们克扣军饷吗？你们打骂士兵吗？”

长官不假思索地说：“革命队伍里官兵平等，战士吃什么指挥员就吃什么，如果粮食不够吃还会让战士先吃，打骂士兵在革命队伍里是绝对禁止的。”

听共军长官这么说，我便第一个表态不回家了，愿意留下来参加革命队伍。

其实我内心里实在想回家，我的大儿子都3岁了，我还想着回家给他取个名呢，我都想好了，就叫沈默然，希望他默默地平安一生。

从这一天起，我变成了一名“解放战士”。

1947年3月2日 小雪

——解放军对“解放战士”完全视同于自己的革命同志，毫无歧视之意。今天连长宣布我任三排排长，这太叫我意外了。连长和指导员说提拔我的理由是“有文化，打仗勇敢且有谋略，是个当指挥员的料”。

我也真是“上了凳子还想着上桌子”，居然没过脑子地问指导员我也可以加入共产党吗?

没想到指导员爽朗地笑道：“为什么不可以呀？只要以共产党员的标准严格要求自己，入党就是迟早的事，革命队伍里还有冲锋陷阵，火线入党的呢。”

看来我得请教请教共产党员，入党申请书该怎么写。

1948 年 8 月 3 日 晴 高温

——想不到我还活着，而且我的左腿还在，卫生员说我昏迷了两天两夜。丽城真是难攻呵，我们被一次次地击退，战友一排排地倒下，刚递交了入党申请书的我这时候不上啥时候上？我请求当敢死队队长，带领一排人抱着炸药包，在火力掩护下匍匐着冲向敌人的碉堡，当我燃响炸药包，飞身滚落到山崖下就什么也不知道了。

指导员见我苏醒过来高兴地连喊了两声：“你总算醒过来了，总算醒过来了……”

我吃力地断断续续问指导员：“指导员，我……们胜利了吗？”

指导员说：“沈副连长，我们胜利了，丽城解放了。”

我以为自己听错了，指导员怎么叫我副连长？指导员看我迷惑，握住我的手说：“你已经被任命为副连长了。团长交代等你醒过来就向你宣布命令，团长是用望远镜看着你带领敢死队员冲过枪林弹雨炸毁了敌人的碉堡的，你们为大部队解放丽城立下了头功……可惜，可惜我们的王副连长在冲锋的时候不幸中弹牺牲了……我还要郑重地告诉你，党支部就在一小时前通过了你的入党申请了，从现在起你就是一名光荣的共产党员了。”

过去在国民党军队里我被长官用皮带抽打得皮开肉绽都没掉过一滴眼泪，日本鬼子烧了我家的房子我也只有愤怒没有眼泪，这一回，我哭了，我的眼泪是汹涌而出的，我这一辈子是跟定共产党了。

1948 年 9 月 29 日　小雨

——大军南下，全国解放了。我们连在海岛上驻扎了下来，我生平第一次见到大海。今天团长下岛来了，他跟我们连里的几个领导说：“对岸就是宝岛，你们一要守护住脚下的岛屿，要抓紧练兵，时刻准备着，总有一天我们要打过去的。”

团长离开后连长指示我具体协助他抓紧练兵，先从学会游泳开始。连里好多战士都是北方兵，没见过大海也不会游泳，我自己就是个旱鸭子，明天起我就要带头学游泳。

1950 年 6 月 1 日　晴

今天一班班长带着他班里的一名战士到渔民家里白吃白喝，而且还拿了渔民晒的鱼干，我知道后严厉地批评了他，但他却瞪着醉眼朝我一通胡说八道地耍起了酒疯。我刚当连长才几天就出了这档子事，我气愤地抽了他一巴掌。这一巴掌还真的把他给抽醒了，我当即宣布关他的禁闭，等候进一步处理。

今天打了班长一巴掌，平静下来后心里很是不安，共产党队伍里是禁止打骂士兵的，我的这一行为还是遗存了军阀作风啊。难道我忘了当年在国民党军队里被连长用皮带抽打的事了吗？如今我自己当上连长了，怎么可以动手打战士呢？单凭这一条我也该关自己的禁闭了！等这个班长解除禁闭后我得向他道歉，而且还要在全连大会上做自我批评。当然，对这位犯了错的班长也绝不能迁就，革命军人不拿群众一针一线，他不仅仅白吃白喝还白拿，三错并重，待跟指导员商量后再做进一步的严肃处理。抓部队作风建设必须狠一点！

1953 年 7 月 1 日　晴　高温

——今天我被任命为副营长。上任时营长和教导员在营部食堂为我弄了一桌菜还有酒。看着一桌菜，不由得想起了当年我放下武器时连长（现在的团长）说过的话："革命队伍里官兵平等，战士吃什么指挥员就吃什么……"我一句话不说便转身离开了。我知道营长和教导员会很尴尬，但这是我转念投奔革命队伍，特别是入了党以后一直坚守的一条底线，我绝对不能多吃多占搞特殊化，我当连长时也从没在食堂里为自己加过一次菜，都是与战士同桌吃饭，就是团长，政委下连检查工作时我也从未为他们加过菜。官和兵是否真正平等不用看别的，看看餐桌就行了。

营长和教导员若是为此不高兴我也实在没办法，我会跟他俩好好说道说道，因为在我心里头这道坎过不去啊！

1959 年 9 月 20 日　下午　雷阵雨

后记：父亲的日记发表后，县党史办主任登门造访，其实我很清楚这位主任的来意，没等他开口便主动把父亲留下的二十本日记捐献给了党史办。做编辑的老同学又来电话叫我再陆续提供一些日记，包括父亲晚期写的日记，副刊拟以连载的形式予以登载。我告诉老同学，父亲的日记已非我个人所有了，可以直接找党史办主任。

2022年1月8日

“功臣扁担”

“功臣扁担”的由来是因为我父亲。父亲离不开他的这根扁担，扁担又因父亲而闻名。

解放战争时期，大军开到了我的家乡。乡亲们纷纷为前线的子弟兵运粮送水，父亲没有毛驴和独轮车，但他毫不犹豫地操起他的扁担投身支前队伍中。连续几天几夜，父亲挑着担子，身上好像上了发条，不停地在原野上的人流中来回穿梭。铁打的父亲还是没扛过眼前的一阵眩晕，一头栽到了地上。经过乡亲们的紧急救治，父亲终于苏醒了过来。一名战地记者恰好看到了这一情景，不由得感叹道：“真是压不垮的铁肩啊。”记者感叹了一阵后又用手抚摸历经风吹雨打，磨得光亮的扁担，含着热泪用尖刀在扁担上刻下了“功臣扁担”四个字。记者还为父亲和这根扁担拍了一张合照，配上文字报道登载在宣传刊物上。

从此以后，“功臣扁担”可以说就是“功臣父亲”，乡亲们干脆管父亲喊“扁担”了，“扁担”成了父亲的绰号。父亲也不介意别人喊他扁担，依旧用他的扁担挑柴挑粮挑水，也挑起了我的童年。常常地，父亲把我抱进一只箩筐，把货物装进另一只箩筐，“吭哧吭哧”地去集市，去亲戚家，那时我虽然年幼，但这些往事却依稀留存在了我的脑海里。

父亲的扁担不仅仅用来挑担，父亲还给它派过其他用场，比如用它打过狗也打过人。村口一户殷实人家养了一条威风凛凛的大黄狗，也许是“狗眼看人低”吧，每当父亲挑着担子路过时，这条狗就朝父亲狂吠，甚至还尾追父亲，大有想扑上来咬几口的架势。这条不识时务的狗终于惹得父亲“出手”了，父亲撂下担子，抄起扁担朝狗狠狠地扫了一扁担，挨了一扁担的狗哀嚎几声夹着尾巴逃跑了。从此这条大黄狗再见到父亲时便悻悻然甚至还会摇摆几下讨好的尾巴。

一天晌午，父亲挑着柴担经过山弯时，听到女人的呼救声。父亲抬头望去，原来是村里的一个痞子骑在女人身上正在解裤带，女人则挣扎着边骂边喊救命。父亲情急之下抛却柴担，抄起扁担照着痞子的背脊狠劲地敲了过去，骂道：“你个狗日的胆敢在光天化日之下欺侮妇女！”

痞子腰身向后一闪，“哎哟”一声惨叫，老半天直不起腰来。父亲又骂了一句：“还不快滚！”

痞子被女人连扇了几个耳光后，捂着腰背踉踉跄跄地跑了。

不知怎的这事很快在村里传开了。那痞子的背脊骨是否被父亲的扁担给敲断了不得而知，反正听说在床上趴了好几天才下地。

凡是村子里的痞子无赖好像都怵父亲这根扁担,若要阻止谁干坏事，只要喊一句“扁担来了”，准灵。

我也曾经被父亲的扁担敲打过。在我上小学五年级的时候，我叫上几个同学欺侮一个叫“二憨”的同学。我把二憨绑在树上，逼问他是不是他向老师告发了我们几个同学偷摘果子的事。

正当我吼着想扇二憨一巴掌时，却冷不丁后腿弯被硬物重重地击打了一下，我的双膝盖便顺势跪到了地上。是父亲用扁担把我给打跪下了。

父亲骂道；“臭小子胆敢欺侮二憨，快给二憨道歉！”

我梗着脖子不愿向二憨道歉，父亲便又挥舞起扁担，厉声喝道：“道不道歉？老子这根扁担可不认人！”

高悬在空中的扁担瞬间让我联想起语文老师曾经讲过的孙悟空手中的金箍棒，此刻我感觉父亲手中的扁担就好比那根金箍棒，我梗着的脖子即刻软了，支支吾吾向二憨道了歉。

父亲离开时还朝我撂下一句话：“臭小子，晚上回家再跟你算账。”

那天晚上，父亲的面部表情异常严肃，他吧嗒着烟袋，对我说：“儿啊，你欺侮谁也不能欺侮二憨啊，你可知道二憨为啥没父亲吗？”

我怯怯地摇摇头说不知道。

“二憨的父亲是打日本鬼子时牺牲的，死得很壮烈，那时二憨还在他娘的肚子里呢。这孩子命苦啊……”父亲说着起身抚摸我的后脑勺，说，“记住今天老子给你的这一扁担，你这么大了也该长记性了。”

转眼间我长成了身强力壮的大男人了。父亲也就用不着他的“功臣扁担”了，他也挑不动了。

在父亲需要拄拐杖的时候，县里来了两位不速之客，采访父亲过去支前的事，并且要求父亲找出那根“功臣扁担”，说是要带回县里去。

父亲说：“那根扁担早就用不着了，被我砍了当柴烧了。”

那两人不死心，缠着我探问，我拗不过，只好瞒着父亲到柴仓里找出那根布满灰尘的扁担。

一年后，我儿子参加校外活动从县里回来，跟我说："爸，老师今天带我们到县党史馆参观，我看到爷爷那根'功臣扁担'了，就竖在玻璃柜里。"

2021 年 7 月 16 日

父亲把枪口对准自己的太阳穴

父亲是一路乞讨到小岛上的。那年他才 25 岁，岛上仅有二十几户靠打鱼为生的“土著”。在我鼻子底下生出一层细密绒毛的时候我才知道父亲名叫王大成，因为岛上的人当面背后一律叫我父亲“歪脖”。而我母亲平日里唤我父亲时就只有一声“哎”，哪怕大老远地喊我父亲也只是“哎——”，顶多再重复几声“哎”。而我，平时只管喊“爹”即可。

长大后父亲在一次酒后告诉我他认为该告诉我的一些事。

父亲是一个孤儿。一家人死在日本鬼子刀枪之下，所幸，父亲当时在山上放牛，躲过一劫。父亲埋葬了家人，离开了家乡，参加了国军。跟日本鬼子打仗，父亲是不惜生命的，他必须为家人和全村人报仇雪恨。

父亲个头小，先是给连长当通讯兵。连长升任营长，营长依旧舍不得父亲离开他半步，父亲就继续充当营长的通讯兵，营长待父亲如亲弟弟。

日本鬼子投降后，内战开始。国军节节败退，父亲所在的营固守一战略要地，被解放军打得只剩一个连的兵力了。营长在战斗间隙看着不足百人的残兵败将，用颤抖的手给自己点了一根烟。待营长凄凉地吐出一口浓烟的时候，父亲猛地朝营长叫道："营长，我们投降吧！"

"你说啥？妈了个巴子的，你小子也劝我投降，你还是不是我的兵！"营长狠吸了几口烟草道。

父亲隐忍着没再作声。

新一轮的交火又开始了，解放军官兵勇猛冲锋。父亲在战壕里拦腰抱住营长，哀求道："营长，再这么打下去全营就都没了，放下武器，给弟兄们留下一条生路吧。"

营长挣脱开父亲，用短枪指着父亲道："信不信老子一枪毙了你，想叫老子投降，除非我被打死了。"

"那我就以死相谏吧。"父亲说着一把夺过营长的手枪，枪口对准自己的太阳穴，朝天喊道，"对不起了营长，我数一二三，过三我就扣扳机。"

当父亲紧闭双眼，把"三"这一声从口中大喊而出时，营长大喝一声，闪电般抬腕将父亲举枪的手推了一下，"砰"的一声，偏离太阳穴的子弹穿透了父亲的后脖颈。父亲应声倒地，营长迟疑半晌，只得一双胳膊缓缓地举过头顶……

几十号国军从此成为"解放战士"。父亲在伤口尚未痊愈之时，于一个月黑之夜，悄悄离开了部队，一路向北，一路乞讨。父亲跟我说，他当时并不明确该去往哪里，反正是一门心思往荒凉的北方走，远离人烟，远离战火。

在一个寒风呼啸的夜晚，父亲昏倒在岛上一户柴门紧闭的门口。待到天亮时，一个 9 岁的女孩（后来成了我同母异父的姐姐）推门发现了倒在门外的父亲。女孩惊恐地退回屋内，朝卧病在床的母亲惊叫道："娘，门口……有一个死人……"

我的母亲是寡妇，丈夫几年前出海打鱼时不幸葬身鱼腹。我出生的时候，我的同母异父12岁的姐姐因病得不到及时救治死了。再后来，比我父亲大7岁的母亲先我父亲而去，母亲离世之前，我第一次听到母亲喊我父亲的名字，留给我父亲的最后一句话是："大成啊，这辈子亏了你啦，我走后你可得好好待自己呀……"

我看见泪水在父亲满脸的皱褶里漫延……

部队的战友没有忘记父亲。已经离休多年的从前的那位父亲的营长终于找到了父亲。

那一夜，两位老人举杯对饮，我坐在一旁。是老营长先举杯敬我父亲说："王大成啊，你可是全营几十号弟兄的救命恩人啊，大家聚在一起都常常念叨你。也不知你小子跑到哪儿去了，也不知道你是死是活……"

父亲下意识地摸了一把后脖颈说："老营长啊，我算啥子救命恩人哩，你可知道我当时是想把枪口对准你的太阳穴，但举枪之时我却鬼使神差地把枪口对准了自己……"

营长冷峻地嘿嘿一笑说："大成啊，当年你把枪口对准自己太阳穴的时候，我突然之间意识到，弟兄们得救了。大成，我倒想问问你这大半辈子的，隐姓埋名躲到这小岛上究竟是怎么想的？"

父亲呷了一口酒，良久，沉吟道："这辈子我压根就没有想过我是怎么想的，等到下辈子再让我好好想想吧……"

2021年7月16日

县委书记

咳嗽不止的父亲到医院检查，诊断结果是肺癌。当了大半辈子军人，性格刚烈的父亲说什么也不肯住院。他老人家的观点是没见过几个得了癌住医院还能活着出院的，与其挨上一刀不如保守治疗，好歹还可能多活上几年。父亲还跟我说："你爷爷活到76岁大家都说他是高寿了，我现在不也是70多岁的人了吗？"我劝父亲说："爷爷那个年代人称七十古来稀，老爸您再怎么说也得活到个八九十岁呀。还是到大上海住院治疗吧，咱也不是没这个条件，也免得被别人议论我们做子女的不孝不尽心。"但不管我怎么劝，父亲就是固执己见。

过了几天，父亲突然若有所思地把我叫到跟前说："国强啊，时间过得真快，转眼你也过了半百了。老爸我这些日子老想y县，那里可是我的第二故乡啊，在那里生活了十多年，而且在y县的大山里还撒有你爷爷的骨灰。你抽空陪我去y县住些日子吧，那儿空气清新，对肺也有好处。"

我依了父亲，陪父亲在省城乘动车去了y县。在y县有父亲幼时的奶妈一家子，奶妈等长辈虽已过世，但小一辈与父亲偶尔还有来往。

到了y县，父亲住进了奶奶的老屋，奶奶的后辈对父亲热情有加，无微不至，使父亲的精神也好了许多。咳嗽也奇迹般地缓解了。一天晚饭后我陪父亲散步，走到新建的宏伟气派的县政府大楼跟前，父亲驻足沉思良久，喃喃道：“国强，当年你爷爷在y县当县委书记时，这儿就一个小院子，院子里就一两幢两层高的砖瓦房，院内西墙根下还有一长溜的单层砖木结构的房子，不少机关干部职工的家属就住在那儿，每家在廊道上放个煤炉，搭个简易伙房，热热闹闹的。现如今都拆了，连张旧照片都没留下。你看看现在这政府大楼多气派呀。”

我说这很正常呀，时代在发展嘛。父亲看了看我，自言自语道：“确实今非昔比，但以前的事就好像是昨天啊，那时候是真艰苦啊……”父亲说着挪动了脚步，我紧随着父亲的脚步。父亲说，“国强啊，老爸跟你讲一段从前你爷爷在y县当县委书记时的故事吧……”

“全国刚解放那年，y县遭遇了旱灾。好多村庄种的粮食颗粒无收。你爷爷心急如焚，他马不停蹄地走村串户，一心只想为灾民缓解饥饿。在一个叫山坑的村子里，乡亲们看见县委书记来了，黑压压的一片跪下来，你爷爷也情不自禁地面对着灾民‘扑通’一声跪了下来，含泪自责说虽然是遇上了天灾，但他作为县委书记实在对不起乡亲们。他发誓三天内为全县所有遭了灾的村子紧急调拨救济粮。你爷爷直起双腿，当即策马飞奔到县里召集紧急会议，要求县委和县政府班子成员以及各级干部带头捐粮，分头到尚能吃饱肚子的干部群众家借粮，哪怕一斤地瓜干也行。部署完之后，你爷爷又马不停蹄直奔地区，闯进了专员办公室，还没等专员反应过来，你爷爷已经掏出了腰间的手枪顶住了自己的太阳穴，威胁道：‘老团长，你今天必须答应给y县拨救命粮，若不答应，我现在就一枪崩了我自己。’专员抗战时就是你爷爷的团长，你爷爷是他手下的营长。老团长傻了眼，他深知你爷爷的性子，你爷爷可是个说出什么就能干出什么的人。抗战那会儿你爷爷就干过这种事。战火中你爷爷劝团长率队转移，团长不干，把眼睛瞪得灯笼般大，大骂你爷爷吃了豹子胆了，一个营长敢指挥团长？你爷爷一急，就把枪口瞄准自己的太阳穴，僵持了一会儿，你爷爷果真要扣动扳机，被团长一胳膊给顶了一下，子弹打飞了。团长狠狠地摇了摇头骂了一句：‘狗日的，算你小子狠！’便率队转移了。你爷爷带着几个兵坚持到弹尽才一纵身跳下了山崖，所幸被老百姓发现才捡回了一条命。现在你爷爷为救灾民又故伎重演，吓得老团长赶紧抓起电话，从各地紧急调拨了一批粮食。”

父亲说到这儿，笑了笑说：“听你爷爷说，老团长末了还是没忘骂了一句——‘狗日的，算你小子狠’。”

父亲在小河边的一张石凳上坐了下来，我紧挨着父亲。父亲把一只手掌放到我的手背上，缓缓地说：“你爷爷是那种会搭上自己的性命去保护老百姓的人啊。旱灾那年，饥饿的老百姓围在县政府大门口，你爷爷看到后当即喝退门卫，让老百姓涌进县政府食堂。你爷爷还号令机关干部从他开始饿上两天，先让灾民吃上一碗饭。这种事也只有真正的共产党人才能做得到。老百姓是天，人民才是江山啊！”

我被父亲的叙述深深地打动了，不由得感叹道：“老爸，这些事您都还记得那么清楚啊！”

父亲说：“好多事我是听你爷爷的老部下说的，你爷爷有时也跟我说一些。后来我记事了，也亲眼看见不少你爷爷爱护百姓的事。这些事怎么忘得了啊，你爷爷的品性影响了老爸一生。”

往回走时，和父亲又经过了气派的县政府大楼，我问了父亲过去一直想问的事，就是凭我爷爷的资历和责任心为何一直留在县级岗位没能再被提拔？

父亲说：“这事我清楚，你爷爷是有过好几次升迁机会的，但都被他拒绝了。他在 y 县任职的第三年，上级就拟提拔他到地区当副专员，但你爷爷却打报告向组织上请求让他继续留在y县多干几年，等y县老百姓能吃饱肚子了再走。你爷爷说当个副专员干不了能让老百姓吃饱肚子的事。”父亲说到这儿微微一笑，接着说道：“刚解放那几年咱国家一穷二白，又在朝鲜打了几年仗，能让老百姓吃饱肚子还真不是件容易的事，老百姓吃不饱饭，你爷爷就不肯离开，他是真心实意为百姓而不是为了自己升官的公仆。再后来从三自一包一直到接连不断的运动，你爷爷几乎无一次幸免，一会儿被撤职靠边站，一会儿又挨批斗蹲牛棚，别说升官了，能坚强活下来就不错了。改革开放了，你爷爷也老了，身子骨也不行了，是他打了报告要求提前退休的。老爸我虽然当上了师职军官，但跟你爷爷比，老爸我会时常反思感到自愧不如。你爷爷才是真正的老革命啊！”

一辆小汽车从县政府大院里驶出，后面紧随着一辆大巴车，我赶紧拽了一把父亲。望着远去的小汽车，父亲突然剧烈地咳嗽了一阵，说：“咱走路是得讲点规矩，应当走人行道。”

父亲终因病情恶化而离去。遵照父亲的遗嘱，将他生前的所有存款作为教育资金捐献给了y县。

2022年1月14日于勤思

“我是一个兵”

父亲连我都认不出来了。医生下了结论：“老年痴呆症。”这下可苦了母亲，父亲会时不时地朝母亲吼上一声：“你是谁啊？”而母亲又不敢离开父亲左右，怕他突然离家出走……

患了老年痴呆的父亲却能牢牢地记住他的唯一的外孙子，也就是我的儿子小军。我们一家三口一来到父亲家，只要听到小军喊一声“姥爷”，父亲便两眼放光，立刻像个正常人一样，伸出胳膊把小军揽到怀里，然后再卸下斜挎在小军身上的塑料手枪，一起玩“打仗”的游戏。

父亲 1946 年参军打仗，新中国成立后又赴朝参战，可谓身经百战，最终在军分区副司令员任上离职休养。父亲把自己一生都交给了军队，如今老了，不记事了，但他一摸到小军身上的塑料手枪，就似乎被打了一针“清醒剂”，立刻唤起了战火纷飞的年代记忆。父亲如今唯一能哼唱的歌曲就是《我是一个兵》，但他只记住了“我是一个兵，来自老百姓”这句歌词，唱完便哼几下音调，然后再重复唱这句，如此反反复复，母亲无奈地喟叹道：“耳朵都听出老茧来了。”

一个周日，我们一家三口和老父老母逛公园，为了确保父亲不走失，我们硬是把父亲塞进轮椅里。当一家人走到公园里正在开挖的一条一米来深的沟槽旁，父亲突然大叫一声，跳出轮椅，拽着小军就往沟槽跳，跳进沟槽后父亲用身体死死压住小军，嘴里不停地喊："敌机来了，快隐蔽，一班长，用机枪朝空中扫射，快……"

小军被压得嗷嗷叫，我丈夫伸手拉父亲，但父亲这阵身上的气力出奇的大，我丈夫根本拉不动，还是小军反应快，机警地喊了一声："姥爷，敌人冲上来了，快打。"

父亲闻声倏地弹起身，朝小军吼道："身上的枪呢？快速狙击，给我狠狠地打，只要人在，阵地就在！"

我禁不住无声地笑了，眼眶里却盈满了泪水。

为了照顾父亲，也是为了减轻点母亲的负担，我和丈夫增加了回家的频率。按说也该雇个保姆，但母亲不同意。每一次回家看到的总是父亲独自呆坐在沙发上。一言不发的父亲会时不时地瞅我一眼问道："你是谁啊？"

我心里难受，便附到父亲耳边说："爸爸，我是您女儿宁宁啊……"

父亲摇摇头喃喃道："不认识，不认识……"

我不甘心地大声喊道："爸爸，您再看看，我是您外孙小军的妈妈呀……"

父亲听到小军的名字时似乎清醒了一点，眼睛一亮说："小军，枪呢……"

一天母亲来电话说父亲已经一整天不肯吃东西了。我放下电话跟单位请了假便直奔父亲家。我端了一碗面条劝父亲吃，但父亲就跟没听到一样。万般无奈之中，我忽然想到用歌声呼唤父亲试试，便唱起了"我是一个兵，来自老百姓……”

父亲听到歌声，两眼立马一亮，跟着我哼唱起来。我便乘机哄劝父亲：“团长，快把这碗面条吃了吧，吃饱了好上战场狙击敌人。”

没想到这一招还真灵，父亲终于像个乖孩子一般“呼噜呼噜”把一碗面条给吃了。

待父亲吃完了面条，我又接着反复哼唱“我是一个兵”，父亲则跟着我哼唱，渐渐地，父亲累了，便仰靠在沙发上沉沉地睡着了。

我把下巴点在母亲的肩膀上说：“妈，是女儿粗心了，我该买一盒军歌磁带，每天放军歌给爸爸听。”

母亲说：“嗯，还是我女儿想得周到，军歌是你爸的精神支柱啊，快去买吧。”

2022 年 1 月 2 日

苦　难

我在人世间活得太久了，我竟然可以活到80好几。孙子在病床前拉着我干枯的手，泪水滴滴答答掉落。我憋住一口气，再狠狠地释放出来，嘶哑道："孙子唉，你这是来爷爷跟前哭丧吗？"

"不，"孙子摇摇头说，"爷爷，你一定会康复的，我流泪还因为，因为我什么都没有了，我的店铺、汽车都被大水冲走了。"

"哭啥，振作起来，"孙子的爸爸，我的儿子吼了一声，"经受点磨难挫折不见得就是坏事，大水冲走了钱财，只要人还在，什么都可以失而复得的。"

"你说得倒轻巧！你知道吗？大水冲走了我三年的血汗？"孙子跟他爸争辩道。

我摇了摇孙子的手，说："孙子啊，你爸那屁轻的话你听听就是了，爷爷知道，苦难永远都是坏事，你想哭就哭吧，只要别想不开寻短见就行。"我的嘴角翘了翘，孙子止住了泪水，朝我微微一笑。

"但愿我们人人都能远离苦难，它就是个坏东西，永远也别指望它会是个什么好东西。”儿孙离开病房后我独自躺在病床上耳边又响起几十年前王排长对我说的这句让我记一辈子的话。

那时候，新中国成立才十来年。国家穷困，我们部队里的生活同样也是很艰苦的。更何况我们这支部队是在雪域高原修建“天路”，遇到恶劣天气，断粮断炊是常有的事。王排长是从解放战争过来的，他在战争中被打瞎了一只眼，我是新中国“红旗”下入伍的娃儿兵，自然对王排长平添了几分崇敬。

王排长是贵州大山里的人，他对苦难有切身体会，也与诸多人有着不同的理解。有一年过八一建军节，连里难得改善生活吃肉包子。那天中午，王排长居然一口气吞下八个大包子。他拍拍鼓胀的肚皮，叫我陪他到戈壁滩走路消食。王排长一路走一路说肚子胀得难受，我笑他，他也笑，间或打几个响亮的饱嗝儿，说：“哎哟，胃里的大油都涌到嗓子眼儿了，吐口唾沫都有油星子。”

我们边走边聊。但主要是听王排长聊他的家常，而他所聊的家常其实就是聊苦难。王排长说他在家小名叫老四，上面还有一个哥哥和两个姐姐，哥哥被国民党抓了壮丁，死在了战场上，大姐连病带饿也死了，下面还有个弟弟出生不满周岁就死了。剩下个二姐又跟她娘被人拐走，至今不知下落，而父亲带着他一路要饭找她们母女俩找了三年。这还不算，父亲为养活他，上山采蘑菇，不幸从悬崖上摔落，断了一条腿。王排长跟我说这些时，打嗝也止住了，眼泪就涌出了眼眶。

我听了心里难受，掏出一根烟给王排长点上，说：“王排长，平时看你乐呵呵的，还真看不出，你这么苦啊！”

“那怎么办，天天哭给别人看啊？”王排长吐了一口浓烟说。

王排长干活会“忘我”，但他从来没有“豪言壮语”，他对自己的解释往往就两句话，要么是“我大字不识一箩，哪那么多漂亮话”。要么就是“说那么多干吗？能当饭吃当大肉吃啊？能代替干活吗？”

“不幸”再一次降落到了王排长身上。在工地施工时，毫无预兆地，一块硕大的滚石不偏不倚砸到了他的左腿上，腿骨粉碎。在那雪域高原上到哪急救去，军医和卫生员只能让他成了个瘸子。躺在行军床上的王排长对我叹息道：“哈，这也叫遗传吗？我父亲摔成了瘸子，如今我也成了瘸子，苦难怎么老光顾我呀！”

我宽慰他说：“王排长啊，一家不知一家事，比起前几天那位牺牲的战友总还算幸运了。”

“呵，你小子才当几年兵，倒教导起我来了。什么比不比的，我瘸了就是瘸了。你总不会也像指导员对我说的‘坏事也会变成好事’的鬼话吧。”

我红着脸“哧哧”笑了几声，为自己辩解道：“王排长，我不是这个意思……”

“那你啥意思啊，给我一根烟，老子要抽根烟去去烦。”

我赶紧把兜里皱巴巴的半盒烟掏出来都递给了王排长。

王排长能下地了，他拄着一根木棍又开始了他的嬉笑打骂的特性。

那是20世纪50年代末期啊，贵州大山里的好多人根本吃不饱穿不暖，可偏偏祸不单行，山洪暴发，王排长家里又遭了灾了。我知道后掏了五块钱给王排长，但王排长坚决不要，说他穿“四个兜”有工资，怎么能要一个兵的钱。

排长难受了几天，又像平常一样乐呵呵了。我发现，他的乐呵都是在干活或者打饭的时候表现出来的。

我也遇到了不幸，母亲突然病故。我母亲才40来岁啊，家里还有兄弟姐妹好几个，父亲是个老实巴交的泥腿子。这个家可怎么办呀！而且，就在这个“特殊时期”，我家乡的“相好”又来信明确表示跟我“吹灯”，理由是她父母逼她嫁给一个比较殷实的人家，好让她哥哥能娶上媳妇。

双重打击使我倒下了。我压了两天床板，王排长收工后就坐在我床头旁，也不多说话。第三天，当王排长把一碗面条端到我床头时，我忍不住抱住王排长的肩膀痛哭起来。王排长拍拍我的脊背，说：“哭出来就好啦，你早该哭了。”

过了好一阵，我抽泣道：“王排长，我想向你学习忍着不哭的，但还是忍不住哭出来了。”

王排长说：“你怎么知道我没哭？我常常眼睛都哭肿了，只是你没看到罢了。”

我说：“刚才指导员过来跟我说了，叫我要坚强，挫折会锻炼人的意志，事物都是会转变的。”

王排长呵呵了几声，给自己点了一根烟，一字一句地说：“不幸就是不幸，都已经发生了，还说那么多屁话干啥？战友叫我独眼龙，现在又多了个瘸子的别号，难道我这只眼、这条腿能好？指导员跟我是一个村的发小儿，一起当兵打仗，他这样劝你是想宽慰你，但你小子记着，苦难永远不是个好东西，你可以不哭诉，但永远要记住，别忘了这个坏东西，谁要是唱高调，咧咧什么意志坚强，坏事变好事什么的屁话，那就也让他瞎眼断腿吃不饱穿不暖死亲人试试吧。”

我退伍回乡后大半辈子再没见过王排长，他一定早就不在人间了，他生前不知找到了他的生母和姐姐没有，不知他后来又遇到过什么苦难没有，但愿他是平安地度过余生的。

2022年1月25日

听王叔叔讲打仗的故事

父亲在家属院的天井下竟然和当教导员的王叔叔吵得面红耳赤。我们几个正在天井下玩“滚弹子”的孩子才不管两个大人在吵些什么呢。但我一边玩着弹子，一边也听清楚了几句两个大人之间的对话。王叔叔咬着牙关道：“你当营长的不能这样护犊子！就因为他在朝鲜战场上当过你的通信员吗？这次不能放过他了，非得撤了他的排长职务不可！”

父亲则斩钉截铁地说：“不能撤！要撤你先把老子给撤了吧，只要还是老子当营长你就别想动他！”

“那就明天党委会上见。”王叔叔撂下一句话便掉头回自己屋里去了。

我家就在天井旁，父亲进屋后被母亲数落了一通。母亲说：“你俩一个营长一个教导员，工作上的事要吵在办公室里吵，回家属院里吵啥子嘛，家属和孩子们听了影响多不好。”

大人吵架归吵架，反正不关我们孩子屁事，我们该怎么玩还怎么玩。其实父亲和王叔叔在一起经常是要么吵架、要么下棋、要么喝酒。王叔叔特会讲打仗的故事，夏天的晚上我们几个孩子老缠着王叔叔到二楼的凉台上讲打仗的故事，从抗日战争到解放战争再到抗美援朝战争，一整个暑假里，直听得家属院内的孩子们的口水往衣襟上滴。

王叔叔和我父亲吵架的那天晚上我照旧和几个孩子把王叔叔拽到凉台上。王叔叔坐在竹椅上，不慌不忙地给自己点燃了一根香烟，再“唰”的一声抖开折叠的纸扇，朝身上扇了几下凉风，说：“叔叔今晚给你们讲个朝鲜战场上的故事吧。”

“好……”孩子们狠劲拍起了小手掌。

王叔叔给我们讲了这么一段故事：

“那是一个大雪纷飞的傍晚，装备精良的美军朝我军阵地蜂拥而来。前线指挥部命令一营死磕阵地到天黑，以掩护大部队转移。”

“坚守在战壕里的一个营的兵力打到只剩下几十号人了，营首长全部牺牲了，几个连的首长也只剩下一连连长和三连指导员了。一连连长和三连指导员相互碰了一下身子，便联手指挥活着的几十号人坚持战斗，击退了美军一次又一次的进攻。天色渐渐暗了下来，敌机迫不及待地在阵地上空实施了又一轮的狂轰滥炸，一颗炸弹落在了距离连长和指导员的不远处。‘小心……’连长闪电般扑到指导员身上，连长身负重伤。指导员命令通信员把连长背下山头，正当指导员把连长抱到通信员的背上时，一粒子弹射中了指导员的胳膊，若不是指导员的胳膊中弹，那粒子弹就会穿进连长的后背。天黑之后，全营打得只剩下二十来号人了，但却换来了大部队的安全转移。”

“那后来呢？负重伤的连长牺牲了吗？”我睁大眼睛问道。

“后来啊，停战后，那个连长回国娶了个老家的姑娘，就生下了你。”王叔叔呵呵笑着对我说。

“啊，原来是我爸爸呀，那个胳膊中弹的指导员呢？他的胳膊断了吗？”我追问道。

“那只胳膊现在正在摇扇子呢。”王叔叔说着还故意起劲地摇了几下扇子。”

我的一对小眼睛眨巴了好几下才反应过来。从那天晚上我才知道，王叔叔和我父亲以前打仗的时候就是并肩的战友。

王叔叔后来和我父亲都在团职岗位上离休，又一同住进了干休所。而我长大后如愿参了军，最终官至正师职。我常在心里想，父亲和王叔叔身经百战，差点儿命都搭进去了也才只当上个正团职，而我一次仗都没打过，居然是正师职。为此，我跟父亲说：“爸，你们在战争年代里生命说没就没了，现如今确实不一样了。”

父亲“哼”了一声说，“打仗时死在战场上是英雄，你们现在有好日子过了，可别另一种死法。”

“什么另一种死法？”我不解地问道。

“贪欲，”父亲说，“你记着，当到多大的官也别忘乎所以把自己给腐败了。我们从前若死在战场，顶多是肉体的死亡，你们现在若腐败了，哪怕肉体还活着，但灵魂已死！”

我诺诺道：“嗯，爸，我明白了，灵魂不死才真叫活着。”

王叔叔先我父亲而去。那天在殡仪馆送别王叔叔时，80多岁的父亲拄着拐杖，我见父亲握着拐杖的手在不停地颤抖。回家后父亲呆坐在沙发上一言不发。母亲劝我父亲说：“你都两餐没吃饭了，人老了迟早总要走的啊……”

父亲长叹一声道："这道理我还不懂吗？老王急着先去见那些牺牲的战友去了，我也快了，我想他们啊……"

2021 年 7 月 4 日

龚云生

我在县公安局当政工科长时，龚云生是县公安局看大门的临时工。局里看大门的就他一个人，每天要负责来人登记，报刊分发，接听(传达室)电话，清扫卫生等，挺忙碌的。他之所以能在县公安局当个“看门佬”，是因为他退伍回乡刚下公共汽车就在汽车站里见义勇为抓了个扒手。县安置办就向我推荐让他到县公安局当临时工，局里传达室正好缺个看大门的，我和他商量时，他想都没想就满口答应了。

龚云生二十一二岁，浑身是劲，办事灵活尽责，深受局机关上下的好评。我曾经找他谈话，勉励他好好干，以后转个正式身份还是有机会的。而龚云生则没心没肺地说：“如果有机会符合条件转正当然好，但如果不符合条件就别太勉强了。你看，我还有照相技术呢，我在部队的团机关里就干这活儿。现在允许干个体户了，当个照相的专业户也挺好，就是回老家乡下生活也挺好，干嘛非得当公家人呢？”

我听了龚云生一番话虽然嘴上笑笑，但内心里却想这愣小子还真是挺怪的，多少人为端个铁饭碗找关系费尽心机，可他竟然面对我一个做人事工作的科长说出这样一番话来，真个算是“纯”了。

龚云生干了两年临时工，“转正”的机会终于来啦，局里腾出了一个正式职工的编制。当然，有了编制也不是就非他莫属，有背景关系的，基本符合政策条件的多了去了。关键是在这个节骨眼上龚云生又“英雄模范”了一次，跳河里救了一名落水儿童。单凭这条事迹，我只要把他的名字在局党委会上一提，谁还有啥话好说的？再说人家属复退军人，安置工作本应优先，除非一把手吴局长自己另有人选。但我相信老军人出身的吴局长是硬性人，不会为谋私利随意“开后门”的。

县广播站的记者找上门来了，要采访龚云生。我特意叮嘱他这次的记者采访很重要，很可能就是他人生的重要转机，可得要如实地好好服从记者的采访。龚云生看看我，抿嘴笑笑没有说什么。

采访结束了，没想到龚云生却否认了自己的“壮举”，跟记者说真正救起落水儿童的其实另有其人。说自己是随那人之后跳入河里的，是那人先一把揪住了儿童的头发把儿童提溜到河岸上的。那人上了岸以后就迅速消失了，而自己还留在现场。儿童的父母赶到后见到的是我，可能因此而误以为是我救了孩子。

记者听龚云生这么说，也只好去寻找那位无名英雄了。

在局党委研究招录正式工时，这唯一的一个编制被县里一位领导的儿子摘走了。人家是城镇户口的退伍兵，条件也算硬。

这事对龚云生好像根本就没发生过，他该干啥干啥。只是到了第三个年头他提出不干了。他找我辞行，说已在县中山公园租到了一个为游客拍照的摊位。他告诉我当个体户的收入会比临时工高不少，趁现在赚点钱娶个老婆也好回乡下照顾父母。

人各有志，我还能说啥呢。过了一段时间，我携老婆孩子去中山公园游玩，其实我心里一直没忘了龚云生，想找个机会去公园看看他的照相营生。

一家人漫步到公园内的一座假山前，我一眼看见了正在为游客照相的龚云生。我喊了一声“小龚……”龚云生猛一听到是我叫他，一股的开心劲儿，说：“沈科长，您怎么也有空逛公园啦，哎哟，阿姨和小妹也来了，快过来让我给你们一家拍张合影照。”

我笑笑说：“还是叫大嫂吧，叫阿姨叫老啦。”

一家人站在假山前拍了一张难得的合影照。我要付费，但龚云生怎么也不肯收，还说自己现在的收入比我这个在公安局当科长的还高不老少呢。

这张“合影照”多年来一直摆在我书房的书桌上。那时我女儿才十来岁，扎两根羊角小辫。每当我注视这张照片时，就会想起龚云生。他在中山公园为游客拍了两三年人与风景照，其间还见义勇为又抓了个扒手，受到了当地派出所的表彰。

一晃20年过去了，如果不是书桌上的那张“合影照”，我恐怕早就把龚云生淡忘了。我从县公安局政委的岗位上退居二线没几天，突然接到龚云生打来的电话。他在电话里说：“偶然听我这儿的派出所一个民警说您退二线了，就跟他要了电话号码打给您，退了该没那么忙了吧？抽个空到我乡下老家玩玩，散散心，想您来啊。”

我放下电话，心想现在正是农村油菜花开时节，不如带上老伴去龚云生那儿走走。

我自驾去了龚云生那里。他的家乡果然风景优美，梯田上一层一层盛开的金黄色的油菜花令人陶醉。

20年没见，我觉得龚云生几乎没咋变样。而龚云生看见我时打量了我许久，叹息了一声说："沈科长，哦不，沈政委，看来您平时工作确实挺劳累啊，头发都掉光了，以前您看上去多年轻啊。"

我"呵呵"笑道："看你说的，都奔六的人啦，脱个发不是很正常吗？不过小龚啊，你倒一点没显老喂。"

龚云生笑道："乡下的山水和空气养人哩。不过……"龚云生把脸转向我身后的老伴儿说，"大嫂可一点儿没见老唉……"

老伴儿"扑哧"一声笑了，说："小龚还挺会捧人的啊，我都当外婆了呢！"

我问道："你现在做什么大事业呀，不照相啦？"

龚云生说："早改行啦，我现在种花养田鱼，喏，那满山坡的油菜花都是我承包的，我创办了菜籽油加工厂。您返城时我给您带几斤菜籽油回去，绝对的绿色油。"

走进龚云生的农舍小院，见一老人家坐在轮椅上。老人家一头的银发梳理得整整齐齐，面目格外慈祥。我估计这是龚云生的老父亲了，没等龚云生介绍，我俯下身握住老人家的手说："老人家，您好啊……"

老人家爽朗地说："70多喽，除了腿不行，其他零件都还好。"

我赶紧又说："老人家，您有一个勤劳孝顺的好儿子，您福如东海啊。"

龚云生一旁插话说："老父亲的腿是抗美援朝时被冻坏的。"

我意外地问道："小龚，原来你父亲是位革命老军人？"

老人家望着我问道："听云生说你是县公安局的政委，你们的吴局长现在怎么样啦？还好吧？”

我又是一阵意外，老人家竟然认识县公安局以前的一把手吴局长。我回答说：“老人家您认识吴局长呀？他三年前就在县人大领导岗位上退休了，现在住在温州市，身体挺好的。”

“哦，”老人家摇摇头说，“我也好多年没见着他了，真快啊，连我当年的通信员都退休了。”

“您是说……”我疑惑地问道，“吴局长当年是您的通信员？”

龚云生一旁说：“朝鲜战争时，我爸当连长，吴局长那时是连通信员。”

“是这样啊，”我把脸转向龚云生说，“那你当时在局里当临时工的时候为啥不……”我停顿了一下，把想说的后半句话给咽了下去。

2022 年 5 月 6 日

洁白的海军裤

在我念小学四年级的时候，我随父亲和母亲（母亲怀里还抱着我的妹妹）从美丽的滨海城市回到了千里之外的 y 县老家。

父亲是北海舰队的营职军官，虽然前程看好，但父亲却打了报告要求转业回老家。理由是岳父母年迈身边无人照顾。父亲还在报告上说自己因战争年代负了伤，体质下降已不太适应继续在部队工作。

部队首长没能说服父亲，只好同意他转业。搬家的时候父亲把一条洁白的海军裤折叠平整交给母亲说："帮我把上衣也叠好，还有军帽、飘带一起都压到皮箱底吧，也算留个纪念。"

我在一旁看见洁白的海军裤，跟母亲说："阿妈，这条海军裤真好看，长大后我要穿。"

母亲说："放心吧孩子，等你长得跟你阿爸一般高了，阿妈就翻出来给你穿。"

父亲转业后在公社人武部当部长。在山底老家让我感受到了山村的贫困。我问父亲："阿爸，当年您是不是因为吃不饱穿不暖，太苦了才参加革命的？”

父亲思索了一下说：“这样说也没错，阿爸是个孤儿，是吃百家饭长大的，差点没饿死。到了部队，万幸没被枪子儿打死，好歹也没饿死。”

在老家的第二天，支书亲自请我们全家吃了一顿咸菜肥肉馅的麦饼。父亲喝着“番薯烧”跟支书说：“支书啊，当年可是您把我送到路过的革命队伍上去的，否则我哪能有今天呢。”

支书说：“是你勇敢有出息，解放全中国还立了战功，都当上了营级军官啦，若不是你一片孝心为了回乡照顾岳父母，留在部队上继续干，再升上个团长师长也说不定呢。”支书说着拍拍坐在他身旁的比我大两三岁的儿子说，“他上头两个姐都嫁了人啦，我身边就这个小儿子了，过个两三年还指望你把他给弄到部队上哩。”

父亲瞅着支书的小儿子，干脆地说：“放心吧，只要够条件我一定帮忙。”

三年后，支书果真把他的小儿子带到公社人武部找我父亲要求当兵，但想不到体检没能过关。父亲觉得过意不去，叫母亲炒了几个菜好生招待了他们父子俩。吃完饭父亲突然想起了压在皮箱底的海军裤，就叫母亲找出来送给支书儿子穿。我站在一旁可着急了，狠劲地扯了几下母亲的衣袖，母亲却毫无感觉似的进了卧室，过了老半天才从卧室里出来，手里拎着一双部队发的“解放鞋”说：“真是奇了怪了，那条海军裤怎么也找不着了，不会是长上翅膀飞了吧？喏，这还有双解放鞋给孩子穿上试试合不合脚。”

父亲意外地眨巴了几下眼睛，又看了看我，不吱声了。

听见母亲说裤子没找着，我暗自高兴。等大人都不在家时我打开皮箱，哟，洁白的海军裤连同上衣和军帽都好好地压在箱底呢。

我高中毕业了，在家里吃了一年的闲饭，个头一个劲儿地往上长，都和父亲齐头并肩了。父亲拍拍我的肩膀说：“高中生算是个秀才了，老在家待着算咋回事，回山底老家的村小当个代课老师去吧。”

当了两个学期代课老师后，在一个周日我回家跟母亲提出要穿那条海军裤。

母亲一听微笑道：“怎么突然想起来要穿海军裤了？有意中人啦？”

我的脸一红，说：“阿妈你想到哪去啦，您怎么知道我有……有对象啦？听谁说的？”

母亲说：“还要听谁说吗？知子莫如父，问你阿爸吧。”

父亲圆睁着双眼说：“问我我哪知道啊？不过，老子当年就是穿了海军裤回老家找你阿妈相亲的。你阿妈说我穿上白白的海军裤帅极了，就看上我啦。”父亲说完哈哈大笑起来。

母亲笑道：“儿子啊，你也想帅一把，是穿给谁看呀？”

我红着脸不吱声，等着母亲把压在皮箱底的洁白的海军裤找出来给我。

2022 年 6 月 5 日

与军长合影

一辆绿色越野吉普车在海拔3000米的一座哨所前“嘎”的一声停了下来。除了我这个“伙夫”正在伙房做饭无法分身以外，班长带着五六位边防战士早已整齐地站在哨所门口等候军长的到来。班长是一个小时前接到连长的电话，告知军长临时决定驱车到我们这个边塞哨所来察看慰问，并与战士共进午餐。

哨所是“干打垒”的一间长条形平房，房内间隔成伙房、宿舍和学习活动室等几块区域。军长的小吉普驾到时，我正扎着白色围裙在伙房专心于我的拿手好菜红烧肉。

军长在连长的陪同下在哨所内巡视。我在伙房一边忙活一边在脑际里演绎着军长会像先前团长来哨所时一样，在宿舍里摸摸床上的军被，然后再用手掌测测火墙的温度，关切地询问战士们在零下二三十摄氏度的寒冬里晚上睡觉冷不冷？班长则会双脚一并响亮地回答道：“报告首长，火炉旺旺的，火墙烫烫的，屋内暖暖的，战士们的心里都是热乎乎的。”班长不怕艰苦，文化程度也挺高，说话喜欢“顺口溜”，时常惹得官兵哈哈笑。

果真，军长和上次的团长来时一样，看完战士的宿舍就直奔伙房来了，听到脚步声我的心脏“怦怦”跳个不停，我此刻的心情是既想军长过来又怕军长过来，军长是个多么大的官啊，跟省长一般大，我当兵前见到村支书都乖乖的，父亲杀头年猪也得三请五叫地把支书请来家上坐，而我一个做晚辈的连陪桌的资格都没有。当兵后先是见到连长、指导员心里紧张，后来竟然还有幸跟团长握了手，还被团长拍了几下肩膀，夸赞我饭菜烧得好，激动得我半宿没睡着觉。今日里冷不丁听说军长亲自来连只鸟儿都不飞的雪域高原上的小小哨所，还要吃我做的饭菜。而且，此刻，军长正迈着他稳健的步伐一步一步地朝锅灶前的我这儿走来，我的心脏能不紧张得“怦怦”跳个不停吗？

军长跨进伙房，我把双手往围裙上擦了擦，“啪”地一个立正敬礼再同时喊了一声“首长好！”军长还了礼，又把他那宽厚的大手伸给我，我赶紧伸出双手与军长的手相握。军长慈祥地盯着我，问我叫什么名字，我回答说：“我叫沈小云，沈阳的沈，大小的小，云彩的云。”军长“呵”了一声说：“我们是本家啊。”接着军长又问我是哪里人，我说：“我是浙江人”，军长又“呵”了一声说：“我俩是老乡啊，你从江南水乡来到雪域高原守卫边疆，辛苦了，习惯吗？”

“报告首长，习惯了，”我响亮地回答道，“守卫祖国边疆是军人的神圣职责。”

军长满意地点点头说了几声“好，好”之后又抽了几下鼻子说“好香啊”，便伸手揭开了锅盖，又是“呵”了一声说：“红烧肉，嗯，我就好这一口，过去打仗时饿肚子做梦都想吃一口红烧肉，现在有条件吃红烧肉了，医生又不让吃了，家属也不让吃了。”军长说到这儿忽然警觉地回头问连长，“是你交代过的吗？我说过战士吃什么我吃什么，不得加菜的。”

我明白过来了，插话道：“报告首长，今天是周末，正好全班改善生活吃大肉，不信您看。”我摘下挂在墙上的小黑板，上面用粉笔写着一周的菜谱，周末的午餐是一荤两素，红烧大肉和土豆丝加大白菜。

军长“嗯”了一声说：“看来我今天口福不浅，这叫来得早不如来得巧啊，中午你们谁也别拦我，我要狠劲地吃他两块大肥肉。”

吃过午饭，军长用望远镜朝边境观察了一会儿，又在学习室里简要地听了连长和班长的汇报后便要坐车离开了。临走前，军长突然转身到伙房找我告别。军长用力握着我油腻腻的手说：“小老乡，红烧肉烧得很地道，记得战争年代我在老乡家养伤时吃过一次红烧肉，就是这个味道，以后再吃红烧肉时总觉着缺了点这种味了，今天是你这位大厨帮我找回了当年的味道。来，我们照张相。”

我做梦都不会想到能跟军长合影，待军长身边的参谋举起挂在胸前的照相机的时候，我忙把双手伸到后腰解围裙，军长一把拽住我说：“不用解围裙，就扎着拍吧，这样更有纪念意义。”

“咔嚓”一声，我和军长的合影照便就此诞生了。

退伍前，我专门去了连部荣誉室。荣誉室的墙上挂满了相框、奖状和锦旗，我和军长的合影照也被挂在墙上，我仰着头凝视了好久，连长进来了，说：“是小云啊，军长特意交代过，给你留了一张放大的照片呢，你要退伍了，就带回家挂到墙上慢慢看吧。”

我喜出望外，双手接过连长递给我的照片。

回家后我接连干了两件事，一是把跟军长的合影照片装进相框挂在了我卧室的墙壁上。二是凑借了些钱，买了辆二手三轮卡跑起了运输。半新的三轮卡在弯弯的山路上载人也载货，只要能赚钱就行。一个暴雨天，我把三轮卡开到了深沟里，还把一个乘客给摔成了重伤。钱没赚着，倒赔了不少。我为此陷入了困境之中。这时候我的发小阿强找上门来了。

阿强一进门就说："小云，瞧你那愁眉苦脸的样儿，不就赔几个钱吗！说，需要多少？我包。"

我乜了阿强一眼说："你说得倒轻巧，得上千块钱哪。"

阿强半句话不说，从皮包里掏出一沓人民币在手掌上拍了拍，然后递给我说："这是一千块，你先拿着，不够只管开口。我劝你以后别再开那破三轮了，赚不了多少钱还辛苦危险，明儿跟着我干吧，掌勺当厨师，保证比你现在赚钱多。"

阿强在镇里开了家"农家乐"，生意不错，但急需再找一个厨子。我嘻嘻笑道："阿强你找错人了吧，就我这样的还能当厨师？"

"说啥话呢，"阿强用手指着墙壁上挂着的我和军长的合影照说，"你都给军长做过菜，还怕当不了农家乐的厨师？你想啊，你做红烧肉拿手吧？你会包饺子和肉包子吧？就说我上次吃了你做的炖羊肉，那真叫好吃，南方人做不出这种特色味道。农家乐需要的正是你这样的特色厨师。来我这儿，我会再花点钱让你到市里的大酒店拜师提升一下。你可知道城里大酒店的厨师年薪有多少？"阿强一口气说了一大串话，见我没啥反应，便伸出一根手指头在我眼前了，加重语气说，"城里的大厨年薪有一二十万哪。"

"真有那么多吗？"我疑问道。

"你整天待在这山里头开辆破三轮当然不知道外面的世界了。我告诉你，别小看你自己现在的价值，你可知道墙上挂着的那个军长如今当到多大的官了？你可是亲手给他做过菜的哟。"

我听得一头雾水，问道："军长现在升到哪一级了？"

阿强用肯定的语气说："反正比军长大了好几级，我都在电视上看到他了，跟照片上看到的一个样，不会有错，而且姓沈，叫沈什么……”

我打断阿强的话说：“军长升到多大的官跟你我啥关系？得了，反正我现在走投无路，你叫我给你当厨子就试试吧，给多少工资不要紧，能养活老婆孩子就行。”

在“农家乐”干了一阵子，阿强果真花钱送我到市里一家涉外的五星级宾馆拜师，大厨是个高鼻子外国人。一个月后阿强来了，他跟高鼻子挺熟。阿强硬是拉扯着我戴上白色高帽跟高鼻子合了个影，一个月的拜师学艺就算是结束了。

过了几天，阿强递了根烟给我，还帮我点上，然后也给自己点了一根烟。他吐了一口烟圈，慢腾腾地说：“小云啊，你到我这儿来有几个月了吧，虽然店里生意还可以，但现在餐饮竞争激烈，我们得动动脑子提升农家乐档次才行。你把跟军长的合影照拿店里来吧。”

我不解地问：“阿强，你啥意思呀？我的私人照片干吗要拿到店里来？”

阿强盯了我一眼说：“这你都不懂啊？一点经营头脑都没有！我那天特意叫你跟高鼻子合影知道是为什么吗？我可是花了不少钱人家才答应跟你合影的呀。你明天就把照片拿过来，连同那张你和高鼻子的合影还有我跟县长、几个明星的合影都一起挂到店堂的墙上。这叫广告宣传效应，懂吗？”

我回过神来，狠吸了几口烟屁股说：“阿强，原来你叫我来给你当厨子是早就打上了我跟军长合影照的主意啊……”

“是又怎样？”阿强转动了几下眼珠子说：“小云你想想看，有你和高鼻子的合影，说明我们的农家乐是土洋结合，有句话怎么说来着？叫洋到家、土到底。你扎着围裙跟军长的合影说明你都给那么大的官做过厨师，更何况军长现在的官做得更大了，多厉害呀！再加上我的那些照片，都足以证明我们这家店的规格档次。”

我把手指间的烟屁股扔到地上，用脚底踱了几下说：“要我当厨子可以，要照片没有。”我说完便转身离开了阿强。身后传来阿强的声音：“小云你个死脑筋还真够固执的，不就一张照片吗，大不了我给你加工资……”

我头也不回地说：“给不给加工资是你的事，我那辆三轮还在道坎上歇着呢。当过几天兵的人就这德性，你看着办吧。”

2021 年 12 月 11 日

师长舔碗底

记得那天一见到师长我竟然浑身打起了哆嗦。入伍前我连公社书记都没见过，而且连我的老实巴交的泥腿子父亲见到村里的大队长都低头不敢多言语。那天师长正在办公室抱着一双胳膊站在好像电影幕布般大的地图前，警卫排长喊了声“报告”，师长转过身来，师长那双如炬般的大眼和一脸浓密的络腮胡子看上去好一个威严，我一时几乎连自己叫什么都忘了，师长问我叫什么名字时，我一哆嗦老半天才结结巴巴回答道：“报告首长，我叫，我叫沈小伟。”师长接着又问了我是哪里人，父亲是干什么的，当我回答说我父亲是种田人时，师长呵呵一笑说：“跟我一样，我父亲也是种田人。”问完这几句话师长便不言语了，警卫排长马上拽着我离开了师长办公室，路上排长逐一给我交代了给师长当警卫员应当注意的事项，足有十几条之多，我怕遗忘了，回房间用笔在笔记本上一一记录下来，我小学毕业，会写几个字。

跟着师长不多久，好像师长就离不开我了，但在我的内心深处却是巴不得早点下连队当个正儿八经的大头兵，跟在师长身边总是有点战战兢兢不自在，生怕在哪件事情上出了差错。

一天，师长接到他父亲病逝的电报。电报是经我的手送到师长手中的，师长看完电报内容好像腮上的胡子都抖动起来，泪水溢出了眼眶。半晌，师长叫我准备一下，陪他回老家奔丧。

师长急匆匆赶到他的山东老家，一进家门，看见黑色棺椁，大叫了一声“爹”，便“扑通”跪到地上号啕大哭，还不停地用头撞击棺椁，痛骂自己是个不孝之子。我立在一旁也被深深地感染了，但我心里想，师长平常是个一口唾沫一颗钉的硬汉，居然也会哭得跟个泪人似的。

师长在我心目中的威严形象就在这一刻变样儿了，变得有血有肉，与常人一个样儿了，只不过他是个大官师长而已。我觉得之前见他如见虎似的是有点多虑了。

埋葬了父亲后，师长还特意见了一个人，是一位和师长年纪差不多大的中年妇女。师长面对着她久久地沉默无语，那女人低垂着头。师长用粗大的手掌搭了一下她的肩膀，说了声：“芳，你受苦啦。”

那女人一转身跑到灶台前背靠着师长抽泣起来。师长默默地从兜里掏几张纸币放到灶台上，转身离开了。

在回程的列车上，师长跟我闲聊。他跟我讲了他早期参加革命队伍以及和那个女人的事。师长讲他还是个半大娃儿的时候就跟着路过的大部队离开了家乡，之后他转战南北，从抗日战争到解放战争多次身负重伤。新中国成立后与家里取得了联系，方知母亲几年前已经离开了人世，而已经与他定了亲的小芳早几年听说他已死在战场，只好嫁了人。不幸的是，几年前她的男人和儿子被洪水卷走了，留下她孤身一人。师长说到小芳时摆摆头说：“小芳跟我一块儿长大，打小感情就很好，唉，这女人的命也真够苦的！”

我鼻子一酸，说：“小芳阿姨的命确实苦，农村好多妇女的命都挺苦的，我娘的命也很苦，我娘是用背篓背着我改嫁的。”

师长望着我说："革命的目的就是要让劳苦大众脱离苦海的，小伟，你年轻，国家的未来、老百姓的幸福还得靠你们这一代继续奋斗呢。"

列车到了兰州站，我和师长下了车，时间已经过了正午，师长说："小伟，肚子咕咕叫了吧？走，去馒头店买两个馒头吃吧。"

我和师长一人一碗稀饭两个馒头，又要了一碟咸菜便坐在饭桌前吃了起来。师长端着碗，把嘴唇贴到碗沿，碗沿在他唇间转着圈，发出了"呼噜，呼噜"的声响。我觉得挺有意思，师长喝稀饭的样子像极了我的农民父亲。

邻桌的一个客人吃完稀饭站起身离开了，一个蓬头垢面的乞丐捧起客人的那只空碗便扣到脸上伸长了舌头舔碗底，这一幕正好被师长看到了，师长便叫我再买一碗稀饭给那乞丐吃。乞丐意外地接过饭碗，两眼放光，仰面朝天好似喝水一样把稀饭往嘴里倒。

师长用筷子扒拉完碗里的稀饭，竟然也如那乞丐一样捧起碗用舌头舔碗底。我疑惑地问师长："首长，您——还没吃饱吗？要不要再叫一碗？"

师长用手抹一下嘴说："饭吃七分饱，够了。舔碗底是我打小养成的习惯，改不了啦。"

2021 年 12 月 3 日

她永远年轻漂亮

我们几个当年在边疆铁道兵某团卫生队服役的战友，退伍或者转业后因为同在一个省内工作和生活，隔几年就会相聚一下，原卫生队军医丁明住在省城，一般都由他来召集。我们几个有鲁民，原卫生队司务长沈成，原卫生队炊事班班长林立，原卫生队通信员，再加上我，曾经的卫生队文书。

这年的八一建军节前夕，丁军医就在微信群里吆喝了，叫各位老战友八一节会聚省城，不见不散。

“八一”这天几个老战友从各自住地出发，有坐动车的，也有自驾的，我才60来岁，在高速公路上开个小长途一点问题没有，便选择了自驾。

几个六七十岁的老战友聚在一起个个返老还童，相互擂上一拳或者揭个老底儿什么的，坐下来喝酒时丁军医把平日里规劝别人禁烟限酒的“训词”抛到了脑后，频频举杯，一个劲儿地劝大家喝喝喝。

晚宴后我提议大家坐成一排拍张合影。我把手机递给服务生请他帮忙拍一下。服务生连续摁了十几下拍照键，我从中选择了一张发到群里，大家几乎同时划开手机屏幕看照片。

丁军医捧着手机看了老半天，摇着头感叹道："尚文书，看看照片个个都老喽，你和通信员小林也都六十了吧？我老得最惨，剩下的几根头发也全都白了。"

丁军医比我大6岁，看上去比我显老也属正常，我不由得嘿嘿笑道："您看上去并不显老哩，如果把头发染黑看上去顶多与我和林立差不多年岁呢。"

"骗鬼啊你，我才不信呢。"丁军医斜了我一眼道。

我把手机里收藏的五年前也是我们几个人合影的照片翻出来递到丁军医眼皮底下叫他看。我说："丁军医啊，记得五年前您看这张照片的时候也说自己怎么这么老了，那时您才60出头，现在您再看看，是不是挺年轻呀？"

丁军医又看了看照片说："倒也是哈，五年前的这张照片跟今天这张比确实显得年轻多了。"

"所以说嘛，"我说着把眼光投向也比我年长好几岁的鲁民说，"今天看照片觉得自己老啦老啦，过几年再拍张照片一对比就会觉得以前怎么那么年轻，甚至……可爱啊。"说到这儿我又重复了一句，"所以说嘛……"

"尚文书，你哪那么多的所以说，从前在部队时就喜欢说所以说，都几十年啦这口头禅还没改。"林立一旁插话道。

我嘿嘿笑道："林立，我想说的所以说是说今天的自己是最老的也是最年轻的，如此循环往复。"

"尚文书，你绕口令一样让我有点儿听不大懂欸。"从前的炊事班班长林立抿抿嘴说。

“所以说只有当生命终止了，不再循环重复了，你的最后形象才是最老的，但也是最年轻的。”我接着说道。

“有点儿道理，不过小尚你说的有点儿哲学，只怕是搞伙食的司务长和炊事班班长不一定能听得懂嘞。”丁军医揶揄道。

“这有啥难懂的，我再翻张照片给你们看看就明白了。”我划开手机屏幕在“我的收藏”里找出一张当年在戈壁滩上的合影叫大家聚拢看。林立看了抬起头问我：“这张照片怎么在你手机里？”

我说：“是我把老照片拍下来再收藏到手机里的，等一下我发到群里大家收藏一下吧。”

在这张有些模糊的照片里，除了我们现在的几个人，还有一位女同志，她是卫生队的女护士，叫王小红，她跟我们几个是一个省份的，当年在那遥远的戈壁滩上来自一个省的就算是同乡战友了。照片里的每一个人看上去都那么年轻洒脱，大家站在一望无际的戈壁滩上，把两只胳膊相互搭在肩膀上，张着嘴无邪地笑着，让一位爱好摄影的战友拍下了这张珍贵的照片。当时拍照片前我多了个心眼，叫王小红挨着我站在最边上，这样只有我俩才能把胳膊相互搭在肩上，而别人则无法把胳膊搭到她的肩上。

王小红与我同年入伍，在那段岁月里，我俩算是“好过”。那时候，我俩一起数过星星，一起看过月亮，也一起等待过戈壁滩辽远天际线的日出。我俩不仅牵过手，而且我还在她脸颊上轻轻地吻过一次。

一个周日，我俩在温暖的太阳下漫步，我对王小红说：“小红，你的脸又嫩又白，就跟咱老家的葱白儿一样，所以说你平时洗脸时一定要小心点噢，如果不小心让手指甲给碰一下会流血的。”

王小红白了我一眼，继而嘻嘻笑了一下说：“酸溜溜的，还所以说呢，拍马屁呀？”

我把表情装成无辜的样子，说：“我说的是实打实的大实话，所以说如果，如果……”

“如果什么？”王小红眨巴着双眼问道。

我一只脚往地上一跺，把憋在肚子里已经好久的一句话给蹦了出来：“让我吻一下你的脸行不？就一下。”

“你……”王小红狠狠瞪了我一眼，雪白的脸上泛起了红晕，许久，她丢下一句：“尚兵，你痴心妄想！”便抬腿跑开了。我呆了半晌才朝王小红喊：“小红你别跑啊，小心摔倒擦破了脸……”

王小红前头跑着，又突然转过身来咯咯笑道：“尚兵，你个癞蛤蟆，你就等着吧你……”说完又转过身去跑远了，身后留下了一串咯咯的笑声。

我买了一面小圆镜。那天中午我在王小红宿舍的窗前用小圆镜把温暖的太阳光折射到王小红葱白儿一样的脸颊上，正在窗前看书的王小红被太阳光晃了眼，抬头看是我，眨眨眼说：“尚兵，你怎么跟个小孩儿一样！”我嘻嘻笑着说：“小红，我这不是想借一点太阳光给你吗？”

王小红合上书望着我微微地笑。我站在窗外把手掌里的小圆镜递给她说：“刚买的，送给你了。”

她接过小圆镜说：“我小时候在老家也用小圆镜把太阳光打到我外婆脸上呢。”

天有不测，王小红居然得了白血病。她才 20 出头的青春妙龄啊！

王小红躺在病床上，洁白的被子盖在她身上，她的脸变得苍白了。

那天我在她的病床前握着她纤细的手，病房里只有我们俩，仿佛空气都凝固了，静谧得连窗外细沙的流淌声都能听得见。

我说：“小红，我，我想吻一下你的脸……”

仿佛隔了好久好久，王小红轻闭了双眼微微点了点头。我俯下身子，把厚厚的嘴唇在王小红的脸颊上碰触了一下。我看见两粒泪珠从王小红的眼角溢出……

“发啥子呆吗？”丁军医冷不丁的一句话把我从短暂的回忆中拉了回来。我说：“照片里的我们现在都老了，唯独小红没有老。她永远定格在这张照片里，没有循环重复，所以说她永远年轻漂亮。”

大家一时都沉默无语。丁军医先开口：“小尚，我记得当年你俩关系最好。”

林立说：“当年我还为尚文书打过好几次掩护呢。”

我叹息了一声说：“如果小红还活着……”我没有把话说完。

2021 年 11 月 21 日

灯 塔

马岙乡党委书记周群亲自率民工在仙人岙礁顶修建了一座灯塔。这座钢筋混凝土结构的灯塔高 40 米，灯光射程可达十海里。

仙人岙灯塔距离马岙乡中心有十多里地，找个合适的、能耐得起寂寞的守塔人还真不容易。为此周群书记和乡长商议拟公开招募守塔志愿者。公告发布后，很快便有了一名志愿者前来报名。

前来乡政府报名的志愿者是一位年过半百的老汉，名字叫马原。周群亲自接待了他。老马一见到周群便说："小周书记，三十年前我就是驻守在岛礁上的一名军人，虽然部队早已撤防，但你能在岛礁上建一座灯塔是一件积德的事，我自从退役后创办企业几十年来也算是积累了一定的资产，前阵子看到你们发布的招募公告后，毫不犹豫地把企业交给儿子，下了决心来守塔。你放心吧，仙人岙那一带地形我很熟悉。"

周群激动得握着老马的手，告诉他乡里会把志愿者有序地安排好，采取轮流值守，您可以驻守一段时日就回家。

老马说："别人谁来我不管，反正我已经做好了长期守塔的准备了。”

周群一定要亲自送老马去仙人岙灯塔。一路上周群问老马是哪一年在岛上当兵的？老马说是 1971 年入伍到 1975 年退伍，当了四年兵。周群“哦”了一声，突然一把抱住老马的臂膀问道：“老马同志，当年仙人岙驻扎着一个班，班长叫张光华，是吗？”

老马睁大双眼问道：“小周书记，你年纪轻轻的也知道张光华？他是我的班长，一名烈士。”

“啊呀，原来张光华烈士是您的班长呀，他可是我父亲的救命恩人啊……”周群感慨道。

“这么巧……”马原喃喃道，“怪不得你会想到在仙人岙建一座灯塔，你做得好，做得好哇！”

老马一路上跟周群说起了当年在海上救援渔民的往事——

那是一个台风夜。仙人岙虽然不是台风正面袭击的地方，但狂风掀起巨浪似乎要吞噬整个岛礁。值守人员察觉距离岛礁不远处有异常情况，张光华班长得到报告后命令用探照灯加强搜索，终于在探照灯的聚光下发现几个穿着救生衣的渔民。张班长大叫一声：“不好了，渔船翻了，全班紧急集合，穿上救生衣，带上缆绳，救人！”

全班战士在张班长的指挥下迅速投入营救。战士们将缆绳抛向渔民，三位渔民被拽上了岸，但还剩一个“黑点”被巨浪卷出了十多米远。张班长当机立断，命令全班战士站成“拔河”队形拽住缆绳，把缆绳的一头在自己腰间扎了一圈，在浪头间一点一点地向“黑点”靠近，但一个浪头又猛地把“黑点”给卷走了。张班长毫不气馁，当那个“黑点”再一次被浪头推到眼前时，张班长顺势一把抱住了“黑点”，战士奋力拽回缆绳，“黑点”终于抱住了悬崖下的礁石，而就在这一刻，缆绳却脱离了张班长的腰间，张班长被巨浪卷走了。探照灯下的张班长只是一个“黑点”，浮现了几下，便永久地消失了……

老马在灯塔下的一间石屋里住下后，每天，当黑夜降临，老马就会到塔下的工作房里摁亮灯塔，一束耀眼的光芒便四射在海面上。老马把塔灯称作“心灯”，每摁一次电钮便跟自己说我又点亮了心灯。

一年后，老马的老伴笃心灯像年轻人一样背着个双肩包来仙人岙了。笃心灯掼下双肩包朝老马瞪着眼说：“马原，你别太得意，是你儿媳妇没给你生孙子我才过来陪你赏赏海景，哪一天我有孙子了，分分秒秒离开这儿。”

老马“呵呵”笑道：“老婆大人啊，我知道你是想我了才到岛礁上来了，否则你分分秒秒不会待在这儿。”

笃心灯狠狠地白了老马一眼。

周群得知老马的老伴儿来了，赶紧到仙人岙探望，一口一个阿姨地安慰道：“阿姨您辛苦了，委屈您啦……”

那天周群特意留下来陪老马夫妇吃了顿午饭，吃饭间老马问周群：“小周书记，你可知道我为何管塔灯叫心灯？而我又为何年过半百来守塔？”

周群诺诺道：“晚辈洗耳恭听，愿闻其详。”

老马呷了一口烧酒，不紧不慢地说：“当年，这儿没灯塔，部队就只能以探照灯替代灯塔，特别是刮大风的时候，我们只能彻夜亮灯。一天夜间海面上刮起七级以上大风，一条渔船搁浅在岛礁下，船上除有一名船老大和水手还有个船老大的女儿，张班长率领我们营救了他们。船老大的女儿叫笃心灯。喏，她就是我现在的老伴儿，你的阿姨。”

笃心灯“扑哧”一声笑了，说：“你个老头子，跟小辈说这些干啥？”

“要说的，要说的，你是我心中的一盏灯，我就知道你迟早会来陪我一起守灯塔的。”

“张班长才是你心目中的一盏灯，一座灯塔。”笃心灯说。

吃完午饭，老马特意把笃心灯和周群带到不远处的山坡上，这里有一棵百年“福建榕”，老马在榕树前肃穆许久，转过身跟周群说：“小周书记，在这山坡上唯有这棵百年福建榕顽强地生长着。老班长至今不知身在何处，我记得他是福建人，唉，就算喂鱼了吧，喂鱼也算是老班长的一个心愿哩，当年我俩就经常站在榕树下眺望大海，老班长曾经意味深长地说过如果哪一天他死了，就海葬，葬身鱼腹。他说海葬比任何葬礼都博大神圣。”

2022 年 1 月 24 日

卓　玛

一大清早，卓玛走出帐房帮阿妈挤牛奶。阿妈问卓玛：“卓玛，那匹红棕马等着你去骑呢，为何帮阿妈做挤奶的活啊？”

卓玛莞尔一笑，说：“阿妈，等一会儿哨所的边防队伍会从帐房前跑过。”

卓玛 12 岁就会骑马了。阿爸曾经哈哈笑着跟卓玛说：“卓玛，再过几年阿爸就让你去参加赛马，哪个能赛过你夺得第一，阿爸就叫他当我女婿。”

每天清晨，卓玛就期盼着边防哨所那支十来个人组成的队伍出操列队从帐房前跑过。他们穿着草绿色的军装，步调整齐地“嗒嗒嗒”地跑步，在列队左侧中间位置上领跑的军人喊着浑厚的“一二一，一二三四……”的口令，边防战士们便跟着一齐高喊“一二三四……”他们有时还会唱军歌，卓玛听得最多的是“学习雷锋好榜样，忠于人民忠于党……”还有“日落西山红霞飞，战士打靶把营归，把营归……”卓玛听熟了也经常唱给马儿听。

卓玛每天清晨看见队伍从帐房前跑过，一整天都感觉快乐。卓玛特别爱看那个带队的青年军人，卓玛心想，他若骑上骏马飞奔在草原上，一定会是特别威武。卓玛问阿爸："那个带队伍跑步的边防军人会骑马吗？"

阿爸说："他是排长，调咱这哨所时间不长，边防官兵都得骑马巡逻守边疆的呀，排长当然也一定会骑马。"

"那么，他骑在马背上一定奔跑得像飞一样，好像天上的白云。"卓玛忽闪着一双明净的眼睛，接着问阿爸，"他能在飞奔的马背上弯下腰摘走草丛里的花吗？"

阿爸"呵呵"笑道："阿爸没看见过，但阿爸相信他能做得到，边防军人个个都是好样的。"

卓玛又缠着阿爸问："阿爸，我看见那个喊口令的军人穿的军装跟别的军人不一样，他的衣服上有四个兜，别人的只有两个兜。"

阿爸又呵呵笑道："他是排长，衣服上就多了两个下兜。"

"那……"卓玛还想问那个穿四个兜的排长叫什么名字，但她没有问出口。

阿爸是牧区的大队长。"八一"那天，阿爸受邀带着民兵连长去哨所会餐。阿爸带上了一壶青稞酒。会餐回来的阿爸跟卓玛说："阿爸跟排长商量好了，明年'八一'哨所官兵和牧区小伙姑娘们联合举办一场赛马活动。呵呵，明年阿爸的女儿卓玛 17 岁了，去参赛吧。"

卓玛的面庞泛了红，胸脯起伏，是因为激动。卓玛很想看一看那位排长骑在骏马上威武的样子。

卓玛无意间与排长有了一次面对面的近距离接触。那天的雪花好大啊，卓玛都能听得见雪花飘落的"沙沙"声。阿爸叫卓玛把一只羊腿和一袋青稞送到百米外的独身老爷爷的帐房里。在老爷爷温暖的帐房里卓玛意外地遇见了排长还有另外一名边防小战士。排长是专程来给老爷爷送煤砖过冬的。卓玛看见排长竟然羞涩地低下了头，不知道该跟这位英俊的排长说些啥。

排长和那个小战士先离开了帐房。卓玛回到自家的帐房后好久好久都没能合上眼，她的耳边不停地回响着排长跟她讲的话：“嗬，小姑娘，下这么大的雪你也来看老爷爷呀，真善良。你就是每天清晨在帐房外挤奶的那位姑娘吧？我认得你。”

卓玛后悔自己当时什么话也没敢跟排长说，只是默默地点着头。卓玛决心下次再遇见排长时一定跟他说话。

寒冬的清晨，卓玛走出帐房看见排长和几位边防战士在扫雪，十几顶帐房前已被扫出了一条通道。卓玛赶紧返回帐房，拎起炭炉上的铜壶又捧了好几只茶碗走到排长跟前，卓玛把热乎乎的奶茶倒给排长和战士们喝。排长喝奶茶的姿势跟阿爸一样，两只大手捧起茶碗仰脖“咕咚咕咚”一口气便喝完了。排长喝完后用手背抹了抹嘴说：“谢谢美丽善良的卓玛姑娘啦……”

卓玛很意外也很激动，卓玛想不到排长竟然叫出了自己的名字，排长是怎么知道自己名字的呢？

这天，阿爸“嗨”了一声说：“排长阿妈得了重病，他回家探亲去了。”

卓玛一下子感觉像是掉进了冰窖里。她担心排长阿妈的病情，她又非常地遗憾等待了一年的赛马落了空。

每天清晨那支出操列队照样从帐房前跑过。卓玛已经好久没看见排长了，带队喊口令的是另一个长得和排长一样英俊的年轻军人，但卓玛看见他穿的是两个兜的军衣。

阿爸跟卓玛说："卓玛，再耐心等待一年吧，明年八一节一定能和边防哨所的官兵举行一次赛马活动。"

卓玛点点头，把明年的赛马惦记在了心上。

这一年，卓玛 18 岁了，她已经出落成一位美丽的姑娘了。卓玛期盼的赛马临近了。卓玛走进边防哨所，她来到排长跟前。卓玛已不像以前那么胆小害羞了，她问排长："排长，你跟我阿爸说好的八一节举行赛马活动，你说话可得算数哟，到时候我要跟你比赛。"

排长迟疑了一下便爽朗地说："一定，一定，绝不食言。不过，卓玛姑娘，你要跟我比赛如果输了可不许哭鼻子噢。"

卓玛说："排长你可别小看人哟，我们藏族姑娘里同样也有花木兰。"

"那好，"排长笑着说，"卓玛姑娘，如果你比输了，就给大家唱一首'在那遥远的地方，有一位好姑娘'吧？"

"那如果你比输了呢？"卓玛问道。

排长想了想说："如果我比输了嘛……那我就唱一首《骏马奔驰保边疆》，怎么样？"

"好的呀。"卓玛开心地笑道。

"那就一言为定！"排长说着伸出宽大的手掌，等待着卓玛击掌。卓玛半晌才反应过来，伸出手与排长的手掌重重地拍了个响。

三天以后，排长走进了卓玛家的帐房，这是排长第二次来卓玛家。第一次是两年前的春节前，排长和小战士来找阿爸买羊，阿爸不愿收钱，说是慰问哨所官兵。排长说部队有纪律，不拿群众一针一线。

那时卓玛静静地坐在火炉旁，不好意思多看排长一眼。

这次排长来了，卓玛高兴地让排长坐下，亲手把一碗奶茶端到排长的手中。

阿爸点了一根烟。卓玛说："阿爸，给排长点一根烟呀。"

阿爸笑笑说："阿爸知道排长不抽烟。"

排长说："是的，我不会抽烟，但我喜欢喝奶茶，特别是卓玛姑娘烧的奶茶特别好喝。"

卓玛的面庞微红了起来。

排长看看阿爸，又看看卓玛，说："我今天过来是和你们告别的，八一节的赛马我不能参加了，我要调走了，明天就走。"

卓玛心头一沉，她不相信这是真的，排长来哨所还不满三年，怎么就突然要调走了呢？

阿爸也很意外，问道："就不能推迟几天等过了八一节再走吗？"

排长摇摇头说："这是命令，必须按时走。"

卓玛想流泪，但她不能让眼泪流出来。许久，卓玛摘下挂在墙上的一只帆布包，从包里取出一个纸包，她把纸包递到排长的手中，说："排长，这是我攒了一年的雪莲花，原想在赛马场上送给你的，现在，你……带走吧。"

排长说："卓玛姑娘，这怎么好意思……"

卓玛转过身去。

排长走到卓玛面前说：“卓玛姑娘，明天清晨我将在哨所出最后一次早操，还会从帐房前经过，明天清晨见。”

卓玛点了点头没说话。卓玛走出帐房，目送飞身跨上了红棕马的排长，朝草原的深处飞奔而去……

2022 年 7 月 15 日

老政委

我终于在繁杂的，职位不高但权力却不小的岗位上退了下来。退下来了，想不清静都不行，好多过去三天两头往家跑，隔三岔五请吃喝的各色人等突然间都玩儿蒸发了。清静了，有闲了，无聊了，倒突然想起老领导——团政委伍不胜了。当年我刚入伍到营部当文书的时候，伍政委还是营教导员，他当团政委是多年以后的事。但他当年也就当到正团为止，转业后降一级在市里正好拼齐“一桌人”（十人饭桌）的局里当了几年局副后便销声匿迹了。

我是从副团级别转业到地方工作的。在部队时我当然是沾了跟伍政委是一个地区的老乡的光，得到他一路的关照和栽培。我转业到市里后伍政委已经退休好多年了，我曾经多次上门看望过他，到后来我登门逐渐少了，理由当然是因为我太忙，而且时间总会冲淡过往。

如今我有了大把时间用来回顾从前，我想得最多的就是曾经被我称为“恩人”的伍不胜政委。

我当兵时期，家徒四壁，穷困潦倒。现在被誉为绿水青山的家乡，从前就是个“穷山恶水”的地方，好多人连番薯都吃不饱。要强的父亲宁肯一家人饿着肚子也坚持供我读书，我读到了初中毕业。

那时，初中生在我老家就是个难得的读书人了，入伍后在部队里我也算是个响当当的秀才。新兵连集训结束后，我被分配到一营当了一名文书。从此，我便鸿运当头——营教导员是我的同乡。

我入伍前在村里有个相好叫小琴。离开家乡的前夜我俩在榕树下相拥而泣，并且海誓山盟私订了终身。谁料小琴父母得知后嫌我家穷，死活不同意，小琴为此还喝了一瓶敌敌畏，还好被她父母及时发现送到医院救回了一条命。小琴从此心灰意冷，拗不过父母，嫁给了村支书的儿子。小琴也没嫁错人，改革开放后，小琴的丈夫靠打拚，成为一名闻名全市的企业家。

小琴嫁人是我入伍的第二年，我知道后一蹶不振，甚至想轻生。伍教导员看我这副模样，一改平日里慈眉善目的神态，照着我的脸就是一巴掌，骂道："你这个孬种，天涯何处无芳草，就为这点事把自己给放倒啦？真想死，你就去死吧，没人拦着你！"

一巴掌打醒"梦中人"，我终于从痛苦中解脱了出来。

这事刚过去，父亲又出了事。父亲在山上砍柴时不慎摔下山崖，住进了医院。伍教导员得知后硬塞给我二十元钱叫我寄回家去。我含着眼泪在心里说这可是伍教导员的恩情啊！

转眼间，我当满了三年兵，我处在了人生的"十字路口"，我怕就这么退伍回家了，农村兵退伍回乡是不包分配工作的，通常只能再当回泥腿子。正在我茫然失措之际，伍教导员通知我去团部卫生队体检，好好地叫去体检，这意味着什么？这可是提干的节奏！

我如愿穿上了"四个兜"（干部服），下到连队当了一名排长。我又在心里跟自己说伍教导员真乃我今生今世的恩人啊。就任前我向伍教导员敬了一个标准的军礼，然后说永记教导员的精心培养和提拔。教导员瞪了我一眼说：“别这么说，这是组织考察和选择的结果，你有文化，这是你的优势，下去后要谦虚谨慎，发挥特长带好兵。”

几年后，伍教导员升任团副政委再到政委。伍教导员当政委的时候我已经是指导员了。不久，我被升调到团宣传股当副股长，几年后又升任股长。毫无疑问，这中间除去我自身的努力外，当然离不开伍政委的栽培。

夜晚，我跟老伴儿说，老政委快 80 了吧？这些年我忙得都没顾得上去看看他老人家，不该啊……

老伴儿“哼”了一声说：“忙永远是托词，古人云知恩图报，现在你自己退下来了倒想起老政委啦，这世上许多事是会有因果报应的，还发牢骚说老部下冷落了你……”

我的脸微微一红，说：“明天周六，你陪我去看看老政委，把家里那两瓶陈年好酒给带上。”

老伴儿嘿嘿笑道：“退休佬还什么周六周日的，如今天天双休日。”

第二天下午我偕老伴去了伍政委家。一进家门我喊道：“老政委啊，老部下来向您报到了。”

老政委满头银发，精神十足，他呵呵几声道：“小沈啊，哈哈，你都 60 啦我还叫你小沈，你俩怎么有空登冷门来啦？”

我赶紧抱歉道：“老政委，是我不好，淡忘了恩情，良心……被狗吃了，都好几年没顾得上来看您啦……”

伍政委凝视了我一下，继而哈哈笑道：“说啥呢你，你们不是忙吗？

这我有体会。你干得不错，能平安降落就是对我最好的安慰了。我现在还能喝酒,你现在有空了,可以常来我这儿喝两杯,这个要求并不高吧？”

“哈哈，老政委把话说反了，应该是我请您喝两杯，要不，今晚我就请您和阿姨下馆子去？”我试着鼓动伍政委。

“好呀，就喝你带过来的酒，我买单。”伍政委爽快地答应道。

“哪能叫您买单呢,是我们两口子请您和阿姨。”老伴儿一旁插话道。

伍政委摆摆手道：“这不重要，重要的是80岁的人和60岁的人还能在一起喝上几杯。我现在的退休工资也用不了，儿子还算出息，也不过来啃老，哈哈……”

当晚我两口子请伍政委二老去了“一品鲜”酒店。席间我深情地回忆起当年在部队时的一件件往事。我把足有二大两的一杯白酒一仰脖喝进肚里，说：“老政委啊，您可是我的大恩人啊，您改变了我的人生，才使我有了今天……”

伍政委呷了一口酒说：“小沈啊，别提那些往事了，我都忘啦。”

“您真，真的忘啦？……”我脱口道，心想老政委毕竟是七老八十的人了。

饭后把伍政委二老送回家，回自家的路上我对老伴儿说：“老政委说他好多事都忘了，真是年岁不饶人啊。”

老伴白了我一眼说：“你以为老政委真忘啦？你别忘了就好。我问你，你从前的初恋情人，就是那个叫小琴的村姑，你俩曾经相互为爱而寻死觅活的，你还记得起来吗？忘没忘？”

“这个么，这个么，我都忘了……”我结结巴巴道。

老伴儿用胳膊肘撞了我一下，冷笑道：“撒谎。”

2021 年 7 月 17 日

班务会改变了我

父亲是乡人武部长，母亲是乡小老师。父亲可以把民兵训练得跟正规军似的，比如父亲一声响亮的口令“立正，向右看——齐”，队列中的民兵们便齐刷刷地把脸侧向右，形成一条笔直的线，这是我亲眼看到过的。当老师的母亲也照样把孩子调教得规规矩矩。

但是，父亲可以管得住一个民兵连，母亲能够教得好一个年级的学生，却管不了我。我打架、逃课、时不时地闯祸，父亲虽然对我巴掌加棍棒，但收效甚微。而母亲也只能是愁叹加垂泪。

我听到母亲埋怨父亲说：“这孩子这样下去可怎么好呢？你这个当爸的除了打骂就没别的办法了吗？”父亲说：“我倒想问问你呢，这小子算是个问题少年了，你当老师的能把别人家的孩子教好，怎么就教不好自己生的呢？”母亲说：“你怪我，我怪谁去？你当爸的想把责任推得像水一样清吗？”父亲说：“算了算了，别整日里为了这小子吵嘴了，待明年这小子 18 岁了叫他当兵去，交给部队管吧。”

第二年我果真穿上了军装。部队在偏远的边疆，离家有 1000 多公里。

入伍后我确实把顽劣品性收敛了许多。我被分配在炊事班，班长是个山东大汉，宽阔的肩膀，浓眉大眼，朝人说话时那一双眼睛好像总是瞪着的，我还真有点怵他。我努力积极表现，洗碗刷锅，扫地喂猪样样活我都争着干。当然，班长在场时我会表现得更加积极些，我得给班长留下个好印象，我甚至想好好表现表现，争取退伍前能入党给父母看看。

周日晚要开班务会了。依照惯例是每个人都要说说自己一周来的表现，最后班长再给每人提点希望和要求。我是新兵，第一个发言，我说了自己一周来坚持了两个傍晚到野外打猪草，共打猪草约 50 斤，起早生火两次，比别的同志多了一次，我还写了三篇日记，共 400 字，我还在日记里记录了我为当地群众做过的一件好事……

我觉得我这一周表现得够可以的了，我说完后还瞟了一眼班长再扫视了一下大家。

接着其他同志依次发言，我听着听着感觉有点怪怪的，怎么他们都主要说了自己一周来的缺点和不足，决心今后如何加以改正。而我则压根就没想过在我的身上到底还存在哪些不足和问题。我在心里“哼”了一声，想着你们干嘛把自己说得那么差，也许你们真的就不如我呢！

最后到班长发言了，令我意外的是这位我所敬畏的山东大汉竟然也一二三地说了自己的缺点和不足，大意是说自己老家遭了水灾，愁得夜晚睡不着觉，轮到自己起早时迟了半个小时，导致全连早餐延误，而且稀饭也没煮透。还有就是小王（指我）不熟悉炊事工作，土豆丝没切匀，怪自己帮教不够，周二午餐开饭时对来窗口打饭的一排的一个战士态度不够好，瞪了眼吵了几句。自己老家遭了灾心情不好就朝人家耍态度，这是自己今后必须注意的事。班长最后还对全班每个人都进行了点评，讲到我时班长慢声细语地说：“小王啊，你表现积极应当充分肯定，你做的好事呢也应该表扬。但部队有着批评和自我批评的优良传统。今晚呢，我还得说几句，干工作得领导在场和不在场一个样，比如周五上午淘米时我就发现你做得比较潦草，你以为旁边没人，但却被我看见了。”

班长说到这儿，我的脸立刻像一块红布一样，心头也“怦怦”狂跳起来。但是班长并没就此打住，继续说道：“小王，你有喝酒的习惯吗？今天中午你从营区外回来嘴里就满口酒气。军人平时禁酒，这儿不是你当兵前在自己家里。希望你以后注意，不得随意在外饮酒。”

我的天，才短短一周时间我在班长眼里竟然有这么多问题，我当兵前不仅会喝酒还养成了抽烟的习惯，我现在兜里还揣着半包香烟呢，我此刻太想掏出一根点上，以排解内心的尴尬，但我还是忍住了。我一个新兵蛋子毕竟还有些胆怯。

这一次的班务会对我触动挺大。在部队里原来大家是可以当面批评指出不足的，平时令人敬畏的班长也是会当着大家的面说出自己的缺点和不足的。班长都可以自我打脸，我一个新兵蛋子被打一下脸还有何话好说的呢？

又是一个周日，我们驻扎在边塞的连队周日只供两餐饭，炊事班的工作量也就减少了不少。闲来无事我跟比我早一年入伍的炊事员骆必闲聊，聊着聊着小骆就调侃我说：“王伟，你这个王字嘛可以倒过来写，至于八字嘛，你习惯先写哪一撇？”

我怎肯吃亏？我拿了一支笔在报纸的边角写了“马各必”三个字，问道：“骆必啊，你的名字是这样写吗？”骆必低头瞅了瞅说：“骆字写得太分开了，都变成两个字了。”我说：“那你念念。”骆必照念了“马各必”三个字。我不由得哈哈大笑，骆必忽然反应了过来，直接照我胸口就是一拳。我一愣神，随即喊道：“马各必，你敢打老子？”我话还没说完便扑到了骆必身上扭打了起来。这时候班长进来了，朝我俩大喝一声“住手”，我俩才气喘吁吁地松了手。

当晚照例要开一周一次的班务会。在班务会上我和骆必都得给出个说法了。我心里憋着气，是你骆必挑衅在先并且先动手打了我。我倒想听听他怎么开口说这事。令我意外的是，骆必主动做了自我批评，说白天的事都是他错在先，并为此向我道歉。这让我倒有点不自在起来，也赶紧做了自我批评。这件事使我明白了什么叫退一步海阔天空，什么叫做错了事就应该敢于认错道歉。更何况这件事也不全都是骆必的错。

当了四年兵的班长就要退伍了。班长退伍前找我谈心。班长说：“小王啊，两年兵当下来你变化很大。我对你的要求确实比较苛刻了些，但这是指导员专门向我交代过的。据说是你那位当乡人武部长的父亲写信给指导员要求对你严格点。其实我当兵前也很顽皮的，还打过几次群架呢。”

我恍然大悟，原来父亲暗中做了这种事，我心里一时窝火，觉得有点伤自尊。但转念之间便想通了，父亲这可是用心良苦啊，更何况我入伍以来也确实成熟了不少，我其实已经不是过去的我了。

班长见我低头不语，又说道：“你爸这样做其实都是为了你好。”

我点了点头说：“班长，我懂。这两年来我得感谢您，是您让我明白了怎样做一个合格的军人，怎样做一个堂堂正正的人。”

班长无声地笑了一下说：“你的入党申请书写好了吗？写好了就大胆地上交党组织吧。”

我摇了摇头说：“写是写好了，但我还是觉得我条件不够，等过年再说吧。”

班长沉默了一会儿说：“也好。入党也不仅仅是为了脸面，思想上入了党才叫真入党。等你以后入了党可别忘了来信告诉我噢。”

我说：“一定。”

2021 年 12 月 23 日

记忆深处

我还在睡梦中，战友小金就把我推醒。我眯着双眼埋怨道：

“哎哟，真见鬼，昨晚被头疼折腾到下半夜才睡，你干吗非把我弄醒！”

小金说：“快起来吧，团长在食堂等着你呢，他吃过早餐就要赶到工地去，迟了没工夫见你。”

我一骨碌下了床。昨天下午从山下搭乘“解放”牌军用卡车直到天色墨黑才到达驻扎在海拔4000米的雪域高山上的临时团部，是小金往山下打的电话，说是团长命我上山。

任我一路上怎么猜也猜不出一个管着一千多号官兵的堂堂一团之长为何会点名叫一个在团军需仓库当文书的小兵上山。不过我跟团长是有过一面之交的，今年开春大部队还没上山前，团长亲自到军需仓库检查物资储备情况，当仓库主任向他介绍站在一旁的我时，他两眼一亮，说：“哟，你就是那个在军报上发表过几篇新闻报道的沈微吗？我听你同乡战友小金介绍过你，很有才。”团长说着居然踱到我的房间，看到我桌子上和床头上堆着不少书籍，便随手拿起一本翻了一下，说：“还看《红楼梦》呢，毛主席就叫许司令看《红楼梦》，你能看懂《红楼梦》不简单。哟，还有外国书《永别了，武器》，这书名不好，咱军人怎么能跟武器永别呢，哈哈……”

团长爽朗的笑声弄了我一个大红脸。

其实在这之前我就认识团长，当然，他不认识我。那是在去年新兵集训结束时，团部在大礼堂举行新兵正式入队仪式，团长和政委坐在主席台正中央，团长在麦克风前铿锵有力地说：“我们这支部队是有着光荣传统的部队，过去能打硬仗胜仗。从野战部队转身为工程兵部队后，亦军亦工，修路搭桥，立下了可歌可立的英雄事迹。”团长的讲话确实有鼓动性，但他把可歌可泣说成了可歌可立了，我禁不住失声而笑，当然，笑声是轻微的。我跟坐在身边的战友小金说：“天哪，团长怎么会把泣说成立了，以后得叫他立团长哩。”

“别瞎说，团长姓王好吧。人家是工农干部，听说解放战争负过伤，有战功呢。”小金乜我一眼道。

仪式结束后，小金被分配到团机关宣传股当电影放映员兼图书资料保管员，我后来的许多书就是从他那儿借阅的。我被分配到军需仓库当了一名文书。

得到了团长的夸奖，我内心几天都平静不下来，乘周末晚上集合到团部礼堂看电影时，我靠近小金身旁问他干吗在团长面前提起我？小金嘿嘿笑道：“是团长看了报纸上的报道后打听作者，我在一旁告诉他你是我同乡战友，在家又是高中同学，怎么样，引起团长关注，好事咧，啥时请我一顿？”

“好说好说，星期天我请你下馆子，不过，”说到这儿我把嘴贴到小金耳根悄声说，“以后少在立团长面前说起我，免得你小子说一次我就得请一次客，几块津贴费都快被你骗光了。”

“团长姓王。”小金瞪了我一眼坏坏地笑了一下。

我匆匆刷了牙洗了脸，穿上军装跟着小金去了食堂。因为还不到开饭时间，食堂里只有团长和另两位军人坐在一张方桌前吃早餐。我问小金，团长吃饭没有包间吗？听说团首长是吃小灶的。小金回头说王团长反对吃小灶，官兵吃什么他吃什么，从不搞特殊。我“哦”了一声，和小金就走到了团长饭桌前。团长正在专心地啃着一块羊骨头，见到我就把啃得光溜溜的骨头放下，还把一根手指头放嘴里吮了一下，说：“大才子来啦？先吃早饭，吃完跟我到工地去，写写他们。”

哦，原来团长是叫我上山采写新闻报道来了。

团长大概看出了我脸上的迷惑，补充一句道：“已经把你调到宣传股了，今后你就有用武之地了。”

团长把碗里的稀饭“呼噜”几下喝干净，站起身嘱咐我把肚子吃饱，等下还要坐车跑好几个小时的山路。

团长离开后我跟小金讲：“你还说团长不搞特殊化，连早饭都有羊肉骨头啃，当官的爽啊，我们当兵的一星期才能吃上一两次肉片子。”

小金说：“你小子知道个啥噢，这是昨晚过八一食堂加餐，团长从工地回来晚了没赶上晚饭，参谋长特地交代食堂给团长留了一份，我在一旁亲耳听到的。”

听小金这么一说，我的脸微红起来，觉得自己有点儿想多了。

团长要转业了。他转业前专门找我谈了一次话，问我已经当了三年兵了，有什么想法没有，想不想在部队里提干？我很干脆地告诉团长一点想法也没有，您团长转业我退伍，我的志向是今后当个作家而不是当官。

团长微微一笑说："也好，人各有志，走仕途可能会毁了你的写作才能。退伍吧。"

从此以后我和团长天各一方，几无联系。我曾听战友小金说团长转业后凭着他的实干劲头儿，当上了副厅长。正团转业到地方通过几年努力能升任副厅长实属不易，我打心里佩服他。而我退伍后去了县图书馆，主要负责编辑一本文艺刊物，不间断地创作小说和剧本，一部小说还获了奖，被改编成电视剧，攒了点儿名气。

我退休前辗转找到了老团长。见到老团长时我异常激动。老团长一头银发，说话腔调还依然那么爽朗。我说："老团长您记性真好，这么多年了您还依然记得我。"

老团长哈哈笑道："大才子啊，你的意思是说我怎么没有老年痴呆是吗？虽然你也50多了，但你好像还是过去那个老样子，只是比过去发福了。你前几年写的电视剧我看过哩。"

"真的？您怎么知道是我创作的？"我问道。

"小金，你老乡小金告诉我的，他转业后在省里工作，我们偶尔能见上一面，可惜他英年早逝了。"

"是呀，若是小金还活着，我早几年就会见到您了，我心里一直装着老团长您呢。"我诚心诚意地说。

老团长凝视着我，好半天叹了口气说："军人的情感不一样啊。到老看来你当年选择的路子是走对了，我很羡慕你这位文化人呢。"

"老团长您过奖了，应该是我羡慕您呢。"我赶紧说。

"羡慕我是个当官的？"老团长哈哈笑了几声说，"我是忘不了当年你房间里那么多书，有《红楼梦》，还有那个什么武器来着……”

我插话道：“我想起来了，是海明威的《永别了，武器》。”

“别看我那时是个团长，当年在你房间里的那几分钟可是忘不了呢。”

“是啊，老团长，有些事，哪怕是一个小细节，却能让人记着一辈子。”我说。

“说来听听，不会是我有哪些细节让你记着了？”老团长盯着我问道。

“就是您叫我上山的第二天早晨，您在食堂吃早餐，我看见您在啃一块羊肉骨头，我当时就想，当官的真爽啊，连早餐都有肉吃。”我说着自己都笑了。

老团长听言又是哈哈大笑，说：“还有这事？我倒是记不起来啰。不过，那时候是够艰苦的。”

那天晚上我请老团长吃晚餐，我特意点了一份烤羊排。

2021 年 5 月 10 日

1974年的鲁小娃

从前的县城其实和农村也没有太大的区别，县委的院子和县人武部的院子前除了有一条马路，沿路有几幢破旧的矮楼或几家商铺外也就是大片的农田了。我的家是在县城的一个叫浦口村的地方，我的祖辈都是农民，因此我就是个地道的农民的儿子。1974年，我稀里糊涂地在县一中念完了高中。说稀里糊涂地念完了高中是因为那年头学校上课不正常，学生们念完两年高中就算完事，连个毕业考试都没有。高中毕业了，但我的人生出路在哪里？挽起裤腿跟随满脸沟壑的父亲下田插秧割稻？我是一百个不情愿的。但我又什么都不会做。不过，我打篮球还算可以，从初中到高中我一直是篮球场上的首选中锋。我的同班同学鲁江（他爸是县人武部部长）虽然长得强壮，但也只能打后卫。狂傲的鲁江虽然不服气，争着要打中锋，体育老师有时也会让着他，但每到正式比赛的时候体育老师必定叫我打中锋。更让鲁江不服气的是比我俩低一年级的鲁江的胞妹鲁小娃每次站在场外总是一根筋地只顾为我捡球和呐喊。那“沈强哥加油”的呐喊似乎是专为我三步跨篮而准备的。为此，鲁江不止一次地瞪着两眼凶鲁小娃：“到底沈强是你亲哥还是我是你亲哥？胳膊肘子怎么老向外拐！”

会拍打几下篮球又有什么用？毕竟当不了饭吃呀。我还有个特长就是作文写得还行，在学校里有点名气，还在墙报上发表过几首小诗，我还曾跟鲁小娃说过立志当一个作家。但这只是一个少年心血来潮般的幻想而已。站在人生十字路口的我想到了去当兵这条路，我跟鲁家兄妹在学校里算是最好的伙伴了，从上小学开始，放学后我就经常到鲁江家玩。但从上高一开始，我常爱到鲁江家玩的主要心思开始转变，目标已不是鲁江，也不是他家的肉包子或红烧肉了，而是冲着鲁小娃了。

盛夏的一天，我和鲁小娃骑上自行车到十里外的沙滩上“吹海风”，我俩坐在沙滩上，遥望着无边的大海，聆听着海浪有节奏的呼吸声，我问鲁小娃为啥喜欢跟我一块儿玩儿？

鲁小娃咯咯地笑道：“我和其他男女同学也一块儿玩儿的呀，不过么，我觉得你比我哥更像我爸，你在篮球场上的拼劲儿跟我爸一个样，我爸打篮球也很厉害的，当兵的小伙子们都不如我爸能抢篮板球。”

我笑道：“那是因为你爸是部长，人家不敢跟他抢。”

“不好这么说噢，打篮球时他们可不让着我爸。”

“那你——就喜欢我打篮球？”

“沈强哥，你可别骄傲啊，告诉你吧，我还喜欢你的作文，那天老师在课堂上读你的作文给我们班听，你写的你妈生病了家里没钱抓药，你爸叫你把一只下蛋鸡拿集市上卖了，换回钱的时候你落泪了，我在课堂上听到这儿也忍不住落泪了，你的作文写得还真好。”

“唉，我们家穷，有时连饭都吃不饱。”

鲁小娃突然转移了话题问我：“沈强哥，那你为啥喜欢到我家玩儿呢？”

“因为，因为你哥是我同班同学呗。”

“你骗人，说实话。”

“你妈有时让我吃肉包子。”

“就因为肉包子呀？”

“跟你开个玩笑，你家还有好多书可以看，我爱看书。”

“我妈是老师嘛。”

“我看了你家的《安徒生的童话集》，还有《一千零一夜》，我对写作文就更有兴趣了，还有其他的书，比如《红楼梦》，看不全懂，但觉得好看。”

“有些字不认识可以查字典，我去买一本《新华字典》送给你吧。”

“好吧，那我到田里抓一篓泥鳅给你，你爸爱吃泥鳅。”

“嗯——沈强哥，除了以上这些，还有啥原因喜欢来我家？说实话。”

“还有，还有……哎呀不说了。”

“说嘛，这里又没有别人听到。”

“那我说了，我心里喜欢你……”我的脸微微红了起来，心跳也加快了。

“是真的吗？如果是真话就允许你亲我一下。”鲁小娃闭上了双眼。

我望着鲁小娃迷人的脸，把嘴唇朝鲁小娃微翘的嘴角吻去……

鲁小娃睁开双眼嗔道："你真坏，我叫你亲一下脸，又没叫你亲嘴！"

鲁小娃轻轻推开我，站起身说："沈强哥，天不早了，咱早点回家吧。"

在回家的路上鲁小娃问我将来的志向是什么？我回答说坚决不当农民了，当作家写小说给别人看。

"不许吹牛噢，未来的大作家。"鲁小娃说着咯咯地笑起来。

我意识到，我和鲁小娃之间已经是朦胧的早恋或者叫初恋了。

为了能当上兵，我告诉鲁小娃今年想去当兵，鲁小娃想都没想就表态支持我去当兵，并且告诉我她哥也想去当兵。

那年县里应征入伍的有两个去向，一小批人去省军区当文化兵或者当警务兵，另一大批人是去大西北当铁道兵。

能在省城当兵当然人人都求之不得，我当然也想在省城当文化兵，但我除了在学校礼堂表演过《智取威虎山》里的李勇奇一角的片段，再就是会吹吹口琴，到省军区文工团显然不够条件，但我还有打篮球的特长。而鲁江的条件则比我优越得多了，他会拉小提琴，他拉的那一曲《骏马奔驰在草原上》就听得我如痴如醉，而他在学校礼堂表演少剑波的那个唱腔让我感觉就跟广播里听到的没啥两样。再加上他爸是县人武部部长，他若到省军区当个文化兵应该是有先决条件的。

我叫鲁小娃跟她爸说说，能否让我在省军区当兵。鲁小娃看看我，说了一句："沈强哥，你曾经说过立志当作家的，当作家要志在四方肯吃很多苦的。"就没有下文了。不过我认为鲁小娃嘴上这么说，回家后一定会替我跟她爸说情的，毕竟我俩在相恋中。

我和鲁江都顺利通过了体检。但鲁江比我早一天走，是去省军区。不用说，我是去大西北当铁道兵了。

离开家乡的头一天晚上，鲁小娃约我到郊外一条小河边，她主动牵了我的手，久久地，鲁小娃说："沈强哥，祝贺你可以远走高飞了。"

我把手抽回来，没好气地问道："小娃，你在挖苦我吗？"

鲁小娃抿一下嘴说："沈强哥，你怎么会这样想？我说过男儿有志在四方。"

"噢，那你怎么不叫你亲哥志在四方呢？"我仰起下巴说。

鲁小娃一时间不说话了。我俩找了地方并肩坐了下来，还是我先开了口："小娃，其实在我内心深处藏着一个不想离你太远的念头。我明白，你爸照顾你哥天经地义，再说鲁江也确实有文艺天分。我一个农民的儿子能顺利当上兵就很满足了。去了部队我会不怕吃苦好好干，干出点样子给你看看。"

"我相信我不会看错人的……"鲁小娃把脸靠在了我的肩膀上，说，"你明天就要去大西北了，听说那里很冷，而且铁道兵干的是体力活，也很危险。今晚，我只想告诉你，不管多久，我等你回来……"

我的心怦怦跳动，一把搂住鲁小娃说："我到部队后如果有出息了，就跟你保持联系，如果当了几年兵回来依旧是个泥腿子，我就不打扰你了，我不能让你受委屈。"

"我才不在乎什么委屈不委屈呢，在我心里，你甚至比我哥还重要。"鲁小娃紧紧地依偎在我的怀里，我听到了她急促的喘息声。

我捧起鲁小娃的脸嗫嚅道："我真的比你哥还重要吗？"

鲁小娃盯着我说："沈强哥，我这次没跟我爸替你说情，是因为我希望我心中的白马王子一定是志存高远的，我就因为真在乎你才没跟我爸说的。"

鲁小娃说着站起身，从外衣的内兜里掏出一本红皮笔记本递给我，突然朝我脸颊吻了一下，说道："明天去车站送你。"便转身跑了。我兀自久久地呆立着，一直到鲁小娃的背影在我眼里消失后，我才慢慢地走回家。回家后我打开笔记本，只见扉页上写着工整秀丽的钢笔字："未来的作家强哥：好男儿志在四方。小娃。"

第二天上午，我穿着绿军装，背着背包，在长途汽车的车门前用双眼在人群里急急地寻找鲁小娃的身影。

"沈强哥，我在这儿哪。"鲁小娃的声音传入我的耳朵，我闻声望去，鲁小娃正在不远处向我招手。我飞快地跑到她跟前，想张开双臂把她紧紧地搂在怀里，但周边站满了人，我转念把伸出的一只右手朝耳旁做了个笨拙的敬礼。那一刻，我看见鲁小娃的眼泪在飞。

1974 年的冬天，18 岁的我第一次远离家乡，远赴千里之外的大西北……

在部队的八年时间里，我先后立过两次三等功，还当上了排长。在一次施工中不慎负了重伤，转业后被安置在县民政部门工作。

1974 年的鲁小娃用了以后整整 45 年时间证明了我在她心里确实比她哥还重要……

退休后，我在鲁小娃的支持鼓励下，创作了长篇小说《1974 年冬天之后》。小说出版了，与我相濡以沫的鲁小娃却意外地猝然离世，这使我无限地哀伤。我把这本书放进鲁小娃的骨灰盒里，对儿子说："这里有你爸你妈的人生和所有的爱。"

2021 年 12 月 1 日

狼

龙腾团长从海拔3000多米的雪域高原上的临时指挥所下山。下山的吉普车里多了一位女护士叶小珍，她是一个月前随军医上山巡诊的。因高原反应严重，军医怕有生命危险，便请示龙团长让叶小珍搭乘吉普车下山。

吉普车行驶在颠簸的戈壁滩上。透过车窗能看见远处的藏羚羊、野驴和牦牛群等野生动物。叶小珍不时惊叹，龙团长干脆叫司机小陈停下车，把望远镜递给叶小珍，叫她看个仔细。

叶小珍看够了，上车。车继续在弯曲陡峭的山路上行驶。但接下来意外发生了，车轮因在冰冻的雪地上打滑，翻下了深沟。车上三人均不同程度地受了伤，所幸都伤得不太重，但车却无法再开了。司机小陈捂着淌血的脸等待团长的斥责，但平时粗暴的龙团长此时却一句粗话也没有，还帮着叶小珍给小陈处理伤口。叶小珍只是受了点皮肉伤，而龙团长则是头部撞了个大肿包。

在这前不着村，后不着店的戈壁滩上，三个人只能耐着性子等待救援了。龙团长估计了两种获救的可能，一种是在路边等待过往车辆，他相信哪怕等上一天两天也总会遇上过往车的。再一种可能就是山下发现团长没能按时下山就会主动与山上取得联系，因此，最迟两天内就会有汽车上山一路寻找他们。龙团长沉稳地把这两种可能分析给叶小珍和小陈听，叶小珍听了龙团长的话后说："团长，有您在，我什么都不怕。"

"当真？若是狼来了你也不怕？"龙团长抿着嘴盯着叶小珍问。

"狼怕团长，因此我也就不怕狼。"叶小珍说着还发出了一串银铃般的笑声。

龙团长叫叶小珍陪护小陈，自己则爬上了山路候着过往汽车。龙团长坐在路边的一块石头上，背着风点燃了一根香烟，耐心地"吞云吐雾"。不一会儿叶小珍上来了，静静地坐在龙团长身旁。龙团长叫叶小珍下去陪护小陈，他伤得重些，再说路边风沙也太大。

叶小珍说："是小陈叫我上来陪着您。"

两人挨着坐，叶小珍就问龙团长新中国成立前打仗的事。龙团长呵呵笑道："说实话打日本鬼子那阵我是真的狠了心了，大不了跟日本鬼子拼死了拉倒。解放战争时期就不一样了，说啥也都是自己同胞啊，我想得更多的是劝降。1948年我当团长，好几个县城都是得以和平解放的。当然，遇到顽强抵抗的我们也是不惜牺牲血战到底的，在一次冲锋战中，我的团牺牲了近一半兵力，心疼啊。"

"团长，您可真是性情中人。"叶小珍侧过脸凝视着龙团长说。

"小珍，饿坏了吧？看来我们得解决一下今晚的温饱问题喽，走，跟着我。"龙团长起身往前方的一丘沙漠里走，叶小珍跟在后面。

"看见了吗？远处有一只黄羊。"龙团长回头问叶小珍。

叶小珍伸长了脖子眺望，说：“没看见呀，团长，您的眼神真厉害。”

“战争年代磨炼出来的。你站这儿别动，我去撂一枪。”龙团长下意识地触摸了一下别在腰间的手枪，加快了脚步。

大约半小时后，龙团长拎着一只猎获的黄羊回到了叶小珍身边。龙团长把黄羊掼到了叶小珍脚下，叶小珍吓得哇一声跳了起来。龙团长哈哈笑道：“怕啥子哟，它已经被我给毙啦。”

龙团长话音刚落，突如其来的沙尘暴如一群咆哮的野马奔腾而来。龙团长喊道：“小珍，快扑下身子。”

铺天盖地的风沙掩埋了卧在地上的两条身躯。风沙过后，龙团长站起身，拍打着满身的沙土，朝叶小珍喊道：“起来吧，风沙早跑啦。”

叶小珍“呸呸”吐着灌进嘴里的沙子，她拍打了一阵沾在衣服上的沙土，低着头说：“团长，您转一下身好吗？我想把棉衣脱了甩甩，衣服里面灌进了好多沙子哩。”

龙团长“哦”了一声说：“好好，我转过身去抽根烟，好了叫我。”

衣服在叶小珍的手里发出了“扑扑”声响，不一会儿，声音停止了，叶小珍说了一声“好啦”。

待龙团长转过身来，叶小珍说：“团长，您也脱了甩甩吧，不难受啊？”

龙团长扔了烟蒂说：“我们男人皮肤糙，没感觉。”

“那我帮您拍拍后背吧。”叶小珍用手拍打着龙团长的后背。

听到自己后背的“嘭嘭”声响，龙团长的心尖忽然颤动了一下，他想转过身仔细看一眼叶小珍，但这只是一瞬间的欲念。作为一团之长，他虽然觉得叶小珍是全团女兵中最漂亮可爱的一位，但他却一直不敢过久地直视她。

夜幕降临了，三个人用篝火烤熟了黄羊肉。

深夜，戈壁滩上传来了狼嚎声。躲在侧翻的吉普车里的叶小珍惊恐地叫道：“狼，狼，团长有狼嚎声。”

车外的龙团长说：“小珍啊，你不是说不怕狼吗？”

龙团长和小陈燃旺了篝火。龙团长朝叶小珍说：“现在不用怕了，狼怕火。”

长夜终于过去了。小陈拎起水桶想去找水，被龙团长一把夺了过来，说：“小陈你摔得头破血流的，还是本团长去吧。”

“那我陪团长去吧。”叶小珍夺下了龙团长手里的水桶。

龙团长和叶小珍一前一后走出不远，陡见一匹狼支撑着两条前腿“虎视眈眈”地盯着他俩。

叶小珍惊叫一声扑到了龙团长的怀里。龙团长说了声“别怕”，便迅即从腰间掏出了手枪。许久，叶小珍从龙团长的怀里抬起头，颤抖着问：“团长，狼会扑上来吗？您，您怎么还不开枪……”

龙团长把手枪插进腰间的枪套里，拍拍叶小珍的背说：“它跑了。”

叶小珍听说狼跑了，才从龙团长的怀里弹开，说：“狼真的跑了吗？它，它怕您，您怎么不一枪崩了它呢？”

“你别看它跑了，附近一定有狼群，如果崩了它会引起狼群来报复呢，那后果就有点儿严重了。”

叶小珍心有余悸地问：“团长，今天山下会有车来救我们吗？”

龙团长镇定地说：“放心吧小珍，今天我们一定能下山。”

“可是，团长，我还是心跳得厉害，您能，再抱抱我吗？”

年方40的龙团长禁不住耳红心跳，但越是心跳加速他就越想张开双臂把叶小珍揽入怀里，他的脑子产生了短暂的“断片儿”，一阵寒风掠过，他似乎听到了隐隐的狼嚎声，他狠眨了几下眼睛，仿佛刚才那匹狼与他形影相随，他重重地朝空中挥了一下手，然后把手伸给叶小珍说：“我牵住你的手你就不会怕了，跟着我打水去。”

龙团长牵着叶小珍的手在前头走，叶小珍望着龙团长宽阔的肩膀心中翻腾起阵阵涟漪。走在眼前的这副伟岸的身躯曾经是穿过枪林弹雨，九死一生的啊。她把眼神停留在了龙团长的臀部，她想起半年前给这位得了重感冒的硬汉打针时，她看见了他臀部内侧的一个深深的“旋涡”，她羞涩地问道：“团长，您这儿受过伤吗？”团长说：“是啊，一块弹片扎进肉里，被卫生员硬生生给抠了出来。”

“没麻醉，一定很疼的啊。”

“傻姑娘，能不疼吗？再疼也得忍着点啊，那时我是连长，如果我疼得哇哇叫还怎么带兵打仗？”

“您真是个大英雄。”叶小珍感叹道。

取水回来的路上叶小珍走在前头，龙团长拎着水桶走在后头。龙团长望着比自己小了21岁的叶小珍的背影，思绪又转移到了先前的那匹狼。是那匹狼吓得叶小珍把娇小的身体投入了他的怀抱，那一刻，他似乎对那匹狼产生了好感，但在他的内心深处也同时藏着一丝恐惧。毕竟，他的手枪弹匣里只剩下一颗子弹了。这会儿，他想起了老家的婆娘，那个裹着小脚的女人和5岁的儿子，还有刚刚离世的老母亲。这么多年了，守寡的母亲生病卧床全靠着自己的小脚女人悉心照料着……

龙团长和叶小珍在取水回来的路上遇见了上山的汽车，是参谋长带车连夜上山救援的。

叶小珍竟然忘情地搂着龙团长的脖子跳跃起来。

下山不久，龙团长的小脚婆娘带着儿子来部队了。食堂加了几个菜，龙团长打开了两瓶老白干，叶小珍也被龙团长特意请来。龙团长先给坐在身旁的婆娘斟满了一杯酒，起身请大家一同举杯，说道："这么多年来，我在雪域高原筑路，全凭我婆娘在家照料我老母亲，如今老母亲走了，婆娘才能带着儿子来部队。从今往后又得辛苦我婆娘了。来，大家一块儿干了，当然，我这一杯可是敬我婆娘的噢。"

龙团长说完特地把酒盅跟婆娘的酒盅响亮地碰了一下，一仰脖干了。叶小珍也把酒盅朝龙团长婆娘手里的酒盅碰了一下，一仰脖干了。

2021年12月18日

站着开会

“叶文书，把椅子都给我收拢喽。”刚从二连调到一连当连长的王邦怀叫我把会议桌前的十几把帆布折叠椅给撤了。说是会议桌，其实就是一张乒乓球桌，而这间所谓的会议室也就是简易的全连“活动中心”，平时连里开个会、举办个什么活动包括打乒乓球就聚拢在这儿。

我一时丈二和尚摸不着头脑，疑惑地问王连长：“把椅子撤了还怎么开会呀？是不是……不开会啦？”

“开会非得坐着开啊？当年红军二万五千里长征常常连个破草屋都找不着，边走边商量事还不是照样打胜仗吗？”王连长瞥了我一眼说。

王连长话音刚落指导员进来了，紧接着连里其他领导和几个排长也都前后脚到了，有的手里还捧着茶缸。

王连长站到乒乓球桌的上端，待指导员并排站到他身旁后，开口朝大家说道：“我初来乍到，很需要到工地现场跟大家一起干，这开会嘛就得节省时间，尽量开短会，怎么才能使大家都自觉地心甘情愿地把会给开短了呢？我看站着开会就是一种方法。当然啰，排长们如果站着腿不酸，腰不疼，我也一定奉陪……”

王连长的话引起一阵嬉笑声。

指导员接过王连长的话说："王连长的意见之前跟我商量过，我完全同意。作为铁道兵最前沿的实战单位，不能把太多的时间耗费在开会上，一些可开可不开的会议坚决不开，今后除了学习和党务方面的会议或者是研究某项具体问题之外，就照连长的意见办，尽量站着开会。"

我把记录本搁在桌面上，从胸兜里掏出钢笔，王连长朝我笑道："秀才做记录，屁股还是得有个着落的，你可以坐着记录。"

王连长这么说了，我便拿了张椅子坐到桌前，心里笑道："嘿嘿，大家站着我独坐，不怕领导们说来话长。"

王连长这一招还真灵。以往开此类会议常常得连长指导员给各排长限定汇报时间，而我手中的笔得不停地记录，一次会议下来得记好几页，而这次排长们个个掐头去尾，专拣重点和有用的话说，而我记录下来的内容也仅有一页多了。

转眼到了元旦。新年新的一天从一轮温暖的太阳冉冉升起开始，营区内除了站岗的和几个炊事员之外，其余官兵啥事都不用干，放假一天。可偏偏这天上午团长悄无声息地带了一名参谋来连队，就在团长还在营区内转悠时，王连长和指导员已闻讯跑步到团长跟前，两人"啪"的一个立正、敬礼，团长还了礼，说："消息还挺快的嘛，我刚到没一会儿就被你俩侦察到了。"

"报告团长，铁道兵也是兵，军人就得跟豹子一样反应敏捷。"王连长双腿一并道。

团长上下打量了一下王连长，满意地点点头。

团长提出要到会议室里召集部队官兵开个新年座谈会，主要是想听听基层的声音。

指导员命令我赶紧通知与会人员并且把会议室布置一下。我转身抬腿又忽然转身问指导员和连长要不要摆椅子，没等指导员开口，王连长抢先道："这还要请示啊，团长召开座谈会能不摆椅子吗？快去，还得给团长和参谋泡杯茶水。"

我回答了一声"是"，却在心里想：你这么另类，我这个当文书的还真不好把握呢。看来你当连长的见到团长也害怕呢。

待十几位官兵代表到齐后，团长开始讲话："我早就听说王连长主张开短会，有的会议干脆站着开，怎么，刚到一连上任就改变做法啦？"

王连长微微一笑道："报告团长，什么样的会怎么开，得从实际出发，你下基层开座谈会属于坐着开的一类。"

王连长的话引起满屋的笑声。

团长又说："王连长啊，你站着开会的开法师长政委都知道了，说这是克服形式主义的一个硬性方法，还要在全师推广呢。"

我看见王连长脸颊微微一红。

团长抿了一口茶水，宣布正式开会。团长的开场白是叫大家给连队建设、机关作风等等方面多提一些真实的意见和建议，也包括官兵的日常施工和生活上有什么困难等等都可以提。团长还特地强调大家有什么说什么，不用顾虑，绝不抓辫子，不打棍子，不穿小鞋。

一排排长先发言。但这位排长讲了十几分钟都没有一句话是提意见建议的。王连长似乎有些不耐烦了，但当着团长的面他没有明显表露出来，只是淡淡地插了一句话："下面还有好多同志等着发言呢，简要点儿好吗？”

团长马上接着说：“对对，已取得的成绩不说跑不了，希望大家多给我提提意见，这对改进新的一年全团的工作有用。”

等到一排长结束了漫长的发言后，王连长清了清嗓子，望着团长说：“团长，还是我先说说吧。”

“行，我倒想听听你的炮声。”团长笑道。

王连长用时五分钟，总共提了五条意见，可谓针针见血，我边听边记录，笔尖都有点颤抖了。比如，王连长说今后全团集中看电影基层连队要跟机关官兵轮换着坐位置，不能每次总是让基层官兵坐边坐后，放映前拉歌团机关官兵也应共同参与，大家都是军人嘛。还有入冬前机关各股室随意到基层连队抓兵差给他们打过冬煤砖，这种风气过甚不利于队伍管理。盲目下指标压营连追赶施工进度，缺乏科学态度，导致弄虚作假，一些工程质量不过关，事故多发，处理下面，但股领导乃至团首长就没有责任吗？根源还是在上头。连队伙食保障跟不上趟，比如连里都一个月领不到大肉罐头和水果罐头了，但机关里却能按时发放。今后应该倒过来才对，物资一时紧缺的时候，应该先保障基层，特别是坚守在前沿阵地官兵。王连长甚至提出全团转志愿兵和提干名额要多向基层一线倾斜，团首长眼光要多看下面……

王连长发言时我观察到指导员在桌底下用腿捣王连长的腿，但王连长似乎毫无反应，团长则一声不吭地埋头记录王连长的话，而会场的各位都屏住呼吸，安静得能听到屋外的雪飘声。

我颠覆了我原先以为王连长见到团长也害怕的想法。一个劲儿地在心里说连长啊，您就少说两句吧，把团长得罪了对你能有什么好处！

座谈会开了两个多小时，团长起身和参谋回团部了。我觉得团长离开时的表情没有来时那么爽朗。

送走了团长，指导员跟王连长说：“连长，看样子团长有点儿不愉快嘞。”

“是吗？我怎么没看出来。”王连长侧过脸瞅一眼指导员说。

指导员数落王连长道：“你真是一根筋！营长快转业了，听说副营长会转正，空出来的副营长位置非你莫属，全营正连职就你当的时间最长了，在这节骨眼上你不巴结团长政委也就算了，可你偏偏连珠炮似的提那么一大堆刺耳的意见……”

“这不是团长叫我说实话吗？我可讲不来假话。”王连长若无其事地说。

眼看要过春节了，连长突然问我：“叶文书，要过春节了，想家吗？”

我迟疑了一会儿，回答说：“不十分想，指导员回家探亲了，我认为跟连长您和大家一起在部队过春节挺有意义的。”

“哦，”王连长接着又问身旁的通信员：“小沈，你想家吗？”

“想”，通信员不假思索地回答。

“那好，小沈，你准备一下，我批准你春节回家探亲。”王连长很干脆地做出了决定。

王连长的决定让我顿感失落。其实我心灵深处是太想家了，就在前天还收到父亲来信，说我母亲身体不好，希望我春节能回家探亲。早知这样，我会连说三个“想”呢。

转眼要到五一劳动节了。王连长把我叫到他房间跟我说：“叶文书啊，你都当了三年兵了，听说你母亲身体不大好，回家探亲吧，记住，讲真话是为人之本。”

我心跳突然加快，半晌才“哦哦”了几声，转身跑回自己房间以最快的速度打了个探亲报告。

归队后第一时间我找王连长销假，通信员说：“到营部找吧，连长已经到营部上班了。听说正在营部开站式会议，指导员也在那儿呢。”

“什么，走啦？王连长他，他还能升官当——当副营长？”意外使我有些语无伦次。

“是当营长，破格提拔连升两级咧。”通信员嘿嘿一笑道。

2021 年 3 月 23 日

营　长

营长探亲归队的当晚把我叫到他房间询问他离队这段时间以来部队的一些具体情况，末了，营长突然有些意味深长地对我说："叶文书啊，地球离了谁都照样转，这段时间恰巧我和教导员都不在岗，副营长他们照样把全营管理得好好的。"

我说营长您不在的这段时间大伙都挺想念您的，您和教导员可是全营的主心骨啊。营长听我这么说撇撇嘴笑了一下，说："看来我是该转业了，副营长年轻力壮也该上了。"

听到营长突然跟我说转业的话，有点儿发蒙，不解道："营长，您怎么突然想到转业的事了，其实您还有提拔机会的呀，而且我们都听到传闻了。"

营长哈哈笑道："我想转业也不是一时半会了，官大官小没完没了，我离开了别人会比我干得更好的。"

我咂咂嘴，望着营长说："营长，这几年我跟在您和教导员身边亲眼所见带兵确实很辛苦，您看您，才 40 出头头发都开始白了。"

"说啥呢，"营长瞥了我一眼说，"这白头发跟当营长有啥子关系，我爹是个地道泥腿子，40 多岁时也开始长白发了。这是遗传懂吗？”

转眼间到了年终，全营各连忙着总结工作和评先报功。二连向营部报送了一名个人三等功材料，主要事迹是该士兵在野营训练中晕倒，但苏醒过来后坚持轻伤不下火线，为全连士兵树立了榜样。营长看了事迹材料后叫我把二连连长或指导员叫到营部来，来的是连长。营长问连长：“连长啊，你连报的这个立功材料我怎么看还是觉得空了点儿，这位士兵为什么训练时会晕倒？是体质太弱造成的吧，他能坚持高强度训练精神自然可嘉，表扬嘉奖都不为过，但要给个三等功还是勉强了些，这也关系到导向问题。”

连长面露难色，说：“那该报谁呢？”

营长思考片刻，说：“你连那位‘郎里个郎’不错嘛，他叫什么名字来着？”

连长回答说叫吴伟。营长拍一下后脑勺说：“对对，叫吴伟，我倒把这位大名人的名字给忘了，他自己创作自己表演的快板书在全师会演得了一等奖，我到现在耳边还常回响着他那个‘郎里个郎里个郎’，还有他在《解放军报》和军区报纸上发表了好几篇报道，该给他报功哩。”

连长有点不屑地说：“演个节目写几篇报道也可以立功啊，那小子酸不溜秋的，平时有点骄傲自以为了不起。”

营长说：“有点儿本事的人骄傲点儿也可以理解。要不你也写写看？只怕是哭都哭不出来。”

营长和连长的对话我在一旁听得真切，觉得营长讲的话就是中听。功劳就应该给有功之人所得，用得着管人家骄傲不骄傲吗？

营长是个实在人，平时大家服他主要也是因为他实在，接地气，不玩虚的。我曾听说过营长当士兵时的一逸事。说的是一间民房着火，营长，也就是当年的士兵，在班长的带领下冲进民房，体格健壮的班长在火海中把一个哇哇哭叫的男孩抱了出来，营长那时身体瘦弱，冲进民房扑火时晕了过去。事后连里要给营长报请三等功，理由自然是因为救火晕了过去，差点献出了宝贵的生命，是革命英雄主义的体现。但营长却坚决不愿立功，说班长才是真正的功臣，是他冲进火海成功解救了男孩，而自己之所以晕倒主要原因是体质弱。最终是班长立了三等功，营长得了个嘉奖。

营长如他所愿转业回乡了，他被安置到县里一个局当了一名办事员。照说他这个级别在县局当个科长副科长的再正常不过，但他却谢绝了组织上的安排，甘愿当个办事员。我跟营长是同乡，回乡探亲时我问营长干吗那么高风亮节什么职务也不要，营长哈哈笑道："这跟高风亮节有啥子关系嘛，说实在的，我都带过几百号人了，还在乎一个股级的科长职务？再说地方业务我又不熟悉。当办事员把本职工作做踏实了不也挺好吗？"

我忍不住又问营长："我现在该叫您老营长了，我总也想不明白，当年您干吗急着要转业呢？是怕给副营长挡了道吗？其实您当年再熬熬当个副团也不是没可能，如果副团转业到县局怎么的也得给个副局长当呀。"

营长"唉"了一声说："小叶啊，跟你说实在的，当年我回家探亲时你嫂子非叫我转业，看她那态度我如果再不抓紧转业就要跟我说拜拜了，再说我俩结婚多年也没个孩子，在选择要家还是升官上我选择了家，事情就这么简单，没你想的那么高尚。"

我摇摇头说："老营长，您真实在。"

十年后我在部队指导员岗位上转业。巧的是我竟然被安置到和老营长同一个单位工作。老营长找了一家小酒店为我接风叙旧。喝酒吃菜之间我笑着跟老营长说："老营长，我现在居然和您同级了，确实是委屈您老首长了。"

老营长又是以他那惯常的哈哈笑声说道："小叶，你好像在同情我？还记得我当年曾经跟你说过的一句话吗？官大官小没完没了，当办事员怎么啦？你以为当了个什么官就不得了啦？就是当了军长部长你还是原来的你，高处不胜寒哩，我给你讲两个故事吧，以前咱局里有点职务权势的那个所谓的圈子平时聚餐都不大叫我，可能因为我是个小小办事员吧，可有一次一个副局长和几个科长聚拢喝酒，一个科长喝酒喝死了，这下可好，牵头的副局长撤了职，其他的撤职的撤职，赔钱的赔钱。还有一次，一个老板春节前给局里中层以上干部送礼卡，我一个办事员自然是轮不到啰。可是不料刚过了年就东窗事发，纪委查下来了，好家伙，一个也漏不了网，退了礼卡还受了纪律处分。你说说看，职务和权力这东西就这么不可捉摸呢。"

老营长的话让我陷入沉思，许久，我敬了老营长一杯酒问道："老营长，我倒想问一下，假如您是科长局长什么的，那场酒宴您会去参加吗？还有，别人一定也会给您送礼卡礼券甚至金钱，您会……拒绝吗？我是说假如。"

老营长往嘴里夹了一口菜，咀嚼着说："小叶啊，说实在的，人是会变的哟，人间的事哪有什么假如。来，干了这杯。"

老营长举起酒杯与我的酒杯重重地碰了一下，一仰脖把满杯的土烧干了。

2021 年 5 月 22 日

马营长降职当连长

马强营长是因为手下的通信员动手打伤了“群众”而被降职当连长的。

我是营部文书，当时我虽然没在现场，但我清楚通信员打人的来龙去脉。那是个周日的中午，山东大汉马营长想吃饺子了，便换上便服叫上通信员去街上有点名气的饺子铺吃饺子。正在马营长专心致志地蘸着醋吞咽饺子的时候，邻桌的三个小青年结束了“饺子就酒”，起身朝柜台喊了声“记着”，便想扬长而去。但柜台前的女孩不肯放他们走，朝三人喊道：“你们仨都记了一年账了，不能再这么白吃白喝的了，今天必须得结了账再走。”

一个个头最大的，留着一撮小胡子的青年“哟嗬”了一声，骂道：“娘的，还怕老子赖账不成？也不打听打听，在这条街上老子吃喝还得付现钱？”

这时候从灶间里跑出一个老汉，把店门一锁，拦着三个人不让走。“小胡子”用他粗大的胳膊着力一推，把老汉给掼倒在墙脚下。女孩惊异地喊了一声“爹”，扑上前扶起老汉，转身朝“小胡子”骂道：“臭流氓，你怎么动手打人？”

“小胡子”眉毛一扬道：“打了又怎么样？开门，否则老子砸了饺子铺！”

另两个推搡着老汉和女孩逼着他们打开门锁，老汉和女孩不从，他俩便朝老汉和女孩拳打脚踢。

马营长把这一切都看在了眼里，他把一双筷子往桌面上一摔，瞪着“小胡子”说：“青年人，吃饭付钱天经地义，你们这个样分明是耍流氓嘛。”

“小胡子”两眼一瞪道：“关你他娘的屁事啊，老子就这样了，怎么啦？”

“还有没有王法啦？今天这事老子还真就管定了！”马营长斩钉截铁地说。

“小胡子”想不到会有人胆敢顶撞他，气急败坏地一把掀翻了马营长跟前的桌子，还没吃完的饺子滚落一地。性格暴烈的马营长本想一拳头就擂过去，但他还是咬紧牙关克制着没有出手，骂了一句：“奶奶的，你们这几个浑蛋！”

“你他娘的敢骂老子？！”“小胡子”不依不饶了，他从腰间掏出匕首，“呼”地插到跟前的板凳上，再把一只脚踩到板凳上说：“给老子道歉，否则别想走出这扇门，除非从老子胯下钻出去。”

这下子马营长忍无可忍了。不过不必他亲自动手，他亲自挑选的通信员入伍前就会一套熟练的“南拳”，通信员早已把两只拳头捏得咯嘣响，只等营长一声令下。马营长朝通信员使了个眼神，通信员便如松了绑的猛兽，在原地跳了一下脚，两只铁拳便飞舞了起来。三个人起先还“嘿嘿”“呵呵”的，根本没把通信员放在眼里，但不一会儿便个个趴在地上“哇哇”叫唤了。

这原本是伸张正义，做了件好事。但问题是通信员下手狠了点儿，“小胡子”被打断了两根肋骨，两天后突发心脏病死了。这下子“小胡子”的一家老小便赖上了，他们了解了马营长的军人身份后，就到部队闹，接连不断地上访，写控告信。法医鉴定虽然没有定论“小胡子”是因直接被打伤而致死，但毕竟死前被打断了两根肋骨。

上级组成调查组下来调查，马营长完全可以“丢卒保帅”得以“脱身”，因为马营长并未亲自动手，也没有朝通信员张口下令，只不过使了个眼神而已，而通信员又闭口不说马营长给过他任何什么暗示，饺子铺的老汉和姑娘也跟调查人员做证没听到马营长叫手下动手。这种情况的处理结果顶多马营长挨个处分，通信员提前退伍即可。但马营长不肯，他坚持说是自己给通信员递了个眼神，暗示他动手的。

一个月之后处理结果下来了，马营长变成了马连长，通信员挨了个处分。

马营长到二连报到(接下来该称他马连长了)，指导员依旧喊他马营长，马连长立即纠正道：“指导员啊，过去我是你营长，可打今儿起我俩就是搭档了，不许再喊我营长了。不过嘛……”

“不过什么？”指导员问道。

“以后你也可以打浑蛋流氓啥的了。”马连长说。

指导员不解，说道：“还是少管点闲事吧，再打恐怕连长指导员也当不成喽。”

“哪儿话呢，”马连长说，“营长因为打人降为连长，说明你我连级干部就可以打人了嘛。”

指导员一下子反应了过来，禁不住哈哈大笑起来。

马连长到任不久，手下的一个班长出事了，犯的事与马连长差不多，也是打架的事。

这位叫吴强的班长回乡探亲，在火车站窗口购票，不愿排队购票的两个小青年朝吴班长骂骂咧咧，当吴班长听到“妈的，一个傻大兵算什么东西，凭啥优先不用排队”这句带污辱性质的话时忍不下去了，回敬道：“为什么骂人？没看见窗口上有军人优先的牌子吗？”

“去他妈的优先，一个月几块钱的傻大兵优先个屁！”两人中的一个光头小青年瞪着一双猩红的眼朝吴班长爆粗口，嘴里还呼出一口浓浓的酒气。

吴班长陡然间额头上青筋突暴，他跨过围栏，一把揪住光头的衣襟，吼道：“你骂谁？”

“老子就骂你了，怎么，想打架吗？眯眼，一起上！”光头叫身旁的眯缝眼一齐朝吴班长动起了手。

结果没有悬念，两个家伙哪能是吴班长的对手，三两下便被吴班长给打趴下了。那个酒鬼光头小青年还被打掉了两颗门牙。

这事很快就闹到了部队，书面状告词是解放军殴打群众。

指导员捏着告状信为难地跟马连长说：“连长你看看，怎么尽出这档子事？”

马连长瞥了一眼指导员说：“你愁个啥子吗？不就是一两个暴发户的儿子仗着家里有几个臭钱瞧不起咱这些穷当兵的吗？该揍！”

“哎哟我的老营长唉，这事哪那么简单呀，平时咱都是怎么教育战士的？对群众骂不还口，打不还手。这事闹的，该咋处理好呢？又怎么向上级交代呢？”指导员叹着气说。

“都污辱咱解放军了还忍个球啊，这事好办，我来当连长时不就跟你说过吗？营长因为打人降为连长，说明连长可以犯这个错嘛，那吴强他一个当班长的就更没的说了。这事你就别太为难了，有啥事我担着。”马连长干脆地说。

“可我是指导员啊，队伍没教育好主要是我的责任。听你的意思是对吴强这小子不用处理了？”指导员问道。

“那还用说，如果把这小子的班长给撤了当个一般战士那不就是说全连当战士的都可以打架啦？”马连长说完哈哈大笑了起来，指导员也嘿嘿笑着擂了马连长一拳说：“马连长啊你净胡说八道，就依你的意思吧，有啥责任咱俩一起担着吧。”

吴强照当他的班长，好像啥事也没有发生过，那个被打掉了两颗门牙的光头一家不知何因也没再继续纠缠了，部队上头也没再追问此事。

这事我是听营教导员说的，告状信是团部转下来的，因为团部没再过问此事，他这个当教导员的也就装着糊涂，只是私下随意问了问指导员就算过去了。

马连长当连长的第二年，驻地突发洪水，他和指导员在上级的统一指挥下率二连官兵参加抗洪抢险，营救了不少群众，获得了广泛的赞誉，二连还荣立了集体三等功。

洪灾过后马连长向上级打了要求转业的报告。指导员知道后埋怨马连长不该打这个报告，而且还听说上级正在考虑恢复他的营长职务。

马连长“哼”了一声说：“军人转业还不是迟早的事啊，再说我营长都当过了干吗还要再当一次呢？还是留给年轻人去当吧。”

后来马连长是转业了还是又当营长了我不得而知，因为我不久就退伍回乡了，从此再无联系。

2022 年 1 月 16 日

王连长

提起王茂甘连长，人们背后都会悄悄地叫他“王猛干”。可不是吗？我这个在连部当文书的就看在眼里呢，那就是，一年三百六十五天几乎看不到有谁到连部来找他的，偶尔外单位或上级领导来找他，通信员二话不说径直领着人家往车场走……

王连长工作“猛干”，但用他自己的话来说就是“一听到学习文化科学知识就头痛”。

去年年底（1978）的一次支委会上，王连长的嗓门赛打雷：“咱连目前运输生产虽有新起色，可就是一些笨球货驾驶技术不过硬，老出事故，还有修理班的修车技术跟不上来，从明天起全连加班加点也要把两百吨烤火煤给提前拉完！”可是，当指导员夏田同志提出要建立学习业务知识课程的意见时，王连长的脑袋立刻像失去了支撑力似的耷拉了下来，不时用双眼瞟瞟指导员和几个支委。当指导员接着说道：“我已经物色了一位教员，将每星期五晚上定为集体学习时间，主要学习基础科学和汽车驾驶与修理方面的知识，由赵文新同志担任教员。”这时候王连长忍不住了，冲着指导员和几个支委嚷道：“还要小赵当教员？不行不行，那个小子最爱出风头，连上厕所也捧着本书，听说他还想考大学。我早就看出他的心思不在这高原上。让他当教员那尾巴还不翘到天上去了。”

你看，他把战士上厕所捧着本书看作出风头，想考大学看成怕吃苦，是想早日离开青藏高原。

好啦，这事不多说，就说说王连长今年回家探亲搞对象的事吧。

王连长老家在成都近郊，骑上自行车半小时就能到达市区。他已经27岁了，还没找到对象，他自己倒无所谓，可他的老母亲却发了慌，趁儿子回家探亲托人给儿子在成都介绍了一位姑娘。

姑娘叫张萍，25岁，中等个，看上去挺苗条的，大学毕业生，在市轻工机械厂当技术员。王连长与张萍来往了两次——面熟了。

星期日，张萍的父母特意做了几个好菜，还买了两瓶“状元红”招待王连长。

王连长知道张萍父亲是个老知识分子，是成都市一所大学的数学系教授。王连长心里总有一种说不出来的紧张感。他担心这位老知识分子会跟他交谈些莫名其妙的科学知识。

刚开始还算好，老教授跟他只是相互交谈了些部队和地方上的新形势及一些生活小事。但是，当老教授几杯酒下肚后话就多了起来。老教授动情地说：“如今无论是工厂、农村还是部队，要加速实现四个现代化可不是件轻松的事情啊，首先是科学，科学！科学不赶快跟上去，加速只能是一句空话！我虽然头发都白了，可我一想起我们的百废待举的国家，一看到学校这些如饥似渴学习的学生们，我就热血沸腾，国家，未来，毛主席，周总理的遗愿……”老教授越说越激动，转而又说道，“我听女儿说你们部队也正在大力行动，要改变两低一差状况，好啊，你这个年轻的连长肩上的担子可不轻噢，又要抓生产抓军事，又要带头学习科学知识。”

老教授的话好似一束束火苗往王连长的脸上烧，他的脸发烫，他只知道点着头，而头越点越低……

吃罢饭，屋里只剩下王连长和张萍两个人。别看王连长平时大大咧咧的，可与张萍单独在一起时却老实得像一头牛，连双手都无处摆放了。聪明的张萍抿嘴一笑，对王连长说："咱们一起看书吧？这几天有一道数学题叫我好费脑筋。"

王连长一听张萍说数学题，赶忙摆着手说："我不懂数学，没学过那玩意儿。"

张萍说："我又不是向你请教什么高深数学，看把你给慌张的，你对勾股定理和三角函数这些总知道一些吧？"

王连长一听张萍说什么"勾股""函数"的，更慌了，赶忙站起身说："我说张萍哟，我满打满算才念了四年书，哪懂得什么勾股和函数啊，你这个大学生就别给我出难题了吧。"

张萍虽然与王连长接触时间不长，但她从王连长的言谈举止中看出他是个说话不会打转的人。张萍笑了笑说："你书念得不多我知道，可我们总不能以此来原谅自己呀，茂甘，我们国家这么穷，这么落后，要尽快使国家富强起来，得靠年青一代啊，我们都还年轻，又是干部，不尽量使自己多掌握一些科学和文化知识，又怎样能真正发挥我们的作用呢？难道我们就甘愿做落伍者吗？茂甘……"

王连长被张萍的一席话说得心跳加快。他注视着张萍，张萍用她那双水汪汪的大眼睛满怀期待地与王连长相视着。

王连长看见眼前这双会说话的大眼睛溢着希望的光闪亮，王连长的心头一颤，他忘情地握住张萍的手说："张萍，你说的对，我要改变我自己。你帮我找几本自学书吧……"

王连长探亲归队后，你看他，星期六晚上本该是自由活动，但王连长却坐在“教员”赵文新同志身旁，认真地听他讲课呢。王连长说：“学习和工作一样重要，而且学习就得老老实实非下苦功不可。我这个当连长的若是攻不下这一关，便是现代战场上的失败者。”

1979 年 3 月

又见老连长

“嘟嘟嘟嘟……”通信员吹起了急促的紧急集合的哨音。我们这些刚吃过午饭的“新兵蛋子”慌忙小跑到站立在新兵连食堂门外的通信员跟前。在这茫茫戈壁滩上，虽然中午的阳光明亮刺眼，但那暖意却被呼呼嘶叫的寒风刮得冰凉凉的，大家缩着脖颈以班为单位站成了队形。我心里正在想着“你一个通信员也就比我们早当一年兵，搞起来像个连长似的……”的时候，人高马大的刘连长虎着脸从食堂里走出来，手里拎着带把的潲桶。

大家不明就里，等待着刘连长训话。

刘连长“哼”地似咳非咳了一下，说：“我知道你们中间好几个是从南方来当兵的，但吃不惯面食总不能把白面馒头吃几口就给扔到潲桶里了吧！知道这是什么性质吗？浪费粮食就是犯罪！都是谁扔的？好汉做事好汉当，有种的就出列！”

现场鸦雀无声。这事我刚才干过，往潲水桶里扔馒头的时候还骂骂咧咧地跟同乡战友说：“天天吃馒头土豆，没有大米饭吃，不如绝食算啦！”

时间足足过去了三分钟，刘连长那一对如炬的大眼睛在队伍里来回巡视，当他的目光与我的碰到一起时，我的脸腾地绯红，把脑袋耷拉到胸前。

“怎么，没人敢站出来？”刘连长的话好似鞭子抽打到我的脊背上，我浑身一激灵，几乎是无意识地举起胳膊，嗫嗫道：“我扔的。”

“出列！”刘连长吼道。

接着，又有两三个新兵主动出列，低垂着脑袋。

刘连长将手伸进潲桶，捡出几个馒头残块，痛心地说道：“真是作孽啊，有多少人还在饿肚子，你们，你们怎么扔得下手……”

刘连长把小半只馒头塞进自己嘴里咀嚼，我认得那小半只馒头就是我吃剩下的，而且我还注意到小半只馒头已被潲桶里的混合汤汁浸湿了。“这也吃得下口……”我心里嘀咕着。

刘连长咽下馒头，又伸手把潲桶里的几个馒头残块捡出，分发到我们几个人手里，说：“都给我吃啦！下次再犯，一律关禁闭。”

连长都带头吃了，我们几个还能咋？只能乖乖地强咽下肚。

两个多月的新兵集训结束，我被分配到汽车连，万万想不到，汽车连连长正是新兵连的刘连长。而且刘连长还特意安排我到连部给他当通信员。我跨进连部，卸下背包，刘连长朝我呵呵笑着：“小张啊，知道我为何选你当通信员吗？”

“不知道。”我如实回答。

“那天你敢于第一个承认扔了剩馒头，说明你小子还算诚实，知道吗？诚实是为人之本，好好干吧。”刘连长说完便忙他的去了。

刘连长经常要带车队跑长途。在高原戈壁滩上跑车确实很辛苦，我有时就主动帮刘连长洗涤换下的衣服。一次我把连长换下的内裤和袜子装进脸盆想去溪边清洗，被刘连长一把拦住。刘连长说："小张，记住了，我换下的内裤、袜子什么的一律我自己洗，你不用管。"

我说："没关系，我反正也没啥事。"

"这是对人必要的尊重，官兵平等，人人都有人格尊严。"刘连长认真地说。

当兵的日子会让人记住一辈子。几十年后，我与定居在西安的老连长取得了联系。我利用出差机会特意去看望老连长。

已年近七旬的老连长特意叫上了几个熟悉的战友，在一家不起眼的小酒店接待了我。

老连长的酒量依旧不减当年。我酒至半酣，对老连长说："老连长，知道您对我人生影响最大的是什么吗？"

"呵呵，是节约粮食吧……当年我好像为扔剩馒头的事差点关你禁闭。"老连长呷了一口酒说。

"是的，足以让我受用一辈子。但还有一件事，也深深地影响了我。"我也呷了一口酒说。

"还有啥事啊，我老了，不记得了。"老连长说。

"就是您不让我替您洗内裤、袜子的事。这个习惯我一直坚持到今天，成家后，从不让老婆替我洗内裤、袜子，都是随手自己洗。您说过，这是对他人的尊重。"我认真地告诉老连长。

"好好，小张啊。"老连长突然哈哈笑起来说，"你都50多岁了，你看我还叫你小张，张健啊，这个习惯好啊，我都快70岁了，还依旧这样做。”

欢宴持续了两个多小时。桌面上余下些剩菜，老连长叫服务生给打包。走出酒店，我望着手里拎着剩菜的老连长的背影，突然地想刚才光顾着回忆从前的军营生活，怎么没问问老连长现在日子过得怎么样了呢？我侧过脸问身旁的战友。战友微微一笑说：“老连长日子过得滋润着呢，退休工资六七千，他就一个女儿，女婿是本市大名鼎鼎的上市公司老总。”

2020年10月1日

连长的“公报私仇”

刚过了春节，我们二班分配来了一名叫伍兵的从大城市入伍的战士。作为二班班长的我虽然来自农村，但我对城里人向来没有“羡慕嫉妒恨”的情绪，反而还有点儿“偏心眼”。比如伍兵比起班里其他几个兵就吊儿郎当些。平时花钱也大手大脚，几块钱的津贴费不到半个月就花光了，而且还得叫家里给汇钱。副班长很明显的就对伍兵心生反感，埋怨我对伍兵的日常管理太宽松。我总是报之以莞尔，顶多说几句人家是从大城市里来的嘛，怎么能跟我们这些山里娃子比啊。要多看他的优点，比如见多识广，豪爽大气，说话有趣等。

但这个伍兵还是出事了。连长夜间查铺时在他的床头搜出了一大叠美女头像，都是些中外女明星的接近于半裸的照片，还有双喇叭录音机，邓丽君的磁带。那晚吹了熄灯号后他还在被窝里偷偷听邓丽君的“靡靡之音”，被连长抓了个正着。我怀疑连长也早已注意到这个“吊兵”了。那晚连长不由分说地叫通信员把伍兵的录音机连同磁带，以及美人照统统给“没收”了。

第二天晚上点名时，连长口头上狠狠批评了伍兵，我注意到连长批评伍兵的用词是“违反作息时间纪律，偷听靡靡之音，追求小资产阶级生活方式”等等。

这件事如果仅口头批评一下，过几天返还录音机也就可以了。但我听说连长还要伍兵写一个自我检查，如果认识不到位将给予行政警告处分。我觉得有点过了，我越过排长直接到连部找连长陈述我本人的观点。

连长听完我的话后瞪着双眼说：“听说伍兵这小子吊儿郎当，我还听说你平时对他有些偏心，宠着他，告诉你小沈班长，骂是爱，宽是害，对这些城市兵更要严格管理。”

我不服气地说：“连长，对伍兵也得一分为二地看呀，他从大城市一下子到大西北当工程兵总要给他一个适应过程嘛。我看他素质挺好的，只是跟我们这些农村来的表现风格有点儿不一样罢了。”

“什么不一样？”连长双眼瞪得更大了，“沉浸于靡靡之音，晚上不按时就寝，早上不按时起床出操，是不是？”

“是也不是，”我嗫嗫道，“大西北这么枯燥，人家看看美人照听听歌难道也算犯纪律啦？”

“带兵就要从这些小事抓起，”连长真的生气了，一挥手道，“你回去吧，叫他写个自我检查送到连部。”

我扭过头就走。

“等等。”连长叫了一声。

我转过身去，连长叫通信员把那晚“没收”的录音机、磁带和美人照交到我手里，说：“告诉那小子，下次再让我发现违反作息时间听歌曲，一定严加处理。”

为这事副班长提醒我说：“沈班长，你为了伍兵这小子跟连长唱反调值得吗？”

我说："这叫唱反调？我只是坚持我自己的观点，谁叫我是他的班长呢？"

过了阳春三月，气候渐渐回暖了，大部队得整理行装集结进山筑路了。我们施工一连是全团打前站的，在海拔3000多米的高山上，战士们穿着大棉鞋还冻得直跺脚。在艰难的施工过程中，我们连遇到了难题。一段路遇到山崖，需要开凿两米多深的涵洞。这在内地或者对专业队伍来说不是个事，但我们这支施工队对爆破毕竟不够专业，更何况是在如此恶劣的气候和海拔3000多米的高山上，要开凿两米多深的涵洞谈何容易。连长和驻扎在山上的副连长、副指导员商量，并经营部同意决定绕道施工。道路一绕，就多绕了300多米距离。那天连长召集副班长以上骨干开会宣布了这一决定，我当即举手发言表示反对，我的观点是只要爆破和人工开凿，困难是可以克服的。

连长说："那要影响全团的工期进度的，我们连负得起这个责任吗？"

我依旧坚持自己的观点说："影响十天半月的工期只是现在一时，如果绕道施工今后过往车辆就要多跑300多米路程，哪个划算？"

坐在一旁的副班长扯了一下我的衣襟，暗示我别多说了。

连长半晌无语，突然把眼光转向一旁的副连长和副指导员大声问道："有人跟我们唱反调了，你们怎么一言不发？说出你们的看法嘛！"

副连长半晌闷出一句话道："沈班长讲的不是没有道理，我看再请示一下营长吧。"

连长狠狠地抽了几口烟屁股，大声说了一句："散会。"

回到帐篷后副班长又数落我道："沈班长你怎么老爱提出不同意

见，我看绕不绕道都有道理，你干嘛提反对意见呢？得罪连长对你有好处吗？”

我说我还真没想那么多。

第二天全连集合，连长宣布我改任一班班长，负责开凿涵洞。我的二班班长职务由副班长接任，原一班班长改任勤杂班班长。

副班长为此悄悄说：“沈班长，这就是多嘴的好处，明摆着穿小鞋叫你去啃硬骨头。”

我撇撇嘴说：“穿小鞋就穿小鞋呗，你现在升正班长了可别多嘴啦。”

涵洞比原计划提前三天贯通了，这对我们连算是一件大事了。连长虽然在大会表扬了我们一班，称我们是“开路先锋”，但却紧接着又宣布我改任炊事班班长。这个决定终于让我认定连长是在“公报私仇”了。我在工作上提出不同意见，你当连长的为何如此小肚鸡肠？

我在连长的帐篷外喊了一声“报告”，没等连长回答“进来”我就掀开了厚厚的门帘，我站在连长跟前说：“连长，您叫我到炊事班是啥意思？我不当这个伙头兵。”

坐在桌前的连长抬头望了我一眼，语气严肃地说：“执行命令。”

我带着极大的情绪走进伙房。坏情绪必然导致工作的懈怠，到炊事班不久我就因粗心大意做了一锅夹生饭，偏偏那几天山下的大肉罐头、蔬菜等又断供。战士们天天吃压缩饼干，嘴角都被磨破了。连长气得直跺脚，甚至吼出要撤我的职。

“撤就撤呗，反正我又不是故意做出夹生饭的。”我在心里想。

一直过了两个月，令我大为意外的是我非但没有被“撤职”，还被升任为“司务长”了。司务长就是穿四个兜的干部，与排长同级。这对我一个农村兵来说是人生命运的重大改变。

副指导员找我做了任职谈话。我跟副指导员实话实说：“我做梦也没想到过我会提干。”

副指导员抿嘴微笑道：“两个月前连长就跟住在医院里的指导员电话商量过了，连里司务长职位空缺好几个月了，决定把敢于讲真话，敢于顶撞领导的你报上去。连长叫你当炊事班班长是想让你熟悉一下后勤工作，山上施工的后勤保障可是大事啊。”

“怎么会是这样啊，我还以为是……”我自言自语，把后面“公报私仇”的话给咽了下去。

2021 年 5 月 7 日

指导员的手电筒

20世纪70年代初，我离开江南水乡去了艰苦的雪域高原当兵。大概我是个高中毕业的“秀才”吧，刚下到汽车连就被指导员“钦点”到连部当文书。

我踌躇满志，鼓励自己发奋努力干出点成绩来。当文书才几个月，我的一大“政绩”便是每周一期的黑板报，我的隶书粉笔字和勾勒出的彩色粉笔画很是引人注目。我还号召全连官兵向我投稿，一经在黑板报上采用即可视情况奖励香烟若干支。(其实好多战友为了给我投稿还时不时地给我递烟呢，在那荒漠的戈壁滩上抽烟是不少官兵的解闷方式。)我自己更是“笔耕不辍”，积极向团部广播室和各级军报投稿。一次我发现了一个值得报道的题材，一排战士(汽车修理工)小沈高烧39摄氏度却还坚持加班，在野外修车场上顶着风沙修理汽车。我连夜在煤油灯下赶写报道，完稿后已是深夜了，恰逢指导员查岗归来，我乘兴把稿子递给指导员审阅，我还把方凳往桌前挪了挪，让指导员坐在煤油灯下看稿，但指导员并未坐下，就站着用握在手里的手电筒照着稿子看。指导员到汽车连之前是团部宣传股干事，对宣传报道可谓行家里手，我紧张地等待指导员的评判。让我意想不到的是指导员看完稿后竟然怒目圆睁道：“一排的王排长是干什么吃的？小沈都高烧39摄氏度了还叫他在风沙地里修车，不要命啦？官僚主义作风！”

我的脑子顷刻之间好似掀起了一阵风暴，我不明白小沈分明是“轻伤不下火线”，忍着病痛忘我工作，一排出了这么个好战士，应该是排长脸上有光的呀，怎么就被指导员说成是官僚主义作风呢？而且小沈也成了个“不要命”的人！

我还在发着愣，指导员推了我一把说：“走，到一排看看小沈烧退了没有。”

指导员打着手电筒在前头走，我悻悻然跟在后头。指导员径直走到小沈的床头，用手掌朝小沈额头上一量，惊异道：“哎哟，还这么烫，文书，马上把卫生员喊来。”我得令一转身便跑去叫卫生员了。当卫生员背着药箱跑到小沈床头时，王排长也早已站在小沈床跟前了。待卫生员给小沈测了体温配了药以后，指导员低着声但语气严肃地问王排长：“小沈都烧成这样了你知道吗？官僚主义！”

回到连部后我喃喃道：“指导员，我这篇稿子写错了……”

指导员似笑非笑地说：“表扬稿写成了检举信，你没有白写。”

这事过了不久，一天晚上我下排排岗时看见一名叫姚乐的新兵的头上包着纱布，我问小姚是咋回事时，小姚支支吾吾不肯说，我便吓唬他如果不说实话就叫连长指导员来问你。

小姚听我这么说连忙摆着手说：“别，别，但我告诉你你可不许对别人说啊，是班长用榔头敲的，说我脑袋瓜子笨。”

我明白了。在汽车连里，刚入伍的新兵跟老兵出车，由老兵教练他们驾驶。新兵学开汽车悟性差或者弄出点险情来，轻则挨骂，重则额头上挨一榔头是常有的事。若是头上戴着棉帽还好，但如果没戴棉帽，那铁榔头“咚”地敲到头上，不出血也得肿起个大包。

回到连部后我犹豫着要不要向指导员报告此事。我忽然间想到前几天指导员说的“表扬稿写成了检举信”时，觉得应该将此事报告指导员，这种不良风气必须得刹一刹。指导员听了我的“检举”后随即操起手电筒叫我陪他到小姚那儿了解具体情况。

指导员用手电筒仔细察看小姚头上的伤口，在手电筒的余光下我看见指导员眉头紧蹙，心疼不已的面部表情。

用铁榔头敲头的班长挨了处分后指导员问我：“文书，你怎么不写报道啦？”

我说：“指导员，这阵子脑袋空白没有灵感啊。”

指导员笑笑说：“现成的题材摆在你面前怎么会没有灵感呢？”

我一下子反应了过来，说：“指导员，您是说铁榔头敲头的事？不过，这可是个负面题材呀……”

指导员说：“老兵在教练新兵驾驶时严格要求是对的，但动不动就打骂则是粗暴行为，甚至是军阀作风，必须禁止，这种情况不仅在我们连存在，在其他汽车连也同样存在，你可以据实写一篇评论性文章嘛。”

我顿悟道：“对对，我马上写。”

文章写好后指导员看了比较满意，并提笔把文章的标题改写为“请收起你手中的铁榔头”。

稿子投出去后，团部广播室很快予以播出，军区报纸也在显要位置刊登出来。指导员拿着报纸鼓励我说：“在军区以上报纸登出文章值得表扬，先给个嘉奖吧，希望再接再厉。”

这次之后，我的脑子开窍了。一位汽车兵在夜间行车时，一只藏羚羊被汽车大灯晃盲了眼，一头撞到了汽车轮子上，所幸只撞伤了一条腿。指导员听说后连夜找到那个汽车兵，汽车兵正在兴奋地跟几个人商量明天把“自投罗网”的“战利品”给秃噜了。指导员当即批评汽车兵开车怎么这么不小心。指导员用他手里的手电筒仔细察看了一下藏羚羊的腿伤，还心疼地抚摸了几下藏羚羊。我看见指导员的面部表情就跟上次用手电筒察看小姚头部的伤口一个样。

指导员心疼并放生了藏羚羊的事令我深有感触，也触发了我创作的灵感，一篇《为了藏羚羊，请你夜间行车慢点再慢点》的文章很快在军区报上发表了。为此我还荣立了三等功。

在我当兵第三年的时候，指导员生病了。我见他经常用拳头顶肝部，后来甚至用手电筒顶。指导员却不当一回事，照样忍着病痛带车跑长途。在连长的一再劝说下指导员才去了医院，一检查，肝癌晚期。在医院的病床前我情不自禁地含泪说：“指导员，小沈发高烧带病工作您都训他不要命啦，可您自己都病成了这样干吗不早点去医院检查，您干吗这样硬扛着呢？您这可是手电筒只照别人不照自己呀！”

2021 年 12 月 6 日

指导员的“手段”

“那个王朝班长又喝醉酒啦，吐得一塌糊涂。”星期天的一个午后，通信员小张着急地向连长报告。

“哎哟，这酒鬼真是死不悔改啊，非严肃处理他不可！”连长怒目圆睁气狠狠地说。

20世纪70年代，在雪域高原上有一支修建青藏公路的基建工程兵部队。在部队的军事化管理上虽然没有正规部队那么严格，但对战士私自饮酒，特别是醉酒还是禁止的。这个来自甘肃的王朝班长贪酒，星期天私自喝酒已经是第二次了。上次醉酒是发生在星期天晚上，他叫班里几个能喝几口酒的战士到食堂打了饭菜，在班里的土坯房里摆了几张方凳便喝了起来。按说星期天偷偷喝几口酒也就罢了，但这位王班长喝了酒躺在床上蒙头大睡，到晚上全连集合点名时连长几次点到他的名字都无应答。一查，他躺在床上酒还没醒，气得连长当场就想给他个行政警告处分，幸好被指导员挡住了，最终给了他一个口头通报批评了事。

这次王班长旧错再犯，我在心里想，这次王班长算是玩儿完了，非背个行政警告处分不可了，这可是会装进个人档案里的，算作人生“污点”哩。

果真连长跟指导员说："指导员，这次不能放过王朝这小子了，必须严加处理，给他个行政警告处分。"

指导员点燃了一根香烟，吐出一口浓浓的烟圈说："这小子干活可是个拼命三郎哩。我了解了，他家是开酒坊的，当兵前他就好这一口儿。就凭他这两次醉酒就给个行政警告，似乎重了点儿，而且还不一定就能改得了。这样吧，我先找他谈谈，再与你商量。"

指导员找王班长谈了话，我在一旁看到王班长眼泪都出来了，一再表示自己以后保证不再犯，坚决戒酒。

指导员两眼一瞪说："王朝，你以为我会相信你的保证啊？狗改不了……"指导员说到这儿突然打住，大概是觉得骂一个战士"吃屎"不合适，就没再往下说。

找王班长谈过话后，指导员跟连长商量，决定还是从轻发落，再给他一次机会。连长没好气地说："我的指导员哎，你怎么能轻信他呢？不给他点颜色看看他还会旧病复发的。"

"我就是不轻易相信他才想着这么做的。客观上讲战士们在这雪域高原施工修路也确实太艰苦。这小子虽然醉了两次酒，但尚未造成太坏影响，还是看看再说吧。"指导员说着递了一根烟给连长。

连长点燃了香烟，吐着烟雾说："好吧。"

一天晚上我陪指导员查岗，深秋的高原已然严冬了，特别是晚间，在室外得穿上棉大衣了。我缩着脖颈跟指导员说："指导员，您的心还真是软和呢，总是不舍得轻易处理战士。"

指导员侧过脸看看我说："沈文书，我心软吗？你以为给他个警告处分他就能改得了啦，猪得等着养肥了再宰。"

我一时没能完全领会指导员的话意，心想干嘛扯到猪身上呢。

已经是晚上十点多了，连里早就吹了熄灯号。在查岗的路上，我和指导员同时发现一盏路灯下有位穿着军大衣的战士，手里捧着一本书。走近一看，是今年刚入伍的新兵吴成。指导员干咳了一声对吴成说："小吴啊，都几点了怎么还不按时作息呀？"

吴成双脚一并朝指导员敬了个军礼，嗫嚅道："指导员，我错了，下次保证不再犯。"

指导员"嗯"了一声，拿过吴成手里砖头般厚的书，"唰"地翻了一下书页说："你小子还真行啊，寒夜里路灯下看《战争与和平》，还不快回去！"

"是！"吴成接过书快步离开了。

望着吴成的背影，我忍不住问指导员："指导员，我说您心软您还不承认。这位新兵违反晚间作息时间私自溜出屋外看书，您不是一句也没批评他吗？"

指导员"哼"了一声说："批评他一下有用吗？你以为我会相信他以后不再犯的鬼话吗？记住，只要是上了瘾的，想改也难。"

过了一段时间，一个星期天的晚上吹过熄灯号后，我陪指导员下排里查铺。土坯房里烧着炭炉，裹在被窝里的战士们发出了均匀的鼾声，有的还打起了呼噜。指导员细心地为一名战士掖了掖被子，再挪步到另一张床前，悄声朝被窝里的战士说："你又违反作息时间了，你不是向我保证以后不再犯了吗？"装睡的吴成睁开双眼支吾道："没，没啊……"

"我一进门就看到了，打着手电筒看书，还不承认，抓紧睡觉，明天施工还要赶进度。"指导员说完便转身离开了。

指导员接着去了另一个班查铺，却发现“酒鬼”王班长的床铺空着，指导员正皱着眉头，王班长晃荡着进屋了。他冷不丁看到站在床前的指导员，一激灵，酒也醒了……

指导员当晚就叫醒连长，商定了对王班长的处理决定。

第二天连长向全连宣布撤销了王朝的班长职务后，我瞅个机会跟指导员嘻嘻笑道：“指导员，这就是您说的猪养肥了再宰啊？您可真有手段。”

指导员撇了撇嘴说：“事不过三嘛，这次撤他的职该他心服口服喽，我看这小子以后该长记性了。”

“酒鬼”王朝以后还真践行了他的“保证”，非但没有破罐子破摔，而且干起活来更加起劲。战友们取笑他说：“王朝啊，班长都撤了，还那么起劲啊，干脆继续喝酒得了。”

王朝瞪起一双眼说：“事不过三，撤了职务只能怪自己喽，老子再也不喝那马尿了！”

王朝虽说不喝酒了，但他并没有“戒酒”。大年三十全连会餐，我见王朝还是用大碗喝了啤酒，而且还是指导员鼓励他一口气把一大碗啤酒倒进了喉咙里。王朝末了还用手背抹了一下嘴说：“指导员，我可是熬到大过年才敢喝上几口酒啊。现如今看到酒都反胃，闻到酒气就想吐了。”

王朝说得一桌人哈哈大笑。

过了春节不久，王朝用他那“拼命三郎”的干活劲头荣立了个人三等功，之后又“官复原职”。在我退伍的前几天王朝又升任了副排长，而那位屡次违反晚间作息时间看书的吴成则被调到连部当了文书。

我退伍后就再没与战友们联系了，那时连电话机都还没普及呢。只是很多年以后我偶尔翻阅一本文学期刊时，看见署名吴成的一篇短篇小说，是反映我们基建工程兵部队的题材，不知是不是当年接我班当文书的吴成写的。

2021 年 12 月 10 日

入党申请书

我当铁道兵已经一年多了，这一年多来我顶着风雨挥锹凿涵洞，挥汗搬石块。尽管夜来躺在床上腰酸背痛，但我心甘情愿，因为在我的心中藏着一个崇高的愿望，我要争取以我吃苦耐劳的实际行动早日加入中国共产党。

想加入党组织必须得先写入党申请书，可是一支笔握在我手里真比一根钢钎还重。我灵机一动，去连队找了我的同乡李小果，他在连队当文书，当文书的当然会要几下笔杆子。我怀揣一包香烟，拍拍李小果肩膀说："看在老乡的面子上帮我写一份入党申请书吧。"

李小果接过我递上的一根香烟，我讨好地划燃一根火柴帮他点上，他吐了一口烟圈却断然拒绝道："不行，入党申请书怎么能让我代你写呢？首先你的态度就不端正了。这让指导员知道甭说入党，不狠狠骂你一顿才怪呢。"

我无奈地说："小果，你是知道我的。让我写文章可比张飞绣花还难呀，你不帮我咋整呢？算我求你了行不？"

李小果把一根烟吸到烟屁股，又在烟屁股上"滋滋"猛吸了几口才扔到地上用鞋底碾灭，然后说："你迫切要求入党，我理解。我看这样吧，我找一份刚立过三等功的一班班长写的申请书给你参考参考，我觉得他写得相当好。傻子过年看街坊，看看人家是怎么写的，你学一学，再加上几段你自己的话，记着，千万别叫人发现了，明天就还给我。”

李小果不肯帮我写但给了个葫芦叫我照着画，也算够义气了。我把没抽完的烟盒扔给了李小果，拿上一班班长写的入党申请书就转身跑了。

当天我就利用午休时间把一班班长的入党申请书照葫芦画瓢一字不差地抄了下来。当然，落款的名字是我自己的。

第二天我跑到连队，先是把一班班长的入党申请书还给了李小果，再把我抄写的署有我名字的入党申请书诚惶诚恐地交给了指导员。

指导员见我递上了入党申请书，露出高兴的神色，夸奖我说：“陈诚啊，积极向党组织靠拢是好事，我看你干劲很足，要坚持不懈经受住党组织对你的考验啊。”

我频频点头，表示道：“我一定加倍努力，以实际行动争取早日入党。”

从我递交了入党申请书以后，我确实更加严格要求自己了。在班务会上我不止一次地表示，我虽然还没正式入党，但我要以一个合格的党员标准严格要求自己，使自己在思想上先入党。

我只有初小文化，我能讲出这种有点儿水平的话却非我自己“创作”的，说实话是从别人那儿听来的，但我说这话的态度是真诚的。热爱共产党是从我爷爷辈就开始的，我爷爷给地主当过长工，新中国成立前因为家里穷，还饿死过人。我当兵前父亲就叮嘱我到部队后好好干，争取入党全家也跟着光荣。

入党申请书交给党组织后，多少次，在施工的时候只要指导员和连长在场，我会干得更起劲儿，我甚至边干边偷偷瞄几眼指导员，觉得他看见我流着大汗拼命干时，心里就会有一团火燃烧起来的感觉，有着使不完的劲儿。甚至我感冒发烧了也不听卫生员劝阻，照样“轻伤不下火线”。指导员为这事在晚上点名时还专门表扬了我。但一年过去了，我的入党问题不见动静。为此我又买了一包香烟，悄悄把李小果拽到野外，向他打听为何我入党申请书交上去都一年了还没啥动静。

李小果只管自己吸烟，待把一根烟吸完了才慢腾腾冒出一句：“我也不知道哇。”

“我干活这么起劲，指导员都表扬过我嘞，而且年底我还得了个嘉奖，我不会白费劲儿吧。”我疑惑道。

李小果说：“入伍才两年时间没入党的多着哪，我当文书的也才刚刚递交入党申请书。当然，你是在一线干苦力的跟我不一样。你再静观一下吧，别泄气。”

我捡了一粒石子朝远处一扔，回过头来跟李小果说：“我不会泄气的，就是入不了党我也会实打实地干活的。”

“能这样想就对啦。”指导员不知何时从桦树林里走出来，笑着朝我说道。

我顿时“腾”的一下红了脸，支支吾吾道:“指导员，您都听到了……”

“听到也没啥呀，你的入党动机挺端正嘛。”指导员说完继续着他的散步，走远了。

李小果拍一下我的肩膀说：“陈诚，指导员对你印象挺好的，入党只是迟早的事，到时别忘买包烟请我抽噢。”

“咱俩老乡，抽几根烟还有啥好说的。”我咧开嘴开心地说。

又是大半年过去了，我的入党问题还没有被指导员列入“议事日程”，我着实有些心急了，眼看着好几个跟我同年入伍的战友都入了党，可我为何我偏偏没被当作“新鲜血液”吸收进去呢？

我没有忘记我说过的“就是入不了党我也会实打实地干活的”这句随口说出的话，更何况这句话还被指导员无意间听见了。

我劝说自己暂时忘了入党这件事吧。我依旧每天该干什么干什么。令我没想到的是，我虽然没能入党，却被连长指导员任命为施工二班副班长了，而且上头还暂时没有班长，由我主持全班工作。

自从我当了副班长，我们班每天的施工进度几乎都是全连第一。不仅如此，在一次抢险中我还光荣地负了伤。战友得救了，我却被抬到了团卫生队的病床上。

李小果来卫生队看我。我突然想起问他：“小果，入党申请书是否可以重复写呢？”

李小果说：“当然可以啦，有的老前辈写了大半辈哩。你可以写两次三次甚至十次，这也是你迫切希望加入党组织的心情和态度啊。”

我两眼一亮，心想是啊。我为什么不可以写第二次呢？

待李小果走后，我拿起笔在病床上再一次写下了入党申请书。但这一次没有葫芦可以照着画了。再说我也没啥理论水平，只好心里怎么想就怎么写吧。

我写了我家翻身后的情况，写了是共产党让我们穷苦人翻身得解放。还写了我之所以申请入党是因为共产党替老百姓说话，如果没有共产党就没有我陈家的今天，我写了我若能入党是一件无上光荣的事。我还写了我无比热爱共产党，如果入了党我将永远忠诚于党，甚至可以为党献出生命。

我写得不多，也就大半张纸，因为我心里想到的就这些。而且申请书里一定有不少错别字。没办法，也只能这样了。

指导员来看望我了。指导员关心地问我恢复得怎么样了，我回答说没事，只是外伤，军医说一星期就可以出院。

指导员离开前，我鼓足勇气把头天刚写完的入党申请书递给了指导员。指导员拿着我的申请书仔细看了一遍，说道："陈诚，申请书写得挺实在的嘛，这次是你自己写的吧。"

我半晌才反应过来，脸微微红了起来，嗫嚅道："指导员，您知道我上次的入党申请书是……是抄的？"

"哈哈，我怎么会不知道呢？"指导员紧盯着我说，"申请入党要说自己心里的话，心里怎么想就怎么说，这是最起码的要求。抄别人的怎么行啊？不过你入伍三年来已经用自己的实际行动书写了一份合格的入党申请书，包括这份申请书。"

我入伍第三年终于光荣地加入中国共产党。在我以后的人生道路上我始终践行指导员跟我说的"心里怎么想就怎么说"这句话。

2021 年 3 月 7 日

请销假

我 18 岁应征去了大西北当兵。我仅有高小文化，18 岁之前几乎没有离开过穷山沟，乍一到部队里啥啥不懂，甚至连许多普通话都听不懂。

短短两个月新兵连集训结束后，我被分配到一营二连三排一班。离家两个多月了，我觉得我该提笔写一封家书了。歪歪扭扭的家书完成了，等到周日上午我跟王朝班长请假去县城邮局寄信，王班长爽快地准了假，并叮嘱我说："到邮局路上来去个把小时，我给你两个小时假，注意请销假。"

我答应了一声"是"，便快步离开了营区。

大西北的县城虽然荒凉，但在我这个穷山沟的小伙子眼里还是挺热闹的。县城里有商铺，还有一幢三层的楼房，马路上间或能看见来去的拖拉机、马车和自行车。我还注意到在县城的繁华地段有一家电影院，影院门口的宣传栏里有现代京剧样板戏的剧照。我伫立在电影院大门口，心想待瞅个星期天请假出来看一场电影才过瘾呢。

王班长只给我两小时的假，我又没有手表，到邮局寄了信，在县城里逛了一小圈儿，便匆匆赶回连队。归队后，我去了二班找同年入伍的同乡小季聊天。当然我找小季首先看了他手腕上的手表，知道自己还提前了十分钟归队，心也就放松了下来。

当天晚饭过后按惯例开班务会，令我意想不到的是王班长在班务会上竟然严肃地批评了我，原因是我归队后没有向他销假，违反了规章制度。我丈二和尚摸不着头脑，委屈地说："王班长，我可是提前十分钟归队的呀。"

"谁证明？"王班长头一歪，瞪我一眼说，"归队需销假懂不懂？跟我请假时我还专门叮嘱你要注意请销假，你嘴里答应得好好的，怎么一转眼就忘啦？"

"请销……销假……"我根本就不懂什么叫"销假"，反正我按时回来了不就得了。我不认为自己有什么错，也就把头一歪，挺理直气壮地说了句，"反正我提前回连里了。"

"你，你……"王班长脸都有点气歪了，说，"在新兵连怎么集训的，你没请过假啊？"

我翻了翻白眼，心想我在新兵连集训时还真没请过假，新兵连离县城走路得一个小时，我哪还敢请假外出，迷了路咋办？"没有。"我回答了两个字。

副班长从中打了圆场说："小李可能真的不懂销假，他提前归队，我看见了，给做个证吧，下不为例哟。军人嘛，请假归来后就必须销假。"

"就是嘛，否则就是死翘翘了，哪个晓得……"王班长消了些气，语气中包含了些戏谑的成分。

这事就这么过去了，我觉得王班长平时对我还是挺好的。一次我俩闲聊时我问王班长："你说那个销假的销字该怎么写？"

王班长两眼一瞪道："连这个字都不知道啊，消灭的消嘛。"

"哦，是那个三点水的消吗？"我确实搞不明白这个字该怎么写，我只是个高小文化，况且在家帮父亲种了几年地，原先认得的几个字也都差不多忘光了。王班长是初中毕业，他说这个销字该怎么写，我自然认为一定是对的。

王班长乜了我一眼说："没文化真可怕。小李呀，部队是个大学校，你要加强日常学习，可别当了几年兵照旧泥腿子一个。"

我说："是，一定向班长学习，立志当一个有文化的军人。"

年把时间的兵当下来，我觉得自己老练成熟了许多。一个星期天午饭过后，我跟王班长请了半天假，跟同乡小季去县城电影院看电影。小季是干部家庭出身，花钱大方。在电影院门口，他抢着买了电影票。看完电影后小季又拉我去了小吃店解馋。眼看着太阳落西，我拽过小季手腕看表，惊叫道："呦，只剩半小时了，快归队，咱俩还得销假呢。"

准时归队后，我向王班长销了假。末了，我嗫嗫嚅嚅道："王班长，你叫我加强学习，我照着做了。我觉得那个销假的销不是三点水，是，是金字旁的……"

"哈哈，学习确实有进步。"王班长哈哈笑着说，"后来我也发现这个字给弄错了，只是忘了再告诉你。"

我嘻嘻笑了一下，心想什么忘了，是不好意思吧。

我虽然是个泥腿子出身，但因同乡小季的原因，我一时间对邓丽君的歌感起了兴趣。他有个双喇叭的收录机，常放邓丽君的磁带。从前在老家只能听到安装在电线杆上的喇叭里送出的京剧选段，到部队后听到的也都是《打靶归来》《三大纪律八项注意》等一些军歌。突然间听到邓丽君的歌，仿佛听到了天外来音，虽然她唱的歌词我大部分听不懂。

一个星期天中午，我在小季床头听邓丽君歌的时候，王班长恰巧到小季班里找人，我拉住王班长叫他一起听歌。王班长却不领情，哼了一声，说：“这些非非之音有什么好听的，这些唱歌的无非就是不好好说话而已。”

“王班长，是靡靡之音好不好。”小季不归王班长管，不客气地顶撞了一下王班长。

王班长愣怔了一下，一声不吭转身走了。

我转眼当满了三年兵，要退伍了，王班长已经当上了排长。我退伍前夜，王排长特地跟我说了些告别的话，还送我一本笔记本留念。王排长说：“小李啊，离开部队就当作请一次长假吧。”

我问：“王排长，那还需要销假吗？”

王排长沉吟片刻，笑着说：“你自己看着办吧。”

我脱下军装，重新回到我的家乡务农。虽然才离开三年，但我已明显感觉到穷山沟与我当兵前不一样了，改革开放的春风已经刮到了山沟沟里，人的思想观念一夜之间就变化了。回乡两个月后，我忽然感悟到王排长临别时“你看着办”的这句话的含义，便提笔给王排长写了一封信。我在信中说道：我之所以给您写这封信，是我觉得我该向您销个假……

过了一个月，我收到了王排长的回信。信中的两句话令我至今记忆犹新，一句是“永葆军人本色”，另一句是“恭喜你的销字写对了，没写成三点水的消，哈哈……”

2021 年 3 月 10 日

伙计，你说话啊……

我连副指导员叫吴于，他说他姓名的来历是因为父亲姓吴，母亲姓于，两姓合并故叫吴于。他长了一副“列宁脸”，尖尖的下巴翘得挺高，身材瘦矮，说起话来那手势也像电影《列宁在 1918》里的列宁一样，不知他是不是因崇拜列宁而刻意模仿的。

我们连除连排干部配有手枪之外，百多号人也就只有十多条步枪，因为我们是修路兵，在雪域高原修建一条“天路”，从昆仑山通往拉萨，所以我们连的装备更多的是铁锹、铁铲、钢钎、挖掘机、炸药等。吴副指导员就有一把铁锹，几乎每天跟士兵一样在施工现场挥锹铲土，只不过他腰间比士兵多了一把五四手枪。吴副指导员在工地干活时手脚不停，嘴巴也总是闲不住，一会儿说，一会儿唱的。一天他在工地上一边挥锹一边问我：“沈班长，听说你入伍前已经成亲啦？”我说：“婚是结了，但没结出人命来。”“着急个啥子哟，明年你有探亲假了，回家后认真总结经验，争取一枪打出两个娃儿来。”吴副指导员说完用衣袖擦一把额头上的汗水，哈哈大笑起来。

吴副指导员哈哈笑过之后又朝施工队伍喊道：“怎么一个个都闷声不响啊？唱几首歌鼓鼓劲儿嘛。”

大家抬头说："吴副指导员，大家连喘气都困难，哪还有力气唱闲歌噢！"

吴副指导员双手攥着铁锹柄，说："大家伙说的也是，那就我给大家伙唱首歌提提精气神儿吧。"

大家纷纷鼓起掌，叫吴副指导员唱歌。

吴副指导员舔了舔皲裂的嘴唇，说："给大家换换口味，不唱军歌唱首民歌《康定情歌》怎么样？"

于是，沙哑的"跑马溜溜的山上，一朵溜溜的云哟……"的歌声伴随着高原的风飘荡开来……

连长跟吴副指导员同年入伍又是同乡，他们之间说话很随便，我就经常听到连长当面说吴副指导员是个"话痨子""啰唆鬼"。若是连里开会，连长、指导员说完了问一下吴副指导员和另一位副连长还有没有补充时，副连长往往会摇摇头说："你们两位主官都说得很全面了，我没啥好补充的了。"而吴副指导员却是逢会必"补充"，而且还会经常说得比连长、指导员还多。一次晚间开会，轮到吴副指导员做补充了，他站起身，点燃一根烟，说："最近两天施工进度有点儿迟缓了，沈班长，"吴副指导员把目光投向我，说，"你们班就有两位战士有点情况，一位是家里来信，母亲病重住院，影响了他的情绪，你知不知道？还有一位已经拉了两天稀……"说到这，不少人嘻嘻笑了起来，吴副指导员把烟头扔在地上，用脚底碾了几下，说："笑啥子？拉稀不是小事，炊事班也不给做个病号饭，人家有情绪哩。"

吴副指导员又给自己点了一根烟，紧接着说："二排长，我看你那个排得注意了，周日几个战士偷偷去打猎，幸亏被我及时发现，这可不是小事哦，这是违反纪律的……"

二排长被吴副指导员点了名，站立起来，连声说："是是，我一定好好抓一下这件事……"

吴副指导员说着说着，第二根烟又抽完了，过了一小会儿他又点燃了第三根烟，又继续说话。

连长有点不耐烦了，当着大家的面嘿嘿笑着说："伙计啊，"连长平时习惯叫吴副指导员"伙计"，有时还要在前头加个"老"字，"说简要点吧，都要到吹熄灯号的时间喽。"

指导员捣了一下连长胳膊说："没事，让吴副指导员继续说。"

直到抽完了三根烟，吴副指导员的"补充"才算结束。

团部电影队上山为我连官兵放电影，是刘晓庆主演的《神秘的大佛》。在雪域高原上个把月才能看上一场露天电影，这种期盼对大家来说胜过吃一顿红烧肉了，大家都急盼着天黑。那晚，全连官兵一人一只马扎，在连队前的一块平地上集合完毕，就地坐下。指导员那天下山公务，放映前连长客气地问吴副指导员："伙计，说几句不？"

连长在集合队伍的时候已经说了一些话，照理说吴副指导员只用摆摆手不说即可，但吴副指导员不这样，他还真把连长的客气当了真，从马扎上站起身，一只手叉着腰，另一只摆出列宁的"手势"，手心朝前方一摊说："好的，我跟大家伙说几句，这几天的施工进度可以用突飞猛进来形容……"吴副指导员说到"突飞猛进"的时候把手掌朝空气中横向挥扫了一下。

如果真的就只说几句也就罢了，可吴副指导员哪里只说几句，几百句都不止。那可是深秋的夜晚啊，在内地的南方则是最宜人的气候，可这是在海拔3000多米的雪域高原上呀。大家都穿着军大衣急盼着看电影，哪还有心思听你吴副指导员说东道西的。有几个人跺起了脚，地面上发出了“咚咚”的声响，这虽然跟脚有些冻僵了不无关系，但也明摆着是不耐烦了，连长忍不住了，朝吴副指导员喊叫：“我说老伙计，说几句行了。”

吴副指导员笑笑，说：“就剩几句话了，说完就好。”

连长无奈地摇摇头，撇一下嘴角道：“真是个话痨子。”

转眼就要入冬了，驻扎山上的所有施工队都陆续下山过冬，我连也收拾行装准备下山了。但吴副指导员却动员他联系的一个排再干一天活，用他的话说算是“扫个尾”。那天上午十点来钟，突然间，吴副指导员手中的铁锹“咣当”一声落了地，他紧捂着胸口，瘫软在地上。战士们见状赶紧把吴副指导员抬到一块平地上，连长闻讯飞速跑到吴副指导员身旁。连长坐在地上把吴副指导员上半身扶到自己的大腿上，贴着耳根叫道：“老伙计，你怎么啦？你倒是张开嘴说话啊，你这个话痨子这会儿怎么不说话了呀……”

吴副指导员眉头紧蹙，脸色灰白，硬是半句话没有。

“伙计，你说话啊！”连长又重重地朝吴副指导员叫喊了一声。

吴副指导员的两只胳膊垂挂了下来。连长用两根手指在吴副指导员鼻孔下试了试，缓缓地站起身，朝大家说：“吴副指导员不能再说话了。”

吴副指导员突发心肌梗塞猝然离世。是的，他再也不能说话了……

2021 年 8 月 7 日

最后一堂团课

政委找王干事谈话，政委说：“小王啊，组织上决定你下连队担任副指导员，目前虽然是平级调动，但指导员很快就要转业了，你先适应一下吧，做好独当一面的思想准备吧。”

王干事两脚一并说：“我一定加倍努力，苦干实干，请政委放心。”

志得意满的王干事背着背包，也不让任何人迎送，徒步去了二连。

副指导员是要兼任团支部书记的，而团支部副书记一般由连部文书担任。下连不久，王副指导员兼团支部书记后第一次上团课。他把一只茶杯，连同熬夜写就的一大叠讲课稿放到讲台上。他讲课的内容是“如何当好一名合格的共青团员，努力向党组织靠拢”。

为了这个话题，王副指导员从建党讲到新中国成立再讲到现在。快两个钟头了，王副指导员讲的课似乎还没进入正题。听课的战士有的眯起了双眼，有的打起了呵欠，更有的进进出出，理由自然是上厕所，听再重要的课也不能阻止别人撒尿呀。

主持团课的团支部副书记，也就是文书，几次站起身提示大家注意课堂纪律，但不管用。王副指导员自己讲得口干舌燥，下面却昏昏欲睡，他觉得自己到任才没多久，一堂课上成了这样的秩序，他今后还怎么立威当指导员？他狠狠地拍了一下桌子，这一拍倒还真管用，下面个个像是听到了起床号，精神为之一振。

一堂团课上成了这样，王副指导员着实有点沮丧。他问指导员课堂纪律为何会这样差？难道平时开会、军训也这么稀拉吗？

指导员微微一笑说："那倒不一定噢，我给你打一个比方吧，之前三天两头就八个样板戏,你的注意力能集中不？会打呵欠不？你再看看，现在放映的那些电影，电影院场场挤满了人，你不是也愿意看吗？"

王副指导员眨巴着双眼，半晌才说道："是也是，看来我讲课太书生气，太机关化了，干巴巴的像催眠曲……"

指导员又微微笑了一下说："你能这么认为就好，无论开会还是讲课，该严肃就得严肃，咱毕竟是军队，但军人也是人，战士们大都才二十郎当岁的小青年，开会上课包括平时说话聊天打个趣儿，加点味精能提神，效果不是更好吗？毛主席怎么说来着？寓教于乐……"

王副指导员毕竟是个有文化的、悟性很高的江南人。他当晚在日记中写道：今天第一次上团课没能达到预期效果。听了指导员一席话使我如梦方醒，作为一名副指导员实质就是兵头将尾，怎么样与战士们打成一片，这里面大有学问。我似乎也明白了政委和团长没让我一步到位当指导员真是用心良苦啊……

打那以后王副指导员开始改变方法了，除在军事训练中严格要求、纪律上步调一致外，平时他会挽起袖子与战士们掰手腕甚至摔跤，他还经常找战士散步谈心，空闲时还会到厨房帮厨。半年多下来王副指导员在战士们心目中的威信逐渐增加。

一天政委下连队调研，看见王副指导员吃惊地“嗬”了一声说：“小王啊，你是刚从非洲过来的吗？过去的小白脸呢？哪儿去啦？”

王副指导员“啪”地立正道：“报告政委，过去的小白脸是团干部股的王干事，现在的紫铜脸是二连的王副指导员。”

在场的连长、指导员和几个战士都笑了。

政委找指导员谈话了解基层情况，指导员汇报说：“政委，您也看到了，小王已经完全适应，可以独当一面了，您可是答应过我，等小王适应后，我就可以转业让位了，您可不能食言噢。”

政委吸了一口烟说：“昨天我已和团长交换过意见，同意你转业了，我这次下来就是想找你谈一谈，现场考察一下小王。”

不久王副指导员担任指导员的命令下来了。当了指导员就得免去兼任的团支部书记的职务了。王指导员跟文书说别急着发免职文件，待我最后上一次团课再免吧。

周六下午，几十号战士(包括还没入团的非团员)集中在连队的活动室里，头顶上悬着的一只吊扇在飞旋，战士们依然热得淌汗。王指导员一手端着茶杯，一手捏着笔记本坐到了讲台上，他向全场扫视了几眼，说：“今天不是军训，是听我上团课，室内闷热，大家可以解开风纪扣。”

王指导员喝了一口茶水，开始了他的讲课：“同志们，今天是我兼任团支部书记第二次上团课，也是最后一次上团课。记得党史我在第一次上团课时已经讲过了，这次就跟大家以谈心的方式，包括也谈一点我个人的成长史，大家愿意听吗？”

“愿意——”大家齐声回答道，接着便是响亮的“呱唧、呱唧”的掌声。

王指导员问：“你们知道四川人一般管老婆叫什么吗？”

一个四川兵起立回答道：“叫堂客。”

全场发出了一阵笑声。

王指导员又接着说：“我来自江南水乡，我们那儿管嫁了人的女人叫什么知道吗？叫老娘客。”

王指导员说到这儿把话锋一转，说：“大家可能以为我讲跑题了，其实不然，我要告诉大家的是，这两种对女性的称呼都含有不够尊重的意思，特别是我老家所称呼的老娘客更是对女性的不尊重，作为军人更应该懂得尊重他人。

“除了尊重人，我们还要尊重少数民族的风俗习惯，当年刘伯承元帅在长征途中经过贵州时就非常尊重少数民族的语言习俗和生活习惯，最终赢得了民族兄弟的支持和拥护。今天，我之所以跟大家讲这些，也是因为想起了我入伍不久遇到过的一件事。一次我陪政委到藏区慰问，藏族同胞热情地捧出奶茶给我们喝，我是南方人喝不惯奶茶的味，就一口也没喝。回部队时政委就给我讲了许多道理，让我懂得了如何在细节上尊重藏族同胞。”

王指导员说到这儿，呷了一口茶水，向大家扫视了一眼，问道：“你们中间还有哪些同志没入团的，请举一下手。”

有十几位战士举起了手。

“好，请放下，”王指导员问道，“看来还有不少青年同志没入团的，你们愿意入团吗？”

“愿意——”十几位战士齐声答道。

王指导员笑着说：“我知道你们都想早日入团，将心比心嘛，我刚入伍的时候就抱着向党组织靠拢的心愿，因此也就一心想着早日入团。其实我那时除了一心想向党组织靠拢以外，内心里还是有点小算盘呢，我是想趁着年轻好好表现，否则过了年龄就再无入团机会了，这叫过了这个村就没了这个店了。而且入了团对争取早日入党也会产生积极作用，因为团是党的后备军嘛。入了团，今后回忆起来也挺自豪的，你们说是不是呀？”

一个战士说了一句：“指导员说的是大实话。”

王指导员沉吟片刻，接着说道：“只要是人都会有点个人的小算盘，这无可厚非，但小算盘在关键时刻要舍得丢弃，特别是军人，一旦上了战场，一旦遇到生死考验的时候，就得忘我地敢于牺牲个人。你们认为我刚才说了大实话，没错，我是说了大实话，但作为革命军人，我们不能停留在大实话这个层面上，要通过学习、磨炼，不断地提升自我，你们说是不是这个理呀？”

大家齐声回答道：“是这个理。”

一堂课，王指导员就这样深入浅出地，相互呼应地讲完了。头顶上吊扇的唰唰声似乎也静了音。

这个王指导员就是我本人，在部队里上的最后一堂团课深深地留存在我的记忆里。

2022 年 1 月 20 日

跟我争班长当的战友

这年夏天，刚刚退休的我便偕妻到大西北高原长途旅行。这是多少年以来萦绕在我心中的愿望。当年同生死的战友和那雪域高原飘飞的雪花，晶莹的湖泊，弥漫的黄沙，扎手的骆驼草，美丽的雪莲花和那千年不死、死了千年不倒、倒了千年不朽的胡杨树，还有那些与我们筑路兵同生息的雄鹰、藏羚羊、牦牛、野驴、狐狸和湟鱼，当然还有那清冽酸甜的青稞酒……这一切犹如一幅幅鲜活的图画，时常在我脑海里浮现……

我妻愿与我同去旅行当然是因为对雪域高原的神往，而我，从出行的几天前起就激动不已，常常半夜醒来，好似要去见一位久别重逢的情人。

到达旅行目的地的当天，我对妻说先去烈士墓。妻十分不解地问道：“好好的出门旅行却着急去烈士墓干吗？”

我紧抿着嘴，半晌才说：“你不懂，跟我一块儿去就是了，我会告诉你为什么。”

守墓人知道了我的来意后，从抽屉里找出一本花名册，望着守墓人翻动花名册的神态，不由得使我联想起传说中的阎王爷手里的生死簿。

守墓人在花名册里找到了烈士的姓名和墓位，便带着我和妻走过几条野草萋萋的小道，在一块墓碑前停下。墓碑上刻着已经剥了漆的隶体字“周启星烈士之墓”。

在墓碑前我注目许久，然后叫妻一同为周启星烈士深深地鞠了三个躬。行完鞠躬礼，我点了一根烟，跟妻讲了一段当年我与周启星的故事。

周启星与我同年入伍，在一个班。我出生在县城，父母亲都是国企工厂的工人，家里生活条件还算不错。周启星则出身于农村，父亲是个地道的泥腿子。周启星入伍前还在家帮父亲种过几年地，养就了他吃苦耐劳的品性。我是高中生，当年在部队里算是秀才了，“秀才”总要娇嫩点吧，刚入伍时因为怕吃苦还哭过鼻子。我和周启星是一对施工“搭手”，一般由他抡大锤，我扶钢钎，他流的汗水总是比我多。“近朱者赤”，受他的影响我也逐渐变成了一名能吃苦耐劳的筑路兵。当兵第三年还入了党。而周启星入伍第二年就入了党。

我俩入伍转眼间迈入第三个年头了，我实在太想家了，对象也盼我早点退伍。不用说，当时早点退伍对我来说就是最佳选择，我是吃“公粮”的居民户，退伍后是包分配工作的。

记得那天上午指导员来我们班，班里就我和周启星在。指导员与我俩寒暄了几句后便紧盯着我说：“小沈啊，都当了三年兵了，你文化高，是全连难得的秀才，怎么样，当班长吧。”

我乍一听从床沿上蹦了起来，说：“啥，叫我当班长？指导员，不行，不行，这个班长我可千万不能当。”

“为啥？”指导员瞪着眼问道。

“反正不能叫我当班长。”我一时也不好说缘由，只能喃喃着。

“指导员，既然小沈不愿当那就我当吧。”周启星突然冒出了这么一句。

大概指导员和我一样，没想到周启星会插上一杠子自荐当班长。

周启星见指导员没回应，便接着说道：“指导员和连长用人也太偏心眼了吧，我除了文化程度比小沈低以外哪点不如他了？我入党比他早，比他更肯吃苦，还立过三等功，可为啥偏偏叫他当班长？再说了我们施工筑路说到底就是个流大汗的活，要那么高文化干吗？哪里规定当班长就非得高中生啦？”周启星说完还用眼冲我挤咕一下。

“嗬，还一套一套的，”指导员咧咧嘴笑着说，“想不到你小子还争官当啊，野心不小嘛，跟对象说通了？她给我和连长写的信还在我这儿呢，你娘身子不好，都急着叫你退伍回家成亲，怎么啦，不想退伍了？”

我突然会意了周启星看我的眼神的含意，赶紧帮腔说：“指导员，启星说得没错呀，他各方面表现都比我好，为啥就不能选择他当班长呢？如果他当班长全班战士会更服气。再说……我对象也催我早点退伍……”

指导员不吭声了，瞟了我一眼，背着手走了。

指导员一走，我便朝周启星胸上擂了一拳，笑骂道：“好你个官迷，脸皮够厚的，谢谢了哈。”

“你小子比我命贵嘛。”周启星苦笑一下说。

指导员还真的改变了主意，跟连长和排长商量后最终决定由周启星当班长。别人都是当了官请客，可这次是我请客，撬开了一听水果罐头和大肉罐头，请周启星美美地吃了一顿“大餐”。

年底我如愿退伍回家了。临走前我答应周启星嘱咐的回家后常给他来信。但我给他去了两封信却都如泥牛入海。为此我给另一位战友去了一封信，打听周启星为何不给我回信。战友很快就回了信，告知我周启星在我退伍后不久就牺牲了。是因为打坑道遇上了塌方。

妻听我讲完了这段故事倚着我的肩膀默然无语……

我喟叹了一声说："如果他当年不当这个班长，退伍的就会是他而不是我，而埋在坑道里的也许就是我而不是他，可以说他是为我而死的呀，我很清楚他当年是多么想早点退伍回家成亲啊，我太自私了……"

在旅途的归程中妻说："你的战友当年争的恰恰是一种让啊，我懂了你为什么一直怀念他了……"

我说："是啊，你还记得二十几年前一个同事跟我争当处长的事吗？你还曾经埋汰我争不过人家，懦夫一个。那家伙多会折腾啊，找关系，送礼，拍马屁可谓得心应手。照说他争得了处长位置好好干也就罢了，可偏偏把自己给弄进了监狱里去了……"

2022 年 1 月 7 日

老战友来电话

我在《暖州文艺》上发表了一篇小说，题目叫《那个夜晚》。写的是当年在雪域高原上战友之间所发生的一些事。小说发表不久，才在县里一家贸易公司退休不久的战友王一打来电话。王一在电话里嘿嘿笑了几声说：“陈凡，你小子在市里不当官了，退休后终于有时间写文章啦。”

我也嘿嘿笑几声说：“阿一，行啊你，退休后还有闲情逸致看小说，品位挺高嘛。”

王一电话那头抱怨道：“哼，龟儿子都三十好几了不结婚，搞得我退休之后没得孙子抱。这不，昨天在理发店染发时随手翻了下《暖州文艺》，竟然看到你写的文章。陈凡啊，我倒想问问你，你是不是年纪大了记忆力出问题了？”

我问道：“此话怎讲？”

王一说：“我记得当年在雪域高原上，那天晚上我突然肚子疼起来，我哎哟叫着只差满地打滚，是你和另外三个战友打着手电筒，抬着担架，踩着积雪把我送到团卫生队的。可是你却在文章里说什么是你一个人深夜踩着积雪把我背到了卫生队，一路上还哼唱着《红梅赞》为我减痛。陈凡啊，我觉得你要么是记错了，要么就是在杜撰……”

我打断王一的话说："哎哟我的老战友，你看看清楚，我写的可是一篇小说呀，跟真实有啥关系……"

"我不懂你们文人写的是什么文章。听你的意思小说就是胡编乱造的？"王一质问道。

我停顿了一下，说："也不是这个意思，小说虽然是虚构的，但也是真实的。这么跟你说吧，比如当年那个夜晚，战友突发急病，而现场只有两个人，那么，一个战友背着生急病的战友去医院救治就完全是顺理成章的事，这就是真实。如果那个战友派一架飞机把生急病的战友送到大医院去救治，那就有点儿离谱了。当然，如果编写得合情合理，读者也会觉得是真实的。这就是小说和纪实文章的区别。"

"我做了大半辈子生意，不懂你说的这些子理论。反正我认为你把当年四个战友用担架把我抬到卫生队这件事给写错了，就这么简单。"

"哎哟喂，真是鸡同鸭讲，算了，我不跟你说了。"我苦笑道。

但王一那头却不依不饶，继续说我的这篇小说："还有哪，你文章里说有一天晚上一只黄羊被汽车大灯晃盲了眼，撞到了汽车轮子上，黄羊的一条腿被撞瘸了，你和战友给它消炎包扎，喂养了几天后，黄羊伤愈了，然后你就把它放归大自然了。而且你还说那只黄羊三步一回头，好像还恋恋不舍地离开一样。可是我记得当时那只黄羊被车轮撞得一命呜呼了，是被我俩在公路上捡到的。黄羊没有藏羚羊珍贵，当年黄羊还没有列入动物法律保护，我们几个驻守在高原上的战友明明是把它给秃噜了……你呀，还真是会编。"

"那我问你，"我咂了咂嘴说，"如果那只黄羊果真只是受了伤，难道我们不会为它疗伤，然后放归大自然吗？"

"现实是那天晚上我们发现黄羊时，它已经被撞死了。"王一坚持自己的观点。

“好吧，好吧，就依你说的吧。阿一，我俩老战友好久没见面了也没通电话了，换个话题聊点别的好吗？比如你现在的退休工资是多少……”我是真的不想跟他继续聊《那个夜晚》的话题了。

“别急，这个话题还没聊完呢，”王一不肯转移话题，“你在文章里还瞎说什么爱上了当地一个藏族姑娘，复员后不回江南水乡，留在了雪域高原与藏族姑娘成了亲。拉倒吧你，别人不知道你，我还不知道你有几根肋巴骨啊？你当完三年兵就急匆匆回老家了，还巴结上一个大干部的千金，成了乘龙快婿。你就编吧你。”

我真的是哭笑不得了。我提高嗓门说：“阿一，请你别再说这篇小说了好不好！它只是一篇小说，一篇源于生活又高于生活的小说，知道吗？”

“哦——”王一怪声怪气地说，“你的意思是承认这是一篇虚构的，也就是说编造的文章，是吗？那不坑人吗？以后还让读者怎么相信文人写的东西？怎么让人知道你们写的文章究竟哪些是真的，哪些是假的？”

毕竟是老战友，我耐着性子重申道：“我再跟你说一次，如果我真的是爱上了那个藏族姑娘，那么我复员后扎根高原，娶所爱的藏族姑娘为妻就是合情合理的，这就是虚构的合理性、真实性。”

“算了，我也不跟你扯这个话题了。”王一停顿了一阵，大概觉得这个话题聊得也差不多了，改口道，“反正真真假假都你说了算。”

“假作真来真亦假。”我说这话时觉得有点被王一给绕进去了。

“陈凡，既然你说聊点别的，那就继续聊吧，反正我俩都退休了，有的是时间煲电话。你刚才问我退休工资有多少，我告诉你也就六七千。问题是我在贸易公司这么多年也顺带着自己做了点生意，现在资金链出了点问题。你能借点钱给我吗？不多的，就百把万够了。”王一语气轻松地说。

我猛一听 100 万可不觉得轻松，赶紧说：“阿一啊，你小子说得倒挺轻松，我一个退休干部一下子到哪弄 100 万去？这个话题也别聊了，总之，别跟我谈钱的事。”

“那我问你，”从电话里听得出，王一在给自己点烟，他吁了一口气说，“都说战友情胜过同学情、同事情，为了战友可以两肋插刀，是吧？”

“那当然。”我回答道

“既然你也这样认为，请你帮我周转一下资金，干吗要打退堂鼓呢？上次几个战友聚会我记得你说过你有三套房子呢，100 万一时拿不出，50 万总可以吧？”王一紧追着问。

“我再说一次，别跟我谈钱的事好吗？”我有点烦了。

“哈哈，陈凡，我只是跟你开个玩笑，我怎么会跟你这位大清官借钱呢？你不是说虚构的就是真实的吗？那么我想试探一下，如果你手头有 100 万或者 50 万块钱，会借给一个生意做亏空了的战友吗？”王一说完还阴阴地笑了几声。

我想象了一下，如果要我拿出 50 万应该没大问题，但是我会答应借给他吗？这还真说不准。当然，如果是虚构一篇小说，只要把情节铺垫得合情合理，比如因为战友情深，便毫不犹豫地卖了一套房子以解战友燃眉之急。这样的虚构情节在现实生活中应当是成立的吧。

2021 年 6 月 15 日

贾副指导员

1978年我应征入伍。幸运的是我刚下连队就被挑选到连部当文书，“伯乐”是贾希有副指导员，是他先从新兵档案里挑出了有高中学历的我，再找我谈了谈话，然后推荐给指导员的。

我当的是“基建工程兵”，全连的主要任务是筑路。在茫茫大西北的戈壁滩上各方面条件极其艰苦，住的是帐篷。我和指导员、贾副指导员住一顶帐篷，连长和副连长、通信员另住一顶帐篷。

入伍前我就听说过一句话叫作“官大一级压死人”。入伍不久我就从指导员和贾副指导员之间观察到还真有点这么回事。就说从每天早晨开始，只要指导员睁开眼要起床时，贾副指导员一定会早他几分钟起床。我从伙房端来稀饭馒头，贾副指导员一般会让指导员先舀。当然，我应当主动为两位领导舀饭，但他俩不让，说自己不是官老爷，有手。到了晚上，他俩钻进各自被窝里会先拉拉呱儿。我注意到几乎每次都是指导员先来一句“睡喽”，贾副指导员就绝不再添话了，不一会儿，就都有了均匀的鼾声。

指导员“怕烟”，闻到香烟味就讨厌地皱起眉头，偏偏贾副指导员是个“烟鬼”，但只要指导员在帐篷里，贾副指导员就不敢抽烟了，实在熬不住了就到帐篷外“解瘾”。在那“守着火炉吃西瓜”的高原戈壁滩上，帐篷外的风可是寒刺骨的。

贾副指导员不仅在生活细节上体现出对指导员的顺从，在工作上也一样。贾副指导员兼任连团支部书记，我是副书记。一次我与贾副指导员商量好了在周六下午开团员会议，指导员知道后却让我们把会议时间向后挪一挪，因为他和连长商定周六下午要开施工攻坚会。贾副指导员二话不说就服从了。类似的事还有好多，只要是指导员和连长安排的事与他安排的事有冲突，他一定是无条件服从。

连里的“生活”归贾副指导员分管，连里一般每周六晚餐改善伙食。贾副指导员大概馋大肉包子了，就让我把炊事班班长叫到帐篷来商量周六晚餐全连吃大肉包子，炊事班长领受了指示正欲转身离开，指导员进来了。指导员见炊事班长在帐篷里，便打趣道：“哟嗬，刚吃过早饭呢，大厨师又送啥好吃的来啦？”

炊事班长笑着说：“报告指导员，今天周六了嘛，贾副指导员让炊事班包大肉包子哩。”

指导员吸了吸鼻子，说：“大肉包子是香哈，哈喇子都出来了。不过……再过个把星期就要过八一建军节了，不如熬熬，过节那天包，同时呢再加几个荤菜，让大家吃个够。贾副指导员，你看怎样啊？”

我和指导员还有炊事班长都把眼光投向了贾副指导员。我以为贾副指导员会稍微坚持一下自己的想法，但他毫不犹豫地点头说：“好的，好的，就照指导员说的做。”

听贾副指导员这么说，我转过身偷偷笑了一下。

贾副指导员比指导员大两岁，入伍也早指导员两年。大概是因为贾副指导员文化程度低，小学毕业，提拔上就慢了指导员半拍。有一次我听见指导员叫贾副指导员“大哥”，贾副指导员赶忙摆手说：“你是指导员，连里的主官噢，千万别这样叫，如果叫习惯了让战士们听见也不好。”

我心里想官大一级压死人也不至于私下里叫一声大哥都不行吧，贾副指导员也太没脾气了。可是，不久以后贾副指导员的一次“固执己见”却大大地颠覆我对贾副指导员的认知。

三排发生了一起我的同乡战友小王动手打人的事件，小王把拳头不偏不倚地打到了战友小刘的鼻梁上，鼻血淌了一地。指导员很生气，要给小王书面行政警告处分。贾副指导员劝指导员先别草率下结论，由他仔细了解了来龙去脉再决定。

贾副指导员先向我问情况。因为我和小王、小刘两个战友是同一个村出来的，在家就认识。

贾副指导员问我：“小王为何动手打小刘呀？下手那么狠，把小刘鼻血都打出来了。”

我说：“小刘叫小王阿爸的名字。”

贾副指导员不解地问：“叫他爸爸的名字就可以打人吗？”

我说：“我们家乡很忌讳的，下辈直呼人家上辈名字是大不敬。”

贾副指导员又问：“就因为这个吗？不会另有原因吧？”

我只好接着说：“小刘还羞辱小王，说他阿爸不用做地下工作了，可以明媒正娶那个大队妇女主任了。小王阿妈去世不满一年，还悲痛着呢。小王的阿爸是大队支书，传说他阿爸和妇女主任有一腿。”

贾副指导员“哦”了一声，问道：“小刘这样说小王时还有别人在场吗？”

我说：“有”，并且如实地告诉贾副指导员都有谁谁在场。

贾副指导员问完话就去排里进一步调查去了。

贾副指导员一圈调查下来后便向指导员提出了给予小王口头警告全连点名批评，同时对小刘也应予以严肃的批评教育的处理意见。

指导员寻思片刻，说：“你这是各打五十大板嘛，严是爱，宽是害，心太软怎么行！和连长他们开会时再决定吧。”

开会时副连长表态从严为宜，给小王以书面行政警告处分。指导员盯着贾副指导员问：“贾副指导员，你还是坚持你的从宽政策吗？”

贾副指导员给自己点燃了一根烟，吸了一口说：“这不是简单的严和宽的问题。我坚持我的意见。”

指导员板着脸问：“难道得你说了算？”

贾副指导员把半截烟放鞋底上碾灭，说：“原则问题就让事实本身说了算。如果你和连长一定要坚持给小王处分，那我保留意见。”

指导员突然哈哈一笑，说：“贾希有同志，你不用保留意见了，我和连长之前碰过头了，就照你的意见办。”

会议结束以后，贾副指导员还专门交代我说：“你去找你两个老乡战友说说，叫他俩相互认个错，和好啰。对了，叫那个小刘去买把锁把自己那张嘴给锁上。”

我忍不住嘻嘻笑了起来。

入冬前，施工队伍因天气原因得下山回营。下山不久，指导员接到通知团政治处主任要来连里检查工作并与连领导谈话。贾副指导员朝指导员嘿嘿笑道："指导员，看来前几天的传闻并非空穴来风哩，提拔还真有戏了，这回可得认真对待哟。"

指导员说："传闻归传闻，团首长下连队很正常嘛，不管首长啥意图，咱都得认真对待不是？团部到咱连得两小时车程，中午一定是在连里吃饭了，生活归你副指导员管，动动脑筋给改善改善呗。"

指导员和贾副指导员说话时我站在旁边，我以为贾副指导员会以惯常的口气说"好的，好的，我这就去办"之类的话，可贾副指导员却回答说："改善个啥呀？战士吃什么，首长吃什么，老传统。"

指导员说："加两个菜不过分吧？要不变通一下，把星期六改善伙食提前，不也是战士吃什么，首长吃什么了吗？"

贾副指导员说："不妥，这种虚假的事我不干。"

指导员摇摇头说："你平时好像都听我的，怎么一到节骨眼上就固执了呢？"

贾副指导员说："这是原则问题，我得向你主官负责。"

指导员无奈地笑道："又是原则问题，好，好，听你的，就战士吃什么，首长吃什么吧。"

团政治处主任来连队走走看看听听，又与几个连个别领导谈了话，中午与战士同桌吃过饭后便满意而归了。

后来，指导员被提拔为营副教导员，贾副指导员转了业，我考上了军校。在我几十年的军旅生涯中，贾副指导员的形像一直留存在我的心里。

2023 年 3 月 2 日

团长到底凶不凶

我是一营营部的文书，平时能近距离见到团长和政委这些团首长并不稀奇。但我却很畏惧团长，我觉得他太威严了，他那双如炬般的双眼极具“穿透力”，哪怕是不经意间地扫上我一眼我也会觉得五脏六腑都发凉。我畏惧团长还有个重要原因则是我的营长也怵团长，营长在大家的心目中也算是个够狠的硬汉了，但我在一旁看得灵清，营长在团长跟前不说像是老鼠见到猫吧，至少也像是一只温顺的猫。营长都怕团长，我一个小文书岂能不怕团长乎？

星期天我约了炊事员小马一起去团部服务社买东西。没想到在服务社门口远远地看见团长朝服务社走来，身后还跟了个勤务兵。我一把扯住小马说：“看见了没？团长过来了，咱还是躲一下吧，等他离开后咱再进去。”

小马跟着我躲到了一堵土墙后面。小马不以为然地说：“沈文书，你干吗怕团长啊，他会吃了你吗？”

我说：“团长当然不会吃人的啰，但是小兵见到团长浑身抖两抖很正常吗。”

小马笑了起来，说：“俺就不怕大官，当兵前俺还跟公社书记吵过架呢。俺听团部的老乡战友说团长并不凶，跟小兵扎一堆儿还会说俏皮话呢。”

“谁说团长不凶？”我瞪了小马一眼说，“连咱营长都怕团长呢，我亲眼见过团长训营长，营长一声不敢吭。”

小马眨巴几下眼睛，说：“有这事？说给俺听听嘛。”

我说：“还不是因为咱营施工进程的事啊，团长批评营长时可凶了，说咱营筑路拖了全团的后腿，是蜗牛营。说‘你当营长的在这节骨眼上还端官架子耍嘴皮子吗？给我扛上锄头到筑路现场，战士们怎么干活你营长就怎么干活’，团长还说‘在战场上基层指挥员就得身先士卒冲锋在前’。哎哟，把咱营长给批得是一愣一愣的。小马你说说看，团长到底是凶啊还是不凶？”

小马点点头，说：“沈文书，听你这么说团长还当真有点凶哈，不过这也不奇怪呀，听团部战友说团长打仗可厉害啦，听说他脑袋瓜里还嵌着一块子弹片呢，也不知道为啥子降了级到俺们这种兵不兵工不工的团里当个团长。”

“这还用说吗？”我含糊其词地念叨着，看见团长离开服务社走远了，便拉了小马一起进了服务社。

营长不愧是从战场上闯过来的硬汉，为了加快筑路进程，营长每天吃、住、干都在战士堆里，施工进度一跃领先于全团。其实一营施工进度一度落后是有客观原因的，一营这段路最是艰难险阻，又遇山岩阻挡，需要爆破。在紧张的施工过程中还有一名班长不幸被滚石砸中，献出了生命。

营里为牺牲的班长开追悼会时团长也来了，我发现团长的双眼失去了以前的威严神态，显得黯然悲伤。追悼会是教导员主持，营长致悼词，营长悼词念到一半时憋不住哽咽了起来，这时我看见团长紧闭着嘴巴，还用手背抹了一下双眼。

烈士的妻子抱着不到四岁的儿子在追悼会现场。追悼会结束后团长一把抱住了烈士的孩子，眼泪从团长的眼眶里奔涌而出。

一天小马见到我突然说："沈文书，那天开追悼会时俺看见团长淌眼泪了，你还说团长凶……"

我打断小马的话说："我站在近处比你看得更清楚，我当时就感觉团长就像父亲一样，我一点儿也不怕他了。"

一营有好事了，营长被提拔当副团长了。上任的头一天晚上教导员叫食堂加几个菜为营长送行。大家刚坐下来吃喝时，团长突然出现了，营长看见团长一愣怔，倏地站了起来。教导员和其他几个人也都站起了身。

团长拉着个脸，如炬的双眼朝大家"扫射"了一圈，冷冷地说了三句话："喝酒啦？加菜啦？升官了是吧？"

营长嘿嘿干笑了几声说："团长，酒是我自己的，哦，就是去年您送给我的这瓶，大家一起意思意思……"

团长"哼"了一声，说："那我问你，这加的菜呢？是你自己上街买的吗？老首长下基层就坚决不允许为他多加一道菜，可是你们倒好，我要问一问，战士们辛辛苦苦为抢修这条战备路每天都吃些啥？一星期能吃上一顿大肉吗？"

营长红着脸说："团长您放心，这加的菜一分钱不少我自己掏。"

小马端着一盆肉包子过来，站在门口正好看见团长拉着个脸训营长，紧张得双手一抖，两腿一僵，绊上了门槛，小马趔趄了几步，终是没能稳住身子，摔倒在地上。一盆肉包子在地面上跳跃着，滚动着。小马弹起了身子，杵在那儿傻傻地看看团长又看看营长，营长和教导员也都一副尴尬的样子。

团长弯下腰拍打了几下小马身上的灰尘，说：“小同志别紧张，包子捡起来吹掸几下就得了，来，我帮你一起捡。”

大家也都一起弯下腰捡起了包子。团长用力“噗噗”吹着包子皮上的尘土，说：“小同志，包子是你包的吧？哈哈，手艺不错嘛，圆溜溜的跟皮球一样滚得欢呢，里面装的不会是空气吧？来，你先消灭一个。”

团长的话让小马即刻放松了下来，摆着手说：“团长，俺不急着吃，今天改善生活，大家都吃肉包子，俺这就去换干净的包子过来。”

团长说：“换啥子换嘛，不干不净吃了没病。既然是全体改善生活，我也算有口福了，真是来得早不如来得巧啊，来，营长同志，不，副团长同志，给我也满上一杯吧，记住啊，菜钱你得自己掏。”

营长咧咧嘴，笑道：“一口唾沫一个坑，团长，我何时说话不算数啦？”

餐厅的气氛戏剧性地缓和了下来。

过了几天，小马专门找到我，神秘兮兮地说：“沈文书，那天团长他非但没批评俺，还亲自帮俺掸身上的土渣渣。俺算是弄明白了，团长他是对当官的凶，但是对俺这些小兵嘛就不凶。”

我白了小马一眼说：“这还用你说啊，好像发现了新大陆似的，我早就看出来了，团长就跟传说中的老首长一样，骂当官的不骂当兵的，他严格带兵而又爱兵如子。”

小马眨巴眨巴眼睛，竖起一根大拇指说：“到底是当文书的哈，总结得就是比俺高。”

2022 年 12 月 16 日

旋方凳

在我念小学三年级的时候，有一天当营长的父亲到海岛下连队去了，母亲在工厂里又临时有了加班任务，我下午放学后就把母亲留在锅里的稀饭加热，只穿了一条小裤头的我踩在小板凳上端锅时脚下一歪，一锅冒了泡泡的稀饭倾泻到我身上，从前胸到肚皮被烫脱了一层皮。

我被隔壁的叔叔紧急送到了当地的部队医院，待军医给我上了药，办完了住院手续后我母亲才匆匆忙忙赶到医院。

在我的烫伤已不那么疼痛的时候，我感觉到住在医院里是一件挺好玩的事情，不用上学堂也不用做作业，特别是同室的大人病友个个都很有趣。年轻漂亮的护士阿姨也比母亲温柔多了。

病房里住着五六个人，悬在天花板下的吊扇在闷热的房间里白天黑夜几乎不停地旋转。躺在我邻床的叔叔脸上裹着厚厚的白纱布，只露出两只炯炯有神的大眼睛和高挺的鼻梁、宽阔的嘴巴。每到饭点的时候那位白衣护士就用调羹喂他，我一旁托着腮看着挺好笑。

只一天时间我就和这位脸上裹着白纱布的叔叔以及给他喂饭的白衣护士混熟了，我也跃跃欲试要喂他，白衣护士微微一笑说："小屁孩能自己吃饭就不错了，还想喂别人，听话，一边吃饭去。"

我很快跟邻床这位叔叔成了无话不说的好朋友，我几乎不停地眨巴着好奇的双眼向他问这问那，他也总是很耐心地回答我的各种提问。我知道了他名字叫左辉，当兵三年了，也知道了他比我早十多天住的院。他受伤住院是因为冲进燃烧的民房救出了老人和孩子，自己被严重灼伤并且还被砸断了一条腿。我缠着他给我讲故事，特别是打仗的故事，他说："小鬼，全国解放都十多年了我才当兵，没打过仗呢，你爸爸才打过仗呢，等出院了叫你爸爸讲给你听吧。"

左叔叔总叫我小鬼，一室的叔叔们也都叫我小鬼，他们根本不问我叫什么名字。

在我住进医院的第三天，左叔叔脸上的纱布被解掉了，两只手也可以自由活动了，吃饭时也不需要那个白衣护士喂了。我很喜欢看白衣护士给左叔叔喂饭的情景，我甚至幻想着待我长大了也有一个年轻漂亮的白衣护士给我喂饭，我一定会很听话地一口一口地吃。当然，我并不知道我为什么会闪念出这种心理欲望。

左叔叔解去纱布的脸让我惊讶，被灼伤的面颊上的斑斑点点着实有点吓人。我趴在他的床头想用手摸又不敢摸，只是问：

"左叔叔脸上还疼吗？以后会好吗？"

左叔叔刮一下我的鼻子说："小鬼，叔叔这辈子脸上肯定要留下疤痢了，看上去就是个丑八怪。"

我像个大人一样的又问道："那你以后还能娶媳妇吗？"

这时候那位白衣护士过来送药了，她把左叔叔该吃的药丸放到床头柜上，我看着她问：“护士阿姨，左叔叔脸上长疤了，你愿意给他当媳妇吗？”

白衣护士用手在我脸上轻轻拍了一下说：“小鬼，你瞎说什么呢！”

同室的几个叔叔都嘻嘻笑了起来。

左叔叔嘿嘿笑了几声说：“真是童言无忌，童言无忌哟。”

我后来相信左叔叔和这位白衣护士一定会有点儿不同寻常的关系，因为在我出院的头一天晚上我去厕所小便的时候无意间看到左叔叔拄着拐杖站在廊道上，他的身边站着那位白衣护士，我还听到了他俩的几句悄悄对话。左叔叔说自己这张脸算是废了，而白衣护士则说“你是英勇救人负的伤，我才不计较你的脸”。

年幼的我当时听了也就听了，不可能会往别处想，多年之后我回想起来了才恍然悟出他们之间可能有点儿那个意思了。当然，这只是我的猜测而已。

住在病房的那些天左叔叔给我讲过好多故事，让我记住的故事就有狼牙山五壮士的战争故事，还有梁山伯和祝英台的爱情故事，他讲的时候还间或哼几句越剧唱词，比如他模仿祝英台的唱腔：“梁兄啊，你看那井里两个影，一男一女笑盈盈……”这句唱词我记住了，返校后就在同学间瞎哼哼，同学们也听不懂啥意思，好一阵子也跟着我瞎哼。后来这个越剧电影重新公映后我就不由得想起了左叔叔唱《梁祝》的情景。我不知道他是什么家庭出身，但我记得他说过他是绍兴人，我小小年纪会记得绍兴这个地名是因为我母亲是绍兴人，而且我母亲很喜欢看越剧。

我在医院里住了一个多星期，就要出院了。我跟左叔叔说：“叔叔，我出院后还会见到你吗？还有那个护士阿姨，我妈接我回家的时候我会哭的。”

左叔叔捧着我的脸蛋说："小伟，叔叔也会难过的，还有那个护士阿姨也会难过的。你以后只要记得一个脸上有好多伤疤的左辉叔叔就行了。"我感到奇怪，原来左叔叔知道我叫什么，而且还是头一回叫我小伟。我瞪大眼睛问："叔叔你怎么知道我名字啊？"

"哈哈，我当然知道啦，那天你妈来的时候不是叫你小伟吗？这房间里大家都听到了你叫小伟，而且还知道你姓沈。"

"为啥知道我姓沈？"我又不解地问道。

"为啥，你那个当营长的战斗英雄爸爸姓沈呗。"左叔叔刮了我一下鼻子说。

我"哦"了一声，又眨巴双眼说："叔叔，我以后还会记住你吗？你要告诉我，我长大后会不会忘了你呢？"

左叔叔忽然抓起床头柜前的一只木制方凳，说："小鬼，叔叔这就教你一招，你学会了，以后只要旋几下木凳就会想起叔叔了。"

左叔叔让一只凳脚着地，再把凳面上的一个尖角顶在手掌心里，嘴里念着"转"，方凳就神奇地在他的手掌心下旋转起来了，而且越转越快，我似乎感觉到飞旋的方凳带动了呼呼的凉风。

我看得入了神，我还低下头去看他的手掌心里究竟装着什么机关。

"小鬼，你也来试试。"左叔叔停止了方凳的旋转，把方凳推给我。

我学着样，把手掌心顶在方凳的尖角上试图推动方凳旋转，可我的手在转，方凳却不转，而且还脱离了我的手掌心"啪"地倒在了地上。我不甘心，把方凳扶起再转，而这一次方凳摔得更远。

左叔叔坐在床沿上不停地笑，然后手把手地教我，教我如何用手掌的推力，而不是靠手掌自己转。我练习了好多次，终于能让方凳在我的手掌心下缓慢地转动两三圈了。

左叔叔鼓励我多练几次，回家后还可以接着练，很快就会学会的。

第二天我妈来领我回家时左叔叔拄着拐杖送我到楼梯口，我拉着左叔叔的手，鼻子一阵阵发酸，终于还是没把眼泪给忍住，簌簌地掉落下来。那位白衣护士也跑过来搂了搂我，领着我走到了楼下的大门口。她还叮嘱我回学校后好好补习功课，别把成绩落下了。

回家后，我几乎每天都要摆弄几下方凳，终于练出了像左叔叔那样的掌心功夫。

从此以后，我时不时地会旋几下方凳，这个小习惯跟随了我大半辈子，这里面有我一段短暂而又难忘的记忆。

2021 年 11 月 24 日

失而复得的日记本

战友马尚在微信群里直呼我："海成，我明天下午将在暖州停留一夜想和你碰一面，顺便送件礼物给你。"

我回复道："马尚，你来就是。告诉我班机时间，我去接机，当晚小酒，何必带啥礼物嘛。"

马尚回复道："哈喽，带啥礼物到时候你就知道了。"

我以最"隆重"的礼节带上老伴到机场接老战友。当晚我们三人落座在一家海鲜小酒店。我端起酒杯深情地跟马尚说："老战友啊，都 30 来年没见面了吧，要不是老连长拉了个战友群，只怕是这辈子都见不到面喽。"

马尚说："是啊是啊，如果没在群里看见人头照就是见了面都不一定认得出来呢。"

我和马尚当年在连队只相处一年多时间，那时我是文书，因我考上了军校，临走前我向指导员推荐马尚接了我的班，因为马尚当兵前是高中毕业生，床头还摆着《三国演义》《钢铁是怎样炼成的》等一些大部头书籍。

几杯酒下肚后马尚说："我这次出远门特意在你这儿逗

留一夜可是有备而来的，我在微信群里说过主要是想送你一件礼物，准确地讲是为了归还失物。猜猜看，是什么？”

我笑答：“我哪能猜得到，都几十年啦。”

马尚拉开拎包的拉链，从包里取出一本绿皮日记本递到我的手上说：“喏，就是这个，你丢失的日记本。”

我接过日记本，打开第一页便看到密密麻麻已有些模糊的钢笔字。“待我拿回家慢慢看吧，现在专心喝酒吃菜。”我说着顺手把日记本递给了坐在一旁的老伴儿。

马尚呷了一口烧酒说：“海成，不好意思哈，我当年看了日记内容，我向你表示抱歉。不过呢我这么多年来一直好生保管着，想不到有朝一日还真的物归原主了。”

我举杯敬了马尚满满一杯酒说：“马尚，你是怎么得到这本日记的？这是我当兵头一年写的日记呢。我在退伍回家的路上才发现少了这本日记，我为此还懊悔了好多年呢。”

马尚说：“在床底发现的，当时部队搬家，我搬动床板时看见它躺在墙底角，应该是从床边隙缝里掉落到床底的吧。”

说话间我老伴儿起身去洗手间，马尚赶紧靠近我耳边说：“你怎么把日记本交到你老婆手里呢？难道你忘了那里面都写了些什么吗？”

我嘿嘿笑道：“老夫老妻了怕啥哩。”

马尚转了一下眼球说：“倒也是，都过去几十年了，再怎么地也都成了从前的故事啦。”

我和马尚都喝高了。回家后我倒头便昏昏而睡了。第二天日照三竿我才“苏醒”了过来，老伴儿已为我做好了早餐。我吃着早餐，老伴儿坐在一旁说：“日记我看了。”

“哦，你下眼还挺快的。”我说着突然想起我得尽地主之谊去宾馆送送马尚。

我开车送马尚去动车站。坐在副驾驶座位的马尚说：“看你日记好像当年你一度产生了自杀的念头？”

“好像是吧，”我咧咧嘴说，“那一阵就感觉天昏地暗，撕心裂肺的，真的感觉活着也没多大意思了。你知道，我和她可是青梅竹马啊，似乎从我知道男女有别就喜欢上她了，比早恋还早恋呢。不过那时候的人多含蓄啊，直到当兵的前夜我才大着胆向她袒露心扉，她听了竟然红着脸转身跑了。”

“跑了？连搂抱亲嘴都没有？”马尚坏笑道。

“没有哪，人家才十六七岁，青涩害羞得很。”我把右手脱离方向盘朝马尚肩上拍了一下说：“我到部队后接连给她去了几封信都石沉大海，直到一年多以后才得知她已经跟别人定了亲，这对我来说简直就如五雷轰顶。几年后我退伍回家，她的丈夫却意外得急疾亡故了。

我主动找了她。我其实只想问一问为啥我给她去了那么多封信，而她却一封也不回。面对我的诘问她却吃惊地说她压根就没收到过我的信。她恍然大悟地说一定是她父母扣压了来信，因为那时她父母百般催逼她与一个当官的儿子定亲，一心指望她嫁给官家子弟。”

“原来是这样啊，”马尚问道，“那后来呢？你从心底里还爱她吗？”

我踩了一下油门说：“我当然还爱她，她就是不死丈夫我也早就决意今生不娶老婆了。你可能不信，我似乎对任何女人都产生不了感觉，哪怕她再漂亮。”

“真的？看来你还真够专一的。只是剃头担子一头热，人家并非非你不可呀。”马尚说道。

我接着说道：“我才不管那么多呢，哪怕她对我只有一丁点儿的爱我也要对她发动攻势，但这回轮到我父母抵制了，说我干吗非得找个二锅头当老婆？问题还在于她自己就不同意嫁给我，说她心里头放不下她那死去的丈夫。”

“既然这样还有什么意思？”马尚哼了一声说。

“我可不这么认为，她死了丈夫，而我心里又放不下她，那就不能眼睁睁地把她给弄丢了。我只想与我所爱的人在一起。”我瞥了一眼马尚说。

“有点儿死皮赖脸哩，这次见面后我本不想当你老婆面把日记本交给你，让你老婆看了感觉多不好呀。不过我倒想知道那女的现在咋样了？再嫁了吗？”马尚问道。

我撇撇嘴说：“这个女人看了我的日记本流了一夜的泪，第二天早上为我煎了两个鸡蛋外加一块面包和一杯牛奶。我吃完早餐出门来送你时她还照我脸上亲了一口，搞起来好像初恋情人一样。末了还交代我向你问一声好。”

马尚挠挠头皮说：“海成，啥情况？这么说你现在的老婆就是日记里的那个她……”

我微微一笑道：“没错，跟三十年前的日记本一样，失而复得。”

2021 年 12 月 8 日

我后面尽量别离开“们”

1979年冬季，我高中毕业去祖国边陲当了一名边防兵，那时候的高中生在部队里算是秀才了。大概就因为我是“秀才”吧，新兵连集训结束后我被分配到二连当了一名文书。

乍一跨进连部，映入我眼帘的是挂满半墙壁的各类奖状牌子。最引人注目的是挂在墙壁正中间的一块铜皮牌子，上面印的是边防总部授予的“优秀基层党支部”几个隶书字体。我的卧室就在连部右厢房的一个隔间，当晚我迟迟睡不着觉，就悄悄到连部正堂拉亮电灯，捅了几下炭炉，又抬头张望墙壁上的奖牌，我用心数了数，大小奖牌总共有十三块之多。

连指导员姓蒋，想不到第二天蒋指导员就给我下达了一项任务，叫我写一篇上周连里的部分官兵为当地老百姓救火的英勇事迹，并叫我先找当时带队的王连长了解情况。要求我两天内完成文字材料，团部催着要。

我当天就采访了几乎所有参加救火的官兵，连夜赶写了一份2000多字的事迹材料。第二天我把材料拿给蒋指导员看，蒋指导员认真看完材料后说：“还行，到底是秀才。”蒋指导员说着从胸兜里掏出钢笔，在材料上做了几处改动。我接过材料迅速看了一下几处改动过的地方，蒋指导员把文中所有的“我连”的称谓都改成了“我们连”。再是把“广大官兵争先恐后闯入火海，他们当时一心想着的就是我们这支连队在战争年代不怕牺牲奋勇杀敌的英雄气概……”这句话改成了“官兵们闯进着火的民房，不顾个人安危，奋勇救出困在大火中的两位老人。他们以勇敢的精神践行了我们这支部队的光荣传统……”蒋指导员还特地把文章开头部分所提到的指导员三个字给划掉了。

蒋指导员给自己点燃了一根香烟，吐出一口浓烟说：“沈文书啊，那天救火时我正在营部开会，是连长带队并指挥救火的，我只是跟连长通了个电话，怎么能说成是在连长和指导员的指挥下呢？我并不在现场。再说了，当时救火时情况危急，大家一心想着救人倒是真的，哪还有工夫去想其他那么许多呢？你说是不是？还有，以后说话写文章时，我后面尽量别离开‘们’。行了，你以后慢慢去体会吧。”

我一个立正，答了一声“是”，便转身到自己房间誊写材料去了。

不久之后，连部墙壁上又多了一块奖牌和老百姓敲锣打鼓送来的一面锦旗。

转眼到了第二年，营里空出了一个副营职位置。我私下问蒋指导员：“指导员，听说您这次很有可能被提拔副营？”蒋指导员瞥了我一眼说：“你都听谁在私下瞎嚷嚷？要上也应该是一连指导员上，他各方面都比我强。”

我有点不服气地说：“指导员，凭啥不应该是您上呀，我们连获得了那么多奖牌，各项工作都走在前头。那天我正好有事去了一连连部，我看到连部墙上只有七块奖牌，比我们连少了一半。”

指导员瞪了我一眼说：“奖牌多少非得与提拔挂钩吗？我们连的奖牌是靠一任接一任的连长、指导员和一茬接一茬官兵的共同努力获得的，能都算到我个人头上吗？以后别再议论这事了，不好。”

后来果真是一连指导员被提拔了，与此同时，蒋指导员被确定转业。我知道蒋指导员父亲在县里当领导，送他离队时我壮着胆子悄声问道：“指导员，您要求转业是因为您父亲在地方上给您铺好了路吗？”

“说什么呢，”蒋指导员撇撇嘴说，“老父亲下台了，身体很不好，我得回去尽孝呢。”

指导员转业后，我考上了军校。

时光荏苒，多年后我去重庆旅游，因与几个战友相聚时我念叨起蒋指导员，战友告诉我蒋指导员就住在重庆。第二天几个战友开车把我带到蒋指导员家。蒋指导员已经 80 多岁了，但依旧耳聪目明，他端详了我片刻，便认出了我，说：“嗬，沈文书呀，当年的小沈如今也老喽。听说你是从师职级别上退下来的？当了大官了，呵呵。”

我摇了摇头说：“老指导员啊，都老了还什么官不官的，我记得您当年就把当官看得很淡的，转业后一直当办事员到退休。”

蒋指导员微微一笑，说：“是啊，阎罗王收你的时候才不管你是个什么官职，拥有多少钱财呢，老了老了，能健康活着，哪怕多活一天也是多少钱买不到的呀。我这辈子平平淡淡，也没为社会做出什么贡献，能活到这把岁数也算是阎罗王开恩了。”

我呵呵几声道：“指导员，您当年曾经教导过我，说话写文章时在‘我后面尽量别离开们’。您应该说是我们。”

蒋指导员双眼直视着我，半晌，发出了朗朗的笑声。

2021 年 6 月 25 日

紧急集合

新兵刚入伍得在新兵连集训两三个月。而在新兵连最让人揪心的事就是夜半的紧急集合，在寒冷的雪域高原，当新兵蛋子个个在烧着炭炉的帐篷里睡意正浓时，突然一连串急促的“嚯嚯嚯”的口哨声划破夜空。这是部队紧急集合的哨声，新兵们从被窝里一跃而起，以最快的速度手忙脚乱着，几分钟后，操场上的集合队伍里就会现出各种各样、五花八门的“风景”，有的背包还没来得及打好，因怕迟到就拎着背包带往操场跑；有的上衣纽扣扣错了位，衣襟一边高一边低；有的因鞋带没来得及系好，没跑出帐篷几步便脱落了一只鞋；有的新兵蛋子竟然把两只胶鞋穿反了，站到队伍里被身边的战友发现，便招引大家伸长脖子看稀奇，继而便是一阵哄堂大笑，而那位穿反了鞋子的便是我。

自从出了这次洋相之后，晚上钻进被窝里就有点睡不踏实了。若想睡踏实办法当然有，那就是平时要苦练打背包，直到动作十分娴熟了，再辅之以耳朵的警觉性，就不怕半夜“嚯嚯嚯”的急促哨音了。但我却难以做到，当兵前在家我属于“饭来张口，衣来伸手”，太阳光照到屁股蛋上还懒得下床的一族，要我熟练地叠被子、打背包还真不是件容易的事。因此，我开始动起了小心思，我想上次紧急集合是周日晚 11 点，那么，一般说来紧急集合都会是周日大家最放松的这一晚。转眼熬到周日晚上，我干脆和衣而睡，大不了到了晚上 11 点钟紧急集合完毕，我再脱衣睡个安稳觉也不迟。可是“人算不如天算”，周日晚上的帐篷外只有无声的飘雪，幽暗的旷野里连个狗吠声都未曾有。第二天晚上，我干脆把背心都脱去，哧溜钻进被窝里蒙头呼呼大睡。哪承想，半夜里那急促的哨声陡然间传进了帐篷，新兵们个个一骨碌钻出被窝，以最快的速度穿衣打背包。

这次我没把鞋子穿反，背包也总算背在肩背上。队伍集合起来后，连长开始检查军容，当连长移步到我的身后时，我紧张得心脏怦怦乱跳，心里一个劲儿地想，连长唉，赶快走开吧，别幽灵般附在我身后。可我越这样想，连长越是不离开，大约过了二十秒，连长伸手拽了一下我后背上的背包带。我感觉到连长并没有太用力，可是不争气的背包却“呼啦”一声松垮了下来，连被角都触到地面上了。队伍里发出了零星的隐忍的笑声，连长冷峻地说：“小沈啊，接下来队伍跑步你就抱着被子跑吧。”随着连长一声“跑步走……”，我也只能抱着被子狼狈地跟着队伍跑了整整二十分钟。

这次的教训够深刻的了，我从此开始自觉苦练快速穿衣和打背包的技能。

两个多月的新兵集训不仅仅练就了快速反应的能力，而且还改变了我的睡眠习惯。18 岁的我从前只要进入梦乡，天响炸雷都休想惊醒我。而如今哪怕我睡得再沉，一有窸窣响动，两耳便会瞬间支棱起来。

两年后，我当上了班长。可以说，我已不是两年前那个曾经出尽洋相的新兵蛋子了，对连长、指导员也不那么敬畏了。连里刚调来位指导员，他开起会来讲话既冗长又毫无起伏，且空话居多。一个夏日的午后，连里召开班长以上的骨干会议，指导员那索然无味的讲话真比催眠曲还管用，我不由得合上了双眼。要命的是我还打起了呼噜。突然间，指导员在台上喊了声“沈班长……”，我惊悚且又敏捷地睁开双眼答了声：

“到。”“起立，复述一下我刚才说的话。”指导员用训斥的口气命令我道。

我站起身，片刻之间便把指导员刚才在我打呼噜时说的话，一字不漏地复述了一遍。

这回轮到指导员惊讶了，他怎能料到我可以边打呼噜边把他说的话给灌进耳朵里。过了好一阵子，指导员居然咧开嘴无声地笑了起来，用手掌在空中朝下拍了拍，朝我喊了一声：“坐下。”

退伍后，我到一个乡当人武干部，若干年后，我当上了乡人武部部长。平日里多多少少会遇到酒桌上的应酬，我酒量差，一瓶啤酒下去便面红耳赤，头脑晕眩，这时候，我会趴在桌面上或靠在沙发上开始打呼噜。先前，席散之时大家会叫醒我一起走，到后来，跟我喝过酒的人都知道，只要有人讲一句散席，正在打呼噜的我会立马抬起头或站起身，跟大家一同离开。有人问我何时练就了如此特异功能，我总会笑着说：“当年紧急集合练就的。”

2021 年 12 月 7 日

搓　背

周日下午我跟班长姚志去团部机关澡堂洗澡。几十条赤身裸体的汉子浸泡在水雾朦胧的四方形大浴池子里。我坐在浴池里悠然地往胸脯和肩膀上撩着热水，近处的姚班长趴在池沿上唤我："小王，过来给我搓搓背。"

"哦！"我答应了一声，起身到姚班长趴着的裸体旁，将姚班长递过来的白色毛巾往手掌上裹紧了，便弯下腰撅着屁股在姚班长宽厚湿滑的脊背上一推一推地搓了起来。

"不能多使点儿劲啊？没吃饱饭似的。"我这边挺卖力了，甚至都发出了"哼哧"声，可是姚班长却嫌我使的劲还不够大。没办法，我一个新兵蛋子，有机会给班长搓背至少不是件坏事。我只能再加大力度，狠着劲地搓。没搓多久，姚班长脊背上乌黑的泥垢便缤纷掉落了，这一条条泥垢如果再粗大一点，简直跟老鼠屎一个模样。我心想真够腌臜的，泥垢汇拢来可放田里当肥料了。搓完了背，我叫姚班长翻过身来搓正面。姚班长坐起来一挥手说："行了，其他部位我自己够得着。"

我跨进浴池，蹚到距离姚班长稍远一点儿的地方继续浸泡，身边有人跟我说话："我看见你给那个姓姚的班长搓背了，嘻嘻，你倒挺会拍马屁的。那个姚班长摆啥资格哩，也不帮你搓一下背，我刚才给自己班长搓了背，他就倒过来给我搓。这后背够不着就得相互帮着搓是不是？”

跟我说话的是我同乡战友，他是团机关警卫班的，而我是团机关通讯班的。他虽然说得有道理，但我并未附和他的话题，只是随意笑了笑。

大概是觉得我搓得有劲道吧，下一个周日午后，姚班长主动找我一起去澡堂洗澡。我俩并肩在浴池里浸泡了一阵后，姚班长又趴到池沿上叫我帮他搓背。我一鼓作气帮姚班长搓完了背，我以为这回姚班长会提出帮我搓搓背呢，但是没有，甚至连声谢谢都没有。他从我手中接过毛巾，自己一屁股坐进浴池中眯着双眼享受去了。

我内心多少有点不爽，心想你姚班长哪怕假装客气一下也好呀，而我也一定会假装说不用不用，我自己会搓。其实我一个新兵蛋子让你班长给我搓背还真有点不好意思呢。

过了一个星期，姚班长又约我去澡堂洗澡，这次我故意调皮了一下，说：“我中午刚在大太阳底下洗过冷水澡，澡堂就不去了。”

“哦，小心别感冒啦。”姚班长随口说了一句，就端了个脸盆独自去了澡堂。

望着姚班长的背影，我有点得意地笑了一下。

边塞高原的冬天真叫个冷啊。地面积雪没过膝盖，那呼呼嘶叫的凛冽寒风刮到脸腮上生痛生痛的。作为通讯兵，这个季节最怕的就是电话线路中断，一旦中断，通讯兵就得奉命到野外抢修。在一个零下 30 多摄氏度的早晨，电话线路出故障了，我跟另一位通讯兵小叶奉命到野外抢修。在我们的身后还跟了一条平日里姚班长特宠爱的猎犬大黄。

在接通电话线的归途中，发生了意外。随着拉长的“啊”声，我整个身子陷落到十几米深的雪窟窿里，“雪井”下的我这下子成了“热锅上的蚂蚁”，我试图向上攀爬，却一次又一次地滑落，小叶急得脸都变了形。他把随身携带的一截电线抛下，但长度远远不够。我听到了大黄“呜呜”的叫声，那叫声显得异常急切和无奈。更为糟糕的是，随着一连串的“咔嚓”声，紧接着又是“轰”的一声，雪窟窿发生了局部坍塌。厚重的冰雪掩盖了我的下半身，使我动弹不得，我的上下排牙齿发出响亮的“嘚嘚”声。渐渐地，我感觉被包裹在雪堆里的身体开始僵硬了。

不知过了多久，姚班长带领一帮人飞奔过来了，是大黄情急之下跑回营地搬来了救兵。

被解救出来的我几乎失去了知觉。大家把我抬到营区房间里，小叶慌忙把棉被、皮大衣齐齐地往我身上盖。我听到姚班长说：“小叶，先别忙着盖，快出去端一脸盆冰雪来。”

姚班长的话音听起来有些遥远，但毕竟我的听力还在，我还清楚地感觉到姚班长叫人把我身子翻转过去。姚班长帮我褪去身上硬邦邦的衣裤，抓起几把冰雪拍到我脊背上，跪在我身旁为我搓揉。我听到小叶跟姚班长说：“姚班长你的胳膊还没好透，让我来搓吧。”而姚班长则喘着粗气说：“我没事，你们几个用雪给他搓脚底板。”

渐渐地，我觉得我浑身通透了起来，一股暖流从脚底板与脊背交汇，又向全身散发，我的双眼也顿觉明亮了起来，我微弱地叫了一声“姚班长……”

姚班长用他宽大的手掌朝我屁股蛋上拍出一声响，说：“好了，脊背上红杠杠都搓出来了。小叶啊，把棉被和皮大衣都拿来给小王盖上，再弄碗姜汤给他喝了。”

姚班长用冰雪亲自给我搓背，这让我感动了很久。第二天姚班长过来看望我时，我本想问问他的胳膊怎么了，但话到嘴边又咽了下去。我怕尴尬了姚班长，如果他是因为在野外爬上电线杆抢修电话线而不慎跌落摔伤了胳膊的话，凭他那性格，一定会让他感到没面子。再想象一下，如果是因为跟人打架致伤，那我就更不该问了。

姚班长离开后不久，小叶过来看我。我俩坐在炭炉旁，小叶告诉我姚班长刚才带领几个通讯兵去野外抢修电话线了。我忍不住问小叶姚班长胳膊受伤的事，小叶瞥了我一眼说："骨折，至于姚班长胳膊是怎么骨折的你就别打听了，姚班长交代过跟谁也别说。"

我跟小叶说话时，忠诚的大黄安静地趴在炭炉旁，我又问小叶大黄怎么没跟姚班长一起去野外，小叶说："这回是姚班长没让它跟去，说大黄这次营救你有功，特犒劳它待在屋子里暖和。"

"澡堂子里也很暖和，周日我一定要陪姚班长洗澡，使出吃奶的力气给他搓背……"我低声自言自语道。

"啥，你说啥？"小叶没听清楚我说啥。

我抿抿嘴笑道："我不告诉你。"

2022 年 6 月 7 日

大伟和小伟

晚点名时，连长手持花名册喊道：“沈大伟——”队伍里立刻有两个人同时响亮地应答：“到！”

“到”音刚落地，队伍里便响起了一片“嘻哈”声。

二连有两个叫沈大伟的，而且还是一个班的，一个是上一年入伍的，另一个是今年刚入伍的。去年入伍的沈大伟大高个，浓眉大眼的，说话声音洪亮但常爆粗口，这与他文化程度低，入伍前在码头当过两年搬运工不无关系。而新兵沈大伟则身材瘦小，说话低声细语。他高中毕业，在20世纪70年代高中毕业生应该算是“秀才”了，在全连百多号人里，能找出几个高中生？新兵沈大伟虽然身材瘦小，但在新兵连集训时，他的两大“特长”却已传到了连长耳朵里了，一是他在篮球场上连一米八几的大个子抢篮板球都抢不过他，他既能“左右逢源”，又能“夹道”运球三步直抵篮板下，轻身一跃把球送进铁圈。而且他投球几乎是“百发百中”。团军务股长特意交代连长，以后团里举行篮球比赛必须随叫随到。新兵沈大伟的另一个特长则是“神枪手”，新兵集训结束前的实弹射击，他十发十中，发发十环。当时在现场的军务股长惊讶地连着喊了三声“神枪手”。其实沈大伟入伍前已经当了一年民兵，而他的父亲是位工人兼“猎手”，家里有好几杆各式猎枪，父亲一有空就带上他进山打猎，所以他的好枪法也并非天上掉下来的。为这事军务股长也特意交代过连长好生培养，以后团里的练武比赛会用得着他。

连长点名遇到了尴尬，只好干咳几声，故做严肃状说：“笑什么笑！从今往后，大个子沈大伟就叫沈大伟……”

还没等连长说完，大个子沈大伟突然冒出了一句：“报告连长，本人就叫沈大伟。”

队伍里又是一阵嬉笑声。

连长自己也忍不住抿着嘴笑了。连长接着说道：“注意队伍纪律，别乱插话，新兵沈大伟嘛以后就叫沈小伟吧。你个头小，又比沈大伟小一岁，叫小伟也好区分……”

“报告连长，我没意见，以后他叫大伟，我叫小伟。”新兵沈大伟举手表明了自己的态度。

从此，大家就习惯了“大伟”和“小伟”的称呼。

全国恢复高考后小伟就悄悄地挤时间复习，打算参加高考。也许是天意吧，一个周日的晚饭后，天还亮着，小伟手持一本书在营区外一边溜达一边背英语单词，突然间他听到不远处的树林里有女人的呼救声，小伟没有片刻犹豫就往树林里跑，但见两个男青年在调戏一位戴眼镜的女青年。小伟大喝一声，两个无赖见来者是个穿军装的，便悻悻然逃跑了。小伟这一举动算是“英雄救美”了。女青年叫吴桦，是中学代课老师，也正在复习高考。小伟正愁弄不到复习资料，正好这位吴桦老师可以帮上忙了。

第二天中午，吴老师就捧着一堆复习资料来连里找小伟了。在连队大门口，站岗的问她找谁？吴老师说她找沈大伟，并掏出工作证给站岗的看，站岗的就放她进去了，并且指引她向左拐几步第一幢平房就是。

吴老师站在平房门外喊："沈大伟同志在吗？"

大伟一听门外有人喊自己的名字,忙不迭"唉唉"地应答着跑出门外。

吴老师看见大伟愣怔了一下，心想这个沈大伟怎么一夜之间变得如此高大了？她估计是弄错人了,便问道:"难道您这儿有两个沈大伟吗？"

大伟也马上反应过来了,便掉头朝里间喊:"小伟,有姑娘找你呢。"

在小伟和吴老师两人交谈的时候，大伟隔着一面薄墙能清晰地听到他俩的对话。大伟听到吴老师说"昨天幸亏有你，否则还真不知道会有什么样的后果呢"。而小伟则说"吴老师这不算啥呀，军人应该做的"。吴老师又说"今后如果还需要啥资料只管告诉我，我把学校电话号码留给你"。小伟说"好的好的，真的太感谢你了"。

大伟耳朵里听着，心里则想你小子行啊，平时装得斯斯文文的，啥时候交上女朋友了，不叫的狗才会咬人呢，够厉害的。

过了一段时间，有人把一封信交给大伟。信封上是一行秀丽的"沈大伟同志亲启"的钢笔字。大伟把信封捏在手里，一会儿瞧几眼那一行秀丽的钢笔字，一会儿又塞进裤兜里，过一会儿又忍不住掏出来瞧瞧，他猜到这封信应该就是那个叫吴老师的姑娘写给小伟的，他应该把这封信转交给小伟，但一种说不出的复杂而又特别的心理活动诱导着他把这封信给"亲启"了。他边"亲启"边在心里为自己辩解道："难道我不就是沈大伟吗？我沈大伟为何不能亲启给沈大伟的信呢？"

大伟展开信纸，才几百个字的信他却足足看了十几分钟。信是这样写的："大伟：见信如见面，我住在乡下的母亲突发急病，得急忙往乡下赶，而我又没有你那儿的电话号码，只好草就一封信托人带给你。因我不知道何时能返校，这几天你若需要其他复习资料可照我信上说的去找张明老师，你可直接找他要，我都交代好了。那天你握了我的手，我觉得很温暖，几天不见还真有点儿想你了呢。桦。”

“嗨，还见信如见面，还握了我的手，还真有点儿想你了呢，这不明摆着有点儿那个意思了吗？发展的还真够快的。”大伟看完信不由得自言自语起来。

大伟从这之后曾几次试图把信还给小伟，但他既然已经“亲启”了，同时也就失去了还信的勇气，他已经没法做到了。

连里要开展射击比赛了。这次打靶对大伟很重要，因为班里空缺了一个班副位置，大伟已是第二个年头的老兵了，按理应该轮到他补缺，可偏偏他打靶不行，之前的每次打靶他要么打二环三环，要么干脆就把子弹打到地球上去了。大伟突发奇想，找到小伟跟他商量说：“小伟啊，这次你可得帮我个忙，你知道我枪法臭。打靶的时候我俩会并排卧在一起，你是神枪手，你把子弹打到我的靶子上，我呢就把子弹打到你的靶子上。反正你也看不上这个班副的位置，你的志向是考大学。”

小伟为难道：“这怎么行呢，这是做假，犯纪律的呀。”

大伟哼了一声说：“这算什么犯纪律，你不说鬼知道啊。我问你，你和地方上的姑娘谈恋爱算不算犯纪律？我可是一直替你保着密呢。”

小伟一时丈二和尚摸不着头脑，挠了挠头皮说：“你是说我跟那个吴桦老师谈恋爱吗？真是胡说八道，八竿子都打不到的事。好了，不说了，我顶多替你打一枪，接下去几枪你自己好生打。”

那天的射击比赛却发生了令大伟和小伟都意想不到的事。大伟将枪口一偏却歪打正着，子弹穿过了小伟的靶子后，报靶员报出了九环。而小伟把枪口一偏，也许是“犯纪律”导致心虚在作怪吧，意外地替大伟打了个四环。接下来的几枪大伟却超常发挥，为自己打出了打靶以来的最好成绩，而小伟呢？却为自己打出了打靶以来最差的成绩，排名在大伟之后。这样的结果大伟还算是满意的，而对小伟来说也算是“心甘情愿”吧。

打完了靶接下来是投掷手榴弹比赛。这次投弹投的可是“真家伙”，是要拉弦投向远距离固定目标的。但这对于大伟而言则是“小菜一碟”，全连若是他当老二谁都不敢当老大。

大伟投完手榴弹正在自鸣得意的时候，一个新兵将拉了弦的手榴弹滑落在了地上。新兵僵在了原地，站在新兵身后几步远的大伟见此情景也顿时愣住了，还没等他回过神来，站在他身边的小伟大叫一声“都闪开，卧倒！”便用他在篮球场上的灵巧身躯，敏捷地扑上前，飞速捡起滋滋冒烟的手榴弹，但就在他扔出手榴弹的瞬间，手榴弹在空中炸响了，一块弹片嵌入了小伟的太阳穴……

第二年清明，大伟含着眼泪跪在烈士墓碑前说：“小伟啊，不，沈大伟烈士，我今年就要退伍了，以后我还会来看你的，陪你说说话……”

不知何时，大伟身边多了一个人，他侧头一看，认出是吴桦老师，一束鲜花捧在她的怀里。大伟低声道：“吴老师，您……也来了。”

吴老师把鲜花放置到小伟的墓碑前，后退了一步，深深地鞠了三个躬，说道：“沈大伟，今天清明节，是祭奠亲人的日子，我特地从大学回来给我母亲和你上坟……”

大伟站在一旁说：“沈大伟不愧是英雄烈士，他改变了我的人生观。”

吴老师说：“我崇拜英雄，你们军人都是好样的。”

“不，”沈大伟望着吴老师说，“我远不如他，一个在天上，一个在地下。”

离开烈士陵园，大伟请吴老师跟他去一趟二连，说有物件要交给她。到了连里，大伟把那封他“亲启”了的信交给了吴老师。吴老师讶异地问道：“这是我写给沈大伟的信，怎么会在你这儿？”

大伟泛红着脸说：“信封上写着沈大伟亲启，我也叫沈大伟，但我知道，我不是您心目中的那个沈大伟……”

2021 年 12 月 16 日

小战士

在荒凉的戈壁滩尽头，铜盆大的太阳悬挂在地平线之上。虽然已是阳春三月，但积雪依然厚重，我驻足远眺已然褪去绯红色彩的太阳时，分明感受到了阳光的温暖。

“你是新来的副连长吧？”

我一愣怔，转过身，见是一位身穿绿军装，头戴“雷锋帽”的小个子战士从不远处的桦树林里朝我走来。我问道：“是的呀，你是怎么知道我是新来的副连长的？”

小战士撇了撇嘴，打量了一下我说：“俺是听说哩，今天有个副连长要来连里上任。俺看你是穿四个兜的，俺猜不是你还会是谁呢？”

我“呵呵”笑出了声，问道：“小战士，你挺机灵的嘛，你……这么小的个头，多大啦？”

“报告副连长，俺 16 岁啦。”小战士回答道。

“哦，你还不到 18 岁呀，怎么当上兵的？”我问道。

“这个嘛……”小战士没明确回答我，却伸过手来说：“副连长，团部到这儿有六七里地呢，你打从团部过来太阳还没出来吧，一准儿累了，俺替你背背包。”

我是从团部副连级参谋调任到一连任副连长的。临行前团长找我谈了话，让我先下基层适应一段时间，几个月后现任连长转业就由我接任连长。这次来连队报到原本是政治处派人送的，但老资格团长不同意，说是要保持革命战争年代的好作风，叫我自己揣着命令走马上任。

我没有让小战士替我背背包。小战士拗不过我便又热心地用手指着前方说：“副连长，连部就在前面不远，穿过这片桦树林就到了，俺给你带路吧。”

我忍不住笑了，说：“小战士今年刚入伍吧？我一个团里的军事参谋会不知道去一连的路怎么走吗？”

小战士的脸微微红了一下，不好意思地看看我，又低下头去自个儿嘻嘻笑了起来。

我就地找了个地方坐下来，朝小战士说：“坐下歇歇脚抽根烟吧，小战士你也坐会儿吧，咱聊聊。对了，你叫啥名字呀？”

小战士不坐，站在我跟前说：“我叫鲁小鲁，鲁迅的鲁，小战士的小，后一个字还是鲁迅的鲁。”

“嘀，这名字有点意思，我猜是打小你爹妈叫你小鲁叫惯了，长大后干脆就叫鲁小鲁了是不？听你说话口音是山东人吧？”我抬着头问道。

“报告副连长，你太厉害了，俺为啥叫这名都被你猜对了，俺是山东人，俺哥叫鲁大鲁，是烈士，在部队的一次抢险中牺牲了。俺要继承俺哥遗志，俺也要立志当英雄，俺爹俺娘也支持俺当兵，武装部长亲自替俺说了情，俺就来当兵了。”

“哦，是这样啊。”我对眼前的这位小战士肃然起敬，站起身说：“小战士，哦不，以后得叫你小山东了……”

“大家都管喊俺小山东呢。”小战士打断我的话说。

“还是应该叫你小鲁合适，你有名有姓，”我从烟盒里抽出一根香烟递给小战士说，“来一支。”

小战士摆摆手说：“俺才16岁哩，俺爹不抽烟，俺哥生前不抽烟，还有俺班长也不抽烟，俺就更不能抽烟了。”

“哟嗬，好个鲁小鲁同志，给你递根烟竟然惹出了这么一大串话来。俺也告诉你，俺爹抽烟，俺哥抽烟，俺老丈人也抽烟，加上俺媳妇也抽烟，哈哈，俺就更不能不抽烟了。”我打趣地说着，把烟塞进自己的嘴里，背着风用打火机“啪嗒，啪嗒”几下给点着了。

小战士眨巴着眼听我说话，乐得两嘴角都快翘到了耳根，露出一口交错的黄牙，问我：“副连长，你问了俺叫啥，可俺还不知道你姓啥叫啥哩。”

我说：“对对，咱得互相通报姓名才对，本人姓王名军。你看有意思不，你叫鲁小鲁，从左向右念叫鲁小鲁，从右向左念还是叫鲁小鲁，而我的姓呢，倒过来写也还是王。”

小战士一脸认真的表情说：“还真是这样哎，副连长，听你说话忒有趣。”

我问小战士打算去哪儿，小战士说想去前面的打靶场。我便问小战士去打靶场干吗，小战士说连长正在组织打靶瞄准练习，俺发烧了，连长没让俺去，刚才俺又叫卫生员量了体温，降了，俺就着急去打靶场，这不就遇上了你。

我扔了烟蒂，拍了拍小战士的肩膀说："走，带我一起去打靶场。"

"是！"小战士用清脆的嗓音应答了一声，神采飞扬地跑在前头。小战士鲁小鲁的背影在温煦的阳光下跃动，我背着背包在后面追赶道："小鲁，这是在海拔 3000 多米的戈壁滩上，你慢点跑啊……"

2021 年 12 月 13 日

知道错了就好

星期天中午，两个同乡战友来连队看我。“老乡见老乡，两眼泪汪汪。”在大西北戈壁滩上，同乡战友相见，自然是喜不自禁。为了招待同乡，我利用自己炊事兵之便，从食堂储藏室取出一听大肉罐头和一听水果罐头。这算是我提前“预领”的，我们连每半个月会给每位官兵发一听大肉罐头和一听水果罐头。我还从食堂里拿了一大包炖熟了的牛肉，再自掏腰包到附近杂铺店里买了带壳的花生米和一瓶二锅头，找了僻静的地方吃喝起来，三个人你一口我一口，把一瓶二锅头喝了个底儿朝天。

这件事不知怎的被指导员知道了，指导员在当天全连晚间点名时狠狠地批评了我。指导员严厉的语气让我的脸红一阵白一阵，指导员说：“尚可同志，你才是一个炊事员就可以近水楼台啦？那以后当上了班长、司务长、连长什么的，不得上了天啦？还说是什么提前预领，你跟班长请示过了吗？我看这跟监守自盗没啥两样！更为严重的是还喝酒，这是违反规章制度，你知道吗？”

那一晚我失眠了。我已经当了两年兵，而且连续两年获得年终嘉奖。听说连长回乡探亲前已经跟指导员商量好了，拟让我当炊事班副班长。在这个节骨眼上出了这档子事，当副班长的事不用说是泡汤了。

此后的一段时间里我萎靡不振，只是一门心思想着熬过了三年退伍回家得了。

时过不久，指导员妻子带着十来岁的女儿来队探亲，住在临时家属房里。有点心怀不满的我，忽然就觉得你指导员也并非“硬码”，老婆孩子来部队探亲还不是照样揩公家的油！通信员每日三餐到连队食堂额外多打了两份饭菜，这如果是一天两天自然无话可说，可你老婆孩子一住就是二十来天，这每日三餐累积起来得多吃多占多少集体伙食呀？“哼”，我心想你指导员平时讲话头头是道，对别人马列主义，对自己则是自由主义，手电筒只照别人不照自己！相比之下，我无非提前私自预领了两听罐头，拿了一点食堂的牛肉，喝了一点酒而已。在全连点名批评我不说，还让我眼睁睁地看着快到手的副班长职务好比煮熟的鸭子——飞啦。指导员欸，想不到如今你也有把柄捏在了我手里哩！

待到指导员妻子女儿回乡后，我便到长了一脸络腮胡子的司务长房间问：“司务长，我有一件事想请问您。”

“小尚，啥事？说吧。”司务长看了我一眼说。

“请问多吃多占集体伙食算不算违反纪律？”我直梗梗地问道。

“呵，你怎么想起问这事？你发现谁多吃多占了？”司务长觉得挺意外。

“指导员家属来队，总共二十来天，天天吃连里的集体伙食，这算不算多吃多占？我看这跟喝兵血没啥两样。”我模仿着当时指导员批评我“我看这跟监守自盗没啥两样”的口气说道。

“哦，你是说这事啊。”司务长说着从办公桌的抽屉里取出一张工资单自己先瞧了一眼，然后递到我跟前说："你看看吧，这是指导员刚领的工资单呢，这里有他扣除家属伙食的签字，总共是二十……"

我的脸"腾"的一下绯红起来，我觉得我顿时成了个小人，我结结巴巴地只是一个劲地"这，这……"

司务长盯着我嘿嘿一笑说："小尚啊，你能监督指导员没错，不过，你是不是还为私自预领罐头和喝酒挨批没能当上副班长记仇啊？小肚鸡肠可不好哩。"

"我，我……"我一时不知说什么好，扭头想开溜。司务长把我叫住，并且叫我坐到办公桌对面的椅子上，慢腾腾地说道："小尚，作为军人可得大气点啊，事情做错了就是做错了，要正确认识了才对。就拿我来说吧，我现在虽然提干当上了司务长和连党支部委员，但我几年前还因为探亲超假的事挨过处分。你知道吗？指导员在党支部会议上还替你说了不少公道话呢，说你平时工作积极向上，连续两年获得嘉奖，这次之所以没马上让你当副班长是想再观察你一段时间，可是你……"

"司务长，我可没一定想当副班长。再说我四川老家今年遭了水灾，两间土坯房都被冲没了，母亲到现在还重病在床，父亲来信催我早点退伍回家呢。"我为自己辩解道。

"你家里遭水灾指导员和连长都很清楚也很关心。我还是告诉你吧，指导员拿出十五元钱匿名让我给你父亲寄去呢，为这事指导员还专门叮嘱我别告诉你……"

十五元钱相当于我两个月的津贴了。我万想不到指导员会瞒着我给我家寄钱，一时间，我的眼圈红了，我从椅子上站起身说："司务长，是我错了，我这就给指导员认错去。"

"如果你真的认识到自己错了，那你的错才算没白犯。去吧，但别说指导员给你家寄钱的事。”司务长从桌前的椅子上站起来说。

我诚心诚意地跟指导员认了错。

指导员拍一下我肩膀哈哈笑道：“做了错事没啥大不了的，人非圣贤，谁能不犯错啊。知错能改就好，也许可以管用一辈子呢。小尚，振作起来，过几个月你就有探亲假了，回家待几天，帮衬帮衬你父亲。”

几十年过去了，我几次想还了指导员那十五元钱，但我最终没有还。我觉得指导员对我的情分，岂是十五元钱可以还得了的呢？我回乡后曾任村党支部书记，无数次地品尝到了真诚待人、不图回报的滋味。在当村官的十几年里“手脚干净”，我常问自己，这是不是跟指导员的指导有关？

2022 年 5 月 7 日

当兵时那点喝酒的往事

在戈壁滩当“基建工程兵”已经第二年了。虚岁 20 的我依然像个刚断奶的孩子，想娘想得常常深夜在被窝里悄悄流泪。父亲死得早，我和年幼的妹妹与苦命的母亲相依为命。长大后当了兵，虽然能吃饱肚子了，但氧气却不够用，在海拔 3000 多米的高原上走路稍微快一点儿就得“呼哧呼哧”喘粗气，但还得顶风冒雪挥锹铲土筑路，到了夜晚躺在床上腰酸背痛，怎能不想娘。

寂寞使我学会了抽烟、喝酒。一个周日的中午，我约了几个同乡战友喝酒，在戈壁滩的一棵歪脖子树下，我撬开两听大肉罐头，再用牙咬开一瓶烧酒，和几个战友用茶缸一口一口地喝了起来。一位眼尖的战友看见我的排长背着手朝我们这儿走来。我立马紧张起来，部队平时是禁酒的，这位浓眉大眼的排长是个四川人，平时训起人来两道浓眉都会颤动，当兵一年多来我一直特怵他。

“注意隐蔽，”我悄声说，“快把酒瓶藏起来。”

但令我们都很意外的是排长已经走到我们跟前了，却好像什么都没看见一样，抿了抿嘴一言不发地掉头走了。

打那以后排长只字不提我和战友私下喝酒的事，我当然也就乐得个跟什么事也没发生过一样。我感受到排长对我这个贵州兵有点儿偏爱，他常说我跟他是半个老乡，只要我有了一点进步的表现他都会及时地表扬我，还鼓励我写入党申请书。在我当兵第三个年头上光荣地加入了党组织，排长就是我的入党介绍人，是排长培养我入了党。

我入党后不久，排长要转业了。排长离队前的那几天我心里非常难受和失落，我寻思着送点什么礼物给排长，想了两三天，我决定到商场买两瓶烧酒给排长带上。

星期天的上午，我把两瓶烧酒分揣在两边的裤兜里，磨磨蹭蹭地进了排长的房间，排长见我进来很高兴，抽出一支香烟递给我并且亲手给我点上。我把裤兜里的两瓶酒掏出来放到床头柜上，说："排长，您就要走了，这两年多来您一直关心我还培养我入了党，我也想不出送点啥子东西给您做纪念，听说您回家就要结婚了，这两瓶烧酒就算送给您回家办喜事时用，到时候您可能还会想起我哩。"

排长笑道："你小子还挺有心的呀，想起给我送酒了，你啥时候看见过我喝酒啦？"

"您回家办喜事用得着，"我咧咧嘴说，"我一直记着那天我和几个同乡战友私下喝酒的事，当时您明明看见了却装着啥也没看见掉头就走了，就为这事我也得送两瓶酒给您。"

"哈哈，你还记得这事？其实我也是这么过来的呀，在这鸟不飞的雪域高原上哪个娃儿不寂寞不想家啊。这样吧，今天起我已经算是脱下军装了，我报告一下连长，中午把你的那几个同乡战友叫上，还到你们上次喝酒的地方，咱们把这两瓶烧酒给'咪西'了，怎么样？"

中午时分，温暖的太阳照耀着茫茫的戈壁滩，我们在歪脖子树下就着各自贡献出来的大肉罐头和水果罐头，举着茶缸开怀畅饮。排长说：

“我攒的几听大肉罐头今天就不贡献出来了,转业带回家也是个稀罕物，我贡献香烟吧。”排长从“干部兜”里掏出一包香烟拆开给每人分了一支，然后便浓眉一抖，举起茶缸说，“我先带头儿干了。”

我惊异地“喔”了一声道：“排长，您这一口喝下去就是二两半呀，您不是在喝白开水吧？”

排长用手背抹了一下嘴说：“你小子觉得我已经不是你的排长了是吧？够意思你也一口干了。”

我嘿嘿一笑便一仰脖把茶缸里的“二两半”给干了。

在我咬开第二瓶酒盖时，排长夹了一口大肉说：“知道我这几年来为啥滴酒不沾吗？我曾经因为喝酒犯过纪律，那时我刚提了排长，差点没把排长给喝丢了呢。”

“还有这事？”我好奇地问排长。

排长喝了一口酒接着说：“那个星期天，我和几个战友在小吃店里改善生活，当然还喝了点儿酒。一个醉汉竟然在店里调戏女服务员，还骂骂咧咧砸东西，这可是在光天化日之下啊，我上前劝说了几句，没想到那小子朝我脸上就是一拳头，我眼冒金星，噼啪几下就把那小子给打趴下了，还打掉了他两颗门牙。当时我们几个都没穿军装，也不知怎的被那小子知道了我们的身份，仗着他父亲是公社书记的背景闹到部队里来了，说是解放军醉酒打人，要求严肃处理我并全额赔偿医药费。上级调查了事实真相后给了我一个通报批评，指出我主要是喝酒的问题。当时我就跟指导员发誓，只要我还当一天兵就绝不再沾一滴酒。”

“是这样啊，我佩服。”我朝排长竖起了大拇指，另几个战友也都举起茶缸敬排长。

待第二瓶烧酒喝完后，我估摸着排长足足喝了七八两烧酒，原来排长的酒量了得。

第二天，我依旧到商店买了两瓶酒送给排长。这回排长没再推辞，只说了一句："我没看错人，你小子今后厉害。"

2021 年 12 月 31 日

那个嘉奖不该给我

我们炊事班，包括班长共有五人。再过一两个月班长就要退伍了，如果不出意外，空缺的班长一职将会在我和巴赫两人中产生，因为我和巴赫都已当了两年兵，炊事班另外两个是今年刚入伍的新兵，怎么说都还轮不到他俩。

我叫自己多长个心眼，因为我想当这个班长，而且，我觉得巴赫打心里一定也想当这个班长，他工作起来不知疲倦，甚至还带病起床为全连烧早餐，若是不想进步干吗这么积极呢？

炊事班养的一头老母猪要下崽了。秋季的夜晚，西北高原已经很冷了，土垒的房子里已经烧上了火炉，巴赫一整晚却在猪圈里度过，亲手为老母猪接生。早晨，出操的哨声响起，我起床才发现巴赫的床空着，我才突然想起老母猪昨晚可能下崽了，巴赫一定在猪圈里。我急忙去了猪圈，但见一群白乎乎的猪崽“吱吱”叫唤着往母猪松垮的肚皮上拱，巴赫则靠在土墙上眯着双眼好像睡着了，挂在墙上的一盏马灯还亮着。我拍拍巴赫叫唤了几声，巴赫睁开双眼甩了几下脑袋说：“哎哟，我怎么睡着了。”巴赫站起身又跟我说，“陈静你看，这老母猪真够厉害的，一晚上下了十三头小崽子呢，连长、指导员知道了得高兴坏了。”

我拍一下巴赫肩膀叫巴赫赶紧回屋休息，这儿有我侍候。巴赫打了个哈欠说："好吧，这儿就交给你了。"

巴赫正要离开却突然脱下外套说自己衣服上沾了好多猪粪，跟我身上的干净衣服换穿一下，免得再弄脏衣服。

我换上巴赫沾着猪粪的衣服便忙活了起来。过一会儿出完早操的指导员来猪圈了，他猫着腰一进猪圈便问下崽了吗？我嘿嘿笑道一晚上下了十三头呢。指导员脸上乐开了花，从兜里掏出一包烟，抽出一支直接塞进我嘴唇里，还用打火机给我点着，说："你看看，军衣上都沾上猪大粪了，快歇歇。小陈啊，为这事我得给你个嘉奖。"

我在嗓子眼里哼哼了几声，但没说出话来，因为我想说这沾了猪粪的衣服是巴赫的，但话在嗓子眼儿里却卡住了，我选择了没说。

过了个把星期，指导员果然叫炊事班长开会评出一名嘉奖人选。开会时我嗓子眼儿里好似塞了棉花团，硬是没作声，倒是巴赫先开口说这个嘉奖应该给陈静。我觉得这时候我该发声了，我说还是给班长吧，他平时带领我们养肥了猪，或者给巴赫也可以，他在重要时刻为老母猪接了生。我表态之后暗暗佩服自己挺机智的，因为班长不会要这个嘉奖，巴赫已经表过态给我，因此他一定会故作谦虚一下，这样这个嘉奖就会落到我的头上。我确实很看重这个嘉奖，在我心里我把它跟接下来的班长职位挂起了钩。果不其然，在巴赫的力推下，把我作为嘉奖的人选报给了连部。

我如愿以偿获得了嘉奖。那天全连集合晚点名时指导员亲自通报了给我的嘉奖令。当时我虽然暗自得意，但觉得脸颊有点儿烫烫的。

转眼到了年底，班长退伍了。但是不久任命书下来，新任班长不是我而是巴赫，这让我颇感意外，不说别的，论文化程度我是初中而巴赫是初小，沾了猪粪的衣服虽然是巴赫的，但毕竟是穿在了我的身上，指导员是亲眼看到的，更何况是我为此而得了嘉奖！

一天午饭后指导员找我散步，指导员好似无意间问我巴赫当了班长有什么想法吗？我支支吾吾说谁当都一样，不过我只想问一下这次为什么不是我呢？

指导员瞅了我一眼，说："这样不好吗？巴赫当班长你以后还有机会获嘉奖。"

指导员的一句话让我足足苦思了好几天。

过了春节，团里给我们施工连队下达了两个汽车兵培训指标，连长和指导员商量把其中一个指标给炊事班。当汽车兵可比当班长实惠多了，至少能学会一门技能，退伍回家后容易安置工作，或者当个个体户也能开个车，哪怕回农村老家也能开上手扶拖拉机，总比当泥腿子下田插秧强。

过了几天，巴赫问我想当汽车兵不？我淡然问道："巴赫，你问这话是什么意思？"巴赫摇摇头说："我没啥意思，我听说有这事，只是想把信息告诉你一下。"

又过了两天，指导员找我谈话，问我愿意去汽训队吗？我不假思索地回答当然愿意去。指导员递了一根烟给我，给我和他自己点上，指导员边吐着烟圈边说："我也征求过巴赫的想法了，他说一定要把这个机会让给你。你看，巴赫当班长你的好机会不是来了吗？"指导员说完哈哈笑了几声。我愣在了那里，许久我才低着头离开了指导员的房间。

我去汽训队之前特地找到指导员，要求把我档案里那张嘉奖令拿掉。指导员不解地问为什么，我咬着嘴唇说那个嘉奖不该是我的，不拿掉我会内疚一辈子。

指导员听了哈哈笑了几声，说："陈静，你能这么想就说明这个嘉奖可以在你档案里装一辈子了。别纠结了，轻装上阵去吧。"

离开连队时，巴赫一直送我到汽车站，在上车的那一刻我猛然转身拥抱巴赫，泪水溢满了眼眶。

2021 年 5 月 15 日

怕与不怕

儿时常缠着爸爸给我讲打仗的故事。一次当我听到惊险情节时突然问爸爸："爸爸，敌人都快冲到你面前了，你真的一点都不怕死吗？"

爸爸沉思了一下，摸摸我的头说："孩子啊，只要是正常的人，哪有不怕死的？打仗之前，爸爸在心里会格外牵挂你爷爷奶奶还有你妈妈，那时还没你呢。"

我听爸爸这么说，有些失望。爸爸在我的心目中可是个无比勇敢的战斗英雄啊。

爸爸接着说："但是战斗一打响，爸爸就什么也不怕了，因为什么也不想了，就一门心思要消灭敌人。特别是眼瞅着身边的战友牺牲在敌人的枪口下时，心中更会升腾起一股仇恨，这个时候就更没有什么好怕的了。"

"哦，爸爸，那你是不是忘了害怕了呀……"我似懂非懂地说。

爸爸拍了拍自己的右腿说："在一次战斗中爸爸被炸伤了右腿，当时爸爸根本就没有觉得疼，咬紧牙关用机关枪朝敌人"突突突"地扫射。战斗结束后爸爸由于失血过多而昏了过去，待爸爸醒来后想想还真有点后怕，爸爸这条腿差一点就没了。”

“爸爸，那你是打完仗以后害怕啦？”我天真地问道。

爸爸哈哈笑了几声，没有正面回答我。

那时我十来岁。

30年后我40岁。我居然当上了跟我爸爸一样大的官——处级干部。当了官就有了权，有了权就有了“人脉”，经常会有人请我吃饭，给我送礼，这挺让我烦的。以前没官无权的时候，怎么也不会想到拒收别人送上门来的礼物也会得罪人。我把烦恼向爸爸倾诉，爸爸说：“做到怕与不怕就行了。”

我不解地问道：“爸爸，您说的是什么意思？”

爸爸问道：“还记得你小时候老缠着爸爸给你讲打仗的故事吗？还记得你问过爸爸打仗的时候怕不怕呢。”

我说：“记得的呀，那时我还有点想不通呢，怎么我的英雄爸爸竟然也有害怕的时候，所以就记忆深刻。”

爸爸说：“现在是和平年代，你又当上个不大不小的官了，对钱财就多怕着点吧，如果为此而得罪了人就不必怕，清官安全哪，不怕半夜鬼敲门。”

我若有所思地“哦”了一声。

大年初一的早上，老同学来访。临走前递给我一只红包，我一看鼓鼓的足有两万块钱。我像是触碰到“烫手山芋”一样，执意不肯接，但老同学却力气大过我，相互拉扯了好一阵子，最后老同学把红包朝地下一扔，还没等我捡起来，他已摔门走了。

老同学走后，妻子说："你俩是老同学，过大年的人家送个红包好像如临大敌似的，搞得人家下不来台，得罪人了不是。"

我白了妻子一眼，叹息了一声。

过完了春节，我坐在办公室里越想心里越不安，给老同学打电话又不接。无奈，我只好把红包交给了纪检室，并说明了事情的来龙去脉。

大约过了半年时间，忽闻那个给我送红包的老同学出事了，是因为给官员行贿。我乍一听心里好一阵后怕。

我把这事告诉了躺在病床上的爸爸，感叹道："现在想想还后怕呢，这让我联想起爸爸您曾经说过的，当年打完仗后还有点儿后怕自己差一点一条腿没了呢。"

爸爸无声地笑笑，握住我的手说："这可不一样的噢，爸爸当新兵第一次上战场时确实害怕过，怕被打死了再也见不到你爷爷奶奶和你妈妈了。后来在战场上炸伤了腿以后怕的是如果单条腿了还怎么再上战场打敌人呢？而你现在的怕才是真叫怕，怕就好，怕就好。"

爸爸说完眯上了双眼，舒坦地养起了神。

2022 年 5 月 24 日

父亲的竹棍

从我记事的时候就把父亲与一根竹棍联系在了一起。竹棍与父亲个头差不多高，大拇指般粗。竹棍最早嵌入我脑海里是因为父亲用它拍打过我，而且是命我脱了裤衩子趴到长条板凳上，一下一下地拍打在我的屁股蛋上，父亲边打边骂："老子今天就是要叫你长点记性。"

挨这顿打的时候我十来岁，是因为我和几个小伙伴偷吃农民种在地里的番薯被父亲知道后狠狠地揍了一顿。我趴在长条板凳上拼命哭叫，母亲站在一旁也无可奈何地不敢阻拦，父亲的脾气母亲知道，劝也是白劝，弄不好反挨父亲一顿臭骂，埋怨她护犊子，平日里管教不严。我虽然做了错事，但我心里憋屈，父亲虽然是当地的派出所所长，但我下面还有三个弟弟妹妹，母亲又没有工作，我的肚子时常有饥饿感，那可是 20 世纪 50 年代啊！

父亲的这根竹棍不仅用来管教子女，平时还被母亲用来晾晒衣服。但只要父亲下农村办案就会习惯性地操起竹棍，那时候进山下村连个自行车都没有，全凭一双脚底板行走。一次母亲问父亲干吗每次下乡非得操根竹棍？父亲嘿嘿一笑说："你懂个啥？手里有根竹棍有时赛过一把枪呢！有了这根竹棍，涉水可以测深浅，打草可以惊长虫，累了可以当拐杖，土狗见到它会乖乖地摇尾巴，夜间行走同事间可以前后握着它防摔跤，作用可大着呢。”

记得在我上初一的时候，一天中午，父亲气急败坏地把他的宝贝竹棍给一折两截了。导致父亲折断竹棍的起因是用铁丝钩挂在竹棍上的几条黄鱼鲞。父亲瞅了几眼黄鱼鲞，便扯开嗓子问母亲黄鱼鲞哪来的？母亲支支吾吾说：“是区里一个姓沈的干部送过来的，说是你知道的。”

父亲一听便火冒三丈道：“真是乱弹琴，你怎么敢收人家送的东西？那个姓沈的老婆舅偷了村民一头牛刚被派出所逮着，你倒好，人家偷牛你收鱼，赶紧给我退回去！”

母亲觉得委屈，没好气地顶撞道：“我怎么知道这些鬼名堂，你廉洁你自己送回去，不就几条腥鱼干吗，关我屁事。”

“你，你……”父亲跳着脚，一气之下把横空的竹棍一把拽下，几条黄鱼鲞顺溜地滑落到地上，父亲抬起一条腿，把竹棍朝膝盖上猛力一蹾，“咔嚓”一声，竹棍便断成了两截。

第二天，这根跟随了父亲多年的竹棍就被母亲给当柴烧了。

我初中毕业后正赶上“文化大革命”，我辍学了，父亲也靠边站了。我百无聊赖地在家吃了两年闲饭。一天父亲对我说：“儿子，你下乡吧，到老家当农民接受再教育，这对你的成长也有好处，爸爸亲自送你去。”

我听从父亲的劝导，愿意“上山下乡”。

送我下乡的头一天，父亲特地上山砍了一根翠绿的竹子，用弯刀砍根削顶制成了一根与之前那根长短粗细几乎一样的竹棍，第二天上午父亲便拄着竹棍送我上路了，临行前母亲将两只麦饼塞进我的包袱里，含泪叮嘱我路上饿了就跟我爸就着山泉水吃。

一路上翻山越岭，走累了，我和父亲坐在岩石上歇息。父亲捡起放在一旁的竹棍问我："儿子啊，你知道爸爸为何会对一根竹棍情有独钟吗？"

我不屑地瞥了一眼父亲说："不就一根竹子吗？我怎么知道？"

父亲给自己点了一根香烟，深深地吸了一口，说："爸爸出生不久你奶奶就病故了，你爷爷是个盲人，新中国成立前带着我四处讨饭，讨饭的路上就靠着这根竹棍啊，我在前头握着竹棍，你爷爷在我身后握着另一头，有时候我挽着你爷爷的一只胳膊，竹棍就充当你爷爷另一只手的拐杖。在有钱人家的门前讨饭如果遇到狂叫的恶狗，竹棍就起作用了，凡狗一般都怕人手中有根棍子，所以民间才有打狗棍一说……"

我被父亲的话吸引了，我长这么大才知道我的爷爷是个盲人。我下意识地朝父亲身边挪了挪，问道："爸，我爷爷后来是怎么没的？"

"唉，连饿带病死的呗。你爷爷没了之后我就拄着竹棍去寻找革命队伍，参加了解放战争，也算是九死一生啊。"

快到村口时天色已暗了下来。父亲特意交代我说："等下进了村以后要注意礼貌，老家好多都是你的长辈和亲戚。以后干农活别偷懒，要学会自食其力。你是一个初中生，以后有机会还可以当代课老师，农村孩子需要文化教育啊。"

村口一段崎岖的羊肠小路，黑暗中父亲把竹棍的一头伸给我，叫我握住，父亲则握着竹棍在前头走，每走几步就回头提醒我："小心脚下，别绊着。"

我望着夜色中父亲的背影，心头禁不住一阵酸楚又一阵温暖……

2021 年 12 月 1 日

父亲的最后请求

我的父亲是县城关小学的语文老师，他教三年级三个班的语文兼三 (1) 班的班主任。我的母亲则是该小学的音乐老师。我家兄弟姐妹多，经济条件并不好，但父亲却绝不干课后有偿代课的事，也不允许我母亲干这种事。在我上小学五年级的时候，父亲生病了，老是胃痛，医院确诊为胃病，一年后查出是胃癌。

父亲胃疼得难受，常常整夜睡不着觉，只好跟校长提出因胃病只能教一个班级的课。为这事回家后母亲跟父亲说她听到个别校领导说他工作责任心不强，生个胃病就嚷着要减少工作量，还是个共产党员呢。父亲听后面无表情地说："这怎么是责任心不强呢？身体不好不减少工作量反而会影响教学质量，我正是实事求是，出于责任心才这么要求的呀。"

父亲对学生放学后的作业从来不加码，对学生的考试成绩从来不公开排名。父亲有一句"名言"叫小学生就得学玩结合，你们这些大人可别"十年媳妇熬成了婆"，忘了你们小时候比现在的孩子更贪玩！我从小就觉得父亲跟有些大人不大一样，他脾性耿直，丁是丁，卯是卯，从来不虚伪作假。一次学校过六一儿童节，县教育局局长亲自到学校慰问并观看学生上台表演文艺节目，大热的天，太阳高照，校长叫班主任早早地把学生带到操场上等候，但父亲坚决不同意过早地把学生带到操场上，理由是凭什么大热的天让孩子们在操场上久等官员？把校长气得脸色铁青。不过那天校长马屁也确实拍到了马脚上了，我那天正好坐在局长和校长的身后，让我亲眼所见并且亲耳听到校长在台下给观看演出的局长撑遮阳伞时被局长一把推开，并责问校长：“为什么叫孩子们早早地坐在操场上，大人怕太阳晒难道孩子就不怕太阳晒吗？给官员撑遮阳伞会给孩子心灵造成什么影响你考虑过吗？等我们大人到了再整队让孩子们入场不是更好吗？”更有意思的是，那天一对五年级男女同学在台上诗歌朗诵“夸一夸我县的教学工作”，那朗诵词也确实玄乎了点，听起来好像全市全省都得到我们县来学习取经了。节目演完后局长问校长：“你平时都是这么教孩子们自吹自擂说大话的吗？”我看见校长后脖颈都通红了。

那天放学回家后我听父亲跟母亲说：“这个新任的教育局局长靠谱，实在，有点像我。”母亲乜一眼父亲说：“局长像你？你以为你是谁呀？”父亲嘿嘿笑道：“不说别的，我看见孩子给他戴红领巾时他能自己动手打红领巾扣就说明这个局长不一般，细节往往是最准确的。”

父亲的病情越来越严重了，一次上课时扑到讲台上，豆大的汗珠挂在脸颊上。校长把父亲叫到他办公室，父亲原以为校长叫他是想了解关心一下他的病情，父亲正想着乘机正式向校长告病假，想不到校长却告诉他县教育局想考察提拔他当副校长，说父亲带病上课，体现了一名共产党员的优秀品质，局长还特别强调这样为人师表的好老师就得大胆提拔任用。父亲当场就回绝说：“我一个病人怎么可以担任副校长？首先我的身体就不称职！我每一天都想着告病假！”校长咧着嘴摇摇头说：“你不就是生个胃病吗？别人拍马屁找关系想当还没得当呢！真拿你个二百五没办法！但是我要告诉你古老师，局里一旦来校考察你，作为一名党员你必须得配合。”

父亲两眼一瞪说："正因为我是一名党员我知道我该怎么做！"

父亲回家后，第一句话便是跟母亲说自己的身体状况越来越差，明天必须得请假去医院好好检查一下。母亲说："下午刚刚听到传闻说是要提拔你当副校长了，在这个节骨眼上不能缓几天再请假吗？"父亲说："校长今天找我说了，正是这时候我必须对组织和工作负责。"

第二天父亲去了县医院，检查结果是胃癌晚期！母亲知道结果后，当即瘫倒在地……

父亲班里的同学成群结队到医院看望父亲，面对学生父亲总是强忍病痛叫母亲或护士扶他坐起来，眼里满含着关爱之情，父亲爱他的学生就跟爱自己的子女一样。局长闻讯后也亲自来医院看望父亲。父亲说："局长，我看得出您是真心爱孩子、爱教育的，孩子的健康成长是不能单靠追求考试成绩的，我写过一篇有关这方面的论文，现在我交给您，您参考吧……"

局长双手接过文稿，握着父亲的手说："古老师，您的病是累出来的呀，您就安心治病吧，相信您一定能康复的，孩子们需要您啊！"

父亲勉强笑了笑说："局长，我知道我的病主要是什么原因得的，我的当农民的父亲中年也得过癌症，再说我平时喜欢喝酒，要说劳累比我劳累的人多了去了，也不见得人家都得癌。我知道癌细胞在我身上已经扩散到肝了，我怕是不行了……"

局长停顿了许久说："古老师千万别这么想，在您住院期间您……还有什么要求吗？"

父亲说："感谢局长关怀，医院对我的治疗很重视了，不过如果我死后倒有个请求……"

局长问：“有什么要求请说。”

父亲说：“我死后千万别把我树立成什么先进模范人物来宣传呀。”

局长问：“为什么？”

父亲沉吟片刻说：“为了教育也是为了孩子……”

2021 年 7 月 13 日

父亲的酒量

我亲眼所见父亲一生仅喝过四次酒。不过，我曾听我母亲跟我说，父亲跟母亲成亲那天，父亲当着众多乡亲的面，一口气喝下两大碗番薯干做的土烧酒，若论斤两，没有一斤也得有八大两。

父亲平日里滴酒不沾。在我八九岁的时候，第一次见我父亲喝酒。记得刚过了正月不久，一辆载着好几箩筐“吱吱”叫的猪崽的手扶拖拉机翻入村口的溪滩里，溪滩里的积水至少有四五米深浅，侧翻的手扶拖拉机在清冽的水潭里依稀可见，箩筐里的猪崽早已没了气息。

把拖拉机拖到岸上不是一时半会儿的事，拖拉机手着急把猪崽先弄上岸处理掉，至少还能兑回一些钱。拖拉机手从围观的村民中相中了身强力壮的父亲，他拍一下父亲的肩膀问愿不愿跟他一起下水捞猪崽，给出的条件是待把几筐猪崽都弄上岸后，可以送一只猪崽给父亲。早春的山村，人们还没有脱去厚衣，冰凉的溪水依旧刺骨，但父亲毫不犹豫地答应了。父亲当即吩咐我回家让母亲盛两大碗番薯烧过来。家离溪滩很近，不一会儿母亲便端了一瓢番薯烧过来了，手里还拎着两只土碗。

父亲接过酒瓢，把酒倒进两只碗里，递一碗给拖拉机手，自己则一仰脖“咕噜”几下把满碗的酒给喝了。父亲长长地极具穿透力地“哈”了一声，一边把空碗递给母亲，一边用一只手背抹了一下嘴唇，便脱去衣裤和鞋，只留了条短裤，头也不回地蹚入冰凉的水潭里了。

自从过年吃过有点肉馅的麦饼和菜碗里的几片精带肥的肉片，至今已有个把月没嗅到肉香了。那天晚饭，母亲给我盛了半碗香喷喷的猪崽肉，我捧着碗蹲到家门口美美地吃着。这时一个乞丐光顾了，父亲见乞丐站在门外，喊我回屋，并且悄声问我乞丐看见碗里的肉了吗？我回答说看见了。父亲便说：“姆儿，既然让他看见了，就把碗里没吃完的肉倒给他吃吧，阿爸再给你盛。”

我极不情愿地把还没吃完的小半碗肉连同碗底的肉汤都倒进了乞丐伸过来的那只破沿碗里。

乞丐走后，母亲笑着跟我说：“姆儿啊，吃肉得关起门来吃，等你长大有出息了，可别在不如你的人面前显摆。”

我才上了一学期的初中课程便辍学回家帮父母种田了。一天，父亲决定用番薯干烧一埕酒，父亲叫我帮忙打下手。待把装有三四十斤番薯烧的酒埕封了口后，父亲望着我说：“这埕酒就让它多陈几年，等到你成亲时摆喜酒用。”

在我 20 来岁的时候，父母托人给我介绍了个媳妇，两家都满意，定好了来年就让姑娘过门。父亲开心地咧开大嘴道：“陈了多年的番薯烧终于可以派上用场啦。”

然而天有不测风云。还没等到我成亲那一天，母亲却一病不起，不幸去世了。

悲痛不已的父亲办完母亲的丧事之后，撬开酒埕的封口，连舀了两大碗番薯烧一口气喝下。父亲扔了手中的空碗，扑倒在床上昏睡了两天两夜……

准备为我办婚事用的一埕酒竟然以这样的意外被父亲提前撬开了封口。

一年后我成了亲。摆喜酒的那天中午，父亲把开了封口的酒埕抱到道坦，用酒提舀出番薯烧招待来客。那天父亲自己喝得并不多，没有超过三两。

一年后我的大儿子出生，父亲又烧了一埕酒，不过这次是用糯米做的。父亲一边忙活一边跟我唠话。父亲说："现在生活条件好了，咱家也能用糯米做酒了。埋地下陈二十年后好给我的孙子摆喜酒用。"

我笑道："阿爸，你想得可真远，二十年后还不知道发展成啥条件哩，说不定山里人也能在酒店里摆酒席了，还用得着这土烧呀？"

"说啥话呢，"父亲瞪我一眼道，"那些勾兑的瓶装酒再好还能好得过农家自制的糯米烧？"

我嘿嘿笑了几声，说："倒也是。阿爸，我一直想问问您，凭您的酒量到底能喝多少酒呢？"

"我怎么晓得呢？喝个斤把没事吧。"父亲随口说道。

"那您平时为啥滴酒不喝呢？"我接着问道。

父亲放下手中的活，抬头看着我说："平时喝啥酒？平时喝酒得酒配，吃饱肚子就谢天谢地了。再说阿爸又没有酒瘾，平时也想不起喝。不过等我孙子成亲那一天，阿爸放开喝，喝他个一斤两斤给你看看。"父亲说完哈哈大笑了几声。

转眼间就快二十年了。已年逾古稀的父亲常挂在嘴上的两句话便是："我孙子有对象了吗？埋在后院地底下那埕糯米烧也快20岁了……"

万万想不到身子骨一直硬朗的父亲竟然得了癌症。父亲临终前把我和我儿子叫到跟前，仰躺在床上的父亲喘息着说："看来我是看不见孙子娶媳妇了，看不见我重孙子了，那埕糯米酒我也喝不到了……"

我握着父亲的手含着泪说："阿爸，这酒您能喝到，我现在就去后院把酒埕起出来舀给你喝。"

我放下父亲干枯的手，叫儿子一起到后院把埋了快二十年的酒埕起出来。我望着出土的酒埕，从前帮父亲做酒的往事历历在目恍若昨天，我的眼泪顿时喷涌而出……

我和儿子把酒埕抬进屋，撬开严实的封口，一股浓厚的酒香扑鼻而来，弥漫了整间屋子。

我用酒提舀了小半碗，小心翼翼地端到父亲的床头，跟父亲说："阿爸，您嗅嗅，您做的糯米酒有多香。"

父亲鼻翼微微抽动了一下，颤声道："香，喂阿爸咪一口吧。"

我用调羹从碗里舀出小半勺酒，调羹在我手指间微微抖动了几下，我觉得还是多了点，又滴进碗里一些，然后把调羹搁到父亲干燥的唇间。随着调羹的倾斜，父亲用微弱的吸力把酒吮进口腔，继而发出一丝"哈"声。我瞬间回想起当年父亲站在溪滩上为了下水捞猪崽，一口气喝下一大碗番薯烧后发出的浑厚的"哈"声，我的鼻子禁不住阵阵发酸……

父亲生前最后一次喝酒，竟然是调羹里的几滴糯米烧。

2021 年 7 月 7 日

桌

沈大伟底气十足地坐在宽大的黄花梨老板桌前，悠然自得地给自己点燃了一根香烟。随着一股浓浓的烟雾弥漫开来，沈大伟将目光停留在桌面左侧的裂纹哥窑青瓷上，这座圆形青瓷据说在龙泉是绝版的稀罕物。接着，沈大伟又将目光转移到桌面右侧一座神秘的“龙头龟身”上，龙头负重般的不屈不挠地昂扬着，四只龟脚呈现极其动感的朝前方挪步的姿势。沈大伟起身下意识地用手抚摸了一下龙头喊了一声：“卢助理！”办公室的侧门应声打开，一位脚蹬高跟鞋的风韵女子，款款走到沈大伟跟前问道：“沈董，有何吩咐？”

“排子炮准备好了吗？”沈大伟问道。

“早准备好了，连同门台两侧的青雕石狮脖颈上的红绸带都系上了，万事俱备，只等街道王主任和你阿爸到来。”卢助理说。

“哦，”沈大伟满意地抬腕看一下手表说：“十一点多了，他们这会儿也该到了，走，到大门口候着去。”沈大伟说着快步走出办公室，卢助理紧随其后。

沈大伟的“足时代鞋业有限公司”的新厂房今天正式启用，厂房占地一万平方米，拥有产业工人500来人，年产值超亿元。也就是从今天开始，沈大伟的“足时代”将从过去的单一“内销”转型为“内销外贸”一体并进的销路格局。因此，沈大伟如今的志得意满确实是有底气的，他完全有资格把胸脯挺得高一点。想当年，他大学毕业后一反常态不去许多人向往的旱涝保收的“公家”单位，而是选择去了一家民营鞋厂打工。积累了经验后，就辞职自行创办了一家小型鞋厂。他曾经笑着跟父亲说，自己之所以立志办鞋厂，是因为总是忘不了小时候光着脚丫上学的经历。那时母亲曾给他做了一双布鞋，但在路上他却舍不得穿，快到学校时才把鞋穿上。一次过浅溪时，他的脚底板被尖石划破了一个大口子，鲜血染红了一大片汩汩流淌的溪水……从那时起，他似乎就立下了志向，长大后要当一个制鞋人。

沈大伟办鞋厂遇到许多挫折和走过许多弯路。他曾经有过放弃的念头，当他站立在十字路口的时候，是一位立志当作家的大学同学的一句话让他重燃信心。这位大学同学说：“如果在书店的书架上能看见自己的一本书，此生足矣。”沈大伟把同学的这句话引申到“鞋”，那天，他随身揣了一包香烟，坐在人行道旁的一张石椅上，他吐着烟雾，紧盯过路行人匆匆的脚步。待一包香烟抽完之后，他起身发誓道：“一年后再坐到这儿，如果依旧看不到一个过往行人的脚上穿着自己厂里生产的“足下”品牌的皮鞋，就回乡下种田去。”

一年后他的这一愿望果真得以实现。那天他在路边石椅上坐了整整半天，正待他沮丧地站起身离开时，一双黑色“足下”品牌的皮鞋在他眼前出现，那一刻他似乎看见路面上掠过一道闪电，令他双眼一亮……

街道王主任从小汽车里钻出来，打着哈哈与迎上前的沈大伟握手。

临近中午 12 点，一辆小四轮货车朝厂门口驶来，车在大门外稳稳停下，驾驶室里跨下一位老者，正是沈大伟 70 多岁的老父亲。

沈大伟赶紧迎上前扶着老父亲道：“阿爸，我说派车去接您，您死活不肯，说有车送您过来，原来就是这辆小四轮啊。”

沈大伟父亲呵呵笑道：“不就个把小时的路程吗，你看阿爸用这辆小四轮给你带什么来啦？”

沈大伟顺着父亲的眼光朝车斗里看，车斗里一张旧书桌映入眼帘。

“好眼熟呀，阿爸。这是不是我念书时在家用过的那张桌子？”沈大伟问父亲。

父亲说：“可不是吗，是你念初中时开始用的。阿爸想你新厂房今天开工，你都是董事长了，得有一张办公桌，阿爸今天把它给运来了。”

沈大伟靠近车斗里的书桌跟前，书桌的桌面粗糙斑驳，桌身布满灰尘。

沈大伟瞬间回忆起当年因家境艰难，念到初中时曾执拗地要辍学帮父亲下田干农活。父亲为此还气呼呼地扇了他一巴掌，声称就是卖血也要供他继续念书，而且还要供他上大学。为了供养他上大学，他下面的两个妹妹只念到初中便辍学了。父亲在村里是出了名的勤劳，手也出奇的灵巧，为了让沈大伟放学后更安心地学习做作业，他用杉木板制作了一张书桌。正是在这张书桌上，沈大伟灯下用功一直到考上大学。

卢助理在沈大伟耳边轻声问道：“沈董，12 点了，该您和街道王主任揭牌了。”

“等一下，”沈大伟说，“先叫人把这张桌子抬下来。”

“这张桌子……抬到哪儿？”卢助理问。

还没等沈大伟回答卢助理的问话，街道王主任拍了一下沈大伟的肩膀说：“沈董啊，时候不早了，抓紧揭牌吧，我中午还有个公务接待……”

沈大伟赶忙说："好好，马上揭牌。"

一块方形"足时代鞋业有限公司"牌匾固定在厂大门左侧上方墙壁上，牌匾上蒙着红色绸布。原计划是由沈大伟和街道王主任共同揭牌——拽下牌匾上的绸布。但沈大伟突然间改变了原计划，由父亲和街道王主任共同揭牌。父亲推辞，但被沈大伟硬是连扶带推到牌匾下。沈大伟朝各位来宾和由本厂行政以及截断、帮面、成型等车间部分工人代表组成的方队宣布道："现在请街道王主任和沈实朴——我的父亲共同揭牌。"

王主任熟练地拉住垂挂在牌匾侧面的红丝带，轻力一拽，沈大伟父亲的动作有些迟钝，伸出粗糙的手拉住另一侧的红丝带用力一拽，红丝带便脱落了下来。一时间，地面上的两条长长的排子炮便"噼噼啪啪"地响了起来……

待排子炮响过之后，沈大伟喊上了几个人将车斗里的旧桌子往车下抬……

2021 年 11 月 7 日

穿　衣

老沈自从当了县长以后，平常穿衣大致就是“老三样”了：白色衬衫(含短袖)、普通夹克衫和深色西服。因为他几乎每天都得在县电视台的新闻联播里出现，全县有几十万干部群众盯着他呢。

一个老同学见到老沈好奇地问他：“我的同学县长，我在电视里怎么老是看见你穿同样的白衬衫呀，难道你一个堂堂的县长就一件白衬衫吗？”

老沈笑笑说：“长袖短袖有十来件呢，同一色的嘛。天天上电视身不由己呀，白色出镜，能给人以洁净感。”

老同学听后摇摇头说：“当官的也是公众人物，不自由，没意思。不过我倒是想你就不能少上几回电视吗？搞得跟电视明星一样，当官又不是当演员。”

“这你就不懂了，身不由己，身不由己啊。”老沈对老同学打着哈哈道。

几年的县长当下来，老沈意外地没能当上书记。是因为一起重大责任事故波及他，他挨了个处分平调到市人大任职去了。

到了市人大老沈就是个“中层干部”了。也就不用经常上电视新闻了。有时候电视记者拍会议场景，电视镜头顶多在他脸上一扫而过。他已不再是记者、观众瞩目的对象了。老沈有一小段时间还真有点儿不适应感，但很快便释然了。他觉得这样才是真自在，至少每天穿什么衣服也无关紧要了，连女婿穿过的各种色彩的外套也拿来穿。现在谁还在意他穿什么衣服呀，只要没破，洗干净了就行。

转眼间老沈到了退休年龄。他虽然升官受挫，但能安全着陆对于从政者也算是一大幸事。老沈退休回家了，许多先前一些对他半理不理的老部下干脆蒸发得无影无踪了。老沈心想这样也好，无职无权才能真正看清人的真面目，过去那些个冲着自己职权而黏着的人不往来也罢。

独生女儿也算争气，在老沈退休之际适时地给他生了个外孙女，使得退休在家的老沈有了外孙女可抱。退休后，还有一件让老沈省心的事就是不仅每天不需要考虑穿什么衣服，甚至还可以连衣服都不用穿了，足不出户，在家只用穿个裤衩子就可以了。就是女儿女婿来家了，老沈也不顾忌，照样光个膀子。老伴看不下去了，说：“老沈你这像啥样子，哪怕穿件背心也好啊，家里有空调电扇还能把你给热死呀！”

老沈脖子一梗说：“我大热天的在自己家光个膀子怎么啦？再说女儿又不是儿媳妇。”

女儿一旁忍着笑说：“妈，这才是真实的老爸呀，如今不当官了，你就让老爸放飞自我吧！”

2021 年 12 月 18 日

强迫症

王老师退休前是初中语文老师，退休后与老伴过了几年清心快乐的赋闲生活。但万万没想到，老伴却突发急病离开了他。这对王老师的打击实在太大，一夜之间半白的头发变得一头雪白，行动也迟钝了许多。更为严重的是他的记忆力也突然间衰退了。比如，为自己做完了饭菜都已经捧起饭碗了，却又猛然起身去厨房间看看刚才是否忘关掉煤气灶。晚间倚靠在床头上看完电视剧，已经眯着眼进入蒙眬状态了，却突然怀疑自己没有关门窗，只好点亮夜灯，下床趿双拖鞋察看一遍才能放心上床入睡。他家在九楼，常常都已经下到一楼电梯间了，却突然地怀疑自己出门时没有把门锁上，无奈只好折返电梯重上九楼，伸手推一下门才放心离开。

儿子回家了，王老师跟儿子感叹道：“老爸我看来真是老了，自从你妈去世后记忆力严重衰退，得了健忘症了，如此发展下去，用不了几年就可能得老年痴呆症嘞。”

儿子说：“老爸别瞎想了，会有那么严重吗？”

王老师便把近来发生的这些现象说给儿子听。儿子听后嘿嘿笑道：“老爸，您这哪是什么健忘症，这叫……对了，这叫强迫症，好多中老年人多多少少都有这种情况，不必太在意的。”

“说得轻巧，”王老师瞪了儿子一眼说，“老爸我这是因为你妈走了受到精神刺激导致记忆力迅速衰退了。你倒过来想想看，我每一次明明是关了煤气灶开关却忘了自己刚才是否关了，出门时明明是关了门却忘了自己是否关了门，这不是记忆力衰退又是什么？还扯出个什么强迫症的词来了。”

儿子说：“这就是疑神疑鬼的强迫症，反正咱俩也说不清楚。要不老爸您还是到我家住吧，也好让我放心些。”

王老师摇摇头说：“我才不去住呢，你丈母娘从乡下过来帮你带儿子，我再住过去也太不方便了，等我以后真的得了痴呆症再说吧。”

儿子无奈地说：“真是拗不过您，一切都随您的意思吧。”

夏天的一个周日，儿子、儿媳带着孙子小龙来接王老师去海边游玩。王老师出门前用手捏了撮绿茶放进透明的玻璃杯里，再把开水灌进杯里，水杯里的绿叶在开水的冲击下上下翻滚，一瞬间便渗出绿汁，将透明的白色水杯变幻成了翠绿色。王老师捧起水杯，瞧着片片绿叶在杯中沉沉浮浮的动态，很是惬意。他把杯盖旋紧，便出门上了电梯。

喝绿茶是王老师几十年养成的喜好，而且用的茶杯必须是透明的玻璃杯，透明的玻璃杯能让他看到杯里绿叶的沉浮和渗沥出的一杯翠绿。当年他上课的时候就习惯于端一杯绿茶置于三尺讲台上。

走出了电梯，王老师第一眼便看见早已站在电梯口等待他的已经读小学一年级的孙子小龙。小龙甜甜地叫了一声“爷爷”，王老师怜惜地抚摸着小龙的后脑勺问道：“哎哟孙子哎，爷爷有多久没见着你啦？想爷爷了吗？”

小龙眨巴着眼睛调皮地说：“有……一天，十天，不，一百天，不不，十年没见着啦。”

王老师哈哈大笑，刮了一下小龙的鼻梁说：“调皮鬼，你才只有七岁呢。”

王老师居住的小区内有个露天游泳池，每到傍晚时分好多大人就带着孩子去游泳池游泳。王老师望着不远处的游泳池对小龙说：“宝贝孙子，爷爷今年夏天还没带你到游泳池游泳呢，今天到海边爷爷带你到沙滩上游泳好吗？”

小龙兴奋地叫着“好好”，便往站在车门外的王老师怀里拱。

“嘭”的一声，王老师手中的玻璃杯被小龙这一拱，失手坠落到地上。

水杯在地上摔了个稀碎，茶水洒了一地。儿子和儿媳便训斥小龙，但王老师却一点儿也不恼，连忙说：“别训孩子了，怪不得孩子的，不就一只玻璃杯吗。嘿，宝贝孙子啊，等下到了海边口渴了咱就喝矿泉水，要冰镇的。”

小龙回过神来了，又调皮地说：“爷爷喝矿泉水，我喝巧克力。”

“调皮鬼，就忘不了巧克力，巧克力是用来喝的吗？”王老师“呵呵”笑道。

这会儿，儿子已俯身把几块玻璃碎片捡起投进了附近的垃圾桶里。

儿子开车，小龙和儿媳坐小车后座，王老师坐在驾驶室副座。这时王老师对摔碎的玻璃杯有了些感慨，这只透明的玻璃杯伴随他至少有五六年时间了，老伴生前曾经想给玻璃杯做个外套，冬天可以保温，夏天免得烫手，但被王老师一口否决了，他说选用白色玻璃杯的目的就是能看得见绿色，要的就是这种视觉。如今杯子摔碎了，一杯绿色也没了。王老师轻轻叹息了一下，三三两两的孩子趿着小拖鞋跟在大人的屁股后头从他这幢楼前走过，他又想起前几天一个胖乎乎的小男孩赤着脚丫子就是在刚才摔碎玻璃杯的地方哭着追赶前头的大人。王老师的思绪又追回到他小时候划破脚的事，母亲亲手给他做了一双布鞋，上学的路上逢雨天他就把布鞋塞进书包里光着脚走路。一次他的脚底板被地上的一块玻璃划开了一道口子，鲜红的血液淌了一地……王老师想到这儿闭上了双眼，刚才水杯坠地洒出的一滩水幻化成一地的鲜血……

“停车！”王老师猛地睁开眼朝儿子喊了一声。

“干啥呢，老爸，吓我一跳。”儿子斜视了王老师一眼，来了个点刹。

王老师问儿子：“刚才的玻璃碎片都捡干净了吗？”

“哎哟喂，就为这事啊，几片大块的我都捡起丢进垃圾桶里了呀。”

王老师摇一下头说：“肯定没捡干净，得用扫把扫一扫，否则玻璃碎片会戳脚的。”

“有那么严重吗？”儿子把车停到路边，无可奈何地吁了一口气说，“老爸，您以为现在还是从前呢，谁还会光着脚丫子走路啊。”

王老师瞥了一眼儿子说：“那也说不定，孩子们去游泳池大都从咱这幢楼前经过，谁能肯定不会发生点什么意外。调头，回去扫干净了再走。”

没办法，儿子终是犟不过老子。儿子把车调了头，对坐在后面的小龙说：“儿子，你爷爷这是得了强迫症了，他还不愿意承认。”

小龙眨巴着双眼说："爸爸，啥叫强迫症呀，跟健忘症一样吗？妈妈教我做作业时老说我得了健忘症。"

2021 年 12 月 25 日

家风

牛家生养了三个儿子，长子牛耕，二子牛垦，三子牛勤。打小父母几乎就没正儿八经叫过他们的名字，而是叫大牛，二牛和三牛。

父亲是个老实巴交的农民，但为了能供上三个儿子上学，父亲硬着头皮买了辆二手手扶拖拉机运货载客，但只要是载本村乘客父亲是不收钱的，因此在村里攒下了好人缘。在三牛考上大学后，父亲突然病倒离世，不到50岁的母亲一直守寡，今年80整了。大牛给两个弟弟打电话，叫他们在母亲生日这天回来给母亲祝寿。

大牛三十年前在地窖里藏了一埕糯米烧。他跟两个弟弟说父亲过世得早，祈望母亲能健康长寿。等到母亲八十大寿时把酒埕起出来给母亲做寿。

一晃三十年过去了。大牛在村里已经当了十多年支书，二牛官至副市长，三牛则是市里一家上市民营企业的董事长，还兼着市政协常委，在市里，三牛的名气也不比当副市长的二牛小多少。

元旦这天上午，艳阳高照，副市长二牛和儿子、儿媳以及孙女在村里的晒谷场下了车。从晒谷场到母亲家只有一条一米多宽的石子路，车无法开到家门口，得步行一百多米才能到家。三牛老两口紧跟在二牛脚后也在晒谷场下了车，三牛的儿子牛角因为小学生元旦有个运动会，他是学校的体育老师必须全程在场，只能迟点过来。

母亲虽然身子板有些佝偻了，但见到儿孙脸上便焕发出兴奋的光彩。

大牛早早地到后院地窖里起出酒埕，待到一家人围坐在饭桌前才将酒埕的圆口撬开，一股酒香顿时弥漫了整个房间。三牛说："哎哟，这埕喷香陈年糯米烧能让茅台蒙羞了。"

二牛接过话说："茅台跟它怎么比啊，你大老板平时常喝茅台，今儿个可以换换口味了。"

三牛说："二哥可别这么说，你一个大市长平时茅台还能少喝？"

二牛说："你可别说，八项规定后别说茅台，啥酒都不喝了。"

三牛说："这倒也是，十八大以后单凭把吃喝管住了，也很了不起的了，中国可是有几千年喝酒史哩。"

大牛跟着说："说得也是，好多县上和乡里的领导下来也都不喝酒了，这点我有体会。"

老母亲一旁"呵呵"笑道："喝酒有啥好的？你们爸活着时候就爱喝酒，那地瓜烧一喝一大碗。临走前还让我舀了一调羹酒给他润口呢。"

二牛的孙女小米说："太奶奶说得对，我爷当副市长在外不喝，回家想喝酒我奶不让他喝，我爷说我奶是家里的纪委书记。"

一家人都哈哈大笑起来。

过了中午 12 点，三牛望着大牛说："大哥，不等角角了，角角来电话说运动会刚结束，开到这儿还得个把小时，咱先吃喝起来。”

大牛说：“好吧，咱就唠唠话，边吃边等吧。”

大牛先给母亲斟了小半杯酒，再依次给二牛、三牛斟了大半杯。小米把定制的生日蛋糕摆到了桌面上，插上八根蜡烛，用打火机给点着，然后叫太奶奶吹。待太奶奶把蜡烛吹灭，小米带头拍着手掌唱起“祝您生日快乐……”的歌曲。大牛媳妇把蛋糕切成一块块递到每个人跟前，并叫老母亲先吃，自己到厨房炒菜去了。

大家吃了几口蛋糕后，兄弟仨起身给老母亲敬了酒。接下来便是兄弟仨为主你来我往地喝酒吃菜唠话了。

三牛先说话：“大哥，你都当了十多年支书了，我几乎每年都给村里捐了款，啥时能把水泥路给修到家门口啊。”

大牛说：“快了，快了，明年你回来给母亲祝寿时，三米宽的水泥路就修到家门口了，你和二牛的车也不用停到晒谷场了。”

二牛说：“这也没啥，晒谷场有根拴马柱，早年就是下马的地方，可别让乡亲们感到咱把车开到家门口张扬。”

三牛说：“二哥你当个副市长也忒低调了吧，现在早不是咱爸当年开拖拉机的时代了呀。”

母亲给身边的曾孙女小米夹着菜说：“你们兄弟仨数你们大哥最像你们爸。好喝酒，但为人公正，不占别人一丁点儿便宜。他那么好喝酒的人能把一埕酒藏三十年，也是言而有信哩。你们平时给妈的钱都是你大嫂管着呢，到今天一分钱没舍得花。”

大牛嘿嘿笑道：“这也都是老母亲把我兄弟仨调教得好。二牛当副市长是个高危职业，但从不嘚瑟。三牛腰上绑着三尺厚的钱也能低调为人处世。这是咱家的家风啊。人啊，不在乎当多大的官，赚多少的钱，这人一旦嘚瑟起来，指不定哪天就完蛋了。”

一桌人又都哈哈笑起来。

大牛端起酒碗碰了一下三牛的酒碗，说：“三牛啊，咱村再过半年就实现路路通了。是你二哥叫大哥最后修建咱家这条路的。只能等全村路路通了，咱家门口才能通上水泥路。你捐的钱大哥都花到教育和敬老院上了。大哥这是代表村里的孩子和老人敬你的。”

二牛也端着酒碗跟着敬了三牛说：“三牛啊，二哥在市里从当发改委主任到当副市长从来没帮过你什么，你可别记恨二哥无情无义啊。”

三牛把酒一饮而下，说：“二哥你说哪儿了，你以为你当了个副市长就能帮小弟了？三牛我可是靠党的政策实打实拼搏出来的。二哥你要是帮了我点什么，我还不踏实呢，我最担心你在这个位置上出啥事，有句词怎么说来着？眼看着他家起高楼，眼看着他家宴宾客，眼看着他家楼塌了。”

大牛说：“三弟说得是，大哥就一个女儿嫁到外地，女婿今年又升了官，年纪轻轻就是个厅级，跟二牛一般大了。今年春节回来我看他还没变，掏自己腰包去慰问村里的孤寡老人，女儿也不张扬话不多，这我就放心了。元旦我想着叫他俩回来的，可他们那儿防疫任务重，就不叫他们回来了。”

小米一旁说：“我爷爷就跟我爸说，叫我爸怕我妈，说我妈是老师，比我爸素质高，还说这是家风，说以前太爷爷就听太奶奶的话。”

二牛的儿媳拍了一下小米，说：“小孩子乱插话，你爸是公安局大警察还会怕你妈？”

二牛儿子笑着说："警察不怕坏人，怕老婆。"

老母亲开心地笑孙子道："瞧你那点儿出息。"老母亲说着举起杯道："来，我这个快入土的老太婆敬儿孙们一杯。"

一桌人赶紧举着杯站起身。小米举起饮料说："太奶奶，还有玄孙女。"

老母亲呵呵笑道："噢对嘞，还有玄孙女也一起敬了。"

大家喝了老母亲敬的酒。老母亲沉吟道："如果单家风好村风不好也不行，咱村风好，离不开你们大哥。当年你们爸拖拉机载人不收钱，经常半夜开车送病人。那时咱家多穷啊，你们爸为你们三兄弟念书还背着我悄悄卖过血，我一直没告诉过你们。老妈我不知道你们当市长，当老板的有多大贡献，但我知道你们大哥在村里受到拥戴，这是为老牛家争光哩。"

大牛嘿嘿道："老妈您可别这么说，你大儿子我是最没出息的，再怎么说也还是个农民。二牛当市长，三牛当老板，对社会贡献那才叫大，我若是在村里不厚道的话那可会拖了他们后腿，败了家风哩。"

二牛、三牛齐声说："大哥你可别这么说，我们牛家可都是以您为榜样的，老爸走得早，你是咱牛家的顶梁柱。"

二牛、三牛说着举起酒碗敬大牛。

看着三兄弟大口喝酒，老母亲一脸幸福地说："大牛啊，这埕陈年酒给二牛、三牛装几斤回去，咱家自酿的酒吃补哩。"

二牛赶忙说："阿妈，三牛是大老板家里不缺酒，还是多给我带些回去吧。"

大牛笑道："你一个大市长家里会没酒？别人给你送几瓶茅台五粮液总是有的吧？"

二牛媳妇说："大哥，想给二牛送酒的倒是不少，可二牛他从不要收。说咱爸以前用拖拉机载客都不收人家一分钱，如今收了人家东西说是有辱家风，习惯了也就把持住了。不过，他常到三牛家打劫几瓶酒倒是有的。"

老母亲说："当了官就不能要别人东西。你们大哥在村里就从来不收别人送的东西，人家知道他的脾性也就不送了。就冲你们兄弟仨的硬气，老妈我就放宽心了。"

"奶奶……"门外传来了三牛儿子牛角的声音。老母亲听到孙子的声音，在座位上站起来张开了双臂，已经20多岁的孙子一阵风似的扑到了奶奶怀里。牛角身后跟着一位秀气的女孩，腼腆地站在一旁。

三牛对儿子的到来倒没啥特殊表情，但当他见到儿子身后的女孩时则讶异地张大了嘴巴，结结巴巴道："小，小飞……"

女孩小飞也意外在这儿见到三牛，嗫嗫道："牛董，董事长，您，您是……"

"我是角角的爸爸，你是……"三牛问道。

牛角从奶奶怀里转过身道："小飞是我女朋友，老爸老妈，今天我特意利用这个机会带来跟你们见面的。"

三牛反应过来了，"呔"了一声道："还啥特意见面呢，平时天天见面。这……角角，小飞，你俩保密工作还真做得好啊，保密局培训过的吗？"

小飞害羞道："董事长，我也是刚才才知道您是角角的爸爸，他一直没告诉我，他说他爸是个卖西瓜的。"

"哈哈，臭小子说我是个卖西瓜的，我打小还真卖过西瓜呢……"三牛笑道。

一桌人也完全反应过来了，都跟着哈哈笑起来。

二牛用神秘的口气问道："三牛，小飞在你公司是做什么的？"

三牛说："工程设计科高级职员，是我公司的干将哩。"

二牛"哈"了一声，微笑道："是角角派的卧底吧？"

一桌人又笑了起来。

"快坐，快坐，老婆子，快再炒几个菜。"大牛朝厨房喊道。

老母亲伸着手招呼小飞："小飞，快过来让奶奶仔细瞧瞧。哎哟哟，又白净又漂亮，咱老牛家又添新人咯……"

2021 年 4 月 5 日

洪董事长的看门老头

洪飞董事长的办公楼门口需要招聘一名保安，行政科科长请示洪董事长，洪董事长说："这事你就不用管了，不就是找个看大门的吗？我叫个人来就是了。"

两天后，洪董事长叫来一个满脸皱纹的老头看大门。行政科科长和女秘书林莉都看傻眼了，董事长怎么找了个农村老大爷来看大门？公司在市里多少还是有点名气的呀，大门口的传达室也算是个门面，董事长难道抠得连个保安也不舍得聘吗？

这个老头也挺古怪的，董事长亲自说给他安排一间朝南的屋子，可他却不肯，说在传达室里安一张窄床就行啦。董事长叫他一日三餐到食堂和员工一同用餐，他却很识相地摆摆手说不用不用，自己买个电饭煲就对付了。

自从这看门老头来了以后，还挺爱管闲事，把个手伸得老长。洪董事长日常吃住都在公司里，一天夜里女秘书林莉过了12点还在洪董事长办公室里商议一件要紧的事，老头竟然乘电梯上了五楼直接敲开洪董事长的门，瞪了一眼洪董事长，又冲着林莉说道："这么晚了怎么还不下班回家？快点回家去吧，我要锁大门了。"

女秘书林莉直接把嘴巴张成了“O”形，她想不到一个看门老头会如此越界多管闲事。她把“O”形嘴突变成“一”字形，继而“哟”的一声愤愤地说：“老大爷，你管多了吧！这不是你的职责，快回你的传达室去。”

老头“哼”了一声说：“我回传达室可以，但你一个女人家这么晚了也该回家去了。”老头说完便转身跨进电梯回到了他的领地传达室。

老头走后，林莉跟洪董事长说：“董事长，你看这看门老头是不是有点不大正常，我劝你还是叫他回家吧，咱到市保安公司聘个正儿八经穿制服的年轻人，一个月不就多开支一两千块钱吗？！”

洪董事长把手中的铅笔扔到桌面的文稿上，撇撇嘴说：“你想解雇他？你看看他那架势，你别被他给解雇喽？”

“啥意思？”林莉迷惑地问道：“难道这老头有啥来头？咱可是在加班赶写明天上午区长来公司听汇报的材料呀。得了，材料您也看过了，您觉得可以了，我这就回了。”

过了几天这看门老头又越界多管闲事了。洪董事长在餐厅接待一个重要客户时喝多了，当场呕吐。看门老头突然出现在餐厅里。这时候实在不需要一个看门老头出现在餐厅里，可这老头还做出了好像洪董事长他爹一样的架势，朝洪董事长发起了脾气，说什么请客非得把自己给喝醉了才算是诚心实意吗？整一桌子山珍海味就可以代替诚信了吗？

早就对看门老头厌烦的林莉两条细眉跳动了起来：“嗳，我说你一个看大门的管得还真宽，竟然敢跟董事长吹胡子瞪眼的，董事长怎么喝酒待客跟你有一毛钱的关系吗？你是他爹啊？”

洪董事长又呕了几口，接过行政科长递上的一杯温开水连喝了几口水，用手指了指林莉说：“林莉，你说对了，他就是我亲爹。”

众人大为惊讶，把目光齐刷刷地投向了洪董事长他爹。老头把两手朝身后一背，迈开腿走了。

学校放寒假期间，洪董事长念大二的儿子洪岩陪母亲一道来公司。洪董事长的爱人这大半年来为了照顾腿脚不方便的婆婆一直待在乡下老家。一家人在公司餐厅聚餐，洪董事长的爹——看门老头开心地喝了不少酒，酒后他抚摸着孙子的头朝儿子——洪董事长说：“后天我就和你妈回乡下，你去聘个正儿八经的保安吧。”

2021 年 12 月 20 日

妈没看见

在我二弟刚上小学的时候，父亲突发脑溢血去世。顶梁柱瞬间倒下，对我全家的打击可以说是“晴天霹雳”。万幸，母亲总算挣扎着挺了过来。母亲在街道一家集体厂做工，为了养活我和两个弟弟，母亲每天天还没亮就到街头一家馒头店帮工做馒头，到了上午 8 点来钟再去工厂上班。

平常我和两个弟弟早上上学时就经过馒头店，母亲花钱让我们一人抓两个馒头当早点。一天早上，母亲刚把两个馒头递到我和弟弟的手中，我看见一个瘦骨嶙峋、蓬头垢面的老头伸手在笼屉里抓了只馒头，瞬间溜走了。我看得真切，便朝母亲叫道：“妈，有人偷馒头。”母亲看都没看我一眼，平淡地说了一句：“妈没看见。”

上学路上，我边啃馒头边寻思，那老头就在母亲眼皮底下偷了馒头，连我在一旁都看见了，母亲怎么能没看见呢？

后来又发生了一件事，让我感觉到母亲会说谎。与我家相隔十来米远的邻居，夫妻经常吵架甚至还会动手互殴，常常是两个大人吵完了，那个爸爸的就会找才十来岁的儿子撒气，骂他是“野种”，再加之拳打脚踢。一天，那个爸爸气势汹汹地追打他的儿子，他儿子瑟瑟发抖地跑到我家里。母亲将他藏到了三门橱里。那个爸爸在我家门口东找西找，问我母亲有没有看见他儿子。母亲白了他一眼说：“没看见。”

我上高一的时候，一位男同学悄悄塞给我的一封情书。晚饭后，我躲在角落里偷偷品味着情书。母亲突然间走了过来，我慌忙把情书团拢塞到衣兜里。母亲瞥了我一眼，好像什么都没看见，转身到厨间洗碗筷去了。

男同学接连给我写了好几封情书，我既害羞又沉浸在情窦初开的感受之中。一天晚上母亲忙完手头的杂活儿坐到我身旁，细声慢语地问我：“闺女，跟妈说实话，你是不是早恋了？”

我的脸“腾”的一下红了起来，语无伦次地说：“没，没有，妈，你是不是偷看我的信啦？”

母亲凝视着我，许久，说道：“妈什么都没看见，妈只是觉得你现在要把注意力放到学习上，高中毕业后还要争取考大学。你如果真喜欢那个男孩，就藏到心底里吧，等到两三年之后，那人还在你心里，妈绝不管你。”

我涨红着脸，一时不知该怎么说。

母亲抿了抿嘴，继续说：“闺女，别不好意思，既然来了，就要正确对待。其实，妈也早恋过，那个男人就是你爸爸。你爸和我是一个班的高中同学，他可是学校的篮球健将哩，打中锋的，我在场外特别迷恋你爸的帅气劲儿，但我把这份暗恋硬是压在了心底……”

“那后来呢。”我好奇地问。

“傻闺女，不是有后来了吗？几年后倒是你爸先来找了我。唉，谁能想得到，一个篮球健将反倒得了脑溢血。”母亲说完轻轻地叹息了一声。

我听从了母亲的话，主动叫男同学以后别再给我写信，不过，我给男同学留下了“伏笔”，告诉他真要写，得等两年后高中毕业。

两年后男同学考上了医学院，我则考上本地的师专。我内心的期盼终于来临，男同学到大学后给我来了信。

我问母亲：“妈，他来信了，怎么办？”

“他还惦记着你？傻闺女，妈说过，两三年后妈不再管你这事，你按照你自己的内心去做吧。”母亲冲我一笑说。

鸿雁传书，我和男同学最终结成伉俪。他叫赵枫，大学毕业后回到本市第一医院，因为勤奋和认真，攥在他手里的手术刀逐渐声名远扬，被传为“神刀”。在他四十五岁的时候，被提拔为副院长，又被称作“专家院长”。

晚辈出息了，母亲也老了。我和老公、两个弟弟商量叫母亲住我家里。晚饭后，母亲坐在沙发上看电视里连播的韩剧。我和赵枫的一个共同的高中同学造访，进门拎着一袋水果。母亲起身要回卧室，老同学忙说：“阿姨，您只管看电视，我和赵枫说几句话就走。”

我端了一杯茶给老同学。老同学跟赵枫说：“你医院里正需要购置这套设备，我跟你分管的手下都对接好了，只需你点个头签个字就行了。”

赵枫说：“这种几百万的高档设备必须走招投标程序，我怎么能主观决定呢？”

“走一下形式是当然的，但你的倾向性是关键哟。”老同学说。

“我怎么可以有倾向性呢？”赵枫嘿嘿笑了几声说。

……

对话似乎不在一个关节点上。老同学起身告辞并且留下一句话:“看在老同学的面子上，相信你会有办法的。”

老同学走后，赵枫突然把我叫到跟前，指着老同学拎来的水果袋说:“你看，里面还有一个文件袋，怪我刚才没在意。”

我伸手从水果堆里取出黄色牛皮纸文件袋，打开封口，里面装着厚厚几沓百元人民币。

老公眉头蹙了起来。

我贴着赵枫耳根悄声说：“小心别让妈看见，免得她提心吊胆晚上睡不着觉。”

我妈目不转睛地看着韩剧，平静地说了一句：“我都看见啦。”

……

2021 年 4 月 7 日

素质提高了

学校放暑假，老孙的儿子把上小学一年级的儿子小虎交给老爸带。带孙子对老孙来说既是一件快乐的事也是一件很重要的事。当然了，孙子也并非就老孙一个人带，他和老伴还是有个大致的分工的，老伴主要负责孙子的吃穿洗睡，而老孙的重心则是“主外”。每日里依照儿子儿媳制订的日程安排表，不亦乐乎地亲自开车送接孙子学习游泳、打球、下棋、弹钢琴等等，反正每一天的日程都排得满满的。一个暑假孙子小虎就被老孙夫妇养得倍儿壮实。老孙是个大肚皮，圆滚滚的“啤酒肚”引起了孙子的特殊兴趣，孙子动不动就握紧两只小拳头把老孙的肚子当“沙袋”捶打，而老孙则紧密配合，扎下马步，把肚子挺得愈加圆滚，任由孙子“嗨嗨”地密集打击。孙子打累了，老孙才长长地吁一口气，继而哈哈大笑夸赞孙子的小拳头有力道，简直可以跟泰森有得一比了。

这算是老孙退休后家庭生活的一瞥。

老孙退休前在县里可非等闲人物，官至常务副县长。那时他的讲话时常会被形成文件下发全县各地执行或者叫作落实。他若是下乡，不经意间会形成“前呼后拥”的态势。他若是出差，会有身边的工作人员为他购买机票、车票或者船票，而且还会有下属全程陪同。老孙工作责任心极强，但凡责任心强，有主见的领导往往脾气都不大好，有的甚至还有些“古怪”。老孙在许多下属的眼里就属于脾气不好且有些古怪的人。有些挨了骂的下属甚至私下里说他粗暴、主观、没有素质。县府办副主任吴意早前是他的“拎包”秘书，能当上科级干部也应是仰仗了老孙的一路栽培，但他一路过来也没少挨老孙的斥责和痛骂，有时动起怒来还会拍桌子爆粗口，甚至会把茶杯摔到地上，让它粉碎，让茶水在地面上缓缓地流淌。而吴意的能耐在于他能忍受老孙的坏脾气，否则他也难有今天。吴意还经常对同事说孙县长虽然脾气不大好，但他人好，是个直性子，讲义气，帮人帮到底。

老孙退休半年后吴意升任了某局局长。上任第二天正逢周六，吴意偕妻拎了点礼物登门看望老孙。老孙见老部下吴意登门，圆胖的脸上立刻荡漾起灿烂的笑容，忙不迭地给吴意夫妻俩让座，上茶。嘴里还不停地念叨：“小吴啊，恭喜当一把手了，一正难求啊，你可得好好干，争取再来个正转副哟。”

吴意谦恭地说：“老领导这都是您多年来精心培养的结果啊，不然的话我哪能有今天呢。”

老孙摆摆手说：“可别这么说，这也是你自己努力的结果嘛。”

吴意问道：“老领导，听说您退休后整天开心地带孙子？这可是天伦之乐啊。”

老孙呵呵笑道：“可不是吗，今天周六被他爸妈领回家了，我反倒觉得空落落的。嗳，我这捣蛋孙子也确实太可爱了，老叫我臭爷爷，还把我的肚子当沙袋练拳击。”老孙说着还下意识地挺了挺圆滚的肚子。

“哈哈哈……”

“嘻嘻嘻……”

吴意夫妇不约而同地笑出了声。

吴意夫妇离开老孙家后，吴意妻子跟吴意说："老领导挺可爱的，待人也和气，当过大领导的素质就是高。"

吴意嘿嘿笑道："算是个好老头吧，但若说他待人和气，素质高，也许是因为他不当领导了吧……"

吴意背后跟妻子说这话老孙自然是听不见的，但老孙在自己家里却听见了儿子当面这么说他。那天孙子一进老孙家门便迎头朝老孙的肚子送上一阵密集的拳击。老孙则乐呵呵地用求饶的口气说："哎哟宝贝孙子，你这两只小榔头能不能轻点啊……"

儿子一旁训儿子说："小虎，你怎么可以打爷爷啊？什么素质！打习惯了在学校可得打同学啦。"

老孙不愿意了，他白了一眼儿子说："别动不动训孩子，小屁孩懂个啥？"

老孙老伴一旁说话了："儿子啊，你爸自从退休后综合素质提高老快了，就跟换了个人似的，在家啥活也愿意干了，也不发脾气了，对街坊邻居也客气多了，还主动跟人家打招呼聊天。"

儿媳一旁说："爸是当过县长的，素质就是高嘛。"

儿子一旁轻轻地"哼"了一声笑道："是老爸在孙家地位下降了吧，连孙子都敢叫臭爷爷，连肚皮都情愿被孙子当沙袋打，敢情素质就提高了呗。"

老孙半晌才反应过来，睁大双眼道："儿子你说这话啥意思啊，是说你老爸我下台了，退休了，素质才提高啦？"

2021 年 12 月 9 日

爸爸带小明去动物园

念小学三年级的小明当上了班长，爸妈为此狠狠地表扬鼓励了小明一番。小明也很得意地对爸妈说：“我当了班长以后好多同学都对我很好，送给我零食吃，看，还有这支手枪。”小明说着从书包里掏出一把精致的玩具手枪给爸妈看。

小明的爸爸是动物园的书记兼主任，他立即警觉起来，探问小明这把手枪是谁送的？

小明得意地说：“是男同学送给我的，我推荐他当上了小组长，他就感谢我哩。”

小明爸爸脸一沉说：“怎么可以白拿别人的东西呀，明天马上还给同学。”

“我不嘛，我才不还给他呢。”小明摇着头说。

小明爸爸生气地吼了起来：“你还不还？如果明天不还给同学我就告诉你班主任，撤了你的班长职务。”

小明低着头，眼泪吧嗒吧嗒直往下掉。

第二天是周五，晚上吃饭时小明爸爸追问小明手枪还给同学了没有？

小明回答说还了。

听到小明说还了，小明爸爸的脸舒展了开来，说："这还差不多，记住，爸爸的儿子不白拿别人的东西。明天你妈妈加班，爸爸带你去动物园玩，好吗？"

"好，好……"小明兴高采烈地拍了好几下手掌，吃饱了饭便回房间做作业去了。

第二天上午小明爸爸带小明去了位于西郊的动物园。动物园的售票员见是小明爸爸赶紧把头探出窗口说："杨主任，您今天亲自带儿子来逛动物园啊，您可真是个好爸爸，快进去吧。"

小明爸爸掏出一张百元纸钞递进窗口，售票员意外地睁大了眼睛说："杨主任您不是逗我玩吧？您进动物园还买票呀，快进去吧。"

"那怎么可以呢，我不能带头违反规矩，吃饭付钱，进园买票，谁都一样。"小明爸爸态度很严肃地说道。

售票员见小明爸爸是认真的，只好说："那就买一张吧，您是自己园里的领导本就不应该买票的。"

"今天不一样，我不是为工作来的，是以私人身份带儿子来逛动物园，就买两张吧。"小明爸爸说着伸手要票。

售票员无奈地撕了两张入园票连同找回的零钱递给了小明爸爸。

这一切都被站在一边的小明看在了眼里。

走进动物园，小明爸爸问小明想先看什么动物，小明说要看老虎，小明爸爸就领着小明上了一条弯弯的石阶，站在高处往下看，两只东北虎懒洋洋地侧躺在石墙内的一块岩石背上。小明朝老虎"喂，喂"地叫喊几声，老虎根本就不搭理他。小明抬头问爸爸："爸爸，老虎怎么这么懒啊，大白天的还躺在地上睡大觉呀。"

小明爸爸笑了笑说："它们只是把野性收藏了起来罢了，其实它们一直在等待机会，如果把它们放出来，它们立刻就会咬人。"

"哦"，小明半懂不懂地点了点头。

看完了老虎，转道来到了长颈鹿的领地。小明问爸爸："爸爸，长颈鹿的脖子为啥那么长啊？"

小明爸爸说："因为它们只有伸长了脖子才能够到树上的叶子，所以长颈鹿的脖子一代比一代长，它们不喜欢吃低头得到的食物。"

小明听爸爸这么说，突然联想到自己当了班长以后经常白吃同学的零食，觉得这件事跟爸爸刚才说的话有点关联，他还记得前天爸爸批评他不该白吃同学给的零食更不该白拿同学送给他的东西。

小明跟着爸爸在动物园里转了大半圈，看了正在专心啃竹子的大熊猫，还有出奇大的河马。小明爸爸问小明："小明，你看河马为啥长得那么胖呀？它整天待在水里等着饲养员投送青草，这种贪图享受，好吃不动的河马永远成不了千里马。"

小明睁大双眼问爸爸："那千里马是什么样子的呢？"

小明爸爸说："等你长大了到大草原上去体验吧，那儿的马儿不偷懒，在辽阔的大草原上奔驰。"

小明有点听明白了，说："爸爸，那我长大以后也要当千里马。"

"好啊，好男儿有志在四方，只有在广阔的天地里才能施展男儿抱负。"小明爸爸拍拍小明的肩膀鼓励道。

看了河马，小明和爸爸接着去看猴子。猴子们似乎个个都不肯安分，有的攀岩，有的荡秋千，有的相互追逐打斗，有的相互依偎着捉身上的虱子挠着痒痒，还有更多的猴子在墙根下来回晃悠着等待游客投给食物。小明也把爸爸特意准备的带壳花生抛给等待的猴子，一把花生刚落地，几只猴子便敏捷地争抢起来，突然之间，一只猴王从岩石上蹿了过来，怪叫了一声，正在争抢花生的猴子便迅速散开，躲到一旁眼睁睁地看着猴王很熟练地剥开花生壳，坦然地咀嚼着花生米。猴王吃得差不多了才掉头跃到岩石上再纵身一跃到树杈上，将它那圆圆的红屁股撅得老高。小明抬头问爸爸："爸爸，猴子的屁股为啥都是红色的呢？"

小明爸爸"呵呵"笑道："因为猴子喜欢别人白给的食物呗，它们甚至还会偷抢游客的食物，爸爸有一次在峨眉山就被猴子抢过呢，它们认为这样做天经地义，丝毫没有羞耻感，因此脸就不会红了，所以造物主就让它们红屁股。"

聪明的小明忽然间明白了爸爸今天为什么带他来动物园了。他的脸上露出了大人般的沉思状……

2022 年 1 月 9 日

那截甘蔗甜

父亲扯下我打着补丁的粗布裤子，喝令我趴到长条木凳上，我丝毫不敢违抗，乖乖就范。父亲把细长的竹制烟管别进腰间，脱下一只沾满泥巴的破胶鞋，朝我黑乎乎的屁股蛋上"噼啪噼啪"一个劲地抽打。卧病在床的母亲于心不忍了，朝父亲喊道："他爸，打几下行了。"

父亲气呼呼地说："子不教父之过，才八九岁的媄儿就长了'三只手'，长大了还得了？"

我虽然感觉到屁股生痛，但我咬着牙硬是不哭不求饶，我心里憋着一股怨气，别人家的媄儿时不时会有几分零花钱，而我却一分没有。别人家的媄儿放学后可以在路口小杂货店里花一分两分钱买一截甘蔗或一两粒糖果吃，而我只能眼睁睁地躲在一旁流口水。我知道父亲那个破床头柜里有一只圆形铅盒，里面装有一些钱，那几张纸币我是绝不敢拿的，我悄悄拿了其中的两分面值的硬币（当然，父亲给我的定性是偷），带上还没上学的弟弟去路口杂货店驼背佬那里买了一截甘蔗和弟弟平分着啃了。甘蔗很甜，我恨不得把甘蔗渣都咽进肚里。

这件事被精明而又粗暴的父亲知道了，便用他那破鞋狠狠地惩罚了我。

我怕父亲又恨父亲。我知道家里穷，没文化也没啥本事的父亲靠在城里帮人拉板车挣点苦力钱，母亲是个药罐子，一二分硬币在父亲眼里自然就有月亮那么大了。

挨了打的两天之后，我上学经过路口的杂货店时，杂货店的驼背佬朝我喊："娒儿，挨你爸打啦？"

我乜了驼背佬一眼，准确地讲是我瞪了他一眼。驼背佬说："中午放学后到我这儿来一下，帮我洗甘蔗，我奖励你甘蔗吃。"

我没有理会他，自己去了学校。但驼背佬的话一上午也没离开我的脑海，我甚至着急着放学去杂货店洗甘蔗。

驼背佬是有名字的，叫麻三，40来岁，后背隆起一座小山峰，大家就管他叫驼背佬了，因为驼背，一米五左右的身材更显得矮小。大约三年前，驼背佬经媒人撮合，找了个长相标致的哑女当老婆。

放学后我有意撇开同学，独自在杂货店前踌躇，驼背佬看见我，从店铺里出来，拍拍我的后脑勺说："娒儿，进来吧。"

我跟着驼背佬进了店内，驼背佬从透明的塑料瓶内捏出一粒糖果塞给我，我不接，驼背佬说："吃吧，我跟你爸是朋友呢。"

我听驼背佬这么说，心里想我爸知道我偷了家里的钱来买甘蔗吃不会是你告的密吧。但想归想，我还是忍不住一伸手接过糖果，并且迅速剥了糖果纸把糖果塞进嘴里"嗤"的一声吸吮起来。

驼背佬从墙角抱起两根甘蔗，又顺手拿了一把弯刀说："走，跟叔去溪边洗甘蔗。"

驼背佬的哑巴老婆耳不聋，听到驼背佬离店的动静，默契地从里间走出来看店。

小溪离杂货店不过三四十米远。在缓缓流淌的清冽的小溪边，驼背佬用毛巾布洗净了一根翠绿的甘蔗，然后跟我说："娒儿，这根你洗吧，就照叔刚才这么洗。"

我挽起裤脚，接过毛巾布，笨手笨脚地把甘蔗浸入溪流中清洗起来，驼背佬坐在一块圆石上默默地看着我，说："娒儿，慢慢洗，从小就要学会干活，长大像你爸那样勤力。"

甘蔗洗干净了，驼背佬拿起弯刀，把甘蔗节上的疙瘩和根部削平，再把甘蔗截成几段，然后又用弯刀在中间最甜的那截甘蔗上绕了一圈，"嘭"地掰下一段和我中指差不多长的甘蔗递给我说："娒儿，拿着，劳力兑伙食。"

我把手朝衣襟上擦了擦，很有底气地接过甘蔗，朝甘蔗飞速地看了一眼，便放两排牙齿间啃咬起来。

这一小截甘蔗真甜啊！

从那以后我常去杂货店洗甘蔗，有时还带着弟弟去。我的劳动所获有时不只一小截甘蔗，还有糖果。

等我上了初中，觉得自己长大了，手头偶尔也有几分几角零花钱了，也就不再去驼背佬那儿"劳力兑伙食"了。但我会去杂货店买零食吃，过年时还会去买几角钱的小鞭炮放响。

我上高中住校了，小杂货店和驼背佬在我脑海里就淡去了，有时路过杂货店也没想着跟驼背佬打声招呼。

大学毕业后，一天父亲告诉我杂货店那个驼背佬死了。

我惊讶道："什么，驼背佬死啦？他从前对我挺好的，经常叫我帮他洗甘蔗……"我没有把帮他洗甘蔗会得到一截甘蔗说出口。

父亲"唉"了一声说："驼背佬是个好人哪，他帮助过不少人，从前为你妈抓药，还跟他借过钱呢。"

我读的是农大，毕业后留校教书。学生们有种菜割稻之类的必修课。望着学生在田间劳作，我会不经意地想起驼背佬。悟出"劳力兑伙食"里深藏着"尊严"两个字。

2021 年 6 月 10 日

姑姑是中共地下党员

父亲16岁参军，随大军一路南下，最终在军分区政委岗位上卸任。

“标准”军人的父亲对我的管教非常严厉。他绝不允许我因为他的地位而享受特殊化。比如我的儿子三岁时患了严重的哮喘病，一天半夜我儿子发病，邻居的参谋叫了一辆吉普车把我儿子送医院急诊。做爷爷的哪有不疼爱孙子的？但就为临时动用了公车，第二天我被父亲好一顿臭骂，连同那位参谋也被骂了个狗血喷头。最终父亲自己掏钱付了汽油费才算了事。父亲离职休养后，我也从没见过他因私事动用过公家汽车。我后来虽然当了市公安局的领导，但在父亲面前依然谨小慎微，生怕做错了什么事。

年近八旬的父亲不幸得了肺癌，到发现时已是晚期。临去上海治疗前父亲把我叫到床头，我端坐在父亲跟前，等着父亲开口。久久地我发现父亲的脸颊上淌满了泪水。这是我平生第一次看见父亲流泪。我慌张地取来毛巾替父亲拭去脸上的泪水，安慰父亲说：“爸，如今癌症也并没那么可怕了，只要配合治疗就完全有可能治愈的。”

父亲叹息道：“唉，我都这把年纪了，难道还怕死不成？

我是老了，想起过去的事，心里头不舒服啊。”

我问道：“爸，您想起什么了？伤感对身体不好，您老就别想那么多了。”

父亲说：“爸这次去治病不知能不能活着回来，爸有一事嘱托你，我死后你要记得每年回老家到你姑姑坟头上扫扫墓，除除草，爸这辈子老想念你姑姑啊。”

我答应道：“爸，您放心，儿一定做到。”

父亲沉默了一会儿，望着我说：“你姑姑新中国成立前是中共地下党员，她为咱老家抗日斗争是做过贡献的。没有你姑姑也就没有你啊。”

父亲说着将身子往床头上挪，我赶紧扶起父亲的背，让他倚靠在床头上。父亲缓缓地说：“小涛啊，爸爸给你讲一讲你姑姑的事吧——”

1945年，日本鬼子的几艘军舰占领了渤海湾一个偏远的弹丸小岛北皇城。祖祖辈辈靠打鱼为生的安分的渔民因为信息闭塞，他们不知道岛外的世界发生了什么，但他们听说了日本鬼子侵略了中国并且占领了东三省，他们也听到了日本鬼子的凶残，魔鬼般地烧杀抢掠无所不为。日本鬼子的军舰尚未靠岸，为数不多国民党驻军早就乘着渔船逃离了。岛上的渔民惊恐不安，特别是年轻的女人们东躲西藏，有的把柴灰抹到脸上，披头散发，恨不得把自己弄成个女鬼模样……

鬼子上岛后躲进了临时军营里。头几天出奇地安静，居民们相安无事，相互间便开始悄悄地走动，打探些消息。有的甚至觉得日本鬼子并不像传说中那样凶残。

一天早晨，你姑姑把一封信交给我，叫我坐上一条渔船到长山岛交给一个情报员，你姑姑叫我背熟联络地点和接头暗号，并反复嘱咐我拿到复信后立即回岛，不得有片刻耽误。

我顺利完成了任务，第二天一早便坐船回到了岛上，我急匆匆去找你姑姑。当我绕到日本鬼子营区门外时，看见几个比我小好几岁的孩子站在营区外，几个日本鬼子扛着长枪，其中一个鬼子手里拎着潲桶，鬼子把桶里的焦黄的锅巴拿出来朝孩子们招手道："过来的，咪西咪西。"

饥饿的孩子们迟疑着不敢上前，一个胆大点的小男孩磨蹭到鬼子跟前，鬼子眨巴着一只眼睛把一片焦黄的锅巴塞进小男孩的嘴里，小男孩的嘴里发了"咯嘣咯嘣"的声响。锅巴对饥饿的孩子该是多么的诱惑啊，几个孩子终于经不起诱惑，大着胆子把脏兮兮的小手伸给了鬼子。正当一个六七岁的小女孩把锅巴往嘴里塞的时候，你姑姑突然出现了，她大叫一声："孩子们快跑啊！"

你姑姑的话音刚落，鬼子的兽性彻底暴露了。躲在草丛中的我看见那个第一个吃锅巴的男孩被鬼子用明晃晃的刺刀挑起来在空中转着圈晃悠。另一个鬼子哇啦哇啦鬼叫着用刺刀朝小女孩身上刺去，你姑姑一个箭步扑到小女孩的身上。鬼子的刺刀嗖地扎进了你姑姑的后背。

父亲说到这儿情绪非常激动，我拿毛巾在父亲的眼角上擦了擦，劝父亲道："爸，心里难受就不说了吧，对身体不好。"

父亲闭上双眼轻轻地哼唱起来："糖儿甜，糖儿甜，小心上当遭人骗；鱼儿鲜，鱼儿鲜，小心鱼刺卡喉间……"

父亲睁开眼，问我："小涛，听得懂吗？这是父亲小时候常唱的儿歌，还是你姑姑教我唱的。"

"小时候我妈也教我唱过。"我对父亲说。

父亲说："当年在鬼子的刺刀下得救的小女孩就是你的妈妈，没有你姑姑那临危一挡，哪有后来的你呀……1945 年的夏季已是日本鬼子的末日来临之际。当时正在鬼子用刺刀行凶作乐时，所幸营区内骤然响起急促的哨声，几个鬼子听到哨声急忙跑回营区内，他们接到了上级紧急命令仓皇跳上军舰逃跑了。我趴在你姑姑的身上哇哇大哭，那时候我只有 15 岁，我叫喊着……你姑姑的嘴角微微动了一下，但她的双眼却再也没有睁开，揣在我怀里的密信你姑姑也没能看到。”

父亲说着示意我把他扶下床，父亲在樟木箱子的底端找出一封泛黄的信封递给我说：“就是这封信，你打开看看吧，现在我把它交给你，记住，要代代传下去。”

我小心翼翼地抽出信笺，是一张十六开大小的黄色草纸，上面是蝇头毛笔字：“李鲜花同志，你报送的情报很重要。日军的末日即将到来，鬼子逃离后你要组织岛上游击队做好与国民党军进岛期间的斗争准备。”

这时母亲从我儿子家回来了，念叨着：“这重孙子，一放下来就哭，坐着抱还不肯，非得站着抱，鬼精鬼精的。”

“可你们从来就没有宠过我。”我笑着朝母亲说。

“隔辈亲。这都隔了两辈了，可不更亲了。”母亲也笑着说。

“这一辈一辈的可不能宠坏喽，都得跟党走。”父亲说道。

我问道：“爸，妈，姑姑的事你们以前为啥从来不跟我说起呢？”

“就你爸那脾性，在家也像当司令政委一样，老说对不起你姑姑，我哪还敢多说啊……”母亲边往厨间走边说道。

“问你爸吧，你姑姑没能被追认为烈士他心里不舒服。”母亲又从厨间传出话来。

“现在说也不迟，你姑姑在我心里就是烈士，她是为救你妈惨死在鬼子的刺刀下的。新中国成立后跟你姑姑单线联系的地下党员不幸牺牲了，后来这事就耽搁了下来。你姑姑有没有烈士称号其实并不重要了，你说是吗？小涛。”

我一时不知该怎样回答父亲。

2022 年 1 月 27 日

我刚退休老伴就上岗了

年届60周岁，我终于从领导岗位上全身而退了。古人云“无官一身轻”。正待我要充分享受悠哉的退休生活时，老伴儿彩云却不失时机地“上岗”了。她上岗的第一件事是要与我“同居”。自从女儿离家去省城工作后，老伴儿就睡到了女儿的房间里，原因是我经常夜晚开会、加班和应酬，回家晚了影响她正常睡眠。老伴儿自从进入更年期就患上了失眠症，我理解她，也就逐渐地适应了“独床”而眠。想不到我刚退休，老伴儿就提出要跟我“回到从前”，与我同床而眠。我问理由，老伴儿把一张体检单朝我晃了晃说：“高血压、心血管堵塞，夜里万一有个啥事怎么能及时知道？我这还不是为了你好呀……”

我咧开嘴笑了，戏谑道：“想跟我同床共眠就直说呗，老夫我也是巴不得哩。”

过去工作繁忙，难得早上可以舒心地睡个懒觉。但自从与老伴儿同床共眠后，睡懒觉的愿望却又难以实现了。老伴儿每晚九点半逼我上床，早上六点半催我下床，下了床洗漱之后还必须得出门健身。她的理由是越是清闲了越不能睡懒觉，懒惰是健康的第一杀手，而且会加速衰老。

老伴儿上岗后对我的领导和管理并未就此止步，而是“变本加厉”。比如规定我晚餐若饮酒，烧酒不能超过二两，红酒不能超过半瓶，啤酒饮料绝对禁止。而且晚饭后除特殊情况以外，还得跟她一起去跳“广场舞”。我先前是打死也不愿去，可老伴儿横眉冷对地逼问我：“你去不去？你去不去……”

我只好缴械投降，跟着她去了广场。这一去二回的，我倒有了点瘾头儿了。随着音箱里的音乐响起，我跟老伴儿或者其他舞伴手抓着手（当然有时也是免不了扶着背搂着腰）翩翩起舞了。过了一段时间，老伴儿突然明示我，以后她就是我唯一的舞伴，不得与他人共舞。

我明白过来后禁不住嘿嘿笑了，说：“彩云啊，都多大岁数了，你还会吃醋。”

老伴儿乜我一眼说：“这无关吃醋。过去我管不了你，有组织上管你。现如今轮到我管你了，管你就是要从细微处着手，防微杜渐。”

哎哟，我老伴儿到底是教师出身，说起话来振振有词。

转眼退休快一年了，内心深处有一种无以名状的欲望逐渐膨胀起来，我意识到自己有点儿“不甘寂寞”，想找点事干干了。我对自己说：“刚过六十，怎么可以就这样早起健健身，晚上跳跳舞呢？我得发挥点余热不是？”

吃晚饭时我跟老伴儿说：“彩云，我觉得长此以往不是个事，我得弄点儿事干干。”

老伴儿说：“好啊，报名读老年大，或者拜师学书法绘画？”

我支吾道：“我不是指这些，我是想出去……”

我的话还没说完，老伴儿便打断我的话说："你想出去哦？是想出去旅游吧，我也正想着这事呢。你是想去哈尔滨还是海南？"

我摇摇头不想再多说，甩了一句话道："随你，都随你。"

"那就去海南吧。"老伴儿拍了板。

老伴儿决定去海南，我就想起三亚有几个老板朋友，而且在当地政府里还有我在位时曾经接待过的官员。第二天我从手机的通讯录里找出联系号码，逐个联系上了。等到老伴儿从外面回来，我把三亚对接情况向她做了汇报。没想到老伴儿却瞪起双眼说："我刚才已经跟旅行社联系好了，咱自己花钱旅游干吗去打搅别人呢？你以为你现在是谁呀，想着叫人家给你白吃白住呀，都这把年纪了还有什么想不开的呢？退休工资近万，省下钱来干啥？带骨灰盒里去吗？"

我被老伴儿呛得一时不知说什么好，只好嘀咕道："你看你这领导的口气比纪委还厉害。好好，我不管了，花钱跟旅行社走吧。"

"必须的，老了更不能让别人小瞧咱。"老伴儿语气坚决地说。

旅游回来我想发挥"余热"的欲望更是蠢蠢欲动。恰在这时有人敲门，我开门一见是我的老同学贤化，本地的房地产大咖。在客厅落座后，贤化便直奔主题，请我到他公司工作。

我用犹豫的口气问他："我刚退休，按规定还不能到我管过的行业兼职。"

"这不成问题，公司名册上不出现你的大名，工资也不会开……"贤化说。

"那就更不行了。"正在厨房里擀面条的老伴儿手持擀面杖，走到客厅毫不客气地跟贤化说："我们家不缺钱，到老了还想叫老王给你打工，休想。"老伴儿说着还把擀面杖朝空气中挥舞了几下。

贤化因为是我的老同学，跟我老伴儿也挺熟，便委屈地笑着说："彩云，你这是干啥？想用擀面杖打我吗？我怕你家老王在家闲出病来，好心让他出来发挥点余热。哎，真是好心当成驴肝肺。算了算了，我走。"

老伴儿"哼"一声说："你想走就走啊，留下来吃了我亲手擀的面条再走。"

贤化站起的身子又重新落座到沙发上。我摇摇头笑道："贤化你就听她的吧，她现在是我的领导，上岗都一年了。"

主食是手擀面，但小菜和酒也是必需的。待我和贤化几杯酒下肚后，老伴儿慢条斯理地问我和贤化道："钱这东西能给人带来快乐健康和体面，它的好处真是无处不在。但我一直想问问你们俩，钱还会有什么其他特殊功能呢？"

贤化呷了一口烧酒说："彩云，钱的功能刚才都被你说尽了，还会有其他什么功能呢？但闻其详。"

"好吧，让我来告诉你。"老伴儿给贤化斟满一盅酒说，"钱还会让人变成奴隶。"

"这道理我多少也懂。"贤化看看我老伴儿，又看看我说道。

"那你还存心让我家老王去给你打工？！"老伴儿直愣愣从嘴里蹦出一句话。

2021 年 4 月 7 日

鸡蛋的吃法

真没想到，老婆大人退休后居然把注意力转到鸡蛋的吃法上面。她先是生吃鸡蛋(当然,鸡蛋一定得“本地鸡”下的蛋,因此也迫使她经常要去农村收集土鸡蛋)，所谓生吃鸡蛋就是先把鸡蛋洗干净，再在鸡蛋壳上戳个小窟窿，捏手里晃荡几下，把蛋壳里的蛋清蛋黄晃匀了再用嘴吸吮。我找了几根细细的吸管让她用，但老婆大人却摇着头说：“不行不行，只有直接用嘴吸吮才可以百分之一百不使营养流失。”老婆大人还定死每天只能吃一只。如此这般坚持了两个月，却又在一夜之间改变了吃法，理由是据医生说生鸡蛋有不少细菌，生吃很不卫生。科学的吃法是把鸡蛋浸水里煮熟了再吃，而且一天可以吃两只，但必须得早晨空腹吃才更有利于营养的吸收。

我对把鸡蛋煮熟了吃是赞同的。但自从老婆大人年底去医院例行体检发现体检单上竖起了几把“雨伞”后，就又不知从哪儿听说了鸡蛋黄不宜多吃，吃多了必然会导致“雨伞”丛生。从此，老婆大人便把每天的两只鸡蛋增加到每天四只，但鸡蛋黄则弃之不吃。我心疼可惜了鸡蛋黄，要帮着吃了，但她坚决不肯，说：“我不能吃，你也就不能吃，咱俩的健康一样重要。”无可奈何，只好眼睁睁地看着老婆大人把金灿灿的鸡蛋黄给扔进垃圾桶里。

老婆大人大约吃了半年鸡蛋清，突然又变卦改吃煎鸡蛋了。我觉得意外，便问老婆大人："你不是一直说鸡蛋黄不能吃吗？"老婆大人白了我一眼说："兼听则明，这回是一位老中医的夫人告诉我的，说鸡蛋黄并非不能吃，而且鸡蛋黄含有一种特殊的营养素，是人体所不可缺少的。"

我笑道："夫人，老夫记得您曾经鸡蛋生吃再后来煮熟了吃，可如今又煎了吃……"

还没等我说完，老婆大人便抢白道："我在电视上听营养专家说了，煎鸡蛋并不会破坏营养成分，而且色味俱佳，何乐而不为呢？这可是专家亲口说的。"

为了吃煎鸡蛋，老婆大人还专门花钱选购了一只铸铁平底锅，煎蛋时先在锅底撒一小勺菜籽油，再捏一小撮盐巴撒入油中，说是这样煎蛋才不会粘锅。待菜籽油冒烟时把敲开的鸡蛋倒入油锅，随着"嗞"的一声响之后，再用锅铲把鸡蛋给翻个身，只需少许时间便可出锅入碟，最后还有一道程序则是乘热滴上几滴老抽。老婆大人每天至少要煎四只鸡蛋，她两只我两只，她要求我每天必须跟她同吃。

这次改吃煎鸡蛋为时最短，仅仅吃了一个月零三天便决定从今往后原则上改吃西式煎蛋卷了。我问老婆大人这又是听何人所言？老婆大人两眼一瞪说："老头子你土了不是？没文化真可笑，没看见我现在都读什么书呀？日本的村上春树，知道吗？村上说帝国饭店的厨师最拿手的是制作西式蛋卷，做出的蛋卷色相好，内里松软非常可口。这不家里正好买了只平底锅，以后我就天天煎蛋卷给你吃吧。"

老婆大人但凡变着法儿怎么吃鸡蛋也没啥大不了的，有时间精力折腾点花样也不是啥坏事，但问题是她的每一次"变法"我都得被逼跟从，她怎么吃鸡蛋我就得怎么吃鸡蛋，比如她只吃蛋清我就不能吃蛋黄，她规定每天吃几只鸡蛋我就得跟着吃几只鸡蛋，如果有一天她把鸡蛋给撤下餐桌打入冷宫，那就意味着我也不能再吃鸡蛋了。

陪着老婆大人吃西式煎蛋卷时，我不由得问道："夫人啊，这鸡蛋的吃法算下来也有六七种了吧,再不会生出个其他什么新的吃法了吧？"

老婆大人乜了我一眼说："老头子啊，咱不求标新立异但求与时俱进，我的计划是这样的噢，以后可多吃鸡蛋炒香葱，网络上的养生档里说了,吃香葱降血脂胜过吃中药,特别是香葱遇上鸡蛋,那就是天仙配。"

我的天哪，照老婆大人的口气这鸡蛋再这样吃下去怕是得吃出爱情故事来了。

老婆大人继续说她的鸡蛋理论："鸡蛋就好比中药方里的甘草，多方可用。比如说鸡蛋可以炒西红柿，炒辣椒，炒虾皮，还可以做蛋花汤，做饺子馅。但是，鸡蛋与哪种食材同炒才算是最佳标配则是很有讲究的。"

我笑道："夫人啊，鸡蛋的吃法是层出不穷的呀，就好比大米可以煮干饭、稀饭，还可以包粽，或者磨成米粉。还有猪肉，说起来简直可以有上百种的吃法……"

"你这是抬杠，关键是要知道鸡蛋的哪一种吃法最科学、最营养，鸡蛋的吃法可以有无数种，但我只选择一两种最佳吃法，这叫科学养生，懂吗？"老婆大人盯着我问道。

我附和道："不懂，哦，我懂，我懂……"

"先预告一下，"老婆大人撇了撇嘴说，"下一步我还要研究研究白开水的喝法,主要是白开水在一天中的哪几个时间点喝比较科学合理。养生档里说早晨起床之后和夜里上床之前的几分钟是喝白开水的最佳时间节点。还有喝白开水把握在多少温度也是有科学讲究的。老头子啊，以后别老是喝你的浓茶了，跟着我喝白开水吧。”

哎哟喂，老婆大人将要研究白开水的科学喝法了，这就意味着我的喝茶习惯将被改变，得跟着她喝白开水了。这可怎么办好呢？再下一步真难料她还将研究别的什么吃喝呢？就在前几天老婆大人还喋喋不休地跟我唠叨水果必须得早上吃，晚上尽量别吃。饭前先喝汤或水让肚子稍微饱胀有利于节食，其实自从退休后老婆大人给我制订的所谓科学养生菜谱已经够我受的了，这年把来已经吃得我嘴里都快淡出鸟来了。看来我只得求救于女儿了。我打电话给女儿说：“闺女啊，你结婚都快两年了吧，快给老爸老妈生个外孙抱抱吧，也好让你老妈有个正事儿做做。”

2021 年 12 月 26 日

跟着老婆去喂猪

煤矿老板白茫的矿井发生了严重的安全事故。煤窑遭关停，死亡矿工需经济赔偿，法律责任要追究。一夜之间，白茫由一个大富大贵、挥金如土的“土豪”变成了“千金散去”的穷光蛋。

跨出牢监大铁门的白茫，好比无头苍蝇，茫然四顾。这一刻，他最想的是回到千里之外的家。他想老婆了，他想已经上初中的女儿了。白茫问自己，这么些年以来，腰缠万贯时怎么就没那么想念家呢？他也曾想把老婆女儿接到身边，但家里还有位生病的老母亲需要照顾。当然，还与自己身边不缺美女有关。白茫苦笑了一下跟自己说。

白茫20多岁就离开深山冷坳的老家，独自到山西闯荡。在走投无路之际被一个殷实的人家收留，跟着跑运输。因为他能说会道又勤快，被主人家的大女儿大凤看上了。大凤跟着白茫回家乡成亲的前夜，母亲私下塞给她500元钱，叮嘱她：“南方人心眼多，闺女你一个人跟着他远嫁千里之外，可得小心着点儿。如果他待你不好，就用娘给你的这钱悄悄坐车回来，娘家随时接纳你。”

“我是真没脸面回家了。”白茫跟乡友阿勇说。阿勇在贵州做房地产，他塞给白茫两万块钱，劝说他“留得青山在，不怕没柴烧”，先回家休整几年，等待时机再出山。

白茫怀揣两万块钱踏上了回乡的路。

白茫走到村口先是被一中年村妇发现，张口就叫道：“哎哟，大老板回来了。”

白茫给出一副不大自然的笑脸，想说自己遭了难，早已不是什么大老板啦，但话到嘴边终是没说出口。他直了直腰，保持着笑脸往家走。他一路走着，遇到老人孩子，想起以前过年回家就会得意地打开挎包拉链抽出几张百元纸币，如飘雪花一般地抛给他们。可如今这种底气已荡然无存，绕着偏道走还生怕见着熟人呢。

站在家门口，白茫心窝里像藏着只兔子，狂蹦乱跳。从千里之外的贵州，一文不值地回了家，老婆会怎样待自己？大凤在村里可是出了名的厉害，凶起来不管三七二十一，一点儿面子不给留。白茫还清楚地记得大前年春节期间跟几个发小酒后搓麻将到下半夜不思归，大凤气呼呼推门而入，不由分说当着众人的面揪着他的耳朵往家里拽。第二天发小们撺掇他说：“这种母老虎，外人面前一点儿面子都不给，还不赶快休了拉倒？”

白茫嘿嘿一笑说：“当年我闯荡山西穷光蛋一个，自从娶了大凤回家，才使得我在贵州开煤窑赚了大钱，旺财的老婆休不得，休不得。”

大家哈哈大笑，从此“旺财的老婆休不得”在村里村外就相传开来。

白茫在家门口踯躅了一阵，没勇气进门，折转身去了妹夫家。他想让妹妹先到他家探探风头再说。

妹妹为他炒了几个下酒菜，让老公陪着吃喝，自己去了嫂子那儿打探。

在村小当教师的妹夫举起酒杯与白茫的酒杯碰了一下，说：“干啦，甭想那么多了，人能回来比什么都好。”

白茫咽下一口烧酒，哈了一声说：“真是世事无常啊，不瞒你说啊妹夫，有钱的时候那种感觉就像腾云驾雾，身边的朋友数都数不过来，还有……”白茫原是想说身边美女如云，但话到嘴边拐了个弯，说，“谁能想得到，矿上出了这么大事故，还坐了一年牢监。钱没了，朋友也没了……”

“这些都是身外之物。”妹夫推了推鼻梁上的眼镜说：“兴也好，衰也好，都是过眼云烟。依我看你就收了心在家跟嫂子好好过日子，你家那三间庭院位置好，适合改建农家乐，成了还怕发不了财？李白诗云千金散去还复来吗，哈哈，干啦……”

板门“嘭”一声被重重推开，大凤一脚跨进屋里。白茫冷不丁一哆嗦，像做了错事的孩子似的站了起来。

“白茫，你也知道没脸回家啊？这些年你吃喝嫖赌一样不少，脸皮早就厚成猪皮了……”大凤瞪着双眼大着声说。

“哎哎嫂子，哥刚回来，你就别急着数落他了……”妹夫赶紧劝道。

“我现在，没钱了，什么都没有了……”白茫嗫嚅道。

“什么钱不钱的，自打结婚以来，我的眼里只巴望着人，不稀罕钱，钱能当老公吗？多少人家钱有了，人没了。你倒好，不回家先到这儿吃香喝辣来了，猪圈里还有十几头猪崽饿着肚子嗷嗷叫呢，还不快跟我回家喂猪去。”大凤连珠炮似的说道。

“好好，我这就跟着老婆去喂猪。”白茫说着离开饭桌。

“真想揪下你这猪耳朵。”大凤骂着抬了下手，白茫吓得弯下腰，一溜烟往屋外跑。

2021 年 2 月 23 日

那个小男孩有牛奶喝了

夏天的夜晚，爷爷给孙子讲了一段从前的故事。不满十岁的孙子把小手托在下巴上，爷爷间或摇几下纸折扇，爷爷讲的故事是发生在四十多年前——

一对浪漫的年轻男女不顾父母反对，骑上自行车去实施他俩商定好的“旅行结婚”。他俩选择以山区乡村为主要旅行地，作为从小在城市里长大的年轻人，森林、瀑布、稻田和小溪才是他俩的神往所向。

出行第五天，已经离开城市很远很远了。他俩骑着自行车沿着乡间小路快乐地慢行，一路的清新自然风景令他俩陶醉不已。天色擦黑了，他俩才意识到在一望无际的乡野竟然看不见一缕炊烟。新娘有点慌了，问新郎怎么办呀，前不着村，后不着店的。新郎镇定地说：“亲爱的别怕哈，继续坚持往前骑，相信总会遇到人家的。”

他俩又坚持骑行了一个多小时，这中间有几段崎岖陡峭的小路根本无法骑行，只得扛着或推着自行车，更糟糕的是，天又下起了大雨，他俩虽然备有雨衣，但道路已顷刻间被雨水冲泡得泥泞不堪了。这是他俩旅行以来遇到的最艰难的时刻。

他俩终于看见了远处的山坳里闪现出一点亮色，这一抹雨帘中的朦胧亮色使他俩仿佛在严冬遇到了一盆火炉，不由得加快了脚步。

这是一间破旧的泥砖平房。他俩敲开了板门。是女主人开的门，男主人在马灯下编织着竹篾。新郎向主人说明来意，女主人半懂不懂新郎说的话，不时回头与男主人交流，但他们之间说的土话新郎和新娘是半句都听不懂。零乱而又潮湿的屋子里靠墙有一张砖床，床上躺着一个正在睡梦中的男孩儿。

这对夫妻总算听明白了他俩的来意。女主人用柴火为他俩烧了一锅开水，又拿出几个烤番薯给他俩充饥，等到他俩吃好喝好后，女主人抱起熟睡的男孩，把床让给了他俩。新娘过意不去地问："女主人把床让给我们那你们睡哪啊？"男主人说了几句勉强可以听明白的"普通话"，意思是你们别管了，我们有地方睡。

他俩已是疲惫至极，便和衣倒头在砖床上睡去了。

第二天凌晨，天才蒙蒙亮，新娘被尿憋醒，便下床推门出去找小解的地方，她在微亮中找到靠近房子西侧的旱厕，她匆匆解完手离开旱厕时，却发现旱厕旁还有一间用毛竹和稻秆搭建的柴仓，柴仓里卧着这家男女主人，女主人怀里还搂着那个小男孩。新娘痴呆呆地看了几眼，回屋叫醒新郎，新郎也正想起床小解，便跟着新娘出门目睹了这一情景，新郎感动地搂着新娘说："这里的山民真好，真纯朴啊。"

孙子听得入了神，插话道："爷爷，乡下农民那么苦吗？"

"是呀，从前苦的人很多啊，他们有时还吃不饱饭，哪像你们现在呀，吃饭还挑食。"爷爷叹息道。

"爷爷，故事里的新郎和新娘就是现在的您和奶奶吗？"

“是的呀，孙子真聪明。”

“爷爷，您和奶奶住人家家里，还吃人家东西，不给人家钱吗？白吃白住吗？”孙子忽闪着眼睛继续追问道。

“你问这干啥？那一对山里人可是纯朴的大好人哪。”爷爷深情地说道。

奶奶一旁插话道：“那天早上我和你爷爷吃了女主人给煮的番薯稀饭。你爷爷掏了两块钱付给了女主人，还把我们的半袋奶粉留给了小男孩。那晚你爷爷请求投宿时就说好了要付钱的。”

“哎呀呀，你啰唆这些干啥，好好的一段纯朴无私的故事被你这么一搅和给糟践了。当时付钱是因为我们想济贫和富有同情心吗，就是不付钱人家还不照样让我们睡一宿啊。就爱插话唠叨。”

“咋啦？我这样说就有损人家纯朴高尚的形象啦？别忘了人家还有个饿肚子缺乏营养的小男孩儿。”

孙子圆睁着双眼似乎在思考什么，忽然地说了一句：“我知道了，你们互相帮助啦……”

2022 年 1 月 17 日

我们一家住一起

山坳里祖祖辈辈就住着十几户两姓人家，麻姓和金姓。麻家生一独女取名叫麻芳，另一麻姓家育一独子取名叫麻木。金家则育有三子一女，长子取名叫金银。麻芳、麻木、金银同岁。8 岁那年三人一起去村小念书。

去村小念书要走半个多小时山路，中途还得经过溪滩，若遇雨季，湍急的溪水漫过碇步，就该麻木和金银显身手了，两人都想背麻芳过溪，但金银个头大些，也霸道些，一般都由金银抢先背麻芳。麻木挽起裤脚无奈地跟在后头，麻芳有时会在金银的背脊上转过头朝麻木嘻嘻笑几声。

转眼间三人都长大了。“女大十八变”，18 岁的麻芳几乎一夜之间出落成美丽的仙女一般。那时城里正在流行一首歌叫《小芳》，在麻木听来那歌里的小芳就是眼前的麻芳。可是突然之间，金家迎娶了麻芳。麻芳嫁金银的头一天，约了麻木，跟他说：“木，我明天就是金银的人了，你一定得过来喝喜酒。”麻木胸脯一起一伏，许久说了一句话：“你怎么说嫁就嫁了，我一直想着……娶你。你嫁金银是因为他家人多势众，条件也比我家好吗？”

“现在还说这些有啥用？”麻芳双眼有些潮湿。

麻木想抱麻芳，被麻芳轻轻推开，转身离开了。

剩下麻木一个人站在银杏树下呆若木鸡。毕竟，他俩之前关系密切，麻芳曾经让麻木搂抱过。

第二年，金家喜添贵子，取名叫金贵。

又过了几年，脑子活络的金银买了一辆手扶拖拉机跑起了运输。麻木则依旧老老实实伺候着他家那一亩三分地和山坡上属于他家的毛竹林。麻木勤劳，还不时接些小工程业务，倒也赚些小钱，但30多岁了，就是没想娶老婆。

一天麻木在山坡上砍竹，麻芳家也有一片毛竹林，丈夫无暇顾及，但会持家的麻芳不舍得放弃这一百多株毛竹，也上山坡砍竹。麻芳“啊”的一声惨叫，摔下山坡，正在附近的麻木听到叫声，几乎滚到山脚，一把抱住摔伤的麻芳。

麻木怎么也没想到过了这么多年后，竟以这种方式抱了麻芳，摔伤的麻芳无法走动，只得由麻木背着她一步一步往公路上走，上了公路才可以搭车去乡卫生院。

麻木把麻芳背到公路旁，在放下麻芳的一瞬间，麻木使出很大力气紧紧抱住麻芳，麻芳呻吟着，说：“你从前干啥啦？现在还想这样，小心他家三兄弟把你揍扁。”

真是世事无常。金银开拖拉机出了车祸，成了植物人，二十四小时躺在床上了。麻木从此把心思和时间几乎都放在了麻芳家了。金贵慢慢长大了。金贵看麻木的眼神会让麻木不寒而栗，麻木不得不有意躲着金贵的眼光。

麻芳忍不住说麻木：“你看看山坳里除了几个老弱病残都下了山，

你都40多岁了，一不娶老婆，二不下山，你这是图的个啥呀？”

“没图啥，我的心在哪我人就在哪。”麻木说。

一天下午，麻木帮麻芳家砍柴到天黑，累了，麻木欲回家，被麻芳叫住了。麻木在麻芳家喝了米烧，麻芳也陪麻木喝了米烧。麻芳上了床，缓缓解开衣扣……这时，门“吱呀”一声打开，金贵回家了。金贵面无表情、一言不发。麻木结结巴巴道：“你妈，她喝了点酒，累了，想躺……下睡了，我这就走……”

“等等。”金贵蹦出两个字，又道，“我还没吃饭呢，你能陪我再喝点酒吗？”

“哦，哎哎，我陪你……”麻木又喝了两大碗米烧，直接躺倒在麻芳家的旧沙发上。

儿子走后，已经决意的麻芳主动将麻木扶上了床……

半年后，已在城里工作的金贵又回来了。金贵咽下一口母亲为他做的下酒菜，跟麻木说：“叔，我在城里租了房。明天，您和我妈，还有我爸一起去城里吧，我们一家住一起。”

麻木胸脯起伏，一仰脖儿将半大碗米烧倒进了嘴里……

2021年6月7日

奖 状

上小学二年级的小明放暑假了，工作忙碌的爸妈开车把小明送到郊外的爷爷家。

小明一下车，便一连声“爷爷，爷爷……”地朝爷爷怀里扑去。爷爷乐颠颠地一把将小明搂到怀里。

待爸妈开车离开后，小明拍拍搁在桌子上的厚厚的书包跟爷爷说：“爷爷，您猜，我书包里除了书还有什么？”

爷爷笑道：“这有啥好猜的，除了书还有笔呗，或者还有小人书？”

“爷爷，您再猜。”小明忽闪着一双明亮的眼睛缠着爷爷。

“还有，弹弓？不，现在可不许小孩儿用弹弓打鸟了。要么，是巧克力？棒棒糖？不会不会，你妈临走前反复跟爷爷交代过，不让你吃糖，怕上火。也真是的，爷爷小时候想吃糖还吃不起呢。算了，算了，爷爷不猜了，等晚上你奶奶从你姑奶奶家回来叫她猜吧。”爷爷朝小明摆了摆手道。

“哼，爸爸还跟我说爷爷有本事，连这都猜不出。”小明有点儿失望，便打开书包，从里面掏出一张奖状，脸上随即露出了得意的神色，把奖状递到爷爷眼前说：“爷爷您看，这是我的奖状。”

爷爷高兴地接过小明递过来的奖状，仔细看了许久，还念出了声音：“劳技小能手。”爷爷念过之后抚摸了一下小明的后脑勺，连声夸奖道：“不错，不错，孙子真有出息，长大后一定能当上个劳动模范。”

小明靠在爷爷怀里，抬着头问爷爷：“爷爷，听我爸爸说，爷爷以前当警察时跟坏人搏斗还负过伤，立过功，也有奖状，还有……我爸爸说还有金光闪闪的奖章。爷爷，我要你找出来给我看看，长大后我也要当警察。”

“哈哈，看那干啥，都十几年前的事了，爷爷现在退休在家吃闲饭，老了，无用喽。”爷爷笑道。

“我爸爸说了，爷爷以前是个大英雄，我就要看爷爷的奖状……”小明摇着爷爷的胳膊不肯罢休。

“好，好，爷爷找找看，不过那奖状奖章还真不知给塞到哪儿啦，”爷爷拍了几下前额说，“要不等你奶奶晚上回来后帮你找找？”

“不嘛，我要爷爷现在就找。”小明把爷爷的一只胳膊摇晃得更厉害了。

爷爷拗不过小明，起身翻箱倒柜了好一阵子，却始终找不到奖状奖章的踪影。爷爷抹了一把额头上的汗珠子，跟小明说：“宝贝孙子哎，你就别为难爷爷了好吧？你看这样行不行，爷爷的奖状呢就等你奶奶回来再找，但是你爸爸像你这么大的时候也得过一张奖状，几十年了爷爷一直保存着呢，爷爷现在就拿出来给你看，好吗？”

“真的啊，我爸爸也有奖状呀，”小明两眼睁得大大的，说：“我爸爸小的时候的奖状，那是好久好久以前了……”

爷爷从床底下抽出一只小木箱，把箱盖打开，跟小明说：“喏，里面有你爸爸小时候的奖状。”

小明取出有些泛黄的奖状，仔细看了许久，不自觉地念出了四个字:“五好学生。”

傍晚时分，奶奶回来了。奶奶立马帮小明找出了爷爷当年的奖状和奖章。晚上，小明捧着爷爷、爸爸和自己的奖状，还有爷爷的金灿灿的奖章，幸福地进入了梦乡……

2021 年 6 月 26 日

还是小姨这身衣服合适

我爸特意把中秋午餐安排在我姥姥家附近的饭店。我自从热恋后，已经几个月未见姥姥面了。其实我和我爸、我妈平日里也是聚少离多。我爸是企业老板，经常鸟一样地在天上飞来飞去（这是他经常挂在嘴上的一句话）。我妈是剧团编导，到外地或乡下演出是常有的事。而我，大学毕业后，被派到乡村挂职扶贫指导员。中秋节这天，一家约好姥姥、小姨到饭店聚餐。小汽车在拥挤的道路上开开停停，半个多小时才到达饭店。下了车，我妈用手机给我小姨打电话，我在一旁听得清晰，小姨说已出门，几分钟就到。

远远地，我看见小姨在人行道上双手推着轮椅，姥姥蜷坐在轮椅里。我妈也看见了，赶紧拉着我快步迎上前，叫了声“妈”。姥姥嘴角动了动，表示笑意。姥姥两年前突发脑溢血后就丧失了说话、行走等能力，全凭小姨贴身照料姥姥日常生活起居。

小姨是个命运极其不幸的人。十年前独生女得了恶性脑瘤不治离世。姨父因此痛苦不堪，整日饮酒度日，一次醉酒后坠河而亡。小姨因此几次想死都没能死成。姥姥很早守寡，把我妈和我小姨拉扯大。姥姥重病后，小姨倒像换了个人似的，把精气神全部贯注到我姥姥身上了，我觉得小姨的身体状态也比过去好了一些。

我妈和小姨合力把轮椅推进饭店一楼的包间里。小姨看上去有些憔悴，穿一身灰色小方格像连衣裙又像睡衣的棉质衣服，脚穿一双浅蓝色平底胶鞋。而我妈则穿一身浅色紧身连衣裙，把形体包裹得凹凸有致，脚底的一双高跟鞋让她站在我小姨身旁足足高出半个头。

我妈握着小姨的手说："小丽你今天这是穿了件什么衣服啊，跟穿了件睡袍似的，而且颜色也灰不溜秋的，今天这个场合你该换身像样的衣服穿。"

小姨说："姐，这身新衣我今天可是第一次穿呢，好几百块呢。自己家里人聚会还什么场合不场合的。我不好跟你比，你是明星，穿衣该讲究些的。"小姨说完竟然嘿嘿笑出了声。

我妈搂了一下小姨，打开名牌包掏出一只装有几千块钱的信封塞给小姨。小姨瞄了一眼说："姐，这个月的钱姐夫不是已经给了吗，不要不要，再说我和妈的退休工资加起来也有小万元了，不愁钱。"

"姐给你就拿着，去买身衣服，多买些营养品。"我妈把钱硬塞给了小姨。

这时我爸已把菜点好，服务生把饭菜、饮料陆续端上了桌。

小姨把轮椅挪到饭桌跟前，我妈抢先夹了一小碗面条喂姥姥。姥姥眯着双眼不张嘴。小姨一旁跟我妈说："姐，你忘了妈的习惯了吗？吃饭前第一口得先喝一调羹汤。"

"哎哟，我还真忘了呢。"我妈说着赶紧舀了一调羹面汤往姥姥嘴边送。

可是姥姥依旧不肯张口。我妈把求救的目光移向小姨。小姨微笑着拿起桌面上的醋盏往面碗里倒了小半勺米醋。我妈吧嗒下嘴说："对对对，妈吃面必须得有醋，就像爸生前吃饺子必须得有蒜。小丽，你看姐也老啦，连妈这生活习惯都给忘了。"

我妈重新舀了一调羹面汤贴到姥姥嘴边，姥姥终于张开了口。

"妈心里还明白着呢，只是不能说话了。"小姨说。

小姨几次想争着喂姥姥，我妈就是不肯，并且用自责的口吻说平时因为忙没能服侍妈，今天应该由她来补偿一下。

姥姥吃完一小碗汤面，精神好了许多，盯着我不停地"嗯嗯"着。我和我爸、我妈都疑惑不解。小姨笑了，跟我说："哦，姥姥是问你今天女朋友怎么没一起来？"姥姥不声响了。我好生奇怪，小姨对姥姥的一举一动怎么这么了解呢？

我大着声跟姥姥说："姥姥，我女朋友她妈妈昨晚洗澡摔了一跤，腰疼，她非要在家陪她妈，所以来不了啦。"

我爸问："她爸不是在家吗？"

我说："我也是这么问她的，她说她爸在家她也还是放心不下，犟脾气。"

"可别这么说，"小姨接过我的话头说，"能找到这种犟女孩是你的福气哟。我看这女孩靠谱。"

我妈说："你小姨说得对，我也觉得这女孩挺懂事的。"

姥姥突然咳嗽起来，一旁的小姨伸手给姥姥捶背。我妈则俯身到姥姥跟前用纸巾给姥姥擦嘴。姥姥猛一咳把嘴里的残汤溅了我妈一身。姥姥咳出残汤便止住不咳了。我妈赶紧用纸巾擦衣服。我忍不住嘿嘿笑道："妈，这个场合还是小姨这身衣服合适。"

我妈抬头瞟了我一眼。

今天的计划是吃完午餐再到附近公园游玩一会儿。

杨虎丘公园绿树葱郁，鲜花争艳。我妈推着轮椅，小姨和我还有我爸在公园的林荫道上说说笑笑。我们走到了清澈的湖边，我爸掏出手机要给我们拍照。我妈站在我姥姥身后，手扶轮椅横把说："先给我和妈拍一下。"

我爸应声道："好嘞"，便用手指在手机上连摁了几下。拍好了，我爸让我们几个站在姥姥身后合影,然后又是分分合合连拍了各种画面。我爸觉得拍得差不多了，就把手机屏幕一页页划给我们看，然后又俯身划给姥姥看。姥姥看完，嘴角翘起来不停地"嗯嗯"。我妈说："老公，咱妈可能还没拍够哩，继续拍呀。"

姥姥侧过头看看我妈，又看看我小姨。小姨含笑不语，挪步到姥姥身后，跟我爸说："妈的意思是想叫你也给我和妈单独拍一下哩。"

"好嘞好嘞"，我爸边说边举起手机连摁了几下。

我妈接过我爸的手机，看了好一会儿说："拍得真不错，小丽就是比我上镜。"

小姨也接过手机看了一下，说："姐，还是你拍得好看，我这身衣服……"

"小丽，姐今天明白了，还是你这身衣服合适。"我妈说。

"对，还是小姨这身衣服合适。"我跟着说。

2022 年 1 月 23 日

曾经的那朵飘散的云

县城关中学高中毕业后我乖乖地回到了农村。我不知道未来的路该怎么走。我在家压了三天床板，被父亲用扁担狠狠地敲了几下屁股，只好歪歪斜斜地跟着父亲的脚后跟下了田。我做过上工农兵大学的梦，但我父亲的亲哥哥，也就是我的伯父在台湾，听说还是个师级军官，全家为此噤若寒蝉，哪还敢梦想着上大学？只有种田是眼跟前的出路。

我作文写得好在城关中学是出了名的，我擅长写作散文和诗歌，在学校的油印文刊上发表过多篇散文和诗歌。回家种田后我仍然没有放弃写作，而且还认真阅读从语文老师家借来的几本大部头外国名著。

县广播站播送过我的几篇反映农村生活的散文和纪实通讯。比我小两岁的阿琴在城关中学放暑假回家来了，她天真烂漫地跑到我家说："阿勇哥，你的文章真棒，县广播站播出了你的文章后，语文老师还让我在班里把你的文章朗诵给同学听。"

我嘿嘿笑着说："我一个泥腿子的小破文还能受到如此关注啊。"

"可不咋的？阿勇哥，我也爱好文学和写作，这个暑期我就正式拜你为师，你可得收我为徒，好好教教我哟。”阿琴说着还给我作了个揖，继而“扑哧”一声笑了。

从此，阿琴几乎天天往我家跑。我已经十七八岁了，正是青春懵懂的年龄，我注意起阿琴粉红色的脸蛋和微微隆起的胸脯，当然，我一般只用“飞瞥”的眼神看她，顶多趁她不注意的时候，我会把眼神在她脸上或者我所神往的某个部位多停留一点时间，经常心跳会抑制不住地加速。特别是她没心没肺地依偎在我的身旁听我讲解文章的时候，我似乎嗅到了一股山花的芳香，多少次，我差点忍不住想伸出胳膊一把将她揽入怀里……

在这个夏季，我真的紧紧地抱住了阿琴，但却是在河里，是在阿琴向我呼救的时候。那天阿琴和小伙伴们在河里游泳，阿琴脚抽筋了，在她拼命呼喊我的名字的时候，我奋不顾身地一个猛子扎进河里，把她抱上了岸。

我高中毕业的第二年全国恢复了高考。我的眼前一片光明。我坚信我能考上大学，一旦考上大学我就有资本，有胆量向阿琴——这位大队支书的千金坦露心迹了。但是考试的结果却因为数学拖了我的后腿而未能“金榜题名”。沮丧之极的我在这一年穿上军装入了伍。

入伍前夜阿琴泪眼婆娑地送了一个笔记本给我做留念。

入伍后我给阿琴写了几封信，却都如泥牛入海。入伍前，我和阿琴之间没有谈论过半个“情”和“爱”字，她不回信，我也就不再坚持给她写信了。

我当了四年兵，退伍后又回到了农村务农。回家后才听说阿琴已于两年前考上了大学，还听说跟一个副县长的儿子订了婚。

我听到这个消息后，在心里暗暗地祝福她，只要她好，我就没有理由不舒服，虽然我暗恋着她。

我依然坚守着我的写作爱好，但我投出去的稿子大多石沉大海。不过，写作也给我带来了好处，乡里招我到文化站当了一名临时工，这为我的写作创造了有利的条件。

我把一篇散文投给了县文学刊物《池塘》，投出去的这篇稿子有了回音。编辑部来信约我去县文化馆讨论一下稿子的修改意见。我如约去了县文化馆，万想不到接待我的竟然是阿琴。原来她大学毕业后分配到了县文化馆负责《池塘》的编辑工作。

已经二十五六岁的阿琴完全不是从前在农村时的那个纯朴的少女形象了。她长发披肩，唇抹口红，见到我也不叫我阿勇哥了，而是称呼我周勇。我乍一听有点感觉，真怕她喊我周勇同志。阿琴起身给我倒了一杯温水，然后用专业的口吻对我说："你的这篇散文写的是一位城市男青年和一位村姑的爱情故事，看得出，是想通过一对青年男女纯真的爱情表达改革开放使人们解放了思想,进而改变了对传统爱情的门第观念。但是，作为编辑，我还是感觉写得过于朦胧甚至晦涩了点，这篇散文其实是一个小说题材，可否改写成短篇小说……"

我听明白了，阿琴是想叫我按照她的意思把这篇散文推倒重来。我告诉阿琴："阿琴，散文就是散文，改变体裁和结构不应该是我们今天所讨论的事，你若觉得不适合发表就算了，我不会改动一个字。"

阿琴没想到我会以这样的口气跟她说话。但她很快便转移了话题，问了一些我现在的情况，表示她会在适当的时候请她如今已是县委副书记的公公帮我"转正"。

她的公公能帮我转为"正式工"当然是一件好事，但我却淡淡地说了一句："谢谢关心，还是顺其自然吧。"

我的这篇散文后来登在了省里的名刊上，说来也怪，从此我一发不可收，投出去的稿子大多都被采用，我的名气也就大了起来，编辑和作家们见到我也都很自然地叫我“周作家”了。

过了许多年，我在书店为自己的新书签名售书时，阿琴带着她刚上小学的女儿来请我签名，阿琴还笑盈盈地说要让她的女儿拜我为师。

我在自己的新书上一笔一画地签上自己的名字，当我把书递给阿琴的女儿时，还顺手拍了拍她女儿稚嫩的肩膀说：“好可爱的小女孩啊，叔叔的书读而无益，你要多看些中外名著。”

后来，我无意间听说阿琴的老公移情别恋跟她离了婚，也有传言阿琴出轨被她老公发现而离异，不管何种说法，反正阿琴的家是散了。我心里很不是滋味，好多日子里我一直在追寻从前的那个脸蛋微微泛红的，甜甜地叫我阿勇哥的乡村少女，可那个遥远的纯朴的少女好似一朵飘散的云。我似乎才突然意识到已经40来岁的我怎么依旧是孑然一身，我究竟在等待什么？

2022年1月26日

翠 花

按部队的政策规定翠花可以抱着怀里的孩子随军了，但多年守寡又病在床上的婆婆怎么办？她跟在部队里当连长的丈夫阿俊商量说："儿子才三岁，等再过几年儿子上小学了再去部队跟你过吧。"阿俊当然乐意，抱歉地跟翠花说："你真是个贤惠的好媳妇，只是太委屈你啦。"

翠花说："用不着抹着糖跟我说话，只要你在部队上好好干比啥都好。"

翠花和当连长的丈夫从生来就是村里的前后屋邻居。翠花比丈夫晚两年出生，是从小一块儿玩大的，算是"青梅竹马，两小无猜"了。

这天一早，翠花把一碗小米稀饭和一个咸鸭蛋端到婆婆的床头，门外响起了自行车铃，邮差喊道："翠花在家吗？"

翠花赶紧答应了一声跑出门外，是一封电报。

翠花展开电报，上面印着几个挺大的字："请翠花速来部队。"

翠花百思不得其解，部队上为啥给发这么个电报？究竟出啥事啦？或者是丈夫在部队上犯啥错啦？丈夫前几日才刚来了封信呀……翠花内心不由得生出了丝丝缕缕的不祥之感。她顾不得多寻思，把儿子托给娘家，又叫了嫁在外村的小姑子来家照看几天婆婆，坐上手扶拖拉机去了县城。紧接着又坐上了往北的公共汽车，第二天又坐上绿皮火车风风火火地赶到了部队。

在丈夫的连部里还没落下脚，指导员便把她给拽上了军用卡车的驾驶室里，汽车“轰”的一声便开动了。翠花急切地问指导员：“怎不见我丈夫？现在到底去哪？”

指导员紧抿着嘴，半晌才一字一句地说：“翠花，你可得有思想准备，连长他带车队跑长途时出了车祸，他现在在医院里，还，还没有苏醒，所以只能发电报叫你赶过来，等会儿见到他，你可要坚强啊。”

两行眼泪顺着翠花的脸颊淌了下来……

丈夫终是未被翠花唤醒，三天后，翠花的丈夫彻底停止了呼吸。部队给确定为因公牺牲，葬到了烈士陵园里。

翠花回家后，“咚”地跪在了婆婆床前，婆婆欠起身子问道：“翠花，大白天中了什么邪，跪娘跟前做啥？”

憔悴的翠花强忍着泪水，颤声道：“娘……以后翠花就是您的亲闺女，我给您养老送终……”

“你说啥话，我儿媳可比亲闺女还亲呢。是不是……俊儿在部队上出啥事啦？”婆婆警觉起来。

“没，没啥子大事，他开车出了事故，受了重伤，躺在医院里，医生说能救……”翠花说着眼泪忍不住奔涌而出。

三年后，翠花的婆婆撒手而去，她至死都不知道儿子早已不在人间了。

我跟翠花和她丈夫也是同村的，也是从小一块儿长大。就在翠花成亲那天，我喝了不少酒，跑到河边大哭一场，又毫无由来地对路过的一个多看了我一眼的小伙子拳脚相加，打断了人家三根肋骨和鼻梁骨。我因这次打人致伤，加上以前曾经打架斗殴和赌博的前科被判了刑。

在出狱的那天，正是翠花从部队回家的那一天。我在翠花家道坦里帮翠花劈柴，翠花说："不用你装啥子好人，你从小就爱打架、爱赌，以后再接着打人去？"

我垂着头说："翠花，我保证重新做人，再不打架，也不再赌了。"

"哼，我相信母猪能上树也不能相信你。"翠花不屑地说。

我把一食指放到一根圆木上，用砍柴刀照着狠狠地砍了下去，半截手指头子弹头般弹出老远，鲜血汩汩地流淌一地。翠花惊叫一声，赶紧拽下晾在竹竿上的一件孩子穿的背心替我包扎，不停地骂我："你真傻啊，你，你以为你砍了根手指头我就会相信你啊，算了，我不骂你啦，那截手指呢？快找找，到医院兴许还能接上。"

半截手指头还真被医院给接上了。

整整过了八年，那天我在翠花家砍柴时，翠花忽然叫我把食指伸给她看看。翠花捧着我的手指头，细细地看了许久，喃喃道："还有疤痕哩，以后家里用煤气罐了，用不着砍柴了。"

我说："我失业啦？"

"贫嘴。"翠花笑了，用手指头朝我额头摁了一下说，"过几日清明了，你陪我去部队烈士陵园给他扫扫墓吧。”

我正儿八经做了翠花丈夫的那天深夜，搂着翠花说：“翠花，你说过你没能唤醒阿俊，但你却用八年时间唤醒了我……”

我说这话时，眼泪涌出了眼眶。

2022年6月7日

等待放屁

方伟答应了媒人晚上八点在中山公园约会一位女孩。从媒人嘴里他知道了这位女孩比他小两岁，叫王琴，本地人，幼师毕业，现在市三幼当幼师。

晚饭后，方伟冲了个澡，换了身笔挺的西服，扎上领带，还把皮鞋擦得锃亮。

看来王琴也挺讲信用，几乎与方伟同时到达媒人指定的约会地点。两人坐在公园小河边的一张石椅上，一时都显得不大自然，倒是王琴先开了口。王琴说："听介绍人说你在实验小学当语文老师，文章写得很好，还发表过诗歌散文，该向你学习哩。"

方伟说："哪里呀，写作只是我的业余爱好而已，教语文的嘛，就当平时练练笔。你当幼师的一定很有爱心，我们也算是同行呢。"

方伟乘着对话时机不时侧过脸悄悄打量王琴，每看一眼心头就"咚咚"跳几下。石椅的背后挂着一盏路灯，灯光恰如其分地映照在王琴娇美的脸上。"窈窕淑女，君子好逑。"方伟突然地就想起了《诗经》里的诗句，他意识到自己已被王琴的容貌给打动了。

时间悄悄过去了两个小时，王琴说不早了，该回家了。方伟探问下次何时能再见面？王琴想了一下说："那就下周日吧，也在这里，可以吗？"

方伟赶紧说道："好的，好的。"

正当两人约定好之后，从王琴的屁股底下传出一声幽然的屁响，这一突如其来的屁声，使方伟惊异了一下，继而闻到了一股臭味。放了屁的王琴跟什么都没有发生过一样，从石椅上站起，与方伟并肩走出公园。而方伟走在王琴的身旁，却一直在想着屁的事，他不愿想象一位如此娇美的淑女竟然也会放出带响的臭屁，他似乎看到一只精美的水晶杯失手坠落到了地上……

转眼就到了下一个周日，吃过晚饭的母亲终于熬不住又开始了她的唠叨："阿伟啊，上次跟那个女孩见面都一个星期了，咋不见动静，到底咋样了啊？"

方伟随意地回答道："挺好啊，人倒长得挺漂亮的，可就是……"

母亲瞪着眼说："可就是什么呀？人家家境也不比咱家差，你可别这山望着那山高，挑来挑去挑个破灯盏。"

"妈，我第一眼见到她就觉着她是一个非常完美的人，可是，她竟然当着我的面儿放了个屁。这在我的心里好似打碎了一件精美的东西，她也太随意了点儿……"方伟断断续续又有点词不达意地说。

母亲禁不住哈哈笑了起来，说："哎哟你个傻小子，是人还不都得吃喝拉撒打嗝放屁呀，就说你爸吧，昨晚还放了个响屁把你妈我给惊醒了呢，我还骂你爸是个放屁虫。原来你磨磨蹭蹭就为这屁事过不去啊，放屁是个宝，能放屁说明肠胃通畅，你还想找个不会放屁的纸糊的人当老婆呀。找老婆生孩子过日子，不是买张仙女画，不吃不喝地挂在床头上。”

方伟被母亲一番话给说笑了，红着脸说：“我也没说不跟她谈了，我只是跟妈您说说而已，她，她当时要是文雅点稍微忍一忍多好啊。”

“屁话，屁还能忍啊，有屁就放，天经地义。你看你爸，当个屁大的官整日里不着家，问他就是开会，开会，我就叫他少做些什么报告，还不如放……”母亲说到这儿觉得有点儿说过头了，便把剩下的“屁”字给咽了回去，转移了话题说，“还待在家里干吗？看上人家了就主动点，你爸当年可是三天两头往你外婆家跑呢，这点你得向你爸学习。”母亲说着又呵呵笑了起来。

方伟抬腕一看手表，叫道：“哎哟，都快八点了。”

方伟急匆匆赶到约会地点时，王琴已经坐在长椅上了。方伟看看手表，迟到了十分钟，他抱歉地跟王琴说：“不好意思，刚才有点急事，让你久等了。”

“没关系，我相信你会来的。”王琴莞尔一笑道。

这次见面方伟和王琴之间少了许多拘谨和羞涩。两人无意间谈到了文学的话题，你一言我一语地从《简·爱》说到《雷雨》，转而又说到儿童文学。王琴说自己大概是因为职业关系吧，对儿童文学情有独钟，而且特别喜欢丹麦安徒生的童话。这次见面后，两人已不言自明地确立了正式的恋爱关系。

相恋一年后，方伟和王琴结婚了。新婚之夜方伟突然想起和王琴第一次见面的“屁事”，便说给王琴听，王琴忍不住笑了一阵后忽然瞪起双眼说：“怪不得第二次见面时迟到了十分钟，原来是为这屁事犹豫呀，还骗我说有点儿急事，你说假话跟有屁忍着不放一样属于不诚实。”王琴说着还掀开盖在方伟身上的被子，正色道：“方伟你记着，往后不许放屁，否则就罚你。”

“哎哟娘子，侬将如何罚我？”方伟戏谑道。

“跪搓衣板儿。”王琴“哼”了一声道。

“好好，从今往后一旦有屁坚决忍着。不过娘子你若有屁只管畅快淋漓地放，我就当聆听翠鸟的鸣叫。”方伟坏坏地笑道。

“去去去，不说这些无聊的屁话了，我困了。”王琴转过身去，方伟则一把将王琴抱转过来……

人到中年的王琴倒是多年一直无屁可放。但问题出来了，胃痛，无食欲，到医院一查，胃癌。这可吓坏了方伟，赶紧叫来女儿一起给王琴办理了入院手续，等待手术。

方伟和女儿在手术室门外煎熬了几个小时，终于盼来王琴被推出手术室。医生告诉方伟手术很顺利，切了大半个胃，接下来请注意观察病人排气，放了屁就放心了。

方伟怎么也没想到病人手术后还需要放屁，而且这个屁还挺重要的。因此，方伟一刻也不离开王琴半步，鼓励王琴有屁抓紧放，还叮嘱女儿共同注意倾听王琴的屁声。

寸步不离的方伟在病床前迷迷糊糊等待了两天两夜也没能听到王琴的屁声。直到第三天方伟实在熬不住了，仰靠在病床前的躺椅上昏昏睡去。突然间女儿拍醒了方伟，说妈妈刚才放屁了，接连放了三个响屁。

方伟倏地从躺椅上弹起，握住王琴的手说：“哎哟娘子啊，你的这个屁可让我等得好苦哟……”

2021 年 12 月 24 日

老支书

我站在矮墙外面，伸手从裤兜里掏出一包香烟，从中抽出一支叼到嘴里，再用打火机点上，深深地吸了一口，又长长地吐了出来。矮墙的院子里有两间两层的瓦房，东间住的是已年逾古稀的老支书，西间平时空着，女儿女婿和外孙来家时就住西间。我对西屋留存着一段暖暖的记忆。我当兵前在老支书家喝醉了酒，迈不动腿了，就在西屋老支书已出嫁的女儿的空床上躺过一宿。

我抽了几口烟，把眼光投向西屋旁的一间矮房，那儿从前曾经是猪圈和鸡鸭夜宿和下蛋的窝。如今老支书早已不养猪了，就把猪圈改造成存放农具杂物的“仓库”。

我扔掉烟屁股，伸出手指头摁响了装在木门上的门铃。屋内很快传出了老支书老伴儿熟悉的声音：“谁呀？”

“大妈，是我，吴强啊。”我高声回答道。

“哎哟是小强啊，怎么一大早就过来了，你看大妈早上还没来得及开大门呢，快进屋……”大妈边说边出来开门。

东屋里传出了咳嗽声，是老支书在床上咳嗽。我快步走到老支书卧榻前，伸出双手握住老支书干瘦的手，说：“我这几年一直在大西北，没回来看您，今早刚进村，还没来得及进家就过来看您，您的病好些了吗？”

老支书干咳了几声，声音有些沙哑地说：“肺里长了瘤子，听天由命吧。”老支书说着还用一根食指朝上空戳了戳。

“没事的大伯，肺里出毛病现在能治的。”我说着转过头去问大妈：“怎么没住医院？”

大妈说：“你大伯死活不愿在医院住，这不，前几天闹着叫女婿把他带回家。医生也只好同意他在家保守治疗一阵看情况再说。他回家后精神也好多了，早晚在村里遛遛弯儿，咱农村空气新鲜哩。昨儿不小心感冒了，今早就下不来床了。”

我想了下说：“还真得小心点儿，要不现在就去医院，我叫车送。”

大妈说：“女儿女婿今中午就赶回家，还是等他们来了再定吧。”

我在床头坐了下来。我凝望着老支书干巴巴的皱纹脸，鼻子不由得一阵发酸。

当年的老支书是何等的威严啊，那时候只要他咳嗽一声，全村没人敢喘粗气。记得小时候几个戴红袖套的中学生要砸村口寺庙里的一尊佛像，老支书手握锄头立在庙前大喝道：“我看你们这些兔崽子哪个敢动手？老子手里的锄头可不认人。”

一个小青年挥舞拳头喊口号：“打倒封资修！”

老支书果然不食言，挥起锄头就冲上去砍。大家见支书是动真格的，吓得一溜烟儿跑了。

为这事，我当兵前在老支书家喝酒时，曾经问过老支书，当年那锄头怎么就没砍到那个喊口号的人的头上？

老支书哈哈笑道：“那铁锄头要是真砍，脑袋瓜还不开花了哇！做个凶相吓唬一下他们，镇住了就行了呗。”

我“噢”了一声道：“原来您一直是装凶啊，我小时候可是又恨您又怕您呢。”

“那啥时起你才不恨我不怕我了呢？”老支书问道。

我说：“自从那次偷了您家的鸡以后就不恨您了，但怕您还是有点儿的。”

我的父亲从前在村里是个游手好闲的人，把个家给整得常常揭不开锅。为此老支书就经常呵斥我父亲。父亲老是不按时上工，也就老是被扣工分。我为此就既恨父亲又恨老支书，觉得老支书对待我家太刻薄。一次母亲卧病在床无钱抓药，我就心生偷鸡之念。我独自思谋了好久，决定要偷就偷支书家的鸡，因为是他扣了我家的工分。在一个月黑之夜，我手持电筒，翻过老支书家的矮墙，鬼影般地窜到鸡笼前。当我把一只芦花大公鸡的脖子死死卡在手掌里的时候，一道手电光照射到了我的脸上。

“小小年纪就学会偷鸡摸狗的营生了？”老支书从牙缝里挤出一句冷生生的话。

我浑身一哆嗦，立在原地呆呆地不敢动弹了。

“给我从哪儿抓的放回哪儿去。”老支书喝令道。

我半晌才反应过来，乖乖地把鸡给塞进鸡笼子里去。

我想迅速翻墙逃离，被老支书一把揪住衣领像拎小鸡儿一样给拽进了屋里。

老支书坐在竹椅上，点燃了一根纸烟，许久才说话："小兔崽子有十五六岁了吧，依照村规该怎样处置你呀？这事若让大伙儿知道，呔，真是老鼠生儿打地洞哩，你爸游手好闲爱赌，生个儿子会偷鸡，你们吴家今后在村里还要不要做人啦？偷鸡还竟然偷到我的头上了！说说看，偷鸡为了啥？是你爸指使你的吗？好为他还赌债？"

"不，不是我爸叫我偷的，"我嗫嚅了一阵后便大声说道，"是我妈病了没钱抓药，工分都被你扣光了，我就偷你家的鸡！"

"哟嗬，听起来你偷我家的鸡还有理了？"老支书重重地咳嗽了一声，把烟屁股扔到地上用鞋底碾了几下。然后站起身走到我身旁，我以为他会到跟前给我一巴掌，没想到他只是朝我肩膀上轻轻拍了一下，说："今晚这事就到此为止不要声张了，以后别再干这偷鸡摸狗的事了，下次如果再让我逮着我可要敲断你的腿。"

老支书显然是要保住我的面子了。

第二天中午，老支书居然叫大妈端来一大盆炖熟的鸡肉叫我妈补身子，还塞了两块钱给我叫我去抓药……

几年后，我应征入伍，离家前老支书还特意把我叫他家去，做了几个下酒菜为我送行。

如今我在大西北已经是矿老板了。在我的心目中老支书就是一盏灯，就是大恩人。如果不是老支书在"偷鸡"一事上为我保全了面子，也许我此生就是一个"偷鸡摸狗"之人。

我松开老支书的手，从随身的手提包里取出一盒产于大西北的冬虫夏草放到床头柜上说："大伯，听说您是肺不好就特意带点虫草，这东西清肺，您每天吃几根。”

老支书说：“是虫草啊，快拿走，我这个都快死了的病老头吃了也是浪费哩。”

我喝了一口先前大妈端过来的茶水说：“大伯您说啥呢，您可一定要收下，只管吃，有效果了我再给您送。”

老支书摇摇头说：“这东西太金贵了……”

“再金贵也没有当年您那只芦花大公鸡金贵……”我一字一顿地说。

2021 年 11 月 24 日

没有发朋友圈的视频

老胡退休后迷恋上每日用手机随拍，再把拍下来的照片和视频发到朋友圈求点赞，他觉得似乎只有做了这个功课方能证明自己每日依然好好地活在这个世界上。

老胡拍摄的范围很广泛，不能说他见到什么就拍什么，但至少他认为是有趣的事物就会立马随手划开手机屏幕，不失时机而又专注地拍下来，哪怕对一朵从石头缝里伸展出来的小野花，他也会变换着多种角度拍出好几张画面发到朋友圈。他还会同时配上一段文字，比如“一朵生命力极强的小花”“哪怕给我一小勺泥土我也要坚强地活着”等等富有哲理和诗意的话。

老胡先前是以拍照片为主的。让他感觉比较满意而且发到朋友圈后获得点赞比较多的照片就有：马路上一辆小四轮与一辆豪车相互碰头，豪车的一只大灯被撞得稀碎，成了“独眼龙”，老胡发到朋友圈时配了简洁风趣的三个字：“独眼龙。”就冲着“独眼龙”这三个字，老胡获得了满屏的点赞。其他的还有公园里的一只可爱的小松鼠趴在树枝上，两只贼溜溜的小眼睛直视手机镜头的萌态，配的文字也时尚：“小松鼠，萌萌哒。”街面上一位摩登女性戴着墨镜，穿着时尚的黑色小皮衣，怀里抱着一只温驯的白毛狗，老胡给配上的文字是："摩登美女和人类的朋友。"老胡因为拍了照片发到朋友圈后被老朋友老同事"敲竹杠"的事也时有发生。比如他去乡下游玩时拍了个大南瓜，发到朋友圈，马上就有三两个退休了的女同事跟帖或直接打电话给老胡讨要南瓜，一个南瓜值多少钱？老胡乐得骑上自行车直接送到老同事家门口。一次老胡在酒桌上拍了一只红彤彤的大龙虾，朋友圈里反应"强烈"，跟帖说老胡您整天吃喝玩乐还有七八千块的退休金，还不请大伙儿撮一顿改善改善生活啊？老胡想想也是，便到农家乐摆了一桌请老同事聚拢来叙了场旧情。

使老胡对拍摄视频产生浓厚兴趣的是一次意外的"偶遇"。那次老胡约几个老友去乡下登高，在山脚下发现两只大公鸡梗着脖颈，摆出了一副"战斗一触即发"的架势，老胡当即叫身旁几个人后退几步，自己划开手机屏幕悄悄拍下了这一难得的画面。但当他拍下照片之后，眼前的两只大公鸡突然间扑腾着打斗了起来。老胡不失时机地摁下了手机的录像键，足足三分钟，直到一只大公鸡服输落荒而逃，老胡才结束了录像。老胡把斗鸡视频回放了一遍，不禁啧啧赞叹，他赞叹两只大公鸡的精彩勇猛，也赞叹自己的拍摄技巧。老胡兴奋地把视频发到了朋友圈，配上文字："偶遇斗鸡，战狼精神。"

"斗鸡"视频发出后，就如一块巨石砸进了一池静水，朋友圈迅速"爆棚"了。有竖大拇指的，有跟帖留言的，还有其他各式各样的赞叹的表情包的，甚至还有不少老同事、老朋友主动转发朋友圈的。这使得老胡获得了成就感和存在感。

有了这次意外的视频效果后，老胡对拍摄录像一发不可收。引起反响的视频就有城管在小巷里追赶小贩的，农村大妈斗鸡般地用土语互撑的，动物园里的猴子相互依偎着捉虱子的，广场上大爷大妈集体唱红歌的，校园门口黑压压白茫茫一片焦急地等待着中考孩子的爸爸妈妈爷爷奶奶的——老胡对这段视频还特意配上了一段挺有趣的文字："黑点的是爸爸妈妈，白点的是爷爷奶奶。”

手机随拍对老胡来说已然成瘾，就好比酒徒离不开酒，烟鬼离不开烟一样了。

一天早晨老胡从床上起来，掀开窗帘，和煦的朝阳便直射进来，老胡随口感叹道：“今儿又是个大好天。”他吃了老伴儿给做的一碗鸡蛋面条，便骑上单车到郊外“透空气，拍美景”去了。

老胡在郊外泊好单车，抬头看见百米外一间民房升腾起浓厚的黑烟。老胡叫了一声“不好，民房着火了”，便小跑到着火点附近。这是间三层老旧民房，火势从二楼呼呼地往三楼蹿。老胡忽然想起手掌里握着的手机，他迅速划开了手机屏幕，特意靠前几步，摁下了录像键。

这时候慌慌张张的左邻右舍用脸盆和水桶接水往二楼泼，但水在空中便落了地，根本无济于事。另有些过客焦急地问房间里有人吗？赶快救人要紧。老胡看到有人冲进了一楼，他迅速把镜头对准一楼入口。三楼的阳台上出现了一位年轻妇女怀抱着一个女孩，女孩吓得哇哇大哭，那女人则哭叫着“救命啊，二楼下不去了，快找梯子给我啊……”

这一下子去哪找梯子呀？邻居们和过客自发地聚拢在一起，朝三楼阳台上喊：“快往下跳，我们大家接着……先把孩子抛下来，我们会接住……”

阳台上的女人停止了哭喊，她迟疑了一下，便把女孩朝一双双伸出的胳膊堆里抛了下去。女孩被接住了，毫发未损。眼看着火势越来越凶猛，众人呼喊道：“跳，跳，快跳啊……”

有人从隔壁抱来一条棉被，众人迅速把被子展开。女人双眼一闭，从阳台上跳下。

这时消防车鸣着笛驶到现场。

老胡的视频拍摄已经用时五分多钟，见消防车驶到，他长长地吁了一口气，结束了拍摄。

阳台上的女人安全着地。但地面上有一人因跳楼女人的身体冲撞，被摔出老远。老胡看见摔伤的是一位头发半白的老头，看上去年纪大概跟自己差不多。

大火被扑灭了。老胡独自回放了一遍视频，他想把这段视频发到朋友圈，但当他看到视频里有人冲进一楼的入口，还有那个摔伤的老头和那一双双高举的胳膊，却突然间打消了念头。这是他第一次没有把拍摄的视频发到朋友圈。

……

2021 年 5 月 7 日

汤　汁

儿子小铁考上了暖州大学，老铁虽然从内心里有点不甚满足，但娇生惯养、学习不甚用功的独生子能考上个普通大学，好歹也算是“金榜题名”了，摆桌酒席庆贺一下自是必须的。老铁在暖州算是个小有名气的“皮鞋佬”，他创办的皮鞋厂年产值少说也在几千万元以上。老铁拿定了主意，便在暖州一家颇有名气的酒店里订了一个大包厢，请了几位在暖州有头有脸的官员和企业家朋友，再嘱咐小铁叫上几个同时考上暖州大学的同学，加上自己的老伴儿总共十二个人参加庆贺晚宴。

席间，大家推杯换盏都不停地恭维老铁培养了个有出息的好儿子，老铁的老伴儿则呵呵道：“儿子这次考试没发挥好，若正常发挥或许能考上省城的某大学也说不定。不过，在家门口读大学也好，毕竟只有这么一个儿子，也让做父母的省却不少麻烦。”

大家纷纷附和道：“那是，那是……”

酒桌上大人们推杯换盏，你说我喝的似乎都与小铁毫无关系，他要么用饮料跟几个同学碰几下杯，要么长时间低头玩手机。包间里的服务生是个小伙子，与小铁差不多年岁，长得也有点像，也是“小帅哥儿”一枚。他来来回回做着服务工作，但一不小心将撤下的菜盘里的汤汁滴到了老铁雪白的长袖衬衫的袖口上，老铁“哎呀”叫了一声。服务生慌了神儿，赶紧道歉：“对不起，对不起，是我不小心……”

老铁抓起湿巾揩袖口，生气道：“没培训过啊，今天刚穿上的白衬衫就这么被污染了！”

老伴儿也生气地数落服务生：“小伙子做事这么毛躁啊，这么一家名店服务质量竟然这么差劲！”

面对责备，服务生说着一连串的“对不起，不好意思……”

正在玩手机的小铁抬起头，训斥道：“说声对不起就行啦？应该叫老板辞退你才行，到底会不会干活！”

酒桌上小铁的一个同学放下手机朝服务生嘲讽道：“我叔的这件衬衣可是名牌噢，若论赔偿，估计你一个月都白干了，啧啧……”

服务生满脸的愧疚和尴尬。

此时小铁的一个同学小强推门进来，连声向老铁和小铁抱歉道：“实在不好意思，送我妈上医院看病回家晚了，迟到了……”

小铁哈哈笑道：“你妈看病非得你陪啊，她老公呢？来迟了不能喝饮料，得喝酒，先罚三杯再说。”

老铁脸上有点不高兴的样子了，朝小铁说：“小强这叫孝顺。照你这么说老爸老妈以后老了上医院你也不用管啦？”

“哎呀，老爸，我这不是开个玩笑嘛。”小铁说。

“臭小子，这个玩笑不好听。”老铁板着脸说。

“你们再说我可得走了，我本来就不想过来陪你们吃饭，没劲。”小铁拉下了脸。

在座的一位官员忙打哈哈道：“今晚是庆贺酒，你们一家人高兴才是啊。”

大家也都随声附和说：“是呀，是呀……”

迟到的同学小强坐下后突然看服务生，叫道：“阿勇，你怎么还在这儿打工呀？”

“今晚干完就好了，我后天才走。”服务生依旧有些尴尬的脸上露出点笑容，将一块湿巾递给小强。

小铁疑惑地问小强：“怎么，你俩认识？”

“我隔壁邻居还会不认识？我俩算是发小呢。”小强说。

小铁说了声：“是这样啊。”然后瞟了服务生阿勇一眼。

“他考上了北大，老爸是上市公司老总，可他非要出来打工做服务生，说要自食其力，嘿嘿……”听得出，小强的嘲讽里饱含着善意和钦佩。

“小强别瞎说，什么北大，是北京政法大学。”服务生阿勇纠正道。

“这怎么叫瞎说啊，北京的大学，简称就叫北大嘛。就好比我和小铁几个，在暖州读大学，这暖州大学简称就叫暖大，对吧？小铁，嘻嘻……”阿强把脸侧向小铁打趣道。

小铁脸上似乎闪现出一丝尴尬。老铁和一桌人的目光都不约而同地投向了服务生阿勇……

2021 年 5 月 7 日

墙

县委书记程荣因为一纸调令，使他在W县的执政戛然而止。

一瞬间，程书记突然调离W县的新闻在坊间传播开了。W县的官民们似乎才猛然意识到W县在这短短的三年多时间里已经发生了巨变，而这一切的变化都是从程书记到任的那一天开始的。

县城管局季局长还清楚地记得，当他还在办公室与副局长私下议论县委的新书记可能这两天即将到任的时候，县委办的沈秘书给他打来了电话，说县委程荣书记要他立马赶到县前街十字路口，越快越好。

虽然季局长正在与副局长谈论新书记到任的事儿，但愣一听“程荣书记”还真半晌没反应过来，脱口问了一句：“哪个程荣书记？”

“新上任的县委书记程荣同志。”沈秘书加重了语气说。

“哦，哦，我马上到，马上到。”季局长顿时反应了过来，紧张兮兮地撂下电话便一路小跑地赶到相距将近一里地的县前街十字路口。

一路小跑已使季局长额头上渗出了一层细汗，西侧路口的一棵榕树下站着一群人，他看见站在人群外围的沈秘书，便气喘吁吁地挤进来，这一群人中有副县长、县委宣传部部长、县文明办主任等等，只有站在核心位置的一个身材矮小、精神气十足的中年男人他不面熟，他估计这位就是新到任的县委书记了。果然，这位中年人朝他圆瞪两眼，快人快语地问道："你就是县城管局的季掌柜？你看看，路旁的这条臭水沟，还有这一堆堆垃圾，这儿是露天垃圾场吗？多长时间没清理了？难道你跟苍蝇老鼠是哥们儿吗？专门在繁华路口供块地儿养活它们？"

程书记劈头盖脸的问话使季局长蒙了圈，他不知道该怎么回答眼前的这位面色严峻的程书记。季局长怎么说在县里也算是个人物，平时县委四套班子的头头脑脑们见到他也都是客客气气、面带微笑的。今日里这位新来的程书记当着众人的面突然地让他如此难堪，他怎能不蒙圈呢？这还没完，程书记紧接着又问道："请问季局长，县前街算是主要道路吧？可是除了跟前这株先人种下的古榕，整条街怎么就几棵稀稀拉拉的歪脖子树？为何不种行道树？"

季局长这会儿有点儿回过神来了，赶紧回答道："报告程书记，我们已经制订好计划了，等过了年就补种行道树，以樟树为主，还有灌木。"

"先种树，种大树，种长命千百岁的树，别捣鼓那些花草灌木遮人眼目，还没等种的人死，它们倒先死了。"

"是的，是的，我们一定先种树，多种长命的树。"季局长诺诺道。

程书记叫大家仰起头环视一下四周，然后把目光落到季局长的脸上，说："看到了没有？站在十字路口只用扫视一圈，有哪一幢楼房的阳台上和楼顶没有违法建筑的？你们平时真的是视而不见吗？我上任之前就听说了 W 县脏乱差的名声，如今真的是眼见为实啊，今天看见的只是冰山一角，接下来该怎么办你们去好好研究吧。"

新到任的县委程荣书记先声夺人，出手飞快，每一项决策都极具刚性。

比如县委、县政府以“两办”名义发布的“三十二号”文件就明确要求，先从城关镇开始，开展为期三个月的“拆两墙”行动。所谓拆两墙，就是拆除所有圈地和在建工地的围墙，程书记的说法是这些围墙就是遮人耳目的藏污纳垢之墙，墙体外看似画上几笔宣传画，描上几条标语口号，其实围墙内就是个垃圾场。再是拆除所有的公园围墙，叫作“拆墙透绿”，方便群众。这一举动深受百姓欢迎，是一项“民心工程”。但这却让季局长犯了难，城关镇有一座建于新中国成立初期的中山公园，公园内绿树成荫，飞鸟鸣叫，松鼠跳跃，而且园内还有些许文物，为了加强公园管理，季局长去年刚刚修缮了公园门面，如今县委一纸文令就要拆了公园围墙和门面，这让季局长甚感可惜。再则，拆了围墙，公园的夜间管理怎么办？一直以来，公园夜间到十一点便驱客闭门的。

季局长犹豫再三，还是去县委敲开了程书记办公室的门。

季局长结结巴巴地请示程书记可否暂缓拆除中山公园的围墙和门面？正在批阅文件的程书记头也不抬地很干脆地说道：“‘两办’有文件，照文件执行。”

“可是，可是……”季局长想进一步陈述保墙理由。

程书记盯着季局长问道：“你可是个什么？县政府大院的正门围墙重要吧？也得拆！拆了墙，院子外面的滨河就可以尽收眼底，这有什么不好吗？为何一定要挡一堵墙呢？”

季局长乍一听程书记要把县政府的正门围墙给拆了，不禁倒吸了一口冷气，心想这个书记真是不照正常路径出牌，这围墙一旦拆了，不说防盗吧，就是那一拨拨的上访户怎么挡？

程书记似乎看出了季局长心里在想什么，“嘿”地笑了一声说：“你是担心拆了围墙不利于政府大院的安全是吧？那些上访户不好拦截是吧？共产党的初心就是与百姓鱼水相共。安全问题自然重要，但总会有更好的安防办法，何况要拆除的只是大门正面的围墙。至于对上访群众嘛，我们强调上访尽量不出村，不出镇，不出县，目的是就地及时化解问题，不能层层推诿。这叫控解而不是拦截。”

季局长毕竟是一名老党员，老干部了，他听得懂程书记的话意。也就在这一时，他顿然化解了心中所有的顾虑，他决意要按照程书记的思路扎扎实实地做出点实实在在的事了。

凡做实事者，必会得罪不少人，从而引来非议。三年多来，对程书记的各种议论很多。但当程书记突然间离任了，对他的各种非议像长了翅膀，飞到了旮旯里躲藏起来了。官民们更多地念起了他的好。老百姓感受到环境清新了，河水清澈了，道路干净了，林木多了，公园多了，这才是小康生活所不可或缺的。

多年之后，老百姓还深深地记得程荣书记。但程书记却被癌症打倒了，他没能熬过退休就突然地离世了。程书记的离世又在W县掀起了波澜，老百姓心中有杆秤啊。有人在中山公园的一个边角垫了几块红砖，接着又有人找来几块红砖叠上，再接着又有一拨人抬来了几筐红砖，人们自发地一层层往上叠加，垒起了一面石碑样的红墙，一个泥瓦匠用涂料把墙的背面刷白，待墙面风干后，有人在墙面上用笔写，也有人用刀刻。已经退居二线的季局长得闲到中山公园散步，无意间看到了这面约五尺高三尺宽的红墙，甚觉好奇。他仔细看了红墙背面的一条条不甚规则的文字“程书记，您拆了一堵墙，却在老百姓心中竖起了一块碑”的时候，双眼便模糊了……

2022年1月21日

“全才”

小孙大学毕业后受聘到东山镇政府做文秘工作。镇党委书记坚持每天中午跑步，风雨无阻。书记每次就叫上小孙陪跑，书记边跑边跟气喘吁吁的小孙说：“小孙啊，我在你这个年龄的时候身体可比你棒多了，但我一心扑在工作上，忽视了锻炼，40来岁就患上了高血压，自从坚持每天跑步锻炼，血压就稳定了。好多人平时总说忙啊忙得没时间锻炼，那都是托词，中午总可以抽出点时间吧？跑个半小时，洗吧洗吧，再眯上一会儿，下午工作起来精力更加充沛。所以啊小孙，锻炼身体就得从年轻时做起，别等到三高了才想起锻炼。”

小孙频频点头说：“是的，是的，我一定天天陪书记跑步锻炼。”

时间久了，书记在工作和锻炼身体上都离不开小孙了。小孙还陪书记参加了一次县体育局举办的马拉松比赛，居然还得了个前十的好成绩。当然，书记的名次则远在小孙之前，得了个“铜奖”，陪书记参加马拉松赛获得个什么名次对小孙来说并不重要，重要的是“陪跑”能给小孙带来更多的好运和实惠，这不，镇里有了个招人的正式指标，小孙走了一通必要的考试，面试等程序，便顺风顺水地转为“正式”了。

还没等小孙请书记吃顿饭表示一下感恩之意，书记却被一纸调令给调走了，一夜之间来了个新书记。这位书记的业余爱好就不是跑步了，而是爱好打乒乓球。书记上任第三天便叫小孙在活动室里装了张乒乓球桌。打乒乓球可不像跑步，只要咬紧牙关跟在书记屁股后头跑就行。打乒乓球得有“技术含量”，否则怎能你来我去地配合？小孙平时是不摸乒乓球拍的，面对新书记的这一爱好，小孙没了用武之地，只能“偏于一隅”了。

心性好强的小孙岂肯就此“等闲”？他下决心练球，先是找内行人教他，一个人时只要一有空就握个球拍往墙壁上打，打多了自然“熟能生巧”了，从墙壁上反弹的乒乓球他一口气能接上十几次不掉拍。在家里他更是啥事不做，一门心思地在墙壁上练球，惹得老婆发了好几次脾气。功夫不负有心人，才几个月时间，小孙的“暗练”便大有长进。他终于敢于手握球拍与书记对阵了，虽然每次都是小孙惨败，但书记却惊讶地夸奖说：“小孙你打得不错嘛，原来你是谦虚啊，还说自己不会打乒乓球。”

小孙陪书记打了四年乒乓球，球技可谓“扶摇直上”，在镇政府机关里，如果他排老三，就没人敢说自己排第二。

打乒乓球的书记易地升官去了。书记离任前把小孙提拔为镇党办副主任。

这次新来的书记是位中年女性。小孙敏锐地观察到这位极具风韵的女书记爱好摄影。小孙平时用手机拍拍图片和视频还马马虎虎，但用照相机正儿八经地拍照他还从来没摆弄过。世上无难事，就怕有心人。小孙咬咬牙，花了两万多块钱买了一台名牌照相机，还买了好几本摄影入门之类的书，无师自通地摆弄起来，但拍出来的照片总是不尽如人意。他想起了一位爱好摄影的大学同学，便登门拜师。经过老同学“快餐式”的点拨传授，小孙终于有些“入门儿”了，他的一帧“雏鸟出巢”得到了老同学的认可。于是，在一天上班，小孙把一篇替书记写就的讲话稿呈上，待书记看完表示满意后便乘机把自己拍的这“雏鸟出巢”递给书记看，书记瞧了一眼照片便“哟”的一声问道：“孙主任，是你拍的？对焦准确，你瞧这雏鸟临风顾盼，嫩翅欲展的神态，构图巧妙呀，还有画面上的芦苇，似乎在风中尽情地摇摆，这动态……想不到你还是个摄影专家呀，得，周日咱约上几个摄友去郊外拍摄，孙主任，你可知道我也是个摄影爱好者呢，这个爱好很高雅的，既可健身又能净化灵魂，提升素养。我的摄影作品还得过市里的二等奖呢。”

从此以后，小孙业余时间就经常在脖颈上挂着照相机紧随在女书记的屁股后头了。

一天小孙回乡下老家时路经一个古村落，小孙特地下车观望许久，心想自己以前无数次地经过这儿怎么就没上过心呢？他打开随身携带的照相机镜头，调整好焦距，接连变换了好几个机位，“咔嚓，咔嚓”地拍下了几组照片。回家后小孙从中挑选了一张他觉得能拿得出手的照片，瞅准机会给书记看，书记用纤细的手指拿着照片啧啧夸赞道：“孙主任啊，你拍的这张作品，层次分明，景光无误，简直可以跟我那张获奖作品有得一比了，完全可以拿到县里，啊不，可以到市里拿大奖啦。”

小孙谦恭地说：“随手一拍，不敢跟您比的。”

“你太有才了，都快达到专业水准了。”书记语气肯定地说。

女书记在镇里当了五年书记后调到县里当妇联主席去了。书记离任前力排众议，把小孙职务前面的“副”字给拿掉了。

女书记调走后来了一位戴眼镜的看上去很文气的书记。据说还是一所名牌大学中文系毕业的。这位书记上任时随身携带了好多幅署有他自己名字和印章的书法作品。小孙没等书记开口，便叫工作人员把书记的书法作品分挂到书记办公室和镇党委会议室以及办公楼走廊的墙壁上。书记挺满意，推推眼镜问小孙：“孙主任啊，看来你也喜欢书法？”

小孙嘻嘻笑道：“我不常写毛笔字的，不过写写钢笔字还可以吧。”

“这么说你是擅长硬笔书法喽？以后有闲空了可以切磋切磋嘛。”书记随口说道。

书记的随口“切磋切磋”，在小孙听来可得要当一回事了。他在三天内便用公款为书记办公室添置了一张宽大的书桌，连同毫笔、宣纸、砚台、笔架等，可谓一应俱全。与此同时，小孙又用私款在自家客厅里添置了一张书桌，而且还到书店里买了颜体、柳体，以及王羲之的字帖和教材。小孙把之前花在摄影上的业余时间全部转移到读帖和练字上了。

一天中午，书记在办公室挥毫练字，小孙给书记送上当天的文件时说：“书记您每天中午都不用午睡的呀，这么用功。”

书记头一抬说：“两半分吧，先练会儿字再小憩一下，每天必须挤点时间练一会儿，这跟拳不离手一个样。时间就是海绵里的水，挤挤总会有的。孙主任你也经常练字吗？”

小孙撇一下嘴说：“我哪有您这么用功啊，也就有时晚饭后在家练几下，主要是临摹颜王柳而已。”

“能坚持就好，书法是很高雅的，也是一项健身活动，而且可以升华精神境界。孙主任，你有什么作品可以拿来让我开开眼界吗？”

小孙听这话觉得挺耳熟，他突然想起了前任女书记对摄影也说过类似的话。小孙用十分谦虚的口吻说：“哎哟书记，我的破字怎敢拿出手噢。”

“既然咱俩有共同的爱好就不用太谦虚了嘛。”书记笑道。

“书记，如果您不嫌弃的话，我想拜您为师行不？”小孙把藏在肚子里的话乘着这个机会说了出来。

书记把毛笔挂到笔架上，搓了搓手说：“行，我认了。”

从此，小孙在书记那儿又多了一重身份，不仅是下属而且还是学生。

从此，小孙下班回家后就更加勤奋地苦练书法了。一年后小孙觉得可以挑一张书法作品给书记看看了。果然，书记看了小孙的书法后给予了认可，说：“孙主任，写得不错嘛，还那么谦虚说不会书法。”

“书记过奖了，我的字太粗俗，得用摁钉给摁住才行哩，不然会飞走的。”小孙咧着嘴说。

“要自信，我看你的字就颇有颜体之风骨，粗犷，丰满。坚持练吧，用不了几年你的字就可以挂墙上了，甚至可以兑老酒喝了。”书记呵呵笑着说。

与书记有着共同的爱好，小孙的党办主任当得如鱼得水。书记动了心思，与镇长通了个气，便向县委组织部推荐小孙当镇委宣传委员。

眼瞅着组织部快要派专员来考察了，想不到在这个节骨眼上书记突然调离，到县文联当主席去了。小孙拟提任的事也就搁置了下来。

这一次镇长总算十年媳妇熬成了婆，就地提任书记了。其实镇长早就有机会“上位”，只因他平时太贪酒，酒后又曾闹出些鸡零狗碎的事儿，但组织上也包括镇里的大多数干部职工对他干活的魄力倒还认可，因此在镇长的任上不走不升好多年。

小孙碰酒“单杯倒”老镇长是知道的。所以镇长升任书记后虽然三天两头地应酬却不叫上他，而是叫党办的一个副主任陪他赶场子。

小孙感觉有一点儿被冷落了。新书记的一大爱好是喝酒，而他又没这个技能，久而久之他的宣传委员的提拔就有点悬了。

小孙决意要扭转现状。他采取了两个行动，一是叫县医院的一个好友给弄些特效解酒药，二是每晚在家“练酒”，他的方法有点“独创”，在烈性烧酒瓶里插入一根吸管，每晚入睡前躺在床上吸吮，头天先吸一大两，再每晚适当增量，有了头晕脑涨之感蒙头便睡。仅短短十多天他的酒量便大有长进，借着解酒药可以喝进三大两烧酒而不呕吐。小孙觉得是时候试着“出山陪酒”了。

一天下午下班前书记亲自到办公室找副主任陪他去酒店，小孙用手一拦说：“书记，老是叫副主任陪您去酒店应酬面子上也不好看，今晚还是我陪您去吧。”

书记一愣，问道：“孙主任，你不是一沾酒就晕吗？”

小孙付之一笑说：“此一时彼一时，今晚我喝给您看。”

那晚小孙先吞下了两粒解酒药丸垫底，在酒桌上你来我往足足喝下了三大两烧酒。书记大为意外，蒙眬着两眼说：“孙主任，你平常在酒桌上可是单杯倒的呀，埋伏得够深的哈，却原来你文体喝酒样样都行，真不愧是个文武双全啊。”

小孙晃着脑袋说：“书，书记，我再能，能喝也比不过您的海量啊……如今您是书记，是说一不二的一把手了，酒场就是战场，今后我要义无反顾地陪您上酒场，哪怕喝死在酒场上……”

小孙说得很诚恳，书记听了也很受用。共同的喝酒爱好使得小孙跟书记越走越近，以至于书记一次酒后重重地拍了几下小孙的肩膀说：

“孙主任啊，放宽心吧，你提拔的事一直放在我心上呢，我会竭尽全力推荐你的。”

世上总有好多事是难以预料的。自从小孙沾上了酒瘾，“八项规定”下来了，粗线条的书记实在不够敏感，依旧带着小孙奔赴酒局，终于“猪肠子吃多了吃出粪来了”，小孙陪着书记在一家酒店“畅饮”时被纪委逮了个正着。书记被降了职，小孙作为党办主任也挨了处分。不用说，他那个提拔的事也只能再说了。

2022 年 1 月 5 日

她攥住了他的手腕

午夜，病床上的婆婆终于睡着了。她小声跟护理员叮嘱了几句，便拎起紫色小包匆匆离开了病房。

在医院大门外她才感觉到天空正淅淅沥沥下着小雨。泊在医院门口不远处的一辆黑色小汽车里跳下一位看上去30多岁的光头男子，光头把伞撑到她的头顶，殷勤地说："下着雨呢，快上车吧。"

光头收了伞，俯身打开驾驶室右门。坐汽车驾驶副座已是她多年来养成的"职业"习惯，于是她不假思索地跨进了车内，随口朝光头说道："梅花路15号新世纪花园。"

随着车轮的滚动，她深深地吁了一口气。这段时间以来她实在太劳累了，丈夫下派农村担任村党支部书记半年多了，守寡多年的婆婆三天前又因病住进了医院，而作为刑警大队副大队长的她手头又攥着几起棘手的案子。没办法，她只好请自己的父母暂时照看她那正在读小学三年级的宝贝儿子。

她努力捋顺纷乱的思绪，骤然间她察觉自己坐得不像是正规的出租车，最明显的是车上没装计程器。职业的敏感使她在警觉的那一瞬间便镇静下来，没有表露出一丝的意外和不安。她用余光观察握着方向盘的光头男子，车子被他开得晃晃颠颠的，“哼，这哪像个出租车司机，跟开拖拉机似的”。她嘴角微微一翘，继而又在心里自嘲道：“身为刑警，居然粗心大意上了黑车。”

光头男子的手机响起了急促的铃声，光头把手机紧贴到耳朵上，压低声音道：“着急顶屁用啊，这么多钱叫我一下子到哪去弄啊……我正在想办法，妈的手术无论如何得做了……”

她竖起耳朵仔细听，虽然声音低微，但她听得出对方是女声，她立即判断出电话是光头老婆打来的，而光头的母亲一定是患了大病，在医院等待手术，而当下急需一笔大钱……

雨点变粗了，两把雨刷在挡风玻璃上“咯吱、咯吱”地刮擦出刺耳的声响。光头把车拐进了一条单行小道，继而又打了一把方向，车子钻进了一条幽暗的胡同。她提醒道：“师傅，你方向开错了，你是外地刚来的不熟路吧？”

“不，不会错，我这是抄近道，拐出这条胡同就对路啦。”光头有点结巴地说。

“你这是骗鬼啊，我去东你开西。”她正色道。

车子突然停顿了下来。

“怎么不开啦？”她问道。

“车子可能，可能出了点故障。”光头幽幽地回答道。

夜色中她虽然无法看清光头的眼神，但她完全可以感知出他此刻的慌乱和阴森交融的眼神，“显然是个生手”，她在心里判断。

光头将右手朝腰间移动。

“别动，”她厉声喝道，“我是警察，我有枪。”

光头“啊”地惊叫一声，移动的手腕却早已被她攥在了手里。他挣扎着试图抽回手腕，但这只白净的手却好比钢钳一般，将他的手腕死死地卡住，丝毫动弹不得。

她用另一只手弹开安全带，想立即抽出他腰间被外套遮盖的凶器，因为她肯定他的腰间别着一把锋利的凉飕飕的尖刀，但她中止了她的行为，她没有撩起他的外套，没有试图缴获他腰间的尖刀。

“告诉我，这辆车是从哪儿弄来的？”

“是我从老乡那儿临时借的。”

她松开了他的手腕，喝道：“开车。”

“开，开哪？”

“公安局。”

光头打着哭腔哀求道：“警察同志，我，我可是什么也没做啊，我80岁老母得了癌症在医院等着做手术，家里还有双胞胎女儿，我，我坐了牢可怎么办好啊……”光头说完干脆抽泣起来。

“等我查清楚你确实没有犯罪记录，我会帮你，开车吧。”

光头擦了几把眼泪，乖乖地把车子开进了公安局院内。

她叫醒了值班助手。助手要例行搜身，被她使了个眼色给制止了。

做完了问话笔录，又迅速查实了光头的基本情况。临近正午，她告诉他可以走了。

焦虑的光头一时有点不相信自己的耳朵，迟疑了半晌，把腰弯成九十度，连声道谢。

“等等，”她打开随身的紫色小包，抽出包里仅有的2000元人民币说：“这点钱你拿着吧。”

光头向后倒退了几步，摆着手拒绝。

“拿着。”她上前几步把钱塞到他的衣服兜里。

光头两眼湿润，突然“扑通”一声双膝跪地，从腰间抽出一把水果刀，用双掌托过头顶，抽泣道：“警察同志，我把这把刀留下……”

她接过尖刀，叫他站起身，说道：“请记住，昨晚当你掏出尖刀，你就是罪犯，但现在你不是，你回家吧。”

2021年1月7日

沈部长下乡

水坑乡需要选拔一名乡长。热门人选有两位，一位是现任该乡党委副书记吴敏，再一位是现任该乡党委委员，常务副乡长邹成。县委戴书记心里有些不踏实，水坑乡是全县唯一一个尚未完全脱贫的乡，选准一个接地气实干的乡长很重要。为此县委戴书记专门交代县委组织部沈为部长亲自到水坑乡跑一趟，不露声色地实地考察一下吴副书记和邹副乡长，戴书记还特意嘱咐沈部长也留意一下班子其他成员的表现情况。

沈部长吃过早饭便轻车简从径直去了水坑乡。

乡党委书记见县委组织部部长突然驾到，一时慌了神，赶紧叫党办主任通知班子成员集中到乡党委会议室，但被沈部长阻止了。沈部长点名叫吴副书记和邹副乡长陪他到村里转转即可，书记要亲自陪同，沈部长没有同意，叫他不用管了，该忙啥忙啥去。

吴副书记和邹副乡长一左一右地陪着沈部长向坑一村走去。沈部长问他俩："这儿为什么叫坑一村啊？"吴副书记款款而答道："这儿的山路蜿蜒十多公里，山路下的峡谷这里人叫坑而不叫峡谷，承载着一条永不干涸的溪流，所以我们乡就叫水坑乡，再往前走就依次叫坑二村，坑三村，左旁山腰上有一个村叫盘山村，在这座山的背面还有一个村叫牛背村。”沈部长对吴副书记的回答满意地点了点头，接着又问道：“吴副书记啊，你来水坑乡有年头了吧？”

“报告沈部长，三年零一个月了。”吴副书记答道。

“你呢？也有年把了吧。”沈部长又转过头问邹副乡长。

邹副乡长回答说：“一年出头了，从羊凹乡调任过来的，您当时还跟我谈过一次话呢。”

“这我记得的，现在对乡里情况应该都了如指掌了吧？”沈部长又问道。

“都一年多了哪能不熟悉情况呢，不过，我还需要继续深入哩。”邹副乡长咧咧嘴说。

吴副书记一旁笑着插话道：“邹常务很实干的。”

沈部长“哦”了一声说：“我看你也很能干呀，在偏僻山村干了三年多时间不容易啊。”

吴副书记嘿嘿笑道：“应该的，有人说能在这大山里待住就是工作啦。”

三人走进村口，吴副书记把沈部长引进一家牛皮加工厂，工厂老板见到沈部长赶紧掏出一根烟递给沈部长，说：“您是沈部长吧，我在电视上常看到您呢，我还有幸参加过您主持的座谈会哩。”

沈部长说了一句我不会抽烟后便若有所思地问道：“你们还没转型吗？我记得你的厂子有的环保还未达标，我看过环保局每周的通报，有印象呢。”

吴副书记说：“沈部长，这家厂利润挺可观的，还是我来了以后一手引进的，我们乡也没有其他企业，脱贫致富还就指望这家厂子了。”

“是吗？可以因地制宜大力发展其他产业嘛，比如农产品、旅游。”沈部长随口说道。

这时候沈部长突然发现邹副乡长不见了，便问吴副书记：“邹常务呢？怎么不见人影啦？”

吴副书记也不清楚邹副乡长这会儿去哪了，便划开手机拨通邹副乡长的手机，邹副乡长说：“刚才接到了一个电话，一位孤寡老人突然晕倒了，我就急忙跑过来，正在帮忙联系车子呢，你跟沈部长解释一下吧，我处理完就来。”

沈部长知道情况后说：“走，一起看看去。”

沈部长和吴副书记在村里一路走着，因为村民都不认识沈部长，也就没人跟他打招呼。待沈部长和吴副书记到了那位昏迷的老人家里时，老人已被车子送往县医院了。沈部长拍了拍邹副乡长的肩膀说：“邹常务啊，你一个大乡长连这种芝麻小事也亲自管呀？”

“哎哟沈部长，都很熟了。再说这对老人来说可是个大事呢。”邹副乡长说。

沈部长默默地点了点头问道：“村里的种植和养殖业有什么可看的吗？”

吴副书记说：“有是有，但规模都太小了。”

“一定得大吗？”沈部长看了一眼吴副书记说。

邹副乡长说："沈部长，村口倒是有个花木培植园，要不带您去看看？"

"好啊，去看看。"沈部长说着便叫邹副乡长在头里带路。

去花木园得走回头路，这一路走来，看见邹副乡长的村民都热情地跟他打招呼，还有个小男孩扑到邹副乡长的怀里说："邹叔叔，你啥时给我做弹弓呀？"

邹副乡长哈哈笑道："叔叔改主意了，弹弓不能做的，叔叔下回给你们学校添张乒乓球桌，好吗？"

"好，好"，小男孩开心地鼓起了小手掌。

"哟，邹常务跟村里的男女老少都很熟悉嘛。"沈部长瞟了一眼邹副乡长说。

"一个乡才磨盘般大，低头不见抬头见的。"邹副乡长嘿嘿一笑道。

一行三人走进了花木培植园，但见许多妇女正在剪摘带刺的玫瑰。沈部长问一位妇女："你这是要去城里卖吗？"

妇女抬头看了一眼沈部长，没大理会他，当她突然看见沈部长身后还跟着个邹副乡长和吴副书记，便"哎哟"一声叫了起来："是邹乡长呀，您昨天不是刚来过吗咋又来啦？"

"怎么，不欢迎啊？"邹副乡长笑道，"这位是县里的沈部长，他刚才问你话哩。"

妇女把双手往衣襟上擦了擦，说："是比您和吴书记还大的官啊，怪我不认识哈，领导刚才问啥来着？"

“我是问您这花剪了是到城里卖吗？”沈部长说。

“哪用得着我们去城里卖呢，打开始邹乡长就帮我们联系了县里的市场，每天有车开过来运哩。”妇女满脸笑容地说。

“哦，看来这带刺的玫瑰好比皇帝的女儿不愁嫁呀。”沈部长幽默地说。

在回头的路上沈部长内急要上厕所。邹副乡长说再往前走几十步就有公厕了。吴副书记赶忙从兜里掏出纸巾问沈部长是大解还是小解，邹副乡长说：“没事，公厕里有手纸的。”

“真的吗？你敢肯定公厕里会有手纸？”沈部长盯着邹副乡长问道。

邹副乡长笑道：“水坑乡虽然穷点，但公厕里的手纸还是有的。”

沈部长从公厕出来朝两人呵呵笑道：“不错，不错，墙上还有一面镜子，还有洗手液哩。邹常务还挺细心的，连公厕里有没有手纸都知道，看来水坑乡脱贫指日可待了。”

吴副书记见沈部长高兴，便问道：“沈部长，您一上午叫我俩陪您考察不会还有其他事吧？是给我们送扶贫款来了吧？要不要去坑二村看看？”

沈部长说：“要钱找县长和财政局长去。走吧，到坑二村看看去。”

沈部长边走边问：“听说坑二村柚子种得不错？”

“是的，过两个月就可以摘了，到时候送几个给您尝尝？”吴副书记说。

“行啊，到时候若下乡顺路就到这买几个，柚子降血脂挺管用。”

沈部长随口道。

“在乡党委书记还有吴副书记的重视下，我们已经在市县开辟了专卖市场，销路很通畅，您在城里就可以买到水坑产的柚子哩。”邹副乡长说。

“是你开辟的？”沈部长问邹副乡长。

“这是书记和吴副书记交给我的任务，再说市农业局的陈副局长是我的大学同学，很支持的。”邹副乡长说。

“听说坑二村的民宿和农家乐做得不错？”沈部长问吴副书记。

吴副书记摇了摇头说：“这儿的村民倒还有点积极性，但很难形成规模，这儿啥啥没有，哪个游客愿意到这儿吃住啊。”

邹副乡长接过话说：“吴副书记说的也不无道理，乡里在整体规划上存在些问题。不过我还是充满信心的。”

“说说看，你的信心源自哪里？”沈部长问道。

“沈部长，水坑乡可是个天然大氧吧啊，这儿八九十岁以上老人一抓一大把。只要溪水里有小鱼小虾就不怕引不来游客。”

说话间一老者拄着拐杖颤巍巍地迎面走来，老者见到邹副乡长“呃呃”的几声问道：“邹乡长，来客人啦？”

邹副乡长赶忙上前挽住老者的胳膊说：“卢大爷，您老咋还拄这根旧拐杖，我前日给您的那根新拐杖呢？”

“呃呃，被那个王老八给抢走啦，那老家伙仗着比我大几岁就欺负我。”老者愤愤地说。

“是吗，那明儿我再给您弄一根就是了。”邹副乡长笑道。

老者离开后，沈部长用胳膊肘捅了捅邹副乡长说：“邹常务啥时候也给我弄根拐杖使使？你好像是批发拐杖的。”

邹副乡长耸耸肩说：“沈部长您就别笑话我了，您可是有车族，哪用得上拐杖啊。”

沈部长瞥了一眼吴副书记，冷不丁地问邹副乡长道：“邹常务，请问你对那家制革厂怎么看？”

“您是说……”邹副乡长欲言又止，拐了个弯说，“沈部长您看我们水坑乡山清水秀的，若是污染了多可惜啊。有时候我就盯着这条溪里有没有小鱼小虾。小鱼小虾是环境好坏的直接见证者。”

“哈哈，说得好，有点意思。”沈部长哈哈笑道。

吴副书记一旁讪笑道：“有那么夸张吗？”

沈部长收起笑容道：“你觉得夸张吗？我看一点儿都不夸张。”

2022 年 1 月 11 日

瓦盖村和周坑村的第一书记

主管全县扶贫工作的王副县长周二上午驱车去草山乡两个比邻的贫困村——瓦盖村和周坑村检查扶贫工作。

王副县长一行先到乡政府，听取乡长和两个村的挂职第一书记的扶贫工作汇报。周坑村第一书记陈军在乡政府会议室乍一见到王副县长，脱口叫了一声舅舅。王副县长虎了一下脸说："我是下来检查工作的，叫职务！"陈军扶了一下架在鼻梁上的眼镜，撇撇嘴，叫了一声王县长。一旁几人都嘻嘻笑了起来。

大家在椭圆形会议桌前坐定后，王副县长说："乡长和两位书记汇报简要些，每人给十分钟，重点是等一下到村里现场察看和走访。"

乡长简要汇报了全乡相关工作后，先由瓦盖村第一书记周勇汇报。周勇开门见山地说了村里脱贫攻坚战中存在的八大困难和问题，并且提出了解决问题的具体措施，比如村间的机耕路改建提升为水泥路的资金筹措问题等，汇报时间正好把控在十分钟。王副县长瞥了一眼手表，露出了满意的笑容。紧接着陈军汇报周坑村的工作，他满怀激情地说自己下派挂职一年以来，学到许多知识，积累了许多经验，感受到了许多过去未曾感受到的东西。他认为，年轻人到偏远的贫困乡村经受锻炼，开展工作十分必要。眼看着五分钟过去了，王副县长突然插话提问："周坑村现在有多少头牛，大约多少只羊？人均月收入是多少？"陈军扶了一下眼镜，蒙住了，半晌，结结巴巴地说："人均月收入大概在 2000 元吧。""1800 元。"坐在陈军一旁的村委会主任补充说。

"好，请继续。"王副县长示意陈军继续汇报。陈军觉得给的十分钟时间已过大半，便切入正题，摆出了村里当下脱贫工作的具体情况。没等讲完，王副县长微笑着打断陈军的话说："你已超时五分钟了，打住吧，我们下村里去。"

陈军遗憾地张着嘴，面呈粉红色。

王副县长一行先步行到瓦盖村。在田间劳作的农民不认得王副县长，但却认得村第一书记周勇，一个个直起腰跟周勇亲切地打着招呼。周勇站在田埂上跟一位正在水田里割稻的五六十岁的老农说："陈伯，怎么又是你一个人在田里啊，你儿子不会又去搓麻将了吧？""哎，周书记，这回你可别冤枉他了，他正在山坡上砍竹呢。""哦，等会儿我们去竹林看看。"周勇说着，一把扶住脚下打滑的王副县长。王副县长呵呵一笑说："滑到田里才好呢，可以沾一沾泥土气。"

进了村子的一条土巷里，零星几家杂货铺里的主人都像见到老朋友似的跟周勇搭话，有的客气地拿了店铺里的矿泉水递给周勇和一行人。当他们听到周勇介绍是王副县长来村里后，都睁大眼睛啧啧道："哎哟喂，这么大的官到咱这穷山村里来了。"

一行人走到村尾山脚下一间破旧土房前，周勇跟王副县长说："王县长，这间屋里住着一位老大娘，是孤寡老人，虽享受了低保，但生活自理能力还是有点问题，村里的养老院下月就要建好了，全村十几个家庭生活困难、自理能力差的老人都可以入住。"

王副县长听着连连点头说："好，好，进屋去看看。"

坐在竹椅上的老大娘见周勇和七八个人走进屋里，赶忙吃力地从竹椅上站起来。周勇一把扶住白发苍苍的老大娘说："您别起来，坐着就行了，县里的王副县长来看您啦。"

老大娘一听说县长来了，又赶忙要站起，被王副县长按住了。老大娘直视着周勇道："阿勇，把手伸过来让大娘看看，手掌的血泡消了没有？"

"早消了，大娘，这件事您还记挂心上干啥哩。"周勇笑笑说。

"大娘，周勇手上有血泡您都知道啊？"王副县长也笑着问了一句。

"阿勇前天来我家菜地里忙活了一整天呢，城里来的小伙儿，嫩手掌都磨出血泡哩。"大娘张着空洞的嘴含笑道。

看望了老大娘，王副县长提出去几个建设工地看看，包括蔬菜种植大棚和养老院以及几处危房改造。

看完危房改造，王副县长突然转身向跟在身后的陈军问道："陈书记啊，周坑村还剩几间危房啊？""这个，这个大概还剩七八间吧。"

"噢，大概一词用得还挺顺溜的。"王副县长瞟了一眼陈军说。

看完了瓦盖村，接着就得去比邻的周坑村察看。周坑村第一书记陈军突然跟王副县长请求道："王副县长，时候不早了，如果您有空，两个月后再到周坑村检查工作，我还想再来几趟瓦盖村看看，仔细体会学习一下。"

王副县长意味深长地"哦"了一声道："我们的陈军书记怎么谦虚起来了？是觉得工作有差距吗？"

"我觉得我明白了一些事情。"陈军微红着脸说。

2022年3月7日

夜　巡

王局长到任不久便打电话给里坑街道执法中队长苗茫，要求他当晚一起夜巡，苗茫握着手机问："王局长是您开小车来呢？还是用中队的皮卡执法车？"王局长哼了声说："夜巡还需要开车吗？你那两条腿干啥用的？晚饭后你叫上一名队员在中队等我就是。"

晚上七点多，王局长徒步来到执法中队，身后跟了一位办公室秘书。苗队长和一名队员早早就在中队门口传达室等待了。

晚间的人行道上人来人往。王局长一行徒步至人行道的过道口，被一辆停泊的小汽车挡住了去路，王局长侧过脸问走在身旁的苗队长："晚间人行道上乱停车怎不见人管呢？"苗队长嘿嘿一声说："停车管理主要是白天，这晚上嘛……"王局长瞟了一眼苗队长说："晚上怎么啦？你的意思医院晚上就可以关门？消防晚上就可以不用接警？"苗队长脸面微红了起来，心想中队的吴实副中队长也曾多次跟自己建议晚上至少在十点钟之前要组织夜巡，被他硬生生地用"中队总共才十几个人，晚上加了班第二天需要补休不？白天能管好就很不错了"的话给顶了回去。苗队长暗自在心里想不会是吴实这小子跟王局长告了状吧。

随行的队员熟练地给小汽车贴单并用手机拍了照。

一行人继续行至下一个路口，又是小汽车挡道，但见两名着制服的队员正在给小汽车贴单拍照，苗队长喊了一声“吴副”，吴副就是执法中队的副中队长吴实，他放下手机答应了一声。苗队长跟吴实介绍了王局长，吴实有些腼腆地用手往自己衣服外侧搓了搓。王局长说：“吴副队长不错嘛，晚间还出来执法。”吴实嘿嘿笑一声说：“这条街晚上比较乱，应该管一管。”王局长说了一声“好”，就叫吴实跟另一位队员一起参加他的夜巡队伍。

一行人走到了人行道尽头，王局长停下脚步问大家：“你们说说看，这条人行道都存在什么问题？我们就在路上办一下公。”

苗队长沉吟了一下，说：“总之还可以吧，在街道党委政府的重视下，我们对辖区所有的道路管理采取两个一，三个二……”

王局长摆摆手打断苗队长的话说：“这些话就不用说了，我们现场办公，就讲存在什么需要整改的问题。”

苗队长一时蒙住了，挠着头皮支吾着：“这个嘛，这个嘛……”

王局长把目光投向吴实：“吴副，你说说看。”

吴实看一眼苗队长，好像不大愿意多说，但局长问了又不能不说，只好硬着头皮说道：“乱停车的行为夜间基本脱管，沿街店面物品摆放占道较多，还有两处羊肉烧烤烟雾弥漫，树穴黄土暴露，有多处道路坑洼破损没能及时修补，还发现一辆小四轮停在路旁卖水果……”

苗队长说：“中队巡查制度还是比较健全的，中队的皮卡车每天上路巡查至少两次。”

王局长说："苗队长，吴实刚才说的这些问题若是坐在车子上还真难看得全面哩。街头那卖水果的流动摊贩没有错，不卖掉放家里等着烂啊？错就错在没有在路边给他们固定个合适的地方，我们做得怎样啊？"

苗茫把头低了下来。王局长继续说道："城市精细化管理不能靠一味的喊喊口号，登登报纸，上上电视，泛泛而谈，实实在在整改几个问题就是最有效的宣传教育。你们看见没有？沿街的店门大多朝外开，人行道是公众的，把门朝路边开是占用了公共空间，造成行人过往不便。再看店招，好似一个模子里做出来的，你们觉得好看吗？"

大家都一个劲地点头说："是的，是的，呆板难看。"

苗队长点着头说："王局长，我们马上督促整改。"

王局长看着苗队长说："一时半会怕是没那么容易整改吧，还是先调整调整我们管理者自己的思维方式吧。"

王局长正说着，一位过路男子把刚剥了的橘皮随手扔到地上。苗队长喝了一声，那人回过头来瞪一眼苗队长，王局长和吴实几乎同时弯腰捡橘皮，被吴实抢先捡起扔进了垃圾桶。王局长上前拍拍那人肩膀说："垃圾桶就在身边，以后得注意点啰。"那人瞪大的双眼顿时眯缝了起来，含笑说："我知道了，您都替我捡起来了，我还有何话好说？不好意思，不好意思。"

王局长跟苗队长说："走，到前面的桥上看看去。"

一行人朝桥的方向走，并肩走在王局长身旁的苗队长说："王局长，您刚调来没几天，对城管工作就这么在行了，您真厉害。"

王局长边走边说："我之前在街道当主任至少有一半精力干这活儿。如果辖区环境秩序管不好甚至连地都扫不干净，能是个称职的街道主任吗？”这时一条白毛狗蹿到了王局长脚下，苗队长反应敏捷，迅速“嗨嗨”几声驱赶白毛狗。王局长笑道：“苗队长啊，这条狗怎么没拴绳啊？”苗队长赶忙回过头去训斥狗主人。狗主人理都不理苗队长，管自“白毛，白毛”地叫唤自己的白毛狗。

王局长哈哈一笑说：“苗队长，这条过路狗也许不属于你辖区的吧？”王局长的话引起一行人都嘿嘿笑了起来。

王局长接着问苗队长：“苗队长，你辖区街道已经登记在册的宠物狗有多少条？”

苗队长眼珠子转了一圈说：“大概有几百条吧。”

“那辖区大概有多少条宠物狗？”王局长又问。

“大概，大概有两三千吧……”苗队长艰难地回答道。

“至少有近万条”吴实插话道。

“哈哈，这底数差距也太大了吧。我看下一步要全面开展一次狗户普查才行。”王局长的话又引起大家的笑声。

王局长之所以要带大家去桥面上巡查，是因为他昨天接到市民投诉，说是前阵子桥面人行道上拆除了一块广告牌却在地面上留下了几根金属螺丝钉，因为不起眼绊倒了一位过路老大爷，而且桥面上的一盏路灯也已经好几个月不亮了。上了桥面，王局长叫苗队长打头里走，苗队长走了几步突然“哎哟”叫了一声，大家忙凑上前问苗队长怎么啦？苗队长抬着脚说：“脚底板被铁钉戳着了。”王局长不露声色地低头察看地面，说：“准确地讲这是几颗螺丝钉而非铁钉。”

吴实赶紧说：“是我们工作没做到位，明天就过来清理掉。”

王局长盯着吴实说："干嘛非得等到明天？难道今晚桥面戒严不通行了吗？还有这头顶上的路灯瞎了多久了？"

苗队长此时已将脚底板踩到了地面上，说："桥上的路灯由辖区路灯所管……"

王局长嗓门高了起来，说："我知道是哪儿管，但是在你的辖区内你发现了吗？督办了吗？许多事明确相关部门管，或者由属地扁平化管理自然没错，但问题的实质在于城管执法部门必须及时发现，巡查到位，督办到位，否则就逃脱不了干系。

2022 年 1 月 7 日

环卫工人

文敏调任环卫处当主任的第三天恰是10月26日的环卫节，他心系环卫工人，决定于这一天慰问一下“马路天使”。

环卫处办公室主任为文主任这择了一个保洁任务最繁重的街道，这个街道的路面包括公园的环卫工人加起来不下二百人。既然是慰问，总不能与二百号人都见面吧，只能选择一二十号人集中在一个地方等待文主任一行前来慰问。

10月26日上午十时许，文主任一行来到正在静候的环卫工人面前。文主任先是将随车运来的食用油、方便面、矿泉水、毛巾等慰问品一一分发给排成队的十几位环卫工人，然后端立于他们面前。环卫处的办公室主任先说了几句主持词，大意是文主任调到环卫处当主任的第三天就在百忙之中来看望大家并送上了慰问品，足见文主任对一线的环卫工人的关怀和重视。借此机会请文主任给大家讲几句话。

掌声过后，文主任清了清嗓子，热情洋溢地跟大家说：“同志们，你们辛苦啦。无论是寒冬酷暑还是白天黑夜，你们顶风冒雨，为我们这座城市的道路保洁、环境整洁、垃圾的收集和分类不惜流大汗、出大力，默默无闻地奉献着。你们不计报酬待遇，安心工作，用自己的一双脏手换来了城市的光鲜，这就叫宁可脏一人，干净了千万人……”

文主任讲着讲着，自己都沉浸其中，有些激动了。但是，站在环卫工人队伍中的一个看上去三四十岁的工人却冷不防插话道：“文主任，您说的这些话都没错，就在三天前，您的前任离任前也给我们说过类似的话，只不过他是告别讲话，您是到任讲话。”

环卫工人队伍里发出了一阵笑声。

文主任愣怔了一下，他想不到这时候会有人突然打断他的讲话，而且这插话听起来还有些嘲讽。但他很快就稳住了情绪，含笑道：“这位工人兄弟好像有话要说，哈哈，要不你也讲两句？”

“好吧，恭敬不如从命，我看文主任也没啥架子，就乘机说几句吧。”这位环卫工人踩上了凳子还真的顺势再踩上桌子，他撇了一下嘴角说：“文主任，原本我是想找个时间到您办公室向您汇报憋在肚子里的一些想法的，今天就当着您和大家的面直说了吧。首先这慰问可不比老天下雨人人都轮（淋）得到的，有失公允哩。再则了，环卫工人安心工作也是为了生活不是？不一定人人都那么理想崇高吧。当然，您的赞扬鼓励也没有错，关键是要为环卫工人多解决点实际问题，比如集体宿舍的安全、卫生等问题，再比如既然知道了环卫工人辛苦、报酬低，那就想方设法提高他们的工资待遇和社会地位，这叫办实事。文主任，我说的这些话可能不中听，请多包涵啦。”

这位环卫工人说的话着实让文主任想不到。他紧盯着眼前这位环卫工人，一个扫马路的居然会说出这些有见地的话来。他不由得转头看看站在身后的办公室主任，只差告诉他眼前这位扫马路的水平可是比你高哩。万主任情不自禁地把两只手掌相互拍了几下，挺响亮，接着大家也都跟着拍起了手掌……

这事儿在文主任这儿并没有忽略过去。当天下午，文主任就开始走访调研，广泛听取各方面意见。三天后就召集业务会议专题研究环卫工人所提的建议和他自己几天来实地调研得来的第一手资料，随后就向局长室呈报了关于提高环卫工人工资待遇等几项具体问题的报告。局长室也很快向政府打了专题报告并且和相关部门协商落实了具体政策事宜。

两个月后，纸媒重头报道了环卫部门关爱环卫工人，着力解决环卫工人的具体困难，提高他们的工资待遇等做法。文主任看了报道问办公室主任报道是谁写的，办公室主任挠挠头皮，摇摇脑袋说我也不知道是谁写的。过了几天，办公室主任神道道地告诉文主任：据说写报道的就是那天打断您的讲话，又提了几条建议的那个环卫工人。他的真实身份是一个作家兼记者，在体验生活呢。

文主任愣了一下，继而嘿嘿笑道："喔噻，原来是个卧底。"

2021 年 6 月 5 日

郑书记的“精兵简政”

郑雄从镇长位置上升任镇党委书记后，他就急切地想改变一下“临时工一统天下”的状况。郑雄当镇长时就想过整改，但书记却说：“你急什么，想捅这个马蜂窝也得你当了书记再说吧，到那时你想怎么捅就怎么捅。”

如今当了书记的郑雄在镇里是个说一不二的人了。他心想镇机关食堂几个做饭的是不能减的，但保安有四个，至少可以减掉两个。“车改”后经前任书记“操作”招了三个临时工负责开公务车的，其中一个其实就是变相给书记当司机的。郑雄当年在部队时就是个汽车兵出身，车改后他从不叫别人替他开车，当了几年镇长他连那三个临时工司机叫什么都不知道。他认为这三个司机应该全部解雇。镇里本身就有“工人身份”的职工，而且据他所知有两人当初就是因为镇政府需要招聘两名汽车司机而通过考试渠道招进来的。可是来镇里工作没几年都“转岗”坐办公室了。郑雄还了解到，镇管辖的两个公园，原本就有正式职工负责做花木修剪、环境清洁、驾驶工具车等，应该是“各路神仙”一应俱全，可不知从何时起，这些“神仙”统统坐进了办公室，公园里本应由这些神仙动手干的活，统统交给了临时工，小小公园凭空多出了“一套人马”。他还知道，镇卫生院护士也都有“替身”，名称有叫保洁的，也有叫护工的，这些临时工干着本应“白衣天使”该干的活。前几年郑雄的父亲患病住院，也花钱雇了个“护工”，看着护工阿姨忙碌的身影，他在心里想，应该给她穿上白大褂，她才是名副其实的“白衣天使”呢。

郑雄请新任镇长到他办公室商议在全镇范围内开展削减多余临时工的行动。他想到了“精兵简政”这个词，便开门见山对镇长说出了他的“精兵简政”计划，以取得镇长的全力支持和配合。

新任镇长的口气虽然与前任书记有所不同，但所表达的意思差不多，也就是劝他这个一把手要慎重行事：“捅了马蜂窝，被蜇的可是你一把手。”

郑雄信心满满地说：“只要我们党政一把手思想统一，这件事就一定能做成。财政的钱可是纳税人的钱啊，更何况这涉及风气和作风的问题，我看这事就从镇机关自身做起，防止灯下黑……”

“啥？”镇长瞪大两眼道，“郑书记，你的意思是想解雇镇里的几个司机和保安？你真是书生气啊，这些人可都是有背景的啊，你这不是得罪人吗？新官不理旧事，再说了，又不是掏你自己腰包雇的这些人，我还是好心劝你三思而行吧。”

“有那么复杂？”郑雄皱了下眉头说，“不就几个临时的泥饭碗吗，还扯上什么背景上去了。”

“老书记没跟你交代过吗？平时给他开车的那个司机是副县长的亲戚呢，你好意思把人家给解雇了？”镇长说。

“哈哈，是这样啊。这也没啥呀，自谋生路到哪还赚不到几千块钱啊。”郑雄说。

“问题偏偏是人家也不缺这几千块钱。那个副县长亲戚都快 50 岁了，家里还有出租房。能来镇里上班也算是每天有个去处……”

“你是说来养老了是吗？”郑雄接过镇长的话说，“管不了这些啦，先干起来，然后再在卫生院、公园、城管等单位全面推进，我就不信干成这事会有多么难。”

最终镇长自然是听书记的。一场“精兵简政”行动在全镇全面推开了。这事引起了媒体的注意，报纸电视台也都前来采访报道，引起了一些“轰动”效应。但是不久，更大的“轰动”效应出现了，卫生院、公园等各行业里的被解雇的环卫工、阿姨、保安、协管员等在镇委前书记临时工司机的鼓动下，集结上镇政府上访来了，他们打出了几条横幅，上面写着：“谁让我们失业我们就跟谁拼到底。”“我们要工作，我们要吃饭。”

这些人在镇里闹腾了几天，又直奔县政府。县电视台及时跟进拍下了上访场面，虽然被电视台台长压下未能播出，但自媒体却热闹了，一时间成了手机屏幕上的热点新闻。

这样的结果确实出乎郑雄的意料，他感觉到了未曾有过的压力。镇长跟郑雄说：“郑书记啊，听说这件事使县长很恼火……”

“你是说领导很恼火，后果很严重，是吗？”郑雄从办公桌前的椅子上站起身说。

镇长苦笑道：“哎，我知道你做这些都没错。但有句话怎么说来着？存在的就是合理的，这件事连镇办公室小王都有想法呢，他跟我嘀咕说，这个月不知怎么跟县统计局报数字，就业率和失业率这个数字怎么报？”

“这，这怎么又扯到就业率和失业率上了？”郑雄也苦笑了几声，摇摇头，一屁股坐到办公桌前的椅子上。

2021 年 6 月 6 日

回家吃年夜饭

马上就要过春节了，沿江派出所陈新的所长职务被一纸文件免了，改任非领导职务。新调来的派出所吴弓所长弓着腰紧握住陈新的手说："陈所，这些年辛苦啦，您把这个所带成了全市一流，我这个班一时半会儿还真不知道怎么接呢，弄砸了可真对不住您啦，您可得多多帮助指点我一段时间噢。"

"吴所长，别谦虚，你毕竟年纪轻，有能力，前途远大，我年纪大啦，好多事跟不上趟了。有句话叫长江后浪推前浪嘛"，嘿嘿，陈新咧开厚厚的嘴唇笑着说。

几天后就到了大年三十，内勤试探性地问陈新："陈所，今年的大年三十晚您还……值班吗？"

"你说呢？"陈新吸了一口烟瞥一眼内勤说。

"大年三十就由吴所还有教导员他们留下吧，您可以在初二之后选择值班时间。"内勤建议道。

"遵命。"陈新哈哈笑道，把烟蒂放烟缸里捻灭。

陈新从另外一个派出所平调到沿江派出所当所长已经五

个年头了，算上之前的三年所长职务，陈新掐指一算已经连续七个年三十在所里过了。他把这一习惯作为一条铁律。前年年三十教导员觉得实在过意不去，就提出由他值守岗位，却被陈新虎着脸“严词拒绝”了，他振振有词地说：“只要我还在所长这个岗位上，所里的年夜饭，班子里的谁也休想跟我争着吃。”

去年的年三十，教导员又跟陈新争所里的年夜饭吃了。这回是教导员振振有词地说：“你儿子刚结婚，儿媳妇头一年在您家里过年，再说我教导员好歹也跟您是同级干部，凭什么非得年年都由您吃这顿年夜饭啊？今年必须调换一下，我三十，你初一，快回家帮着老伴儿做饭炒菜吧。”

陈新无奈地咧开厚嘴唇笑了笑，说了句：“好吧，同级干部，我这就回家。”

陈新上下班坚持一个习惯，一般不开车，先步行六七分钟上公交，下了公交再走几分钟到家。他不完全是为了节能减排，也不完全是为了健康步行，主要是因为警察步行、坐公交有利于治安。去年年三十下午，他拗不过教导员，就换下制服步行去坐公交车。坐在公交车上却遇见几个醉鬼在车上调戏一名妇女，先是污言秽语，接着是推搡动手，陈新哪能容忍得下这一幕？大喝一声让几个醉鬼住手，虽然成功为那位女士解了围，但因对方人多而受伤。这下可好了，不能回家吃年夜饭了，得先去医院了。待他在医院化验小便做完 CT 等各种检查再留床观察，挂完盐水，回到家电视里的春晚都已接近尾声了。

被免了职的陈新换下制服离开派出所大门时突然想起了去年这个时候在公交车上发生的事，心想回家的路上可别再发生这些狗屁倒灶的事情了。正想着，手机响了，陈新一看是新任吴所长的电话号码，嘀咕道：“这时候给我打电话不会有什么突发案件吧？”

吴所长那头喂了两声，说:“陈所啊，您到家了吗？”“我还没上公交车呢。”陈新回答说。

“那能否有劳您回来一趟。”吴所长用恳请的口气说。“啥事啊，非得我回去吗？”陈新问。

“是这样，等会儿县里王局长要来所慰问，当然，说慰问倒不如说是查岗。您看我刚到任没几天，王局长那性子您也知道，若问起什么，我回答不上来准要挨骂，再说王局长也说他要见您。”吴所长解释说。

“唉，那好吧。”陈新无奈地转身回所。

陈新与王局长几乎同时到达所里。王局长见到陈新哈哈笑了几声，拍拍陈新肩膀说:“老陈啊，好多年没跟家人吃年夜饭了吧？现在无官一身轻，孙子也有了，终于可以在家过年了吧？”

陈新撇撇厚嘴唇说:“正往家走，这不又被你们叫回来啦？”

吴所长一旁笑着说:“王局长电话里就说今晚陪所里值班人员吃年夜饭，虽然没有酒，但菜还是有几道的，陈所，您就留下来陪王局和大家一起吃吧。”

陈新接过王局长递过来的香烟，给自己点上，深深地吸了一口，朝吴所长说:“过去我当所长，理所当然只能选择在岗位上值班，如今由你新所长带班了，你倒是说说看，是陪局长重要还是陪家人重要？”

“哈哈哈，当然是陪家人重要，不过我要为自己辩解一下，我也是因为当局长所以来跟值守一线的同志在一起，而不是叫一线的同志来陪我哟。”王局长说着拉开手中公文包的拉链，掏出一瓶酒递给陈新说，“喏，陈十年的老酒汗，我可是自己都舍不得喝哟，我今天专门带来犒劳你这位老所长的，你终于可以在家喝两盅了，快回家吃年夜饭吧。”

陈新接过酒瓶，本想说句客气话，但却什么也没说，而是双脚并拢，给王局长敬了个礼。

2022 年 12 月 8 日

你话真多

督察处小芬听说清洁工美芹阿姨住院了，患的是胃出血。

小芬把一只文件夹递给处长时说：“一个拖地泡茶抹桌子洗厕所的清洁工又没人请她下馆子喝酒的，怎么就胃出血了呢？怪不得局里这几天卫生乱糟糟的，厕所也异味难闻。”

处长嘴里叼了根香烟，抬头白了小芬一眼，小芬顿觉有些失言，处长可是隔三岔五地有人吃请的，依照小芬所说的逻辑难道胃出血的该是常下馆子喝酒的处长？小芬对处长的白眼有点儿忐忑，便刻意补充了一句：“人吃五谷杂粮，有个病痛什么的很正常，比如都说抽烟的人容易得肺癌，可好多不抽烟的人也还不是照样得肺癌啊……”

处长把手指间的烟蒂放烟缸里用力捻了几下，又白了小芬一眼道：“你话真多。”

小芬看着烟缸里一条袅袅升起的烟雾，意识到自己又说了句不中听的话，咬了咬嘴唇退出了处长办公室。

局机关这几天少了清洁工，又逢上大热天，平时对清洁工连个招呼都不屑于打的干部职工（其实机关几十号人根本就没几个人能叫得出这位个头矮小、穿一双黑布鞋的，看上去比实际年龄大好几岁的中年妇女的名字），这时候才意识到清洁工存在的重要性了，甚至还有不少人念起清洁工美芹的好来了。小芬就是一个，如果不是因为年龄的差距或者是地位身份的不同，小芬和美芹能成“闺密”也说不定呢。

小芬想起去年的一个傍晚，大家都下班了，小芬却独自坐在办公室里发呆，呆了一阵子后又忍不住趴在桌面上嘤嘤抽泣了起来。清洁工美芹每天一定是最早一个上班又是最迟一个下班的，美芹平时和小芬挺熟络，在走廊上拖地的美芹听到小芬的抽泣声犹豫了一会儿还是走进了小芬办公室，轻声地安慰小芬：“小芬啊，遇到啥不开心的事啦？想开点噢。”

小芬抬起头望着美芹，毫不掩饰地，如遇到知己一样地哭诉道：“美芹阿姨，我心里好难受……这世上的男人没有一个好东西……”

“噢，是失恋了吧？”美芹试探着问道。美芹问这话的时候是犹豫而又缺乏底气的，她清楚自己只是这个局里的一个临时清洁工，是不能多管闲事的。

但年轻的小芬却没在意美芹在局里是个什么身份，她直通通地说：“美芹阿姨你猜对了，我是失恋了，是被那个绝情种给骗了，他另有所爱了。我，我做人还有什么意思？阿姨你是好人，所以我只对你讲……”

美芹递了一块毛巾给小芬，说：“这算啥子事啊，你还没结婚，又这么年轻漂亮，既然他不爱你，早点分手还不是件好事吗？你可知道我为啥到你们局来当清洁工的？我女儿都十几岁了，可我那个负心汉赚了钱就养了个小三，还硬生生地跟我离了婚。人这一辈子谁都有可能遇到难事和不顺心的事，凡事都得想开点……”

美芹的开导确实对小芬起到了作用。单为这一点，小芬觉得也该去医院探视一下美芹阿姨。周五下午下班后，小芬拎了一袋水果去了医院，美芹颇为意外，感动道：“小芬啊，我怎么值得你来看我呢，还拎着东西。医生说了，过两天就可以出院了，下周一我又可以在你们局里拿我的拖把和抹布了。”

小芬在心里估计,全局大概也就她一人来医院看一个患病的清洁工。

美芹因为只住了几天医院，局办又一时难以找着合适的清洁工，所以也就没有辞退她，她照旧来局里当她的清洁工了。小芬观察到自从美芹阿姨又来上班了，大家的情绪似乎都好了许多，说明大家还真的是离不开一个不起眼的清洁工。可就在美芹来上班的那天，局长因病住进了医院，也是胃出了问题，但不是胃出血，是胃里长了个不祥的东西。

过了几天处长把小芬叫到跟前，对她说：“小芬啊，听说好多处长和同事都去医院看过局长了，我们处也不能落后呀，你开车，陪我去医院看一下局长吧。”

小芬自然遵命，开车陪局长去医院，在医院门口小芬请示处长要不要买点水果带上。处长摇摇头说：“大家都送水果的话那么多水果放那儿等烂啊，送点慰问金吧，你不用管了，钱我出。”

在病床前，局长很关心局里的各项工作，问处长手头的几项工作完成得怎么样啦。处长一一做了汇报后说：“局长您就安心住院吧，您不在局的这些日子局里挺平静，各项工作都还正常开展，分管我处的副局长还带我下了一次基层呢。”

局长“唔”了一声，就没再吭声了。

离开医院，小芬在车上又口无遮拦地说道：“处长，这几天局长不在倒没啥，可那个清洁工几天不在问题就有点大了……”

处长白了小芬一眼说：“你话真多。”

2022 年 1 月 9 日

戚老师钓鱼

戚老师是从龙港镇撤镇设市（县级市）那个月退休的。退休前的戚老师业余爱好除了练书法就是钓鱼了。如今他有了大把时间可以安静地久坐于小河边，柳树下放竿垂钓，为此，戚老师让他以前用竹竿自制的钓鱼竿“光荣退休”，花钱买了根高级碳素制成的钓鱼竿，每周一三五，有时还得添加上周六或周日，除天气等因素以外，吃过早餐便骑上自行车直奔河塘。

戚老师的钓鱼瘾还是很早以前受他父亲影响的。那时他还是个小屁孩，龙港也还是个名不见经传的小村庄。龙港虽然面朝海涂，但在村小当老师的父亲偏偏吃海鲜过敏，就常常利用工余时间到河间钓鱼，戚老师就跟着父亲屁股后头耐心等待着父亲“哟嗨”一声起竿，那时候的龙港真是水美鱼肥啊，父亲只需小半天就能钓上好几条肥硕的鲤鱼、鲫鱼，有时还能意外收获一只斤把重的野生甲鱼。

戚老师人到中年后重拾父亲的钓鱼爱好，但他却只钓不吃，只把钓鱼当作一种修身养性的活动。每次垂钓回家，他总是先把鱼篓里的鱼哗啦啦倒进盛了清水的大脸盆里，不一会儿，脸盆里的水便变得混浊了。他每每瞅着一脸盆浑水，会对老伴儿感叹道：“可惜了这些鱼啦。”老伴儿也会附和道："可不是吗，河水都污染了，那鱼还能吃吗？"

鱼虽不能吃了，但可以用来"放生"，待下次垂钓时，戚老师就会把养在脸盆里的鱼重新投入河里。

再到后来，凡骑自行车可抵达的河里几乎无鱼可钓了。戚老师摇头感叹道："古人说水至清则无鱼，现如今水至浑也无鱼喽。"

面对经常空篓而归的戚老师，老伴儿埋怨他说："老头子啊，我说你干点啥不好呢？钓来的鱼不吃不说，最近还常常空手而归。"

戚老师无奈地苦笑道："你懂个啥？钓鱼要的就是一种感觉，可以出神入化呢，否则我爸能活到 80 多岁？"

"那是什么年代呀，"老伴儿怼撑道，"那时候河里的鱼多鲜美呀，我家门前的河水可直接煮饭烧开水，现如今鱼儿都被一河污水给呛死了，剩下些半死不活的鱼只能喂猫，你坐在河边不嫌熏得慌啊！"

"哎哟，我就这点喜好了，你别管了好不好？"戚老师每回无言以对时就只好用以退为进的语气坚守着自己的钓鱼爱好。

如果戚老师仅仅是爱好钓鱼也就罢了，他却因为河水的污染跟坐落在河边的几家工厂较上了劲。那时他还没退休呢，他先是给镇政府写信反映情况，要求沿河有重度污染的企业、工厂和饭店必须截污纳管，否则应当责令其停业或搬迁。信发出后如石沉大海毫无反应。任性的戚老师并未气馁，他用相机把沿河的污水直排入河给拍下来，逐级向上面反映，上头对他的反映虽然也给了反馈，甚至还给予了正面肯定，但却迟迟见不到实质性动作。沿河一家工厂试图用重金收买他，求他别再折腾，但戚老师不吃那一套，结果换来了"蒙面人"的一顿毒打，差点没把命给打丢了。

退休后的戚老师每次钓鱼回家依旧保持着老习惯，把鱼篓里的鱼倒入盛有清水的脸盆里，任其慢慢“净化”，下回再垂钓时予以“放生”。有一回他钓到了一条足有两斤重的大鲤鱼，当戚老师把大鲤鱼倒入脸盆时，鲤鱼却扑腾几下跃出了脸盆，盛着大半盆水的脸盆也被鱼尾给掀翻了，淌了一地的水。老伴儿一旁惊叫起来，戚老师赔着笑脸嘿嘿道：“这叫鲤鱼打挺。”这时恰巧小区里的一位保洁工上门口收集垃圾，戚老师忽然觉得保洁工挺不容易的，就试着问道：“这条大鲤鱼送给你如何？”

保洁工咧咧嘴有点儿不好意思道：“这么鲜活的大鲤鱼您不留着自己吃干吗送给我？”

“没事，钓鱼者不吃鱼，你拿走吧。”戚老师说着把鲤鱼装进塑料袋里递给了保洁工。

老伴儿一旁小声嘀咕道：“你到底是好心还是黑心呀，自己不敢吃倒送给别人吃。”

戚老师乜了老伴一眼，追前一步嘱咐保洁工：“烧鱼时多放点姜蒜，解毒。”

保洁工一手拎着垃圾一手拎着鲤鱼，头也不回地“噢”了一声，走远了。望着保洁工远去的背影，戚老师自言自语道：“啥子钓鱼人不吃鱼，我爸当年就专吃自己钓的鱼，不过自从退休后钓到的鱼好像跟以前不一样了，越来越鲜活了。”

转眼间戚老师退休一年多了。几个学生念起了退休的戚老师，结伴拎了些土特产来戚老师家蹭饭。那天戚老师刚刚钓鱼回家，见到几个得意门生乐开了怀，呵呵笑道：“你们几个今天算有口福了，今天钓到了几条足足有半斤重的野生鲫鱼，喏，还有一条大大的胖头鱼，老师我今天统统烧给你们下酒。”

老伴儿一旁大声道："喂喂，我说你这个当老师的，怎么对自己的学生也下此毒手啊，自己不敢吃却烧给学生吃，想省钱还是怎的？我这就到菜市场买鱼去，你钓的鱼还是等明天放生去吧。"

戚老师瞪了老伴儿一眼，底气十足道："你懂个屁，还老眼光看问题。"

戚老师说着从兜里掏出一张报纸，是《今日龙港》，他展开报纸在老伴儿眼前抖了几下，说："看看今天的报纸吧，今非昔比了，龙港的河水完全达标了，人都可以下河游泳了，鲜肥的鱼儿岂可不食之？"

戚老师招呼几个学生在餐桌前坐定后，他打开一瓶农家米烧依次给每人的酒盅满上，老伴儿从厨房间端出一大盘冒着热气，散发着鲜味的红烧野生鲫鱼，催促大家乘热动筷。戚老师突然喊了一声："等等。"

大家齐刷刷地把眼光投向戚老师，戚老师不慌不忙地拿起筷子，呵呵一笑道："今天的鱼得我先动第一筷。"

2021 年 10 月 11 日

跳崖峰

一

海岸边有一片犬牙交错的礁石，礁石群中紧靠海岸有一柱高耸的石峰，潮涨时从远处看就如悬在蔚蓝海面上的跳台。白浪拍打在石峰脚下，发出有节奏的“哗哗”声。伍飞娜站立在石峰顶端，披到腰际的长发在海风的吹拂下不安分地飘动。一阵强劲的海风从伍飞娜身后扑来，把她乌黑的长发吹送到身前，继而散落在她白皙的脸上。

当地人把这柱高耸的石峰叫作“跳崖峰”。每年总会有人跨上“跳台”实现“纵身一跳”。

伍飞娜已经在“跳崖峰”上站立好久了，当她那噙满了泪水的双眼被海风吹得燥干时，她便决意闭上双眼纵身一跳了。

“现在往下跳有些晚了。”身后传来一个女人的声音。

伍飞娜的心头“咯噔”一下，睁开了双眼，但她却无意回过头去，她旋即又闭上双眼，身体前倾，身后又传来说话声，这次是近在咫尺了。

“现在是退潮时，海水下是沙滩，跳下去淹不死你也摔不死你。要做跳死鬼也只能等明儿涨潮时再来吧。”

伍飞娜睁开双眼朝崖下望去，已清晰可见被海水覆盖的黄色沙滩。伍飞娜意识到身后说话的女人没有骗她，现在跳下去确实晚了。伍飞娜转过身来，站在跟前的是一位看上去50多岁的大妈，大妈脸色黑红，是海边人特有的那种黑红色。

“来，让大妈搂搂你。”大妈张开了双臂，伍飞娜一瞬间好似遇到了久别重逢的母亲，迟疑了一下，便乖乖地扑入大妈的怀抱，嘤嘤抽泣起来。

二

大妈往黑铁锅里添了两瓢水。伍飞娜坐在方桌前的一条长凳上，面朝门外，门外是浩瀚的大海，与蔚蓝的天空融合在一起，静静地能听见海鸥的叫声。

“退潮的时候海鸥挺忙活。”大妈拉着风箱自言自语，但显然是说给伍飞娜听的。

伍飞娜没有答话。

“你是我第九个带回屋里来的，去年跳下去一个，没给拽回来，所以你是我发现的第十个跳崖人。”大妈继续说。

“活得好好的，跳下去就喂鱼了，海里有大鲨鱼，它喜欢细皮嫩肉的。”大妈继续说。

大妈从黑铁锅里舀了一碗白开水端到伍飞娜跟前：“先喝几口水，饿了吧？等会儿咱做饭吃。”

伍飞娜双手捧过碗，终于张开嘴说了声“谢谢”。

“你的那点事大妈不用问也能估摸出个八九不离十。其实到这儿跳崖寻死的男男女女的故事都差不多，男人嘛无非生意做亏空，欠下八辈子也还不了的债了，如果是个当官的无非怕被抓进大牢判刑，还不如自己了断了省事儿，去年那个没能给拽回来的听说就是个不小的官儿。像你这样的漂亮女孩多半是感情上的事，失恋了，或者被哪个狗男人给骗了甩了，而且肚子里兴许还怀着男人的种……”

伍飞娜听着眼泪就出来了。

“想哭就大着声哭吧，前面那几个在大妈这儿抓心抓肺地号啕以后就不上跳崖峰了。”

大妈话音刚落，伍飞娜便放声大哭了起来，直哭到天边开始阴暗了下来才停歇。

在大妈连哄带安抚之下，伍飞娜就着咸鱼吃下了一小碗米饭。大妈微笑着说：“肯吃下几口饭大妈就放心了。肚子里如果真有种了打下来或生下来都行，多大点儿事啊。大妈也上过跳崖峰哩，不是拽人，是自己想跳。那是我丈夫和我那未满18岁的儿子出海打鱼翻船喂了鱼以后。是天意吧，那天风雨好大哟，正在大妈闭上眼想往下跳的时候，一个炸雷把大妈给炸了个昏死，醒来以后风雨就歇了，大妈就不想死了。大妈没能死成，也就少死了你们九个，大妈活得还挺值。”

伍飞娜喃喃地问：“大妈，听口音您不是地道的本岛人？”

“我是从城里嫁过来的。短命老公在城里办企业把我肚子睡大了，没过几年企业破了产，我就跟着来他老家了。老公和儿子都喂了鱼，剩下我一个活鬼也曾想着回城里住，但老感觉着在这跳崖峰下还有些啥事放不下，唉，再待几年吧，能拽回来一个是一个。”

海边的夜晚是空寂而又辽阔的。有节奏的海涛声好似大海的呼吸，厚重得慢慢腾腾，大妈跟躺在床铺内侧的伍飞娜说："听见大海的喘气声了吗？每天晚上躺在床上就觉得是和大海一块儿喘气，一块儿活着……大海里有我的短命老公和儿子……"

深夜，伍飞娜挪动身子悄悄下床。"想干啥呢？"大妈悄声问道。

"下床小解，放心，我不想死了。"伍飞娜幽幽地说。

"我还是得警觉着点，待天亮了大妈才能相信你是不是真的想活下去。"

"我肚子里还有个小生命呢，我得生下来。"

三

海边天亮得早。大妈将一碗海鲜面条端到饭桌上，看着伍飞娜吃完，问道："还想去跳崖峰吗？"

伍飞娜微微摇了摇头，嘴角一翘，便是一张笑脸。

"那就回家吧。"大妈说。

"能……让我再住几天吗？我付钱……"伍飞娜请求道。

"不能。"大妈一口拒绝。

伍飞娜走出门外时突然一回头，说："大妈，以后我会来看您……"

"赶紧着回吧，所有被大妈拽回来的都不许再回头，大妈不想再见到你。"大妈说完"嘭"地关上了屋门。

四

一个风和日丽的上午，伍飞娜领着扎着一对羊角小辫的可爱的小女孩来到海边，身后紧随着一位身材伟岸的男人。伍飞娜在大妈的屋外高声喊道："大妈，飞娜看您来啦。"

半晌，大妈站在门内，看了一眼伍飞娜，说："大妈不认识你。"

伍飞娜睁大双眼说："大妈，我是三年前被您从跳崖峰上拽回来的伍飞娜呀，您是我的大恩人哪……"伍飞娜说着就要领着小女孩进屋。

"别进屋，大妈过去啥事都忘了。"大妈说着把门重重地关上了。

站在门外的伍飞娜痴痴地呆立着。突然间，伍飞娜哭喊了一声"大妈"，便"扑通"地跪了下去。伟岸的男人把一只手轻轻地搭到伍飞娜的肩上，说："飞娜，大妈说了，过去的啥事都忘了。"

伟岸的男人扶起伍飞娜，再牵着小女孩的手说："走，咱到大海边玩儿去。"

2022年2月18日

保持距离

我虽然只是个科一级的县局局长，但毕竟是一把手，全局几十个下属还是得看我的“眼色”说话行事的。

我承认，我日常会喜欢和信任一些人，也会不怎么喜欢和不大信任一些人。当然了，我还是尽量要求自己做好“平衡术”，不刻意拉“小圈子”，作为一把手，我当然希望所有下属都齐心协力做好本职工作。

沈副科长一直跟我走得很近。特别是取消公车后，因为我不会开车，上下班时沈副科长总会适时地出现在我的身边，问我要不要搭他的车，理由很简单，他家与我家很近，搭顺风车我当然很乐意。有时同事间聚个餐，只要沈副科长也在场，他一准滴酒不沾，为的是饭后他得开车把我安全送到家门口。

逢年过节沈副科长也总忘不了来我家敲门。我虽然反对下属送礼上门，但对沈副科长则开了“方便之门”。夫人也挺“懂经”，每次都会随手向沈副科长回送点礼物，这也算是“物物相换”吧，当然，占便宜的一头一般会是我，毕竟沈副科长上门是来送礼而非收礼的。

平时开会我若讲个话，沈副科长会带头起劲地鼓掌，那

“噼啪”作响的掌声灌进耳朵里确实挺受用。

沈副科长在局里还是我的重要的“耳目”，比如下属谁谁背后说了我什么坏话或者什么好话，谁谁家里发生了点什么事，谁和谁关系特殊，哪个男女同事之间关系暧昧等等他都会及时向我耳语。而沈副科长提供给我的信息往往都被事实证明为“基本属实”，时间久了，我自然而然地愿意听信于他了，我已经自觉不自觉地离不开他了。

忽然有一天，县纪委为了查证一起腐败案叫我去谈话帮着提供一些旁证材料。不知怎的，这事迅速传开了，而且还传得有鼻子有眼，甚至传言我被“双规”只是分分秒秒的事了。更不堪的是那天我从纪委大门出来后忽然地一阵剧烈胃痛，我径直去了县医院，医生叫我留院观察，第二天诊断出来了，我患了胰腺癌，胰腺癌可是“癌中之王”，百分之百没得救了。与此同时传言也就及时跟进了，传我因受惊吓患了要命的病住进医院里去了，没几个月活头了。当然，也有传言我为了躲避“谈话”装病住进了医院。

家人赶紧把我送往上海大医院，临行前我跟局办王主任提出安排沈副科长陪同一下，他办事机灵靠谱。但沈副科长没有露面，托王主任传话说因为他女儿面临中考不宜离开。我当然表示理解，也就没有太放在心上。

我这位在县里还算是个人物的局长在上海的大医院里简直就是一根稻草，几经周折才好不容易得以复查，复查诊断的结果却不是狗屁的什么胰腺癌，就是个普通胃病。医生还调侃我在县里当个大局长，平时吃请太多了吧？劝我以后还是少喝酒，命要紧。

纪委那头我本无事，却传言我有事，胃痛本是寻常病，却误诊我得了癌，这两事凑到了一块儿也算是“中了奖”了。我准备出院回家时，总觉得好像少了点什么，哦，我想起来了，都好几天了，沈副科长竟然连一个探问的电话都没有。我把这事跟妻说，妻笑笑说：“别太敏感了，人家可能是因为忙。”

妻是个“精明”人，抿抿嘴说：“这次纪委和生病两件事在局里甚至坊间传得沸沸扬扬，依我看你回去后不要做任何解释。”

我“扑哧”一笑，说：“好吧，听夫人的。”

动车到达县里该是晚上七点多钟了，我在动车上给沈副科长打了个电话，说自己七点来钟到达动车站，请他过来接一下。可沈副科长却支支吾吾地说自己今晚恰好有个应酬，还是自己做东实在脱不开身。末了还补充了一句“不好意思”便挂了电话。

想想还是给局办王主任打了个电话，叫他七点钟来接站。妻一旁说干吗非得麻烦别人来接呀，打个车不就得了。

我平时觉得王主任太木讷，一直琢磨着把他调整到沈副科长头上空缺的科长位置上，再把沈副科长提任到局办当主任。

王主任早早地在动车站口等候了。一上车王主任就说：“局长，您不应该在上海住院的吗，干吗回来啊？我还寻思双休日去上海看您呢。”

我说：“是误诊，你先别说出去，顺其自然就好。”

王主任一听说是误诊，高兴地使劲拍了拍方向盘说：“哎呀太好了！嗳，县医院真是草包，好好的人弄不好吓都会被吓死。”

过了一会儿，王主任又接着说：“局里都传开了，说是政法委一位副书记来顶替您的位置，这不，今晚沈副科长还正在请他喝酒呢，原先叫我一块去的，因为要来接您我把他给回掉了。”

我长长地“哦”了一声。

我到局里上班都两三天了也没见着沈副科长的人影，我心想也许他确实是因为工作忙吧，毕竟他在科里是个主持工作的角色，想到这儿我又提醒自己别小心眼儿去揣度别人了，前几天还以为自己都快要死了的人，还有啥想不通的呢？

不出几天，我饱满的精神状态，特别是我开会讲话激昂的语气就直接告诉了大家，我的身体没病，我的职务没变。

沈副科长来到我身边，恭恭敬敬地请我搭他的车回家，我笑着说不用了，骑自行车上下班既健身又环保。我提醒自己作为单位的一把手，与下属之间应该把握好分寸，经常搭沈副科长的私家车上下班也的确不太合适。

沈副科长到办公室找我说：“局长，您现在为啥不大搭理我了？好像刻意与我保持距离，难道我什么地方做错了吗？”

我拍拍他的肩臂，笑着说：“没有，是你想多了。”

2021 年 12 月 28 日

知心朋友

派出所副所长周鹏正在主持案情分析会议，手机响了，他一看屏幕是万芊打来的，犹豫了一下，跟大家说了声“不好意思，出去接个电话”。

在楼道上周鹏把手机贴到耳朵上说：“万芊啊，刮了什么风想起给我打电话啦？”

万芊那头嘻嘻笑道：“想你了呗。”

周鹏愣了一下，说：“开什么玩笑，我正在开会呢，有事说事。”

“那好吧，约你今天中午到花园大酒店吃牛排，有事情跟你商量，不见不散。”万芊说完便挂了电话。

周鹏和万芊三年前是恋人。周鹏深爱着万芊，那时周鹏还是派出所的一个片儿警，万芊习惯叫他“小警察”。在夜晚的河滨公园的榕树下，周鹏曾经紧紧地拥抱过万芊，激情地吻过万芊，就在周鹏沉浸在幸福的爱恋之中，万芊却突然“失踪”了，足有半个来月，电话不接，人影不见。过了半个月，万芊主动来了电话。周鹏在电话里又喜又气，责怪她为何跟他玩失踪？他正想着明天在报纸上刊登寻人启事呢。

万芊电话那头却只是淡淡一笑地说："今晚请你到花园大酒店吃牛排，不见不散。"便挂了电话。

周鹏心想还真是巧了，怎么这次又是约在花园大酒店。案情分析会结束后，周鹏觉得当初万芊既然把他俩的关系定位为"知心朋友"，那就赴约吧。

上次万芊约他去花园大酒店的目的是"分手告知"。万芊手持刀叉若无其事地说："周鹏，对不起，我俩分手吧，我已另有所爱了。"

周鹏一时间觉得天旋地转，待他镇定下来后，万芊告诉他那个男人是一家上市公司的老总，比她大十多岁。周鹏原想问万芊是什么时候跟别人好上的，但话到嘴边却咽了下去，他觉得事已至此再问什么都已是多余的了。那次在花园大酒店分手时万芊最后给周鹏留下了一句话："小警察，今后我们还是知心朋友。"

今天万芊约周鹏是为了她弟弟。她弟弟犯了事，案件恰好转到了他的手上。

吃完牛排万芊提出要到室内游泳池游泳。

室内游泳大厅内袅袅地回荡着萨克斯乐曲《情人的眼泪》，浅水区内，万芊身着比基尼泳衣，水淋淋地朝坐在乳白色塑料躺椅上的周鹏喊："小警察快下来嘛，你可是游泳健将呀。"

周鹏摆摆手说："你游吧，我看看就行。"

离开游泳池的万芊，身披粉红色浴巾迈着轻盈的步子朝周鹏走来，周鹏禁不住凝视着万芊。

万芊触碰到了周鹏那凝视的眼神，乖巧地依偎到周鹏身旁笑道："小警察，我好看吗？我老公在国外一时回不来，现在你若觉得好看就拿去吧，我知道你的心。”

周鹏的脸“腾”的一下绯红了，心头也随之“怦怦”狂跳起来，结结巴巴地说：“我，我没看见什么，你这不还是穿着泳衣嘛。”

“那我脱了给你看。”万芊直通通地说。

“你，你……”周鹏镇定了下来，他确实深爱过万芊，但今天，在这时，曾经让他刻骨铭心而又痛苦绝望的万芊在他心目中尚存的那座“知心朋友”的定位轰然倒塌了，在一片废墟地里，他仿佛看见一只苍蝇在嗡嗡地飞。

周鹏从躺椅上站起来，说：“我还有公务在身，没其他事的话我就先走了。”

“怎么这就走？我都开了房了，等下让你看个够再走嘛。”

“不必了，我都看到了。”周鹏说。

万芊迟疑片刻，问道：“你都看到什么啦？”

“灵魂，你的。”周鹏头也不回地说。

2022 年 1 月 19 日

捐　献

钟男痴痴地站在里坪小学的大门口。学校的大门早已不是从前的那个顶多只能两人并肩通过的窄门了。门口装了一架足有五米长的不锈钢电动网门。门侧的小屋里走出一位穿灰色保安服，腰间挂着一根电警棍的中年男人警觉地问钟男："请问你有什么事吗？如果没啥事请不要站在这儿。"

钟男半晌才回过神来，语无伦次地说："没，没啥事，就是想进去看看。"

"没什么事进去有啥好看的，有证件吗？"保安问。

钟男用手下意识地在裤兜里摸索了几下，说："我什么也没带，只是想进去看看我从前的母校。"

保安定睛观察了钟男几秒钟，说："那不行，学校重地闲人莫入，有规定的，请你离开。"

钟男"噢"了一声，继而又无声地笑了一下，边走边自言自语道："闲人莫入……我的矿井门口也竖着一块牌子写着闲人莫入呢。唉，连母校都不能进去……"

钟男回到山脚下的老屋，记起前几年听说过的小学同学钟亮在县教育局工作，而且还当上了副局长。钟男通过一位同学问来钟亮的手机号码，试着拨了过去："你是钟亮吗？"

对方迟疑了一下，回答道："我是钟亮，请问你是哪位？"

钟男响亮地"啊哈"一声说："钟亮啊，噢，应该叫你钟局长哩，我是你小学同学钟男啊，都多少年没见面啦……"

钟亮也兴奋地说："原来是你呀钟男同学，今天太阳打西边升起了，你怎么想起给我打电话啦？早就听说你在贵州开矿赚了大钱了，现在还在贵州吗？"

钟男说："矿关了。我现在虽然定居在贵州省城，但心一直在老家呢，这几天来老家上上坟。半百的人了，不想干啦。"

钟亮说："赚了钱了是该享享清福啰，再说现在开矿也难，风险挺大的。来县城吧，我请客，再叫上几个同学。"

钟男说："好哇，你只管把有联络的同学叫来，我请客。钟亮啊，我刚才在里垟小学门口站了好一会儿，想进去看看，无奈门口保安不让进。"

钟亮说："你还真恋旧，要不要我叫校长来找你一下？"

钟男说："那就不必了，不让进我也理解。我是想，是想给学校捐献点教育资金……"

钟亮哈哈笑道："好事啊，发了财不忘家乡的孩子。说说看，啥时捐献？我亲自来，叫里垟小学搞个仪式，让学生给你献花，或者刻个捐献碑，再叫新闻媒体给报道一下。"

钟男赶紧说："别，别，千万别搞什么仪式，那样我就不捐献了，这事你可别张扬啊。明天我开车到县城找你，明天见。”

放下电话，钟男情不自禁地想起从前读小学的日子。其实刻在他脑子里的记忆主要就是饿和冷。吃不饱饭啊，就连番薯都吃不饱。冬天上课时钟男坐在窗边，纸糊的窗户，纸破了，寒风刮到脸上生痛生痛的。钟男还记得一天上午上完一节课后他发现沈老师屋里的桌子上有两个玉米窝窝头，这让饥饿的他心神不定，待第二节课下课后便悄悄溜进沈老师的屋里偷了一个窝窝头躲到屋后的墙角吞咽，噎得他喘不过气来。突然间有一只拳头在敲打他的脊背，他回过头来一看却是沈老师。沈老师一边拍着他的脊背一边问道：“好点了吗？咽那么急能不噎着吗？以后饿得顶不住了跟老师讲，别偷吃呀。吃完了上课去吧。”

缓过气来后，钟男竟然“哇”的一声哭了。

读完小学钟男就没再升学，在家帮着爸爸种田。

如今年已半百的钟男，赚来的钱两辈子也花不完了。他一直想着为家乡做点善事。

第二天钟男如约去了县城与钟亮和几个老同学在酒店吃了一顿“大餐”，单自然是钟男争着买的。席间钟亮问起钟男为学校捐款的事，钟男却一口否决说不捐了。钟亮也就没再追问。

一个月以后，县教育局的教育发展基金会收到一笔五十万元匿名的定点扶助里垟小学的捐款。

2022 年 5 月 31 日

钱哪来的?

王局长与往常一样，坐在办公桌前打开放在桌面上的文件夹。不过，他今天来办公室迟了两个多小时，是因为之前被沈副县长叫去开了个短会。当王局长打开文件夹时，映入眼帘的却是躺在一叠文件上面的一只白色信封。信封未封口，王局长扩开封口，用两根手指头往外一抽，呵，是一叠崭新的百元面值的人民币。王局长数了数，有二十张，王局长感觉奇怪，便叫了声对面文书室的小玉。

小玉答应了一声，快步跨进王局长办公室，问道："局长，叫我有啥事？"

王局长指了指白色信封，问道："小玉，今天什么日子，局里发钱啦？"

小玉眨巴了几下眼睛说："没有啊……"

"那这钱哪来的？"王局长追问道。王局长问小玉没错，因为每天都是小玉负责给王局长送文件夹。

小玉很意外，说："哦，这信封里装的是钱呀，我还以为是什么群众来信呢。是这样，上午有个中年妇女来找您，还亲手把信封给塞进文件夹的。我问她，她说您知道的，所以我就没多问了，再说您经常要求我们不得扣押任何群众来信……"

“你也真是粗心，也不问问人家叫什么，算了，你忙去吧，让我想想。”王局长挥挥手叫小玉离开了。

王局长顾不上看文件，皱起眉头想这2000块钱的事。一下子想到了刚当上副科长的沈伟。王局长拨通了沈伟的手机，叫他过来一下。沈伟是转业军人，依旧保持着军人作风，他小跑到王局长办公室，在门外还响亮地喊了一声“报告”。

王局长拿起露出纸币的信封抖了抖，问沈伟：“小沈啊，这钱怎么回事你知道吗？”

沈伟摸摸后脑勺道：“王局长，您这话的意思是……我给您送钱啦？昨晚上我老婆是跟我说过要给您送礼来着，可是，被我骂了一通，难道我老婆胆子这么大，背着我给您送红包啦？”

“是白包，信封是白色的。”王局长乜了一眼沈伟说。

沈伟面露委屈之色，说：“不可能，我老婆肯定不会干出这种事，她哪敢啊，要不我当您面打电话跟她证实一下？”

王局长迟疑了一下，说：“你问吧，我得查清这钱哪来的。”

沈伟拨通了老婆手机，劈头就问：“阿萍，你上午给我们王局长送钱啦？”

沈伟老婆放声应答道：“沈伟你冷不丁地说啥胡话啊，我怎么会给你局长送钱呢？脑子进水啦，莫名其妙的！”沈伟老婆说完便摁了手机。

通过手机扩音，王局长也听到了，咧咧嘴说：“好了，别冤枉人家了，你忙去吧，回家记得跟你老婆说声对不起啊。”

沈伟走后王局长马上想到了小吴。小吴半年前刚从外地调回老家，是王局长接收了他。为这事小吴母亲想请他吃饭都被他挡了回去。小吴母亲是街道干部，父亲是个烈士，几年前在一次抗洪抢险中不幸遇难。王局长拿起手机，犹豫了一下，还是拨通了小吴母亲的手机："喂，是松菊同志吗？你上午……来过我办公室吗？"

小吴母亲说："我没去过呀，王局长，最近是想着去看看您的，可街道的事实在太多了。王局长，您有啥事吗？"

"没，没事，打个电话向你问个好，没事，你忙吧。"王局长说完赶紧摁了电话。他觉得如果再冒失地问人家是否送钱的事也确实太不礼貌了。

王局长再想不出这2000块钱会是谁送的，心想算了算了不去猜想了，先交公算了。于是他又朝小玉叫道："小玉，过来一下。"

小玉"唉"了一声，就又过来了。

王局长说："这钱一时也找不到主，你登记一下交到局纪检室吧，我下午要出去开会，这钱就别在我这儿过夜了。"

王局长办公桌上的座机丁零零响了起来，王局长抓起话筒贴到耳边。

话筒里传来了中年女声："喂，请问是王局长吗？"

王局长答道："是我，请问您是哪位？"

对方说："我叫李建素，您不认识的，但您应该认得我阿爸。一年前您救过我阿爸。"

王局长支吾道："我救过您阿爸？哦……您是说那个在马路边卖菜的老人？"

“是呀，是呀，”对方说，“当时我阿爸被飞来的摩托车撞成重伤，是您把他送到医院救治的，您出钱挂了号，离开时还塞给我阿爸 2000 块钱。我阿爸一直记挂着您，说一定要找到您这位好心人。前两天我阿爸在电视上看见您了，是电视问政吧，您讲得真好，老百姓愿意听。我阿爸认定电视上的王局长就是您，让我一定要把这 2000 块钱还给您。上午到您办公室找您说您开会去了，估计这会儿您会该开完了，就试着打电话给您……”

王局长听完电话呵呵笑了起来，说：“哎哟，您阿爸还记得这事呀，不说我倒还真的忘了呢。”

对方也跟着笑了起来，说：“我代表我阿爸谢谢您这位好心人，好人一定有好报。你们领导都很忙，我就不打扰您了，再见，王局长。”

对方挂了电话。

一旁的小玉大致听明白了怎么回事，笑着问王局长：“王局长，这钱还送纪检室吗？”

王局长看一眼小玉，反问道：“你说呢？”

2022 年 9 月 11 日

踏　实

新兵连集训结束后，我被分配到汽车连，一起分配到汽车连的新兵有十来个。连长手持移交过来的新兵花名册一一点了名，末了，连长走到我跟前，用瞅一头待沽的牛似的眼神瞅着我，嘀咕道：“沈小畏，畏惧的畏，长得倒挺彪悍的。”连长说罢重重地拍了一下我的背（说是拍了一下背，其实是拍在我背在后背的背包上），问道：“沈小畏，什么文化程度？”我“啪”地立正回答道：“报告连长，初中毕业。”连长点一下头，随即朝站在不远处的一个老兵喊道：“赵班长，过来，我替你相中了一个，挺帅气，有文化。”

赵班长过来上下打量了我一下。连长一旁说：“看中了就带走吧，一个安全，一个畏惧，胆子小点开车安全，配对。”

我被赵班长带到班里以后才知道，赵班长名字叫安全。再后来听说赵班长已超期服役当了四年兵了，他吵着要退伍，连长不舍得放他走，答应给他开个“小灶”，从新兵里挑一个让他满意的再带一带，我是属于被“挑中”的。

我所在的是驻扎在昆仑山上的基建工程兵部队，主要任务是修建青藏公路。而我能当上汽车兵比起那些顶风冒雪扛铁铲挥铁镐施工的战友来说是幸运的，至少驾驶室有挡风玻璃。

我跟赵班长很快就熟络起来了。出车路上我讨好地说：“赵班长，凭您这名字就该开车，天天开安全车。”

赵班长手握方向盘，注视着前方，说：“小子有点文化哈，挺会说话。”

我把一根烟点着，塞进赵班长嘴里，嘿嘿笑着找话道：“谁叫我名字叫小畏呢，在这陡崖峭壁上开车总有点小小的畏惧。”

赵班长侧过脸来看了我一眼，说：“是吗？这还没让你上手开呢就怕啦？要不回头我跟连长说说，换一个？到炊事班去顶合适，做饭喂猪不畏惧。”

我赶紧说：“别，别，赵班长，我不是那意思。其实，我跟着您学开车心里踏实着呢。”

赵班长“哼”了一声说：“新兵蛋子，不诚实。”

一路上赵班长说我是他重点带在身边的第四个徒弟，也应该是最后一个了，因为当完今年兵就坚决退伍，儿子都三岁了，母亲又卧病在床，家里分来的一亩三分田就靠他父亲一个正劳力。

我跟了几次车就得“上岗”摸方向盘了。第一次摸方向盘所发生的事一辈子都记得。那天赵班长把方向盘交给我，我正襟危坐，握方向盘的两只手心里都渗出了汗液。一路上，我实实在在地领教了赵班长的“军阀”作风。前方遇到一个大大的挺深的路坑，我不点刹也不避开，而是慌乱地猛踩油门，载着一车货物的解放牌卡车像急红了眼似的“呼”地朝路坑冲去，车子跳舞般地一蹦颠，赵班长的头顶重重地撞上了顶棚盖。赵班长一巴掌拍到我的肩上，骂道：“瞎了眼了你，脑瓜子里胡想些什么呢，坑里有金元宝还是女明星啊？”

我没敢吭声。

更严重的事还在后头。当我的车与对方车交汇时，我没放缓车速，还直接把前半个车身给开到公路下面去了，汽车的两个前轮陷进了路肩下的沙地里，车头的一只大灯恰巧撞上深插在沙地里的一根水泥柱上，大灯撞得稀碎不说，连车头的横杠都撞脱落了。而我还一个劲地轰了几下油门，两只前轮在沙堆里打着旋，扬起一阵沙土。赵班长一拳砸到我的大腿上，吼道：“你傻呀，还给老子轰油门！”

赵班长下了车，我跟着跳下了车。赵班长俯身观察了一下，骂道：“妈的，连底杠都撞翘翘了。”

我结结巴巴地问：“这可咋整呢？……要不我脱下棉衣垫到车轮下试试把车倒上来？”

赵班长瞪了我一眼说：“路肩这么高，垫件棉衣顶屁用！”

我抽出一支香烟递给赵班长，一副奴才相地帮他点烟，奈何风太大，打火机闪出的火苗见风即熄。赵班长不耐烦地一把夺过我手里的打火机，背过身，费了好大劲把烟给点着了。赵班长深深地吸了一口后把烟屁股朝我递来，我没反应过来，说：“赵班长，这是我递给您抽的。”

赵班长又瞪了我一眼，说：“是叫你也把烟对上。”

我瞬间反应了过来，赶忙接过赵班长递的烟，为自己叼在唇间的烟对上了火。

抽完一支烟，赵班长的情绪平静了下来，像是换了个人似的笑笑说：“你个新兵蛋子说跟着我出车心里踏实，可我有你这么个徒弟心里可不踏实呢。”

见赵班长有了笑容，我便乘机又递了支烟给他，问道：“咋整呢赵班长，眼看大太阳就要落山了。”

赵班长吸了一口烟说：“还能咋整呀？只能碰运气等过路车拖呗。”

这天“运气”不好，一直等到天黑也没见一辆过路车。没办法，只能和赵班长饿着肚子躲进驾驶室里等待第二天了。

车窗外漆黑，风一阵，雨一阵，挨到深夜，又下了一阵冰雹，把车窗砸得噼里啪啦响。我和赵班长又饿又冷又困，但又睡不着，只好一支接一支地抽烟。两人把各自的一包烟递过来递过去地抽完了，赵班长又摸索出一包，拆了口抽出一支给我，这回我不敢接了，推脱说：“赵班长，我都抽得头晕眼花了，实在抽不动了。”

赵班长说：“烟又抽不饱，还能取暖照明哩，接着抽。”

我接过烟，嘟囔了一句：“就这点火星子还取暖照明呢。”

赵班长说：“咦，你可别小看这点火星子，黑夜里能看见一丁点儿亮光，心里就温暖亮堂呢。”

我说：“您怎么不说还能壮胆呢？”

赵班长黑暗中拍了一下我的肩膀，说：“怎么，你是不是心里有点怵啦？怕山上有野狼？”

我心里还真这么想的，我听老兵说山上常有野狼出没，也不知真假。但我嘴上却说：“有您在我心里踏实，啥也不怕。”

赵班长停顿了一阵，说：“小畏，你知道我今天为啥会发这么大的火吗？”

我说：“是因为我笨呗，连长说行车安全无小事。”

赵班长说：“我行车至今安全无事故，可是你个二愣子硬是把我的安全纪录给破了，你说我能不恼火吗？”

我朝自己脸颊上拍了一下，说：“这都怪我，都怪我！”

赵班长笑了几声，说：“我老婆前两天刚来了封信，给你看看？”

我说：“您夫妻间的私信我怎么能看？”

赵班长说：“没事，我们夫妻间没有什么爱啊情的酸溜话，信上提到你了呢。你有文化，评判下我老婆字写得咋样？”

我接过信，顺手打开壁灯。赵班长叫我别开灯，把一只手电筒塞给我，说：“省点电，就用手电筒照着看吧。”

在手电筒的光束下我把不满一页纸的信很快看完了。赵班长老婆的字我实在不敢恭维，心里想得用摁钉把字给钉住，不然会蹦哒。信里算是提到了我，说的大意是：“老公你把今年这个新兵带会了就回家吧。现在政府让单干了，我在咱家门口烧了个火炉摊麦饼，一天能卖好几个呢，比阿爸种田强多了，你快点回来，我们一起摊麦饼，以后还可以把麦饼店开大点，别开车了，一想起你在大山上开车我心里就不踏实……”

信里有好几个错别字，但我看得懂意思。

看完信我有点不解地问道：“您老婆干吗不想让您开车呀？没听说工资五十五，不如四个车轱辘吗？哪怕开个小四轮、拖拉机什么的也比卖几个麦饼赚钱啊。”

赵班长“呔”了一声说：“不懂爱情了不是？我看你是白读了七八年书了，这说明我老婆爱惜我呀，我在这悬崖陡壁里开车她心里能踏实吗？”

我“哦”了一声，表示领会了。

天放亮后运气不错，一早就遇上了过路车，费了九牛二虎之力才把我们的车给拖上了路面。

等到赵班长当满了五年兵，连长和指导员却“食言”了，没让他退伍不说，还给他转了志愿兵。我看见赵班长竟然朝连长瞪大了眼睛说：“我老婆要是跟我离婚您赔呀？”

连长“哈哈”笑道：“瞧你那点儿出息。”连长说着递了一支烟给赵班长，还亲自给他点着，说，“赵安全，有你这样的汽车兵，我心里踏实。”

2023 年 3 月 9 日

阿　虎

当组织上调任我去 W 县代理县长时，便想起了沉淀在脑海里的小伙伴阿虎。

那年，我父亲到 W 县工作。我和母亲便一同跟了过来。那时我十一二岁，转年我上初中的时候，阿虎成了我的同桌。阿虎出身于县郊的一个农民家庭。正如他的名字，长得虎头虎脑的，两颗有些泛黄的虎牙出奇地宽大，但并未龇出上嘴唇，还算不上“龅牙”。我俩同桌的第一节课就打了一架。起因是他认为我的胳膊肘子占到了他的桌面上的“领地”，于是他就用胳膊肘重重地撞击了我，我不甘示弱又重重地给撞了回去，一来二去的，我俩就扯到了一起，被老师一声断喝才松了手。在接下来的一上午的两节课算是相安无事，但临近放学时阿虎好像已经忘记了先前的一切，主动跟我说话，问我想不想吃麦饼。我说：“想啊……”阿虎说：“中午我舅舅要来我家，阿妈摊麦饼，夹心是肥肉咸菜，你城里人肯定没吃过，想吃跟我走。”我说：“中午不回家吃饭我阿妈会骂我的。”阿虎哼了一声说：“阿妈骂勿理她，走，不走狗生。”我一咬牙(其实我嘴巴里早就溢满了口水)，说：“走就走。”

那天中午的麦饼的香味似乎至今还留存在我的舌尖。但那天阿虎切麦饼的“技巧”却让我现在想起来都觉得好笑。阿虎母亲摊的麦饼厚实个大，我觉得能有天上的月亮那么大。阿虎母亲把一只烫手的麦饼放砧板上切，阿虎夺过母亲手里的菜刀说：“阿妈，给我切。”阿虎母亲笑着说：“切匀了，一人一半，锅里还有番薯粥。”

阿虎双手捧起麦饼，叫我凑近他。我问：“干吗呀，切麦饼还要我帮忙吗？”

阿虎龇着两颗虎牙朝我笑笑，只见他双手把圆圆的麦饼往中间一挤，再把麦饼往砧板上擞了擞，然后平放在砧板上，拿起菜刀往中间一切，麦饼变成了两只半圆。阿虎说：“阿宝你看见了吧？麦饼的夹心都落到了另一半里了，你要哪一半？”

我瞪了阿虎一眼说：“阿虎你太鬼头了吧，叫我到你家吃空心麦饼呀，我要吃夹心多的一半。”

阿虎嘿嘿一笑说：“阿宝，我就是想把夹心多的一半给你吃哪，以后我俩是好朋友啦，好吗？”

我后悔错怪了阿虎，我啃麦饼的时候“良心发现”似的用手指头拨了几块肥肉到阿虎的粥碗里。我还讨好地说：“阿虎，哪天到我家吃红烧肉，我阿爸红烧肉烧得好吃，每个月都烧一次。”

记得阿虎还经常带我到田间挖泥鳅，捉田鸡，到溪边捉田蟢儿，摸螺蛳。一天上午放学后，阿虎约我去他家附近的溪滩边，溪滩边有个小水坑，阿虎跑回家拿了两个破脸盆，跟我说：“阿宝，水坑里一定有鲫鱼板儿，还会有泥鳅，搞不好还会有河鳗呢，我俩一起把水泼干就能捉到了。”

我学着阿虎的样，把裤脚挽到膝盖上，撅着屁股一盆接一盆地把水舀到水坑外。舀了大约个把钟头，水坑终于见底了，小鱼儿在浅水里扑腾。阿虎又坚持舀了几盆水，我惊叫道：“哇，我看见一条河鳗了……”

阿虎用手抹了几下额头上的汗水说:“河鳗滑溜溜,等下我捉给你。”

我和阿虎一起升高中后还是同班同学。上完高一，我父亲要重返省城了。临别时我问阿虎：“国家恢复高考了，明年你高中毕业后考大学吗？我俩以后再做大学同学。”

阿虎沉默了一会儿说：“我高中毕业就很好了，大学不想考了。”

我说：“为什么呀？你的学习成绩比我还好呢。”

阿虎说：“阿宝，我家太穷了，阿爸生病种不了田了，还有弟弟妹妹要继续上学，我高中一毕业就要帮阿爸种田了。”

我到省城第二年，高中毕业就考上了大学。我和阿虎再未见过面。

到W县上任不久我便了解到阿虎如今是城郊下塘村的党支部书记。我选择了一个周日的下午独自骑上自行车去了下塘村。我刻意不带随从，也不想听什么汇报然后再做一通“重要讲话”，我只想私下单独和阿虎碰碰面，方便的话到他家啃麦饼喝米烧，其实这样更有利于听到些真话。

骑车进入村口后马上就看见了路边挂着村“两委”木牌的简陋的办公小楼，我跨下自行车，正在支车时，从小楼里慢悠悠地走出一名中年男人，我一眼便认出眼前这位就是当年的阿虎，特别是那两颗泛黄的门牙我永远认得，我叫了声：“阿虎！”

阿虎一愣，迟疑地问道：“你是……”

我说：“我是你同学阿宝呀，怎么不认识啦？”

阿虎两脚蹦了一下，接连给出了几个问号：“你是阿宝？哦，就是刚来的陈县长？你一个大县长怎么独自骑自行车来了？这让我怎么想得到呀？”

我嘿嘿笑道：“这有什么想不到的呀，我独自来碰碰你不好吗？”

阿虎弯了一下腰，诺诺道：“陈县长，您是县长，您，到办公室坐一下吧？我这就通知村‘两委’班子过来，向您汇报……”

我忙说：“不用不用，阿虎，别一口一个县长的啦，就叫我阿宝嘛，我今天就想单独见你一下，叙叙旧……”

阿虎说：“那怎么行，您是县长，一县之长，我怎么能叫你阿宝呢？”

忽然之间，我的脑际里蹦出了“闰土”。鲁迅的《故乡》是我熟读的一篇作品，闰土早就扎入我脑子里了。鲁迅的发小闰土后来叫鲁迅老爷，如今的阿虎也是一口一个县长地叫着。我挥挥手说：“好好，随你怎么叫就是，走，上你家看看吧，还住在老屋吗？”

阿虎说：“老屋还在，走，陈县长，我带您去看看吧。”

我尾随阿虎去了他的老屋，这是我还有记忆的两间木结构瓦房。老屋已如风烛残年的老人，院前残墙上生长些墙头草在风中摇曳。我问道：“你早不住这了吗？”

阿虎说：“是的，我现在住的是一座现代派的小洋楼，在城里嘛就算是大别墅了。这两间老屋我想原拆原建，留给儿子。”

我说：“那你厉害了，鸟枪换炮，今非昔比啦。”

阿虎说：“还行吧，当支书的如果自己都穷困潦倒还怎么带领全村人致富呢。”

我点点头说："你说的也是。"

阿虎把一只手往前伸了一下说："陈县长，看见了吗？眼前这条溪滩里的沙石已经挖了好大一个坑了，你看那还有好几辆挖沙车，也奇怪，大概算到你县长大人来了，这会儿停工啦。"

我随口笑道："说啥哩，谁认得我啊。"

阿虎看了我一眼，说："陈县长，不说了，到我别墅里喝酒去。"

阿虎刚一跨进他的小院落便朝老伴大声咋呼起来："喂，阿菊，我老同学阿宝来了，快摊麦饼，把那只雄鸡宰了，晚上我要和阿宝兄一醉方休。"

我忽然意识到阿虎一迈进家门就改口叫我阿宝了，我听着心里一阵舒坦，哈哈笑道："阿虎，你到底还是叫我阿宝了。"

阿虎把泡好的一杯绿茶递给我，说："进家里了，当然可以叫你阿宝了，不过，出门之外就得叫你县长啦。"

我问道："为什么？我的名字不能公开叫吗？"

"公事公办，"阿虎嘿嘿笑道，"连我这个当村支书的也不是谁都可以直呼我名字的。职务就是责任，你当县长的应该比我懂。"

我也笑道："你这个高中生还挺有理论水平的嘛，你后来没考大学吧？"

阿虎摇摇头说："不说这些啦。你这个县长不好当啊，你以为我一口一个县长的叫着是因为我不敢对你直呼其名啊？刚才你都看见了吧？我老屋前那条溪滩快没有了。你刚来可能还没注意到，村里已经几次集体上访，我支持他们上访，因为挖沙公司背后有人啊，有县领导给撑着，你这位新来的县长如果再熟视无睹我就是不当这个村支书也要带领全村人上访去,到那时我还真不会再叫你一声县长啦,因为你有负这个职务。”

阿虎的话让我后背发凉,我一下子醒悟过来,原来阿虎并非闰土啊。我朝阿虎肩膀上重重地一拍道:“阿虎,作为县长,我一定一查到底!如果我也成了保护伞,你尽管行使你正当的上访权利吧。”

2022 年 12 月 28 日

保　密

卫生间里突然传出“砰”的一声，不好，老爸独自在卫生间淋浴不会是摔倒了吧？我急切地在门外叫喊：“爸，爸，你怎么啦？”

我连叫几声没有听到老爸的回音。老爸患有高血压病，左眼又得了白内障。前不久老妈离世后，我和小我 10 多岁的弟弟不放心 80 多岁的老爸独处，连说带劝地才把执拗的老爸“哄”来我家住。可这时老公又出差在外，我只得破门而入。只见老爸仰躺在卫生间的地上，我慌忙找了毛巾被给老爸裹上，老爸不多时就恢复了知觉，像是在回忆一件很久以前的事，喃喃道：“萌儿，爸怎么躺在这儿呢？哦，刚才冲个澡好像做了个梦一样睡了一觉哩，快扶我起来。”

我心惊肉跳地说：“爸，您可千万别逞强啊，先躺一会儿再起来，我先打 120，咱去医院。”

当我把老爸扶到客厅的沙发上时，救护车已停到了楼下。老爸不情愿地说：“非得去医院吗？还叫了救护车，有点小题大作了吧？”

我帮老爸系上脖子下的衣服扭纽说：“爸，是您把女儿给吓坏了，现在也由不得您了，您儿子刚刚在电话上给我下指示了，无论如何必须、立刻上医院检查，他也即刻往医院赶。”

老爸不吭声了。突然地，老爸转身晃悠悠地碎步走进自己的卧室。我不解地问：“爸，还想带上啥东西吗？”

老爸“唔”了一声说：“待我把被子叠好了再走。”

每天把被子叠成“豆腐块”是老爸坚持了一辈子的事，或者说，这是自从老爸成为一名军人以后长期养成的一种习惯。

医院给出的诊断结果是老年性脑梗，血压过高，需要住院观察治疗。刚提任 y 县县长不久的弟弟匆忙赶到了医院，弟弟劝慰老爸说：“爸，这次您就安心在医院住几天吧，待无大碍后顺便再把白内障手术也给做了。”

躺在病床上的老爸瞪了弟弟一眼，说：“你不在县里忙工作急着赶来干吗？我这不是好好的吗？”

老爸曾经是这座城市里的军分区政委兼市委常委，算是个响当当的“大人物”了。那年头有多少人想巴结他而又有多少人敬畏他、惧怕他呀。记得那时凡是上门送礼的(而且上门的大多是县团级干部)都会被他一顿训斥，如果是遇上直接送钱的，老爸就会不留情面地给出狠话：“就冲你给我送钱这一条,你就已经失去了做官的底线,不可以重用了，会送钱的就一定会收钱，一旦手里有了实权早晚会害了自己。”

我还记得有一位县武装部政委为熟人的儿子当兵不但赴了宴还收了人家送上门的一万元钱。此事被老爸知道后毫不留情地给予了相应的处理并且当年就叫他转业了，这还没完，老爸在市委常委会上明确表示此人不得安排到“实权”单位使用。这码事我是好多年后从弟弟口中得知的，我也才恍然大悟怪不得这个笑面人忽然的就没了笑脸，每次遇见我都冷若冰霜的。

病床上的老爸示意弟弟靠近他，弟弟俯下身子侧耳听老爸吩咐。老爸说："我住院的事不要跟任何人说，保密。"

弟弟"哦"了一声，握着老爸的手说："放心吧爸，我把您住院当作军事秘密对待。"

老爸"嗯"了一声，微闭上双眼。

我一旁听了这父子俩的对话，心里又好笑又酸楚。心想老爸哟，您都 80 多岁的人了，退下来也二十多年了，您以为您还是当年的政委加常委啊。作为您的女儿，这么多年来，我冷眼旁观得清清楚楚呢，从前巴结您的那些人几乎都失踪了，即便是跟您志趣相投的也是要么离世了，要么走不动了，或者有的早就转业回了老家了，至今还有几个登门的呢?

弟弟拽着我出了病房，很歉意地说："姐，下午我还有个重要的会议，只能靠你照顾老爸了，我明天争取过来。"

我说："没事，你一个大县长忙你的去吧，你姐夫今晚就赶回来了，有我和你姐夫呢。"

弟弟撇了下嘴，说："你可真是我的好姐姐，对了，明天我叫我那个亲爱的过来，她的腰好多了，可以过来搭把手。"

我笑道："别别，你那亲爱的老婆大人就别过来了，免得再闪了腰还得你照顾她。"

弟弟也跟着"嘿嘿"笑起来，说："儿媳孝敬公公也是应该的嘛。"

我忽然想起刚才老爸和弟弟说的"保守秘密"的事，不禁感叹道："老爸真的有点老糊涂了，都退下来这么多年了还以为自己在台上呢，住个院还叮嘱着保守秘密。你也真是的，还添油加醋地跟着说什么军事秘密。"

弟弟朝我做了个鬼脸，说："老爸一点没糊涂，他清醒得很哪。"

2022 年 12 月 7 日

用“情”写作小小说

我与文学创作若即若离已经好几十年了。也许是鱼和熊掌不能兼而得之吧，我常常心怀创作之感念，却又苦于行政事务缠身而静不下心来。怎么办呢？我督促自己就做个业余写作者吧，而且尽量写短文，于写于读也都快捷方便。

有了业余写作这根弦，平日里在脑际里会冷不丁闪现出灵感，有时挥都挥不去。于是我就常把灵感碎片随手记到纸头上，得空时在脑子里盘旋打磨，一旦有闲便坐于桌前“一挥而就”。一篇 2000 来字的散文或小小说两三个小时就可完成初稿。看似出手挺快的，但反复打磨从而整理成篇的过程是慢的。

多年来我业余创作和发表了一百多篇小小说。断断续续写着，便有了一些读者。我忽然发现，在这个匆忙的快餐式时代，短文，包括小小说往往容易拥有更多的读者。正如我喜欢读鲁迅的作品，与他的作品短而精不无关系吧。

《啄木鸟》文学杂志是我从前从事公安工作时就阅读过的，很喜欢，多年来一直未能忘怀。2020 年我写了一篇涉及公安题材的小小说《摘一片枫叶给你》，就试着投给了《啄木鸟》，在 2020 年第 9 期上发表了。我的另一篇小小说《这个要求并不高》也在《啄木鸟》2021 年第 6 期上发表了，小小说发表后引起了一些反响，有读者给我发微信说：“阅读时的心理变化一直萦怀于心，深感心灵受到冲击，得以净化。”我的一篇小小说《回家吃年夜饭》，写的是公安局长大年三十傍晚到派出所看望民警检查节日值班情况，特意带来了一瓶珍藏了多年的老酒汗送给刚卸任不久的老所长，命令他回家陪家人吃年夜饭。前不久我又写了一篇《她攥住了他的手腕》，描写的是一位女刑警如何抱以真情救赎一名萌生犯罪欲念的人。我的这些小小说的写作都以“情”作为“抓手”。

有人说写作小小说要讲究“包袱”法则，结局要令读者意想不到。这个观点当然有它的道理，我也努力尝试过。但写多了，我却觉得干吗非得给小小说下这个“定义”呢？小小说也是小说，写作者要善于利用某个“点”，抓住某个“瞬间”，以触动心灵的情感，巧妙构思，让出“留白”的空间，形成侧看成峰的态势。如是，还需要刻意抖包袱吗？当然，抖得巧妙也不失为好的手法。

一篇小小说感动读者是不容易的，写作者自己得先抓住某个瞬间的感动。

2021 年 6 月 21 日

后 记

退休回家正值2020年。整天待在家里做点什么事好呢？我几乎不加选择的继续了我几十年来断断续续坚持下来的阅读和写作的习惯。我这辈子除了坚持正常上班以外也就只会做点阅读和写作的事。我不会种田，少年时先后进过两家工厂当过几年家属工和学徒，但啥也没学成。青年时上昆仑山当了几年基建工程兵，但几乎没开过枪。退伍后先后在几个不同行业工作过，但我不知道究竟哪项工作算是我的专业？而我又在不同的岗位上都做出过哪些突出贡献？没有，真的没有！就算有一点点付出，也终成过眼烟云了。良知告诉我，许多踏实本份的农民劳作一生付出多于所得，而我之所得定然多于付出。

把话拉回来，应该是在2020年元旦吧，我给自已下达了用一年时间写成一本书的计划。我过去利用工余时间大多写些“副刊散文”或小诗为主，我常自嘲为“豆腐干”或“边角料”。现在有了大把时间了，是时候给自已加点压了。想好了，就一天也别耽误，我以写短小说(也可以称之为小小说)为主，每篇一般不超过4000字，一年下来，如愿完成了约30万字的百篇计划(这其间还创作并在文学期刊上发表了数篇短篇小说和诗歌)。

我把百篇短小说结集成书交由中国文联出版社正式出版。我真诚地感谢多年来一直关爱、鼓励我的读者朋友，我现在依旧在写作的路上。

李世斌

2023 年 9 月 2 日